PROCURA-SE UM NAMORADO

ALEXIS HALL

PROCURA-SE UM NAMORADO

Tradução
VITOR MARTINS

4ª reimpressão

Copyright © 2020 by Alexis Hall

A Editora Paralela é uma divisão da Editora Schwarcz S.A.

Grafia atualizada segundo o Acordo Ortográfico da Língua Portuguesa de 1990, que entrou em vigor no Brasil em 2009.

TÍTULO ORIGINAL Boyfriend Material
CAPA E ILUSTRAÇÃO DE FUNDO Elizabeth Turner Stokes
ILUSTRAÇÃO DE PERSONAGENS DA CAPA Vitor Martins
ILUSTRAÇÃO DE MIOLO Julia Sanders/ Shutterstock
PREPARAÇÃO Clara Teixeira
REVISÃO Adriana Bairrada e Thiago Passos

Dados Internacionais de Catalogação na Publicação (CIP)
(Câmara Brasileira do Livro, SP, Brasil)

Hall, Alexis
    Procura-se um namorado / Alexis Hall ; tradução Vitor
Martins. — 1ª ed. — São Paulo : Paralela, 2021.

    Título original: Boyfriend Material.
    ISBN 978-85-8439-267-4

    1. Romance inglês I. Título.

21-82981   CDD-823

Índice para catálogo sistemático:
1. Romances : Literatura inglesa   823

Eliete Marques da Silva – Bibliotecária – CRB-8/9380

Todos os direitos desta edição reservados à
EDITORA SCHWARCZ S.A.
Rua Bandeira Paulista, 702, cj. 32
04532-002 — São Paulo — SP
Telefone: (11) 3707-3500
editoraparalela.com.br
atendimentoaoleitor@editoraparalela.com.br
facebook.com/editoraparalela
instagram.com/editoraparalela
twitter.com/editoraparalela

Para CMC

Nunca entendi o sentido de festas à fantasia. Você tem duas opções: ou faz um baita esforço e acaba parecendo um babaca, ou não faz esforço algum e acaba parecendo um babaca. E meu problema, como sempre, era não saber que tipo de babaca eu queria ser.

De modo geral, eu tinha me comprometido com a estratégia de não me esforçar. Porém, no último minuto, entrei em pânico, fiz uma tentativa malsucedida de encontrar uma loja de fantasias e fui parar em uma dessas sex shops estranhamente localizadas no meio da rua que empurram lingerie vermelha e consolos cor-de-rosa para pessoas que não estão de fato interessadas em nenhuma das duas coisas.

E é por isso que cheguei na festa que já estava naquele estágio quente demais, barulhenta demais e lotada demais do seu ciclo de vida com orelhinhas de coelho de renda preta, problematicamente sexualizadas. Eu já fui bom com esse tipo de coisa, juro. Mas havia perdido a prática, e parecer um garoto de programa barato oferecendo um fetiche clichê não era a melhor forma de fazer meu retorno triunfal à cena. Para piorar, cheguei tão atrasado que todas as outras pessoas solitárias que também estavam na merda já haviam desistido e ido embora.

Em algum lugar no meio daquele buraco de luzes piscantes, música ruim e suor, estavam meus verdadeiros amigos. Eu sabia disso porque nosso grupo de WhatsApp — que no momento se chamava *O sol já nasceu aqueer* — estava tomado por mais de cem variações da frase "porra, cadê o Luc?". Mas tudo o que eu via eram pessoas que eu vagamente achava que vagamente conheciam pessoas que vagamente me conheciam. Me espremendo até o bar, apertei os olhos para a lousa que listava os coquetéis feitos sob medida para aquela festa e, em determinado momento, acabei pedindo um Papo Descontraído Sobre Pronomes Encostado na Parede, já que me parecia tanto um drinque bom quanto uma descrição exata das minhas chances de conseguir me dar bem naquela noite. Ou, na verdade, em qualquer outra.

Eu talvez devesse explicar o porquê de estar bebendo um drinque não binário e usando a versão mais classe média e batida de uma roupa fetichista num porão em Shoreditch. Mas, para ser sincero, estava me fazendo a mesma pergunta. Em resumo, tem um cara chamado Malcom que eu conhecia porque todo mundo conhece o Malcom. Tenho quase certeza de que ele é corretor de ações ou banqueiro ou qualquer coisa do tipo, mas durante a noite — e com isso eu quero dizer algumas noites, e com isso eu quero dizer uma noite por semana — ele toca como DJ nessa festa para pessoas trans/não binárias chamada Terra e Mar na Adega. E hoje era a Festa do Chá dele. A Festa do Chá do Chapeleiro Maluco. Porque o Malcom é assim.

Agora, ele estava no fundo do salão vestindo uma cartola roxa, um fraque listrado, calças de couro e nada mais, mandando ver no que eu acredito que chamam de "batidas iradas". Ou talvez não chamem. Talvez isso seja algo que ninguém nunca disse na vida. Quando passei pela minha fase jovem de balada, eu mal fazia questão de perguntar o nome dos meus ficantes, muito menos de aprender as terminologias.

Suspirei e voltei a atenção para o meu próximo drinque, Falta De Parafuso Confortável. Deveria existir uma palavra para aquele sentimento de fazer uma coisa que você não estava com vontade só para apoiar outra pessoa mas, de repente, percebe que a pessoa em questão não precisava de você e ninguém teria percebido se você tivesse ficado em casa de pijama comendo Nutella direto do pote. Enfim. Era isso. Eu estava sentindo isso. Provavelmente já deveria ter ido embora, mas aí bancaria o cuzão que apareceu na Festa do Chá do Malcom, não fez o mínimo de esforço com a fantasia, bebeu dois drinques e se mandou sem falar com ninguém.

Peguei meu celular e enviei um **Estou aqui, cadê vocês?** desesperado no grupo, só para encontrar aquele reloginho maldito ao lado da mensagem. Quem poderia imaginar que um evento realizado literalmente debaixo da terra e cercado de concreto poderia não ter sinal de celular?

— Você tem noção — um hálito quente atingiu minha bochecha — de que essas orelhas nem sequer são brancas?

Virei e encontrei um desconhecido ao meu lado. Um desconhecido bem gato, com aquele tipo de olhar direto e sedutor que eu sempre achei estranhamente charmoso.

— Sim, mas eu estava *atrasado*. E você que nem fantasiado está?

Ele sorriu, parecendo ainda mais direto, ainda mais sedutor e ainda mais charmoso. Então, puxou sua lapela para o lado, mostrando uma etiqueta que dizia "Ninguém".

— Imagino que essa seja uma referência insuportavelmente obscura.

— *"Ah, se eu tivesse olhos assim", o rei observou num tom irritado. "Ser capaz de ver Ninguém!"*

— Seu cretino presunçoso.

Ele riu.

— Festas à fantasia chiques revelam a pior parte de mim.

Ainda não era meu recorde de tempo conversando com um cara sem queimar meu filme, mas sem dúvida estava caminhando rumo à liderança. O importante ali era não entrar em pânico e tentar me proteger, não me transformando em um otário insuportável nem em um extremo cafajeste.

— Odeio imaginar o tipo de pessoa que tem seu melhor lado revelado em um lugar assim.

— Sim. — Outro sorriso, outro vislumbre dos seus dentes. — Nesse caso, seria o Malcom.

— Tudo revela o melhor lado de Malcom. Ele seria capaz de fazer todo mundo comemorar por ter que pagar dez libras por um saco plástico no mercado.

— Por favor, não dá ideia. Inclusive... — Ele chegou mais perto. — Meu nome é Cam. Mas, como eu tenho quase certeza de que você não conseguiu me ouvir direito, atendo por qualquer nome de uma sílaba com uma vogal no meio.

— Prazer em te conhecer, Bob.

— Seu cretino presunçoso.

Apesar das luzes estroboscópicas, consegui enxergar o brilho nos olhos dele. E me peguei pensando qual seria a cor longe de todas as sombras e arco-íris artificiais da pista de dança. Aquilo era um péssimo sinal. Perigosamente perto de gostar de alguém. E olha só o que gostar de alguém tinha feito comigo.

— Você é o Luc Fleming, não é? — perguntou ele.

Ah, pronto. Aí está. Fruta que me pariu.

— Na verdade — respondi, como sempre fazia. — É Luc O'Donnell.

— Mas você não é filho do Jon Fleming?

— E o que você tem a ver com isso?

Ele piscou.

— Bom, nada. Mas quando eu perguntei para a Angie — namorada do Malcom, no momento vestida de Alice por motivos óbvios — quem era o cara gostoso e emburrado, ela disse "Ah, é o Luc. Ele é filho do Jon Fleming".

Eu não gostava que aquela fosse a primeira coisa que as pessoas falassem sobre mim. Mas, para ser sincero, qual seria a alternativa? Aquele é o Luc, a carreira dele é uma merda? Aquele é o Luc, ele não tem um relacionamento estável há cinco anos? Aquele é o Luc, e eu não sei quando foi que tudo deu tão errado na vida dele?

— Sim. Sou eu.

Cam apoiou os cotovelos no balcão do bar.

— Que emocionante! Nunca conheci ninguém famoso antes. É melhor eu fingir que gosto muito do seu pai ou que odeio muito o seu pai?

— Eu mesmo não conheço meu pai. — Uma busca rápida no Google teria dito isso a ele, então não era como se eu estivesse oferecendo um grande furo de reportagem. — Então, na real, não ligo.

— Melhor assim, porque eu só consigo me lembrar de, tipo, uma música dele. Acho que é uma sobre um laço verde ao redor de um chapéu.

— Não, isso é Steeleye Span.

— Ah, espera aí. Jon Fleming é do Rights of Man.

— Sim, mas eu entendo o motivo da sua confusão.

Ele me lançou um olhar penetrante.

— As duas bandas não são nada parecidas, né?

— Bom, existem algumas diferenças sutis. O Steeleye é mais folk rock, já o RoM é mais rock progressivo. Steeleye usa mais violinos, já o meu pai é flautista. Além do mais, Steeleye tem uma vocalista.

— Certo. — Ele abriu outro sorriso para mim, parecendo bem menos envergonhado do que eu estaria se fosse o contrário. — Então não tenho ideia do que estou falando. Mas meu pai é muito fã. Ele tem todos os discos. Estão guardados no sótão junto com as calças boca de sino que não cabem mais nele desde 1979.

Estava começando a ficar claro que, cerca de oito milhões de anos antes, Cam havia me descrito como gostoso e emburrado. Porém, agora, eu já estava 80% emburrado.

— O pai de todo mundo é fã do meu pai.

— Isso deve mexer com a sua cabeça.

— Um pouco.

— E deve ser ainda mais esquisito com toda essa coisa rolando na tv.

— Mais ou menos. — Mexi meu drinque com apatia. — As pessoas me reconhecem com mais frequência, mas "Ei, seu pai é aquele cara do programa de talentos idiota" é levemente melhor do que "Ei, seu pai é aquele cara que estava no jornal semana passada por ter dado uma cabeçada em um policial e depois vomitado em um juiz enquanto enchia a cara de heroína e desinfetante de privada".

— Pelo menos é interessante. A coisa mais escandalosa que meu pai já fez foi sacudir um frasco de ketchup sem perceber que estava sem a tampa.

Eu ri contra a minha vontade.

— Não acredito que você está rindo do meu trauma de infância. A cozinha ficou parecendo uma cena de *Hannibal*. Minha mãe ainda faz questão de lembrar disso toda vez que está irritada, mesmo quando não é culpa do meu pai.

— Sim, minha mãe também sempre fala do meu pai quando eu encho a paciência dela. Embora não seja tanto "Isso me lembra aquela vez que o seu pai espalhou molho de tomate pela cozinha inteira", e sim mais "Isso me lembra aquela vez em que o seu pai disse que viria para o seu aniversário mas ficou em Los Angeles cheirando cocaína nos peitos de uma prostituta".

Cam ficou meio sem reação.

— Meu Deus.

Merda. Metade de um drinque e um sorriso bonito na conta, e eu já estava cantando feito um garoto de rua adorável em uma barricada francesa. Esse era o tipo de coisa que acabava indo parar nos jornais. *Outro segredo vergonhoso: Jon Fleming e a cocaína.* Ou talvez *Tal pai, tal filho: o comportamento infantil de Jon Fleming Jr. comparado com a arruaça regada a drogas do pai.* Ou, no pior dos casos, *Depois de tanto tempo, ela continua louca: Odile O'Donnell briga com o filho por causa do vício de Fleming em prostitutas nos Anos 80.* É por isso que eu nunca deveria sair de casa. Ou conversar com humanos. Especialmente com humanos que eu queria que gostassem de mim.

— Escuta — falei, sem tentar disfarçar, embora soubesse como aquilo poderia terminar mal. — Minha mãe é uma pessoa muito boa, me criou sozinha e já passou por muita coisa, então... tipo... você pode esquecer o que eu disse?

Ele me olhou daquele jeito típico de quando se está mentalmente tirando uma pessoa da caixa que diz "atraente" e pondo na que diz "esquisito".

— Eu não vou contar nada *para ela*. Eu nem a conheço. E, sim, talvez eu tenha vindo dar em cima de você, mas estamos bem longe da fase de conhecer os pais.

— Desculpa. Desculpa. Eu... eu só sou muito protetor com ela.

— E você acha que ela precisa ser protegida de caras aleatórios que você conhece no bar?

Bem, eu tinha estragado tudo. Porque a resposta basicamente era: "Sim, caso você conte para os tabloides, porque é o tipo de coisa que já aconteceu comigo", mas se eu dissesse isso acabaria plantando a ideia na cabeça dele. Quer dizer, partindo do pressuposto de que a ideia já não estivesse lá e ele não quisesse me usar como uma flauta ou uma rabeca, dependendo de qual banda dos anos 70 atribuísse a mim. O que me deixava com o plano B: permitir que esse homem divertido e sexy, com o qual eu gostaria de tentar transar pelo menos uma vez, acreditasse que eu era um esquisito paranoico que passa muito tempo pensando na própria mãe.

— Hm. — Engoli em seco, me sentindo tão desejável quanto um sanduíche de animal atropelado. — Podemos voltar para o momento em que você vinha até aqui para dar em cima de mim?

Ele ficou em silêncio por mais tempo do que eu gostaria. Então, sorriu com um leve toque de cautela.

— Claro.

Outro silêncio.

— Então — tentei. — Esse negócio de dar-em-cima-de-mim que você está fazendo. Preciso confessar que é bem minimalista.

— Bom, meu plano original era, tipo, tentar conversar um pouco, ver o que rolava e então tentar te beijar ou alguma coisa assim. Mas você meio que matou essa estratégia. Então agora eu não sei o que fazer.

Aquilo me derrubou.

— Sinto muito. Você não fez nada de errado. Eu só sou muito ruim em... — Fiquei tentando encontrar uma palavra que resumisse meu histórico de relacionamentos corretamente. — ... tudo.

Talvez eu estivesse imaginando, mas quase dava para ver Cam se questionando se ele se importava comigo ou não. Para a minha surpresa, a resposta pareceu ser positiva.

— Tudo? — repetiu ele, cutucando a ponta da minha orelha de coelho de uma forma que eu escolhi interpretar como encorajadora.

Aquilo era um bom sinal, não era? Tinha que ser. Ou será que era um péssimo sinal? O que havia de errado com ele para não estar fugindo e gritando? Certo. Não. Eu estava muito preso nas minhas neuroses, e esse era o pior lugar para se estar, principalmente para mim, eu só precisava dizer algo leve e provocante agora, cacete.

— Talvez eu seja razoável no quesito beijos.

— Hmm. — Cam se inclinou, chegando mais perto. *Puta merda, ele estava mesmo caindo nessa?* — Não sei se posso acreditar em você. Acho que vou precisar conferir por conta própria.

— Hm. Tudo bem?

Então ele conferiu por conta própria. E eu era razoável no quesito beijos. Quer dizer, eu achava que era razoável no quesito beijos. Meu Deus, espero que eu seja razoável no quesito beijos.

— E aí? — perguntei logo em seguida, soando relaxado, engraçado e, de forma alguma, desesperado e inseguro.

O rosto dele estava perto o bastante para que eu pudesse enxergar todos aqueles detalhes tentadores, como a espessura dos cílios, a barba começando a crescer no maxilar e as covinhas no canto da boca.

— Não sei se consigo chegar a uma conclusão precisa com os dados de apenas uma ocorrência.

— Uuuuh. Que científico.

Expandimos o banco de dados. E, quando terminamos, eu me encontrava imprensado no canto do bar, as mãos enfiadas nos bolsos de trás da calça jeans dele, em uma tentativa esfarrapada de fingir que eu não estava apalpando sua bunda sem o menor pudor. Foi quando lembrei que ele sabia meu nome, e o nome do meu pai, provavelmente o nome da minha mãe e talvez tudo o que já havia sido escrito sobre mim, enquanto eu só sabia que ele se chamava "Cam" e que seu beijo tinha um gosto bom.

— Você é? — perguntei, sem ar. E, em resposta ao olhar confuso dele, completei: — Você sabe, cientista. Você não tem cara de quem gosta de ciências.

— Ah. Não. — Ele sorriu, sedutor e delicioso. — Aquilo foi só uma desculpa para continuar te beijando.

— O que você faz da vida então?

— Faço uns frilas, principalmente para sites que se acham o *Buzz-Feed*.

Sabia. Eu sabia, porra. Ele parecia impaciente demais para ignorar todos os meus muitos, muitos defeitos.

— Você é jornalista.

— Essa é uma palavra bem generosa para definir o que eu faço. Eu escrevo aquelas listas de "X coisas sobre Y, você não vai acreditar no item Z" que todo mundo odeia mas lê mesmo assim. — *Doze coisas que você não sabia sobre Luc O'Donnell. A número oito vai te surpreender.* — E às vezes eu faço aqueles testes em que você escolhe oito fotos de gatinhos e descobre qual personagem de filmes do John Hughes é.

A versão racional de Luc, aquela de um universo paralelo onde meu pai não era um bosta famoso e meu ex-namorado não havia vendido todos os meus segredos para os tabloides, tentou me dizer que eu estava exagerando. Infelizmente, eu não dei ouvidos.

Cam inclinou a cabeça, confuso.

— O que houve? Olha, sei que não é um trabalho lá muito sexy, e nem posso te confortar dizendo que "alguém precisa fazer" porque literalmente ninguém precisa. Mas você ficou esquisito de novo.

— Desculpa. É... complicado.

— Complicado pode ser interessante. — Ele ficou na ponta dos pés para ajeitar uma mecha do meu cabelo, pondo-a atrás da orelha. — E o beijo nós já acertamos. Só precisamos melhorar a parte da conversa.

Abri o que eu esperava que fosse um sorriso provocante.

— Acho melhor focar naquilo em que eu sou bom.

— Vamos combinar assim. Te faço uma pergunta, e se eu gostar da resposta você pode me beijar de novo.

— Hm, não sei...

— Vamos começar aos poucos. Você já sabe o que eu faço da vida. E você, faz o quê?

Meu coração estava acelerado. E não do jeito bom. Mas, considerando as perguntas que ele poderia ter feito, aquela parecia inofensiva, certo? Era o tipo de informação que pelo menos duzentos robôs de spam já sabiam.

— Eu trabalho para uma instituição de caridade.

— Uau. Que nobre. Eu poderia dizer que sempre quis fazer algo do tipo, mas acho que sou superficial demais para isso. — Ele virou o rosto para mim, e eu o beijei intensamente. — Sabor de sorvete favorito?

— Menta com chocolate.

Outro beijo.

— Um livro que literalmente todo mundo já leu, menos você.

— Todos.

Ele se afastou.

— Você não merece um beijo depois dessa resposta. Totalmente insatisfatória.

— É sério. Todos os livros: *O sol é para todos*, *O apanhador no campo de centeio*, qualquer coisa que o Dickens escreveu, *Nada de novo no front*, aquele lá da mulher do viajante no tempo, Harry Potter...

— Você realmente não tem vergonha da sua falta de cultura, não é?

— Sim, estou pensando em me mudar para os Estados Unidos e concorrer a um cargo público.

Ele riu e me beijou, permanecendo perto dessa vez, o corpo pressionado contra o meu, a respiração tocando minha pele.

— Certo. Lugar mais esquisito onde você já transou.

— Essa vai para o número oito? — perguntei com uma risada desolada na intenção de parecer incrivelmente blasé e despreocupado.

— Que número oito?

— Você sabe, "Doze filhos de celebridades que gostam de foder em lugares esquisitos. O número oito vai te surpreender".

— Espera aí. — Ele congelou. — Você acha mesmo que eu estou te beijando para fazer uma *lista*?

— Não. Quer dizer... Não. Não.

Ele me encarou por um momento longo e horrível.

— Você acha, né?

— Eu te avisei que é complicado.

— Isso não é complicado, é ofensivo.

— Eu... É... — Eu já havia enfrentado aquilo antes. Conseguiria enfrentar de novo. — Não é isso. Não é pessoal.

Não teve mecha do cabelo atrás da orelha dessa vez.

— Como assim *não é pessoal*, se você está genuinamente preocupado com um possível comportamento *meu*?

— Só preciso tomar cuidado. — Só para deixar claro, eu disse isso com extrema dignidade, não foi nem um pouco patético.

— Que merda eu iria escrever? Encontrei O filho de um ex-famoso em uma festa? Bomba: filho gay de celebridade é gay?

— Bom, me parece um avanço em comparação com o que você geralmente escreve.

Ele ficou boquiaberto, e eu me dei conta de que poderia ter passado um pouquinho dos limites.

— Uau. Eu ia dizer que não sabia muito bem quem de nós dois estava sendo um cuzão aqui, mas obrigado por esclarecer.

— Não, não — respondi de imediato. — Sou sempre eu. Acredite, eu sei disso.

— Ah, muito digno da sua parte. Quer dizer, não sei o que é pior. Você pensar que eu estaria disposto a transar com uma pessoa nem tão famosa assim para subir na vida, ou acreditar que, se eu fosse mesmo tomar uma decisão profissional degradante nesse nível, a pessoa que eu escolheria para usar seria você.

Engoli em seco.

— Excelentes argumentos. Muito bem pensados.

— Puta merda, eu deveria ter escutado a Angie. Você não vale nada mesmo.

Ele desapareceu no meio da multidão, provavelmente para procurar alguém menos fodido da cabeça, me deixando sozinho com minhas orelhas de coelho caídas e uma sensação profunda de fracasso pessoal. No entanto, acho que conquistei duas coisas naquela noite: consegui demonstrar meu apoio a um homem que não precisava de forma alguma, e finalmente provei, para além de qualquer possível dúvida, que ninguém em sã consciência sairia comigo. Eu era perturbado, desconfiado, emburrado e paranoico, capaz de encontrar um jeito de arruinar até mesmo as interações humanas mais básicas.

Me recostei no bar e observei o porão cheio de estranhos se divertindo mais do que eu, dois deles provavelmente conversando sobre como eu era um ser humano horrível. Ao meu ver, eu tinha duas opções. Poderia engolir o choro, agir feito adulto, encontrar meus amigos e tentar ao máximo aproveitar a noite. Ou poderia correr para casa, beber sozinho e incluir essa noite na lista de coisas que eu tentava inutilmente fingir que nunca tinham acontecido.

Dois segundos depois, eu estava subindo as escadas.

Oito segundos depois, eu estava na rua.

E dezenove segundos depois, eu estava tropeçando e caindo de cara na sarjeta.

Bem, não seria aquilo a cereja de chuchu que faltava no bolo solado que havia sido a minha noite? Pelo menos, nada daquilo voltaria para me assombrar.

Tudo aquilo voltou para me assombrar.

E a assombração chegou na forma de um alerta do Google que ameaçou derrubar meu celular vibrando na mesa de cabeceira. E, sim, eu tenho total consciência de que acompanhar o que as pessoas estão dizendo sobre a gente na internet é uma atitude metida ou narcisista, ou narcisisticamente metida, mas aprendi da forma mais difícil que é sempre melhor saber o que estão falando. Pulei de susto, jogando um outro eletrônico vibratório — *para rapazes que querem explorar uma forma mais sofisticada de prazer* — no chão, e finalmente consegui segurar meu celular com a destreza de um adolescente com mão-boba.

Eu não queria olhar. Mas, se não olhasse, iria vomitar a mistura gosmenta de pavor, esperança e dúvida que havia transformado meu estômago em papinha de bebê. Provavelmente era bem menos pior do que eu temia. Em geral era bem menos pior do que eu temia. Exceto quando, vez ou outra... não era. Espiando com os olhos espremidos feito uma criancinha vendo um episódio de *Doctor Who* por detrás das almofadas do sofá, conferi as notificações.

E então consegui respirar de novo. Estava tudo bem. Embora, obviamente, em um mundo ideal, fotos minhas caído na sarjeta em frente à Adega com orelhas de coelho *não deveriam* estar espalhadas em todos os sites de fofoca de quinta categoria, desde o *Celebribichas* até o *Yeeeah*. E em um mundo ideal mesmo, minha definição de *tudo bem* não seria nivelada tão por baixo. Porém, com minha vida sendo esse poço sem fim de fracasso, o desesperômetro precisou ser recalibrado várias vezes ao longo dos anos. Quer dizer, pelo menos nessas fotos eu estava totalmente vestido e não tinha o pau de ninguém na minha boca. Então, sabe como é, pequenas vitórias.

Hoje, o prego no caixão da minha reputação virtual tinha uma forte pegada de "tal pai, tal filho", porque, naquele momento, havia um estoque infinito de cenas de Jon Fleming fazendo papel de idiota na TV. E eu acredito que "Filho Rebelde do Jonny Bad Boy entra em colapso com vexame regado a drogas, sexo e bebida" é uma manchete melhor do que "Homem tropeça na rua". Suspirando, deixei meu celular cair no chão em um baque abafado. No fim das contas, a única coisa pior do que ter um pai famoso que destruiu a própria carreira como uma supernova de champanhe é ter um pai famoso que está voltando à ativa.

Eu havia acabado de aprender a viver sendo comparado ao meu pai desmiolado, destrutivo e ausente. Mas, agora que ele tinha limpado sua reputação e estava fazendo o papel de mentor sábio e experiente todos os domingos na ITV, eu estava sendo *desfavoravelmente* comparado com meu pai desmiolado, destrutivo e ausente. E meu emocional não estava preparado para aquele tipo de merda. Eu já deveria ter aprendido a nunca ler os comentários, mas meus olhos tropeçaram e caíram sobre o *sinceramente69*, que recebeu muitos *likes* ao sugerir um reality show no qual Jon Fleming tenta pôr o filho drogado nos eixos; um programa que *aoutrajilldepeckham* havia declarado estar pronta para "maratonar urgente".

Eu sabia que, no fim das contas, nada daquilo importava. A internet veio para ficar e não tinha como escapar mas, até amanhã, ou depois de amanhã, já seriam águas passadas, ou seja lá qual fosse o equivalente virtual para águas passadas. Tudo seria esquecido — ou quase, até alguém resolver arrumar uma reviravolta nas matérias sobre Jon Fleming. Só que eu ainda me sentia mal pra caralho, e quanto mais tempo eu passava deitado ali, pior eu ficava.

Tentei me consolar com o fato de que pelo menos Cam não havia me incluído em uma lista de "Doze babacas que vão surtar com você na balada". Mas em termos de consolo, aquilo estava mais para "frieza" ou "indiferença". Verdade seja dita, eu nunca fui o melhor em autocuidado. Autocrítica, eu tirava de letra. Autodepreciação, eu conseguia de olhos fechados, inclusive praticava até enquanto dormia. Então, lá estava eu, um homem de vinte e oito anos sentido uma necessidade esmagadora de ligar para a mãe só porque estava triste.

Porque a vantagem de o meu pai ser quem é é que a minha mãe é quem é. Você pode pesquisar tudo isso na Wikipédia, mas a versão resumida para quem tem preguiça de ler é: nos anos 80 ela foi basicamente uma Adele franco-irlandesa com o cabelo mais comprido. Naquela época, quando calça de cintura alta estava com tudo e era permitido usar roupa de academia em qualquer lugar, ela e meu pai se envolveram em um daqueles relacionamentos do tipo te amo/te odeio/não posso viver sem você, que resultou em uma parceria de dois álbuns, em um álbum solo e em mim.

Bem, tecnicamente, eu vim antes do álbum solo, que aconteceu quando meu pai se deu conta de que queria mais ser famoso e drogado do que ser parte da nossa vida. "Fantasmas Acolhedores" foi a última coisa que minha mãe compôs mas, para ser sincero, foi a última coisa que ela precisou compor. Quase todo ano, a BBC ou a ITV ou algum estúdio de cinema usa alguma faixa desse álbum em uma cena triste, ou em uma cena raivosa, ou em uma cena que nem combina com a música, mas aceitamos o dinheiro mesmo assim.

Ao tropeçar para fora da cama, adotei a pose do Quasímodo, que já vinha de algum tempo; uma posição essencial para qualquer pessoa com mais de um metro e setenta que queira andar pelo meu flat sem bater a cara numa viga de madeira. O que, levando em conta que eu tenho um e noventa e três, é o equivalente habitacional de escolher dirigir um Mini Cooper. Eu dividia o apartamento com Miles — meu ex — na época em que era romântico morar numa versão contemporânea de um sótão em Shepherd's Bush. Mas agora a coisa estava rapidamente se tornando patética: morar sozinho, preso em um emprego que não me levava a lugar nenhum e ainda assim ser incapaz de pagar por uma casa quase cem por cento coberta pela parte inclinada do telhado. É claro que não seria tão ruim se eu fizesse uma faxina, sei lá, alguma vez na vida.

Empurrando uma pilha de meias para fora do sofá, me aninhei e liguei o FaceTime.

— Alô, Luc, *mon caneton* — disse minha mãe. — Você viu o pacote completo do seu pai ontem à noite?

Soltei um suspiro de pavor genuíno antes de lembrar que *O Pacote Completo* era o nome do programa de TV estúpido dele.

— Não. Eu saí com os meus amigos.

— Você deveria assistir. Tenho certeza de que vão reprisar.

— Não quero.

Ela deu de ombros da maneira mais gálica possível. Tenho certeza de que não sabe muito bem como ser francesa, mas não posso culpá-la, já que tudo que ela herdou do pai foi o sobrenome. Bom, isso e uma palidez que mataria Siouxsie Sioux de inveja. De qualquer forma, mesmo que abandono paterno não seja um problema genético, na nossa família sem dúvida é hereditário.

— Seu pai — anunciou ela — não envelheceu muito bem.

— Bom saber.

— Está careca feito um ovo agora, a cabeça com um formato engraçado. Parece aquele professor de química que tem câncer.

Aquilo era novidade para mim. Mas eu também não me esforçava muito para manter contato com as pessoas da minha antiga escola. Para ser sincero, eu não me esforçava para manter contato com as pessoas que moravam do lado errado de Londres.

— O sr. Beezle está com câncer?

— Ele, não. O outro.

Mais uma coisa sobre a minha mãe: a relação dela com a realidade é completamente questionável.

— Você está falando do Walter White?

— *Oui, oui*. E, sabe, acho que ele está muito velho para ficar saltitando por aí tocando flauta.

— Estamos falando sobre o meu pai agora, certo? Ou então *Breaking Bad* ficou bem esquisita nas últimas temporadas.

— Seu pai, claro. Ele provavelmente vai acabar quebrando o quadril.

— Bom. — Sorri. — Só nos resta torcer.

— Ele tentou arrumar uma jovem que toca gaita. Foi uma boa escolha, eu acho, porque a garota era uma das mais talentosas, mas ela acabou indo com um dos garotos do Blue. E gostei muito de ver isso.

Caso não tenha ficado claro, minha mãe poderia falar sobre reality shows para sempre. Infelizmente — com *sinceramente69* e seus amigos azucrinando minha cabeça como buzinas virtuais —, minha tentativa de concordar com ela acabou saindo assim:

— Fui flagrado por um paparazzi ontem.

— Ah, meu amor. De novo? Sinto muito.

Dei de ombros de maneira não-muito-gálica.

— Você sabe como são essas coisas. — Ela suavizou o tom de voz para me tranquilizar. — Sempre uma tempestade em um... uma taça de vinho.

Aquilo me fez sorrir. Ela sempre conseguia.

— Eu sei. É que toda vez que acontece, mesmo quando é algo bobo, eu tenho, bem... lembranças.

— Você sabe que não é culpa sua, o que aconteceu. O que Miles fez, na verdade nem teve a ver com você.

Gargalhei.

— Teve especificamente *tudo* a ver comigo.

— As atitudes de alguém podem te afetar. Mas as escolhas de outras pessoas são responsabilidade delas.

Nós dois ficamos em silêncio por um momento.

— Será que um dia isso... vai parar de doer?

— *Non*. — Minha mãe balançou a cabeça. — Mas vai parar de importar.

Eu queria acreditar nela, de verdade. Afinal, ela era a prova viva das próprias palavras.

— Quer vir me visitar, *mon caneton*?

Ela morava a apenas uma hora de distância se eu pegasse um trem na Epsom Station (1,6 estrela no Google). Mas, embora eu conseguisse justificar um pouco as ligações para a minha mãe toda vez que algo ruim acontecia comigo, voltar literalmente correndo para a casa dela estava abaixo até mesmo do meu padrão de dignidade.

— Eu e Judy estamos vendo um programa novo que descobrimos — sugeriu minha mãe no que eu acreditava ser um tom encorajador.

— Ah, é?

— Sim, é muito curioso. Se chama *RuPaul's Drag Race*, já ouviu falar? No começo, não sabíamos muito bem do que se tratava porque eu achei que era sobre caminhonetes gigantes. Mas você não imagina como fiquei feliz quando descobrimos que é um programa sobre homens que se vestem como mulheres... Está rindo do quê?

— Porque eu te amo. Muito.

— Você não deveria estar rindo, Luc. Deveria estar impressionado, isso, sim. Nós sempre ficamos chocadas com a *eleganza* frequentemente. Isso significa...

— Conheço bem *Drag Race*. Provavelmente até mais do que você.

Isso é o que acontece quando se ganha um Emmy. Seu público se torna as mães do seu público.

— Então você deveria vir, *mon cher*.

Minha mãe mora em um fim de mundo chamado Pucklethroop — um vilarejo pequeno do tamanho de uma caixa de fósforos onde eu cresci — e passa os dias entrando em apuros com sua melhor amiga, Judith Cholmondely-Pfaffle.

— Eu... — Se eu ficasse em casa, poderia tentar alcançar alguma conquista de adulto, tipo louças e roupas limpas. Embora, na prática, provavelmente fosse fuçar meus alertas do Google até meus dedos perderem as digitais.

— Vou fazer meu curry especial.

Certo, tomei minha decisão.

— Nem fodendo.

— Luc, acho que você está sendo muito grosseiro com meu curry especial.

— Sim, porque eu não gosto muito de sentir meu rabo pegando fogo.

Minha mãe fez beicinho.

— Para um gay, você é muito sensível com seu rabo.

— Que tal se nós pararmos de falar do meu rabo?

— Foi você quem começou. A Judy ama quando eu faço curry.

Às vezes eu acho que Judy deve amar minha mãe. Sabe lá Deus por qual outro motivo alguém encararia os pratos dela.

— Provavelmente porque você passou os últimos vinte e cinco anos sistematicamente destruindo as papilas gustativas dela.

— Bom, se você mudar de ideia, sabe como chegar aqui.

— Obrigado, mãe. A gente se fala.

— *Allez*, meu bem. *Bises*.

Sem minha mãe tagarelando sobre reality shows, a casa ficou muito quieta de repente, e meu dia muito... arrastado. Com trabalho, amigos, conhecidos e minhas tentativas esporádicas de conseguir transar, em geral eu acabava usando meu flat quase como um hotel muito caro e malcuidado. Só aparecia para dormir e, na manhã seguinte, já ia embora.

Exceto aos domingos. Domingos eram complicados. Ou haviam se tornado complicados com o passar dos anos. Na época da faculdade, domingo era dia de brunch, ressaca moral pelo que eu tinha feito no sábado e sonecas durante a tarde. Então, um por um, fui perdendo meus amigos para jantares com os sogros ou reformas no quarto do bebê ou os prazeres de um dia em casa.

Não era como se eu os culpasse por terem mudado de vida. E eu tampouco queria o que eles tinham. Não fui feito para isso. Afinal, se eu bem me lembrava, os domingos com Miles haviam mudado muito rápido das maratonas de sexo intenso para maratonas de rancor constantes. Nada diferentes de momentos como esse, quando parecia que meu mundo não passava de notificações no celular.

Notificações que eu estava me esforçando para ignorar. Porque sabia que minha mãe tinha razão: se eu pudesse sobreviver ao dia de hoje, elas não teriam mais importância amanhã.

Entretanto, como acabei descobrindo, nós dois estávamos errados.

Muito, muito errados.

3

A segunda-feira começou como qualquer outra — eu atrasado para o trabalho e ninguém se importando porque o escritório era assim mesmo. Quer dizer, eu chamo de *escritório*, mas na verdade era uma casa em Southwark cuja metade havia sido transformada na sede da instituição de caridade onde eu trabalhava. Que, aliás, era a única caridade ou, na real, a única organização de qualquer tipo que contrataria alguém como eu.

Era um projeto meio renegado de um conde idoso que tinha certa paixão por agricultura e uma etimologista formada em Cambridge que eu desconfio que seja uma inteligência artificial vampiresca vinda do futuro. A missão? Salvar os escaravelhos. E, como arrecadador de fundos, meu trabalho é convencer as pessoas de que é muito melhor doar dinheiro para insetos que comem cocô do que para os pandas, órfãos ou — Deus me livre — comediantes. Queria poder dizer que sou bom nisso, mas, de verdade, não tem muito como medir uma coisa dessas. Quer dizer, nós ainda não fomos à falência. E, como eu costumo dizer nas entrevistas de emprego que no fim não me selecionam, não existe nenhuma organização ambiental que trabalhe com fezes e arrecade mais dinheiro do que a gente.

Além do mais, nos chamamos Centro de Análise de Coleópteros e Afins. Nossa sigla, definitivamente, é pronunciada como cê-a-cê-a. E de forma alguma CACA.

Trabalhar na CACA tem inúmeras desvantagens: o aquecedor central que funciona durante todo o verão e fica desligado no inverno, o gerente do escritório que nunca deixa ninguém gastar dinheiro com qualquer coisa por qualquer motivo, os computadores tão velhos que ainda rodam uma versão do Windows que tem ano no nome, sem contar o lembrete diário de que essa é a minha vida. Mas também existem algumas vantagens. O café até que é bom porque as duas coisas com as quais a dra. Fairclough mais se importa são cafeína e invertebrados. E toda manhã, enquanto espero meu computador da era renascentista ligar, posso contar piadas com o Alex Twaddle. Ou melhor, posso contar piadas para o Alex Twaddle. Enquanto Alex Twaddle pisca para mim.

Não sei muito a respeito dele e certamente não sei como conseguiu esse emprego que em tese é de assistente executivo da dra. Fairclough. Certa vez me disseram que ele se formou como primeiro da turma, mas nunca eu soube onde ou em quê.

— Então — eu disse. — Duas faixas de trânsito entram em um bar.

Alex piscou.

— Faixas de trânsito?

— Sim.

— Tem certeza? Isso parece não fazer muito sentido.

— Só escuta. Então, essas duas faixas de trânsito estão lá, e uma delas fala "Ah, cara, eu sou muito fodona. Os caminhões passam por cima de mim e eu não sinto nada". Daí, assim que ela termina de falar, uma faixa de trânsito vermelha entra no bar. E a primeira faixa se levanta e sai correndo para se esconder no canto. Então o amigo vai até ela e diz "O que você está fazendo? Você não era a fodona?". E a primeira faixa diz: "Sim, sou fodona, mas aquela moça é uma psciclopata".

Um longo silêncio.

Alex piscou de novo.

— Por que ela ficou apavorada com a faixa vermelha? Ela se envolveu em algum acidente?

— Não, é que a faixa vermelha é uma *psciclo*pata.

— Sim, mas por que ela tem medo da ciclofaixa?

Às vezes eu não sabia se aquilo era meu hobby ou uma punição que eu aplicava em mim mesmo.

— Não, é um trocadilho, Alex. Porque "ciclofaixa" lembra um pouco "psicopata".

— Ah. — Ele pareceu ficar pensando no assunto por um momento. — Na verdade, não sei se parece, não.

— Você tem razão, Alex. Vou melhorar na próxima.

— A propósito. Você tem uma reunião com a dra. Fairclough às dez e meia.

Aquilo não era um bom sinal.

— Por acaso — comecei, já sabendo que não adiantava ter esperanças. — Você tem alguma ideia de qual pode ser o motivo dessa reunião?

Ele sorriu.

— De forma alguma.

— Bom trabalho!

Me arrastei de volta escada abaixo até a minha sala, com a perspectiva de ter que interagir com a dra. Fairclough flutuando sobre mim como uma nuvem chuvosa de desenho animado. Não me entenda mal. Tenho muito respeito por ela — se um dia eu estivesse com algum tipo de problema relacionado a besouros, ela seria a primeira pessoa para quem eu ligaria — é só que eu não tenho a menor ideia de como falar com ela. Em minha defesa, é nítido que ela também não tem a menor ideia de como falar comigo. Ou provavelmente com qualquer pessoa. A diferença é que ela não se importa.

Conforme eu atravessava o corredor e as tábuas de madeira no chão rangiam de alegria a cada passo, uma voz me chamou.

— Luc, é você?

Infelizmente, não dava para negar.

— Sim, sou eu.

— Pode dar um pulinho aqui, por favor? Estamos com uma questão meio complicada no Twitter.

Como sou um ótimo colega de trabalho, dei um pulinho ali. Rhys Jones Bowen — coordenador voluntário e gerente de redes sociais e divulgação da CACA — estava curvado sobre o computador, cutucando a tela com a ponta do dedo.

— O negócio é o seguinte — disse ele. — Lembra quando você me pediu para divulgar a Corrida dos Besouros para todo mundo?

A Corrida dos Besouros era o apelido que o escritório deu para o evento anual que juntava jantar, baile e arrecadação de doações, cuja organização eu coordenei nos últimos três anos. O fato de que a Corrida era o item mais importante das minhas responsabilidades já dizia tudo o que se precisava saber sobre ela. E também sobre o meu trabalho.

Me esforcei muito para manter um tom neutro.

— Sim, lembro de ter mencionado isso em algum momento no mês passado.

— Ah, sim, veja bem. É o seguinte. Eu esqueci a senha e pedi que me enviassem uma nova no e-mail que usei para cadastrar a conta. Mas acabei percebendo que esqueci a senha do e-mail também.

— Imagino que isso possa ter causado alguns problemas.

— Eu sei que anotei a senha em um *post-it*. E sei que colei o *post-it* dentro de um livro, para mantê-lo em segurança. E sei que o livro tinha capa azul. Mas não consigo lembrar o título, nem o autor, nem o tema.

— Você não tentou resetar a senha do e-mail? — perguntei com delicadeza.

— Eu poderia ter feito isso mas, a esta altura, estava com medo de tudo se tornar uma bola de neve.

Para ser sincero, isso acontecia com frequência. Quer dizer, não *isso* por assim dizer, mas problemas na mesma linha. E eu provavelmente estaria mais preocupado se nossa conta no Twitter tivesse mais de 137 seguidores.

— Não se preocupe com isso.

Ele estendeu a mão para me tranquilizar.

— Não, está tudo bem. Olha, eu estava no banheiro e sempre levo um livro comigo, às vezes deixo um ou dois por lá, só para o caso de eu esquecer, quando de repente vi um de capa azul apoiado no peitoril da janela, peguei o livro, abri o livro e lá estava o *post-it*. E ainda bem que eu já estava sentado porque quase me caguei de tanta empolgação.

— Sorte em dobro, então — respondi, por algum motivo, com vontade de ir ao banheiro. — Então, se você conseguiu recuperar a senha, qual é o problema?

— Então, veja bem, é muito texto para pouco espaço.

— Eu te mandei um e-mail com o que você tinha que postar. Com certeza vai caber.

— Daí eu fiquei sabendo de um negócio chamado hashtags. Aparentemente é muito importante usar hashtags para que as pessoas encontrem os seus twitters no Twitter.

Justiça seja feita, ele não estava errado. Por outro lado, minha fé nos instintos de Rhys Jones Bowen quando se tratava de otimização para redes sociais não era lá essas coisas.

— E aí?

— Fiquei matutando sobre várias ideias diferentes, e acho que essa é a hashtag que melhor descreve o que estamos tentando alcançar com a Corrida dos Besouros.

Com um ar de triunfo sem motivo, ele deslizou um pedaço de papel pela mesa, onde havia escrito com todo o cuidado:

#FestaBeneficenteAnualDoCentroDeAnálisesDeColeópterosE
AfinsComJantarBaileELeilãoDeEspéciesEtimológicasTambém
ConhecidaComoACorridaDosBesourosNoHotelDosEmbaixadores
ReaisEmMaryleboneNãoODeEdimburgoIngressosDisponíveisNo
NossoSiteAgora

— E agora — continuou ele. — O site só me deixa escrever mais quarenta e sete letras.

Sabe, muito tempo antes, eu tinha uma carreira promissora. Porra, fiz até um MBA. Trabalhei em algumas das maiores agências de comunicação da cidade. E agora passava meus dias explicando hashtags para um celta estúpido.

Ou não.

— Deixa que eu faço uma imagem — respondi.

Ele se animou.

— Ah, dá para usar fotos no Twitter, não dá? Eu li que as pessoas respondem muito bem a imagens por causa da aprendizagem visual.

— Envio para você antes do almoço.

E, com aquilo, voltei para a minha sala, onde o computador enfim estava ligado e bufando como um tiranossauro rex asmático. Fiquei desconcertado ao checar meu e-mail e descobrir que uma boa parte dos apoiadores — apoiadores bem importantes — havia recusado o convite para a Corrida dos Besouros. As pessoas inventam todo tipo de desculpa, é claro, principalmente quando a gente quer o dinheiro delas, e mais ainda quando o dinheiro é revertido para escaravelhos. Mas alguma coisa naquilo tudo arrepiou os pelos da minha nuca. Devia ser alguma coisa aleatória. Só que não *parecia* aleatório.

Fui logo conferir os rastros digitais, só para o caso de o nosso site ter sido invadido mais uma vez por uma produtora de pornografia amadora. E, quando não achei nada que despertasse o mínimo de preocupação (ou interesse), acabei stalkeando os desistentes na internet como o cara de *Uma Mente Brilhante*, tentando descobrir se havia qualquer conexão entre eles. Até onde descobri, não. Bom, todos eram ricos, brancos e conservadores tanto na política quanto nos costumes. Como a maioria dos nossos doadores.

Não estou dizendo que escaravelhos não são importantes — a dra. Fairclough já havia me explicado em detalhes, diversas vezes, a importância deles, que tinha alguma coisa relacionada com a aeração do solo e o conteúdo da matéria orgânica — mas você precisa de um certo nível de privilégios para se importar mais com a preservação de um inseto sofisticado desse tipo do que, digamos, com abrigos para pessoas sem teto. É claro, enquanto a maioria de nós diz que os desabrigados são seres humanos e, consequentemente, precisam de cuidados, a dra. Fairclough argumentaria que os desabrigados são seres humanos, portanto existem em abundância e, do ponto de vista ecológico, estão em algum lugar entre a insignificância e os riscos à cadeia. Ao contrário dos escaravelhos, que são insubstituíveis. E é por isso que ela cuida dos dados e eu falo com a imprensa.

Às dez e meia me apresentei de imediato em frente ao escritório da dra. Fairclough, com Alex fazendo todo um teatro para anunciar minha chegada, embora a porta já estivesse aberta. A sala, como sempre, era uma carnificina tão organizada que dava medo, com livros, papéis e amostras etimológicas, como um ninho de vespas extremamente acadêmicas.

— Sente-se, O'Donnell.

Sim. Essa é a minha chefe. Dra. Amelia Fairclough parece a Kate Moss, se veste como o Simon Schama e fala como se tivesse que pagar por cada palavra. Em vários aspectos, ela é a pessoa ideal para se trabalhar porque tem um estilo de gestão que envolve não prestar atenção em você a não ser que você tenha ateado fogo em alguma coisa. O que, a bem da verdade, Alex já havia feito duas vezes.

Me sentei.

— Twaddle. — O olhar dela atravessou Alex diretamente. — A ata.

Ele pulou.

— Ah. Hm. Sim. Com certeza. Alguém tem uma caneta?

— Ali. Debaixo do *Chrysochroa fulminans*.

— Que maravilha. — Alex tinha os olhos da mãe do Bambi. Provavelmente depois de levar o tiro. — Qual?

Um músculo no maxilar da dra. Fairclough se contraiu.

— O verde.

Dez minutos depois, Alex finalmente encontrou a caneta, papel, um segundo pedaço de papel porque ele furou o primeiro com a caneta, e um exemplar de *A ecologia e a evolução dos escaravelhos* (Simmons e Ridsdill--Smith, Editora Wiley-Blackwell, 2011) para usar de apoio.

— Certo — disse ele. — Tudo pronto.

A dra. Fairclough cruzou as mãos na mesa à sua frente.

— Não estou feliz com isso, O'Donnell...

Não dava para saber se ela estava falando sobre ter que conversar comigo ou sobre o que estava prestes a dizer.

— Merda, vou ser demitido?

— Ainda não, porém tive que responder a três e-mails sobre você hoje, e isso significa três e-mails a mais do que a quantidade que eu normalmente gostaria de responder.

— E-mails sobre mim? — Eu sabia aonde ela queria chegar. Provavelmente sempre soube. — É por causa das fotos?

Ela assentiu duramente.

— Sim. Quando te contratamos, você nos disse que isso era coisa do passado.

— Era. Quer dizer, é. Só cometi o erro de ir a uma festa na mesma noite em que o meu pai apareceu na tv.

— Pelo visto, a opinião geral da mídia é que você estava caído na sarjeta em um transe provocado por drogas. Vestindo roupas fetichistas.

— Eu tropecei — respondi com frieza. — Usando orelhinhas de coelho engraçadas.

— Para determinado grupo de pessoas, esse detalhe acrescenta um elemento especial de perversão.

De certa forma, me senti quase aliviado por estar irritado. Era melhor do que ficar em pânico por estar prestes a perder o emprego.

— Vou precisar de um advogado? Porque estou começando a achar que isso tem muito mais a ver com a minha sexualidade do que com o meu grau de sobriedade.

— Claro que tem. — A dra. Fairclough gesticulou impaciente. — Faz você parecer o tipo completamente errado de homossexual.

Alex assistia àquela conversa como um torneio de tênis. E agora eu conseguia escutá-lo murmurando "tipo completamente errado de homossexual" enquanto anotava.

Me esforcei para responder no tom mais sensato possível.

— Você sabe que eu posso meter um processo em vocês por causa disso, né?

— De fato — concordou a dra. Fairclough. — Mas não iria arrumar outro emprego, e nós não estamos exatamente te demitindo. Inclusive, como nosso arrecadador de fundos, você deve estar a par de que não temos dinheiro, então entrar com um processo contra nós seria bastante inútil de sua parte.

— Ué, então você só me chamou aqui para alegrar o meu dia com um pouquinho de homofobia casual?

— Por favor, O'Donnell. — Ela suspirou. — Você deveria saber que eu não tenho o menor interesse no tipo de homossexual que você é. Aliás, sabia que pulgões são partenogenéticos? Mas, infelizmente, muitos dos nossos patrocinadores se importam. É claro, não são todos homofóbicos, e acho que adorariam ver um jovem gay encantador vencendo na vida e jantando com eles. Isso, porém, só caso você seja essencialmente inofensivo.

Minha raiva, assim como todos os homens com os quais já estive, não parecia muito a fim de ficar comigo por muito tempo. E, para completar, ainda havia me deixado apenas cansado e desanimado.

— Na verdade, isso também é homofobia.

— E você pode certamente chamá-los para conversar e explicar tudo a eles, mas de certa forma eu duvido que isso vá convencê-los a nos dar dinheiro. E, se você não for capaz de fazer essas pessoas nos darem dinheiro, creio que sua utilidade para esta organização fica bem limitada.

Bom, agora eu estava assustado novamente.

— Pensei que você tinha dito que eu não seria demitido.

— Desde que a Corrida dos Besouros seja um sucesso, você pode frequentar os bares e vestir quaisquer apêndices de mamíferos que quiser.

— Oba.

— Porém. — Ela me lançou um olhar frio. — Até o momento, sua imagem pública como uma espécie de pervertido sexual, cheirador de cocaína e usuário de calças com um buraco na bunda espantou três dos nossos maiores doadores, e eu não preciso lembrá-lo de que nossa lista de doadores está se aproximando perigosamente da marca de um dígito.

Talvez não fosse a melhor hora para contar sobre os e-mails que eu havia recebido naquela manhã.

— Então, o que eu devo fazer?

— Se reerguer. E rápido. Você precisa voltar a ser aquela espécie de sodomita inofensivo que as pessoas que não ligam para o preço do mercado ficam confortáveis de apresentarem aos amigos de esquerda e orgulhosas de apresentarem aos amigos de direita.

— Só deixando claro, estou me sentindo muito, *muito* ofendido.

Ela deu de ombros.

— Darwin se sentiu ofendido pelos *Ichneumonidae*. Para desgosto dele, essa família de insetos continuou existindo.

Se eu tivesse um testículo de mosquito de orgulho, teria me retirado dali imediatamente. Mas eu não tinha, por isso não saí.

— Não posso controlar o que os tabloides falam sobre mim.

— Claro que pode — interferiu Alex. — É fácil.

Nós dois o encaramos.

— Um amigo que estudou comigo em Eton, chamado Mulholland Tarquin Jjones, passou por uma situação delicada alguns anos atrás, um mal-entendido envolvendo um carro roubado, três prostitutas e um quilo de heroína. Os jornais estavam loucos atrás dele, então ele ficou noivo de uma herdeira bonitinha de Devonshire, e de repente só se falava de festas no jardim e matérias de páginas duplas nas revistas de celebridades.

— Alex — falei, lentamente. — Você sabe que eu sou gay e essa conversa inteira só está acontecendo porque eu sou gay, certo?

— Sim, obviamente eu estava sugerindo um herdeiro, não uma herdeira.

— Eu não conheço herdeiros de nenhum gênero.

— Não? — Ele parecia genuinamente confuso. — Com quem você costuma ir para Ascot então?

Apoiei minha cabeça nas mãos. Acho que eu estava prestes a chorar.

E foi aí que a dra. Fairclough retomou o controle da conversa.

— Twaddle levantou uma questão interessante. Com um namorado apropriado, ouso dizer que você voltaria a ser cativante rapidinho.

Eu estava me esforçando muito para não pensar no meu fracasso absurdo com Cam na Adega. Agora a lembrança de ser rejeitado por ele me inundou com uma humilhação fresquinha.

— Eu não consigo nem arrumar um namorado inapropriado.

— Isso não é problema meu, O'Donnell. Por favor, se retire. Nessa brincadeira de e-mails e com esta conversa, você já me deu trabalho demais para uma manhã.

Ela voltou a atenção para o que quer que estivesse fazendo no computador com tanta intensidade que, por um momento, pensei que eu tinha deixado de existir. Algo que não me chatearia nem um pouco se de fato acontecesse.

Minha cabeça estava a mil quando saí da sala dela. Coloquei a mão no rosto e percebi que meus olhos estavam molhados.

— Meu Deus — disse Alex. — Você está chorando?

— Não.

— Quer um abraço?

— Não.

Apesar disso, de alguma forma, acabei nos braços dele, recebendo um cafuné desajeitado. Alex havia sido um jogador experiente de críquete na escola ou na faculdade ou qualquer coisa do tipo — seja lá o que "experiente" significa em um esporte que consiste basicamente em comer morangos e andar devagar por cinco dias —, e eu não pude deixar de notar que ele ainda tinha o corpo atlético, esguio e rígido. Além disso, Alex era inexplicavelmente cheiroso, como grama fresca recém-aparada no verão. Pressionei meu rosto contra seu cardigã de grife e soltei um barulho que, sem sombra de dúvida, não era de choro.

Felizmente, Alex não parecia nem um pouco perturbado com tudo aquilo.

— Calma, calma. Eu sei que a dra. Fairclough pode ser uma megera às vezes, mas não há mal que sempre dure.

— Alex. — Funguei e tentei assoar meu nariz bem discretamente. — As pessoas não falam "não há mal que sempre dure" desde 1872.

— Falam, sim. Eu mesmo acabei de dizer. Você não estava ouvindo?

— Tem razão. Foi besteira minha.

— Não esquenta. Dá pra ver que você está chateado.

Ao me arrastar dois centímetros acima do fundo do poço, tive a percepção dolorosa de que estava chorando nos ombros do cara mais pateta do escritório.

— Estou bem. Só estou processando o fato de que, embora esteja solteiro pelos malditos últimos cinco anos, preciso arrumar um namorado do dia para a noite senão perco o único emprego que me aceitaria: uma instituição de caridade com padrões de contratação tão baixos que você e o Rhys trabalham aqui.

Alex pensou por um momento.

— Tem razão. Isso é horrível. Quer dizer, somos uns fracassados.

— Ah, sem essa — rosnei. — Fique ofendido pelo menos. Agora você está fazendo com que eu me sinta um completo babaca.

— Sinto muito. Não foi minha intenção.

Às vezes eu quase acreditava que Alex era um gênio secreto e nós éramos meros peões no jogo grandioso dele.

— Você está fazendo isso de propósito, né?

Ele abriu um sorriso que ou era enigmático ou simplesmente vago.

— De qualquer forma, tenho certeza de que você consegue fácil encontrar um namorado. Você é bonito. Tem um bom emprego. Até apareceu nos jornais recentemente.

— Se eu conseguisse arrumar um namorado, eu *já teria* um namorado.

Alex apoiou o quadril na lateral da mesa.

— Levanta esse queixo, rapaz. Podemos dar um jeito nisso. Me diz, seus pais não conhecem ninguém ideal?

— Esqueceu que meu pai é um viciado em recuperação com um reality show na TV e minha mãe uma reclusa dos anos 80 que tem literalmente uma amiga?

— Sim, mas achei que eles ainda conheciam a galera.

— Não, não conhecem.

— Sem problemas. Ainda temos muitas opções. — Uma pausa. — Só me dê um minutinho para que eu possa pensar em todas.

Ah, olá, fundo do poço! Que bom te ver de novo. Que tal você ser meu namorado?

Depois de vários minutinhos, Alex se empolgou como um beagle farejando um coelho.

— Que tal algum dos caras que estudaram com você? Dá uma ligada e pergunta se alguém tem uma irmã bacana. Quer dizer, irmão. Quer dizer, irmão gay.

— Eu estudei em um vilarejo pequeno. Só havia três pessoas na minha turma e não tenho contato com nenhuma delas.

— Que curioso. — Alex inclinou a cabeça, confuso. — Eu achava que você tinha estudado em Harrow.

— Você sabe que existem pessoas que não estudaram nem em Eton nem em Harrow, né?

— Sim, claro. Garotas.

Eu não estava no clima para explicar a socioeconomia britânica moderna para um homem tão refinado que sequer achava estranho pronunciar o *t* em Möet mas não em merlot.

— Não acredito que vou dizer isso, mas podemos, por favor, retomar a pauta "tentar consertar minha vida amorosa"?

— Devo admitir que estou um pouco surpreso. — Ele ficou em silêncio, franzindo a testa e brincando com as mangas da camisa. Então, do nada, teve um surto de empolgação. — Pensei em uma coisa.

Em circunstâncias normais, eu reagiria àquilo com a devida descrença. Mas eu estava desesperado.

— O quê?

— Por que você não diz que está saindo comigo?

— Você não é gay. E todo mundo sabe que você não é gay.

Ele deu de ombros.

— Posso dizer que mudei de ideia.

— Tenho quase certeza de que não é assim que funciona.

— Pensei que essas coisas eram mais fluidas hoje em dia. Século vinte e tal...

Aquela não era a hora de lembrar Alex em qual século estávamos.

— Você não tem namorada? — perguntei.

— Ah, sim, Miffy. Esqueci. Mas ela é uma garota extraordinária. Não iria se importar.

— No lugar dela, eu iria. Me importaria *bastante*.

— Bom, talvez seja por isso que você não tem namorado. — Ele me olhou com uma expressão ligeiramente magoada. — Pelo visto, você é exigente demais.

— Olha. Eu agradeço a proposta. Mas não acha que, se você não consegue se lembrar da sua namorada de verdade, talvez teria problemas em se lembrar de um namorado de mentira?

— Não. Essa é a sacada disso tudo, entende? Eu posso fingir que você é meu namorado, e ninguém vai achar estranho que eu não tenha comentado nada antes porque eu sou tão avoado que poderia facilmente ter deixado isso passar batido.

De uma maneira um tanto assustadora, o que ele dizia estava começando a fazer sentido.

— Quer saber? — falei. — Vou pensar a respeito de verdade.

— Pensar sobre o quê?

— Obrigado, Alex. Você ajudou bastante.

Voltei lentamente para a minha sala, onde fiquei aliviado ao descobrir que eu não havia assustado nenhum outro doador enquanto estive fora. Então me sentei à mesa com a cabeça enterrada nas mãos e desejei...

Meu Deus. Eu estava fodido demais para saber o que desejar. É óbvio que seria legal se meu pai não estivesse na TV e se eu não estivesse nos jornais e se meu emprego não estivesse correndo perigo. Mas nenhuma dessas coisas, juntas ou individualmente, eram o problema de verdade. Elas eram apenas as gaivotas mortas flutuando à margem do grande vazamento de óleo que era a minha vida.

Afinal, eu não poderia mudar o fato de que meu pai era Jon Fleming. Não poderia mudar o fato de que ele me rejeitava. Não poderia mudar o fato de ter me apaixonado por Miles. E não poderia mudar o fato de que ele também me rejeitou.

Enquanto eu remoía aqueles pensamentos, me dei conta de que Alex não havia sido totalmente inútil. Quer dizer, ele não tinha chegado ao ponto de *ser* útil — um passo de cada vez — mas, de forma geral, ele tinha razão sobre aquele papo de que pessoas que a gente conhece podem ser um jeito eficaz de descobrir pessoas que a gente não conhece.

Peguei meu celular e corri para o grupo de WhatsApp, que alguém havia renomeado para *Quero ficar com meus aBIgos*. Depois de pensar por um instante, mandei uma série de emojis de sirene seguidos de **Socorro. Emergência. Vingaydores, Avante! Rose & Crown. Hoje, às 18h** e fiquei secretamente emocionado com a velocidade em que a tela se encheu de pessoas prometendo aparecer.

Escolher o Rose & Crown para o encontro havia sido uma atitude levemente egoísta da minha parte, uma vez que o lugar ficava muito mais perto da minha casa do que da de qualquer outra pessoa do grupo. Mas, como era eu quem estava em crise, me senti no direito. Além do mais, era um dos meus pubs favoritos — uma arquitetura esquisita do século XVII que parecia ter sido arrancada de um vilarejo rural e jogada no meio de Blackfriars. Com seu gramado absurdamente amplo e com floreiras penduradas, o lugar parecia uma ilha particular, cercado de prédios comerciais que quase se inclinavam para longe, envergonhados.

Pedi uma cerveja e um hambúrguer, e reservei uma mesa de piquenique na parte externa. Como estávamos no que dava para chamar de primavera da Inglaterra, o ar estava um pouco gelado, mas, se os londrinos fossem se preocupar com coisas tipo frio, chuva, um nível levemente preocupante de poluição ou cocô de pombo na cabeça, nós nunca sairíamos de casa. Eu estava esperando havia apenas alguns minutos quando Tom apareceu.

O que sempre era ligeiramente esquisito pra caralho.

A rigor, Tom não é um amigo. É meio-amigo, por ser o namorado de anos da Única Garota Hétero do grupo, Bridget. E, ao mesmo tempo, o cara mais gostoso e legal que eu conheço, por parecer um irmão mais novo do Idris Elba e por ser um espião de verdade. Bom, não exatamente. Ele trabalha para a Divisão de Inteligência de Alfândega e dos Impostos Especiais de Consumo, que é um daqueles setores que existem embora ninguém nunca ouça falar.

A coisa ainda é um pouco mais complicada porque, tecnicamente, eu

39

o vi primeiro. Nós saímos algumas vezes e eu achei que tudo estava indo muito bem, então apresentei Tom para Bridget, e ela o roubou de mim. Bom, ela não o roubou. Ele só gostou mais dela. E eu não guardo ressentimento algum. Quer dizer, guardo. Mas não guardo. Mas, às vezes, guardo.

E eu provavelmente não deveria ter dado em cima de Tom de novo durante a fase ruim que ele e Bridget tiveram alguns anos atrás. Eles estavam dando um tempo, então não foi uma atitude tão cuzona da minha parte quanto poderia ter sido. E, de qualquer forma, aquilo só fez ele perceber o quanto a amava e queria consertar as coisas. Então foi ótimo.

O que Tom faz com a minha autoestima é basicamente o mesmo que ele faz com traficantes de pessoas e portadores de armas. Embora a minha autoestima seja bem menos resistente.

— Oi — eu disse, tentando não cavar um buraco na grama e me rastejar para dentro como um escaravelho ameaçado de extinção.

Tom me deu um beijo muito indiferente na bochecha que destruiu um pouquinho da minha alma, colocando sua cerveja na mesa, ao lado da minha.

— Que bom te ver. Quanto tempo.

— Sim. Pois é. — Devo ter deixado escapar uma expressão traumatizada, porque Tom continuou: — Bridge está atrasada. Como sempre.

Ri de nervoso. Atrasada era o normal dela.

— Então. Hm. O que você tem feito?

— O de sempre. Um caso grande de fraude comercial. Deve encerrar em breve. E você?

Depois de três anos andando com Tom, eu sabia que *fraude comercial* era um jargão que significava algo muito mais sério, embora eu nunca conseguisse descobrir o quê. E, diante disso, responder que eu estava organizando uma festa para arrecadar dinheiro para insetos de cocô ficava um pouquinho mais humilhante.

Mas, como sempre, Tom parecia incrivelmente interessado e me fez uma série de perguntas relevantes, sendo que metade delas eu deveria estar fazendo a mim mesmo. De qualquer forma, deixei a conversa rolar até os James Royce-Royces chegarem.

Eu conheci James Royce e James Royce (agora chamados James Royce-Royce e James Royce-Royce) em um evento LGBTQIA+ na faculdade.

De certa forma, chega até a ser estranho como eles se dão tão bem já que o nome é basicamente a única coisa que os dois têm em comum. James Royce-Royce é um chef de cozinha, usa óculos e se expressa de um jeito que... Olha, estou tentando encontrar uma forma delicada de explicar mas, em resumo, ele supera os limites da extravagância. James Royce--Royce, por outro lado, parece um assassino de aluguel russo, tem um emprego que eu nunca entendi, só sei que envolve muita matemática complexa e é inacreditavelmente tímido.

No momento eles estão tentando adotar, então o assunto logo descamba para a quantidade "realmente infernal" (nas palavras de James Royce-Royce) de papelada envolvida no que eu, no auge da minha inocência, acreditava ser um processo rápido de pegar bebês de pessoas que não querem e entregá-los para pessoas que querem. Sinceramente, eu não sabia se aquilo fazia eu me sentir mais deslocado do que conversar sobre crianças em si.

A próxima a chegar foi Priya, uma lésbica pequenininha com extensões de cabelo multicoloridas que de alguma forma conseguia pagar as contas colando pedacinhos de metal em outros pedacinhos de metal e vendendo aquilo em galerias de arte. Tenho certeza de que ela é genuinamente talentosa, mas não tenho qualificação alguma para julgar. Ela era a única outra pessoa solteira no meu grupo de amigos mais próximo, e nós passamos muitas noites bebendo prosecco barato, lamentando nossa incapacidade de sermos amados e prometendo pegar todo o nosso dinheiro e nos casarmos se ainda estivéssemos sozinhos aos cinquenta anos. Mas então ela me traiu ao se apaixonar por uma medievalista casada mais de vinte anos mais velha. E depois, uma traição mais difícil de perdoar, ela deu um jeito de o relacionamento dar certo.

— Onde você estava no sábado, porra? — Ela se juntou à mesa e me encarou. — Era pra gente ter ficado sentados no canto julgando as pessoas.

Dei de ombros daquele jeito estou-fingindo-não-estar-sendo-humilhado.

— Eu apareci, peguei um drinque, levei um fora de um hipster bonitinho e fui embora com o rabo entre as pernas.

— Ah. — A boca de Priya abriu um sorriso torto. — Uma noite normal para você, então.

— Pois fique sabendo que, embora eu esteja pronto para dar a volta por cima, você tem toda a razão.

— Foi justamente por isso que eu disse. Enfim, qual é a grande emergência?

— Bridget — disse James Royce-Royce. — Ela ainda não nos agraciou com sua presença.

Priya revirou os olhos.

— Isso não é uma emergência. É o de sempre.

Sabendo que Bridget poderia chegar em uma janela de tempo entre vinte minutos e nunca, botei tudo para fora. Sobre as fotos, os doadores e como eu estava totalmente fodido no trabalho se não arrumasse um namorado respeitável para ontem.

James Royce-Royce foi o primeiro a reagir.

— Isso... É a transgressão mais absurda contra todas as formas de decência. Você é arrecadador de fundos de uma organização ambiental, não um participante do *De férias com o ex*.

— Concordo. — Tom Lindo E Totalmente Não-Saindo-Comigo tomou um gole de cerveja, movendo o pomo de adão enquanto engolia. — Isso não é aceitável em nenhum cenário. Não é a minha área, mas pode dar um belo processo trabalhista.

Dei de ombros sem muita animação.

— Talvez, mas se eu atrapalhar a arrecadação de fundos por ser muito gay, não terei nem quem processar.

— Me parece. — Priya fez uma pausa para amarrar os cadarços coloridos do sapato. — Que você tem duas opções. Arrumar outro emprego ou arrumar um namorado.

O comentário fez James Royce-Royce dar sua clássica olhada por cima dos óculos.

— Priya, meu bem, estamos tentando dar apoio emocional aqui.

— Você está tentando dar apoio emocional — disse ela. — Eu estou tentando ser útil.

— Apoio emocional é útil, sua megera do arco-íris.

Tom, que não tinha as mesmas boas lembranças das brigas entre os dois, suspirou.

— Tenho certeza de que dá para ser as duas coisas. Mas não sei se deveríamos incentivar o Luc a seguir em frente com isso.

— Olha — eu disse a ele. — Isso é superbacana e gentil da sua parte, mas acho que não tenho escolha. Então preciso que vocês entrem nessa comigo e me ajudem a encontrar um homem.

Houve um silêncio longo e preocupante.

Finalmente, Tom falou alguma coisa:

— Certo. Se é isso o que você quer. Mas vai precisar ser um pouquinho mais específico. O que você está procurando?

— Você não ouviu? Um homem. Qualquer homem. Contanto que ele possa usar um terno, fazer conversa fiada e não me envergonhar como arrecadador de fundos.

— Luc, eu... — Ele passou a mão pelos cabelos. — Eu realmente quero ajudar. Mas essa é uma atitude horrível. Quer dizer, o que você espera que eu faça? Que ligue para o meu ex tipo, *E aí, Nish? Boas notícias. Tenho um amigo com pouquíssimos critérios que quer sair com você?*

— Bom, da última vez que eu tive critérios, o cara me trocou pela minha melhor amiga.

James Royce-Royce puxou o ar com tanta força que deu para escutar. E, de repente, todos estavam olhando atentamente para direções diferentes.

— Desculpa — murmurei. — Eu... Desculpa. Estou um pouco chateado agora, e ser babaca é meu mecanismo de defesa.

— Sem problemas. — Tom voltou para a sua cerveja.

Levei um segundo ou dois para perceber que eu não tinha certeza se ele quis dizer "sem problemas porque não fiquei ofendido e não te considero um babaca" ou "sem problemas porque você é um babaca e nós não somos amigos de verdade". Espião de merda. E não é como se ele estivesse errado. Eu sei que estava pedindo demais.

— A questão é que — falei, começando a arrancar o rótulo da garrafa mais próxima. — Já faz um tempo desde a última vez que me dei bem nessa coisa toda de me relacionar com alguém. E provavelmente vocês vão passar os próximos trinta anos brigando com seus parceiros sobre quem vai ter que me aguentar no Natal. Mas eu não posso...

— Ah, Luc! — exclamou James Royce-Royce. — Você sempre será bem-vindo na Casa Royce-Royce.

— Não era exatamente sobre isso que eu estava falando, mas bom saber.

— Espera aí. — Priya tirou o olhar das garrafas e estalou os dedos. — Já sei. Contrata alguém. Eu sei de pelo menos umas trinta pessoas que topariam na hora.

— Não sei se estou mais desconcertado com você sugerindo que eu procure um garoto de programa ou com o fato de que, aparentemente, você conhece trinta garotos de programa.

Ela me encarou com um olhar confuso.

— Eu estava pensando numa coisa tipo atores desempregados ou artistas performáticos, mas pode ser. E, agora que você falou, acho que Kevin fez alguns programas no final dos anos 2000, e Sven ainda faz uns frilas como dominador profissional.

— Uau! — Levantei os dois polegares mais sarcásticos do mundo. — Ele parece perfeito. Qual parte do "evitar os tabloides" você não entendeu?

— Ah, para. Ele é um amor. É poeta. Ninguém vai descobrir.

— Eles *sempre* descobrem.

— Tudo bem, então. — Priya parecia um pouquinho frustrada comigo. — Quando você disse um homem, qualquer homem, na verdade quis dizer qualquer homem que se enquadre em uma definição bastante limitada, classe média e levemente heteronormativa de aceitação.

— Sim. Eu trabalho para uma instituição obscura de caridade ecológica. Limitada, classe média e levemente heteronormativa é a definição do nosso público-alvo.

Mais um silêncio arrastado.

— Por favor — eu literalmente implorei. — Vocês devem ter algum amigo que não seja ou um profissional do sexo ou bom demais para mim.

Então James-Royce-Royce se inclinou e sussurrou algo para James Royce-Royce.

A expressão de James Royce-Royce se iluminou.

— Que ideia esplêndida, docinho. Ele seria perfeito. Mas acho que ele casou com um contador de Neasden em julho.

James Royce-Royce ficou arrasado.

Arranquei completamente o rótulo da cerveja e o amassei.

— Certo. Minhas opções até agora: alguém provavelmente casado, trinta garotos de programa e um cara chamado Nish que já namorou o Tom e, por conta disso, talvez ache que ficar comigo seja se rebaixar.

— Eu não quis... — disse Tom, lentamente. — Fazer você achar que eu acho que o Nish acharia que é bom demais para você. Seria um prazer apresentar vocês dois. É só que, vendo o Instagram dele, tenho quase certeza de que ele está saindo com alguém.

— Bem, vou ser demitido. — Bati a cabeça na mesa com mais força do que planejado.

— Desculpa o atraaaaso. — A voz de Bridget atravessou o jardim como uma corneta, e eu virei o rosto a tempo de vê-la cambaleando com pressa sobre a grama em um salto alto impraticável, como sempre. — Vocês não vão acreditar no que aconteceu. Não posso dar muitos detalhes. Mas um dos nossos autores tinha um lançamento superaguardado hoje, à meia-noite, e o caminhão que estava transportando os livros caiu de uma ponte, direto no rio, e agora não só metade dos livros está destruída como a outra metade está sendo recolhida por fãs muito bem organizados e a internet está cheia de spoilers. Acho que vou ser demitida. — E, com isso, ela desabou sem fôlego no colo de Tom.

Ele a abraçou e a puxou para mais perto.

— Não é culpa sua, Bridge. Eles não vão te demitir por causa disso.

Bridget Welles: minha Única Amiga Hétero. Sempre atrasada, sempre no meio de uma crise, sempre de dieta. Por algum motivo, ela e Tom combinavam de verdade. E, embora eu não tenha dado certo com Tom por causa das minhas próprias cagadas, era legal saber que Bridget encontrou alguém que não fosse gay como uma boneca de porcelana e enxergava a pessoa incrível e adorável que ela era.

— Luc, por outro lado — anunciou Priya —, definitivamente vai ser demitido se não arrumar um namorado.

Bridge me encarou como um lança-mísseis movido a laser.

— Ah, Luc. Estou tão feliz. Eu te encho o saco para arrumar um namorado há séculos.

Levantei a cabeça da mesa.

— Excelentes prioridades, Bridge.

— Essa é a melhor notícia de todas. — Ela apertou as mãos com empolgação. — Eu conheço o cara perfeito.

Meu coração afundou. Eu sabia muito bem aonde ela queria chegar. Eu amo a Bridget, mas ela só conhece uma pessoa gay fora do nosso círculo social.

— Não diga Oliver.

— Oliver!

— Não vou namorar o Oliver.

Os olhos dela ficaram arregalados de mágoa.

— Qual é o problema com o Oliver?

Eu havia encontrado Oliver Blackwood exatamente duas vezes. Na primeira, nós éramos os únicos homens gays em uma das festas do trabalho de Bridget. Alguém se aproximou e perguntou se éramos um casal, e Oliver, parecendo muito enojado, respondeu: "Não, estou apenas parado ao lado de outro homossexual". Na segunda vez, eu estava muito bêbado e muito desesperado, e o convidei para ir à minha casa. As lembranças do que aconteceu na sequência estavam um pouco embaralhadas, mas acordei sozinho na manhã seguinte, completamente vestido ao lado de um enorme copo de água. Nas duas ocasiões, cada uma humilhante à sua maneira, Oliver deixou muito claro que eu tinha um caminhãozinho que nunca comportaria toda a areia dele.

— Ele... não faz meu tipo — tentei.

Priya claramente ainda estava chateada porque eu rejeitei os garotos de programa.

— Ele é exatamente o tipo de homem que você disse estar procurando. Um tipo que, por sinal, é incrivelmente chato.

— Ele não é chato — protestou Bridge. — Ele é advogado... e... é muito legal. Já namorou muitas pessoas.

Estremeci.

— E isso não é um alerta vermelho *de forma alguma*.

— Por outro lado — sugeriu Tom —, você pode encarar assim: entre os dois, você tem uma vida amorosa completamente normal e saudável.

— Não sei por que as coisas nunca deram certo para ele. — Bridget parecia genuinamente confusa com o fato de seu amigo horrível estar solteiro. — Ele é tão bonitinho. E se veste tão bem. E a casa dele é tão limpa e bem decorada.

James Royce-Royce exibiu uma expressão irônica.

— Odeio ter que dizer isso, querido, mas ele parece ser exatamente o que você está procurando. Seria uma baita ingratidão se recusar a pelo menos se encontrar com esse cara.

— Mas ele é perfeitinho demais — argumentei. — Com o emprego bacana e a casa bacana e as roupas bacanas, que merda vai querer comigo?

— Você também é bacana. — Bridget colocou a mão em cima da minha para me consolar. — Só se esforça demais para fingir que não é. E, de qualquer forma, deixa comigo. Sou muito boa com esse tipo de coisa.

Eu tinha quase certeza de que minha vida amorosa estava prestes a cair de uma ponte, direto no rio. E possivelmente deixar a internet cheia de spoilers. Mas, Deus que me perdoe, parecia que Oliver Blackwood era minha única esperança.

Três dias depois, contra a minha vontade e apesar dos meus protestos, eu estava me arrumando para um encontro com Oliver Blackwood. O grupo de WhatsApp — *Um Gay A Mais* — estava lotado de conselhos, a maioria sobre o que eu não deveria vestir — o que parecia englobar tudo o que eu tinha no armário. Por fim, fui com minha calça jeans mais justa, meus sapatos mais pontudos, a única camisa que encontrei que não precisava ser passada e uma jaqueta feita sob medida. Eu não iria ganhar nenhum prêmio de moda, mas acho que alcancei um bom equilíbrio entre "total desleixo" e "desespero repugnante". Infelizmente, toda a troca de mensagens, fofocas e selfies enviadas para a aprovação dos universitários fez com que eu me atrasasse. Por outro lado, Oliver era amigo de Bridget, então ele provavelmente já havia desenvolvido certa tolerância a atrasos ao longo dos anos.

Enquanto eu saltitava pela entrada do Quo Vadis — escolha dele; eu nunca ousaria escolher um lugar tão sofisticado — logo ficou evidente que, na verdade, ele não havia desenvolvido nenhuma tolerância a atrasos. Estava sentado em uma mesa no canto, a luz que atravessava o vitral iluminava sua carranca com tons de safira e dourado. Os dedos tamborilavam de um jeito ansioso na toalha de mesa. A outra mão segurava um relógio de bolso com uma corrente, que ele estava prestes a checar de novo com cara de quem já fizera aquilo diversas outras vezes.

Mas, falando sério... Relógio de bolso? Quem usa isso?

— Sinto muito — ofeguei. — Eu... eu... — Nada. Eu não tinha uma desculpa. Então acabei escolhendo o óbvio. — Eu me atrasei.

— Acontece.

Com a minha chegada, Oliver se levantou como se estivéssemos em um baile dos anos 50, me deixando totalmente perdido em relação ao que deveria fazer. Apertar a mão dele? Beijar sua bochecha? Pedir ajuda para a minha dama de companhia?

— Posso me sentar?

— Claro. A não ser que — disse ele, levantando a sobrancelha em uma expressão de curiosidade. — Você tenha outro compromisso.

Foi uma piada?

— Não. Não. Eu sou, hm, todo seu.

Ele gesticulou como se dizendo "fique à vontade", e eu me espremi com delicadeza no banco. O silêncio se esticou entre nós, como fios de muçarela socialmente desconfortáveis. Oliver era do jeitinho que eu me lembrava: uma obra de arte moderna, bacana e polida chamada *Desaprovação em riscas de giz*. E lindo a ponto de me irritar. Meu rosto parecia uma criação de Picasso em um dia ruim — pedaços da minha mãe e do meu pai agrupados sem nenhuma combinação ou motivo. Mas Oliver tinha aquele tipo de simetria perfeita que os filósofos do século XVIII teriam usado para provar a existência de Deus.

— Você está usando delineador?

— Quê? Não.

— Sério?

— Bem, é o tipo de coisa que eu me lembraria de ter passado. Tenho quase certeza de que meus olhos são assim mesmo.

Ele pareceu levemente afrontado.

— Inacreditável.

Para nossa alegria, naquele momento, um garçom se materializou com os cardápios, nos dando uma desculpa para ignorarmos um ao outro por alguns bons minutos.

— Você deveria pedir o sanduíche de enguia defumada — disse Oliver. — É a especialidade da casa.

Como o cardápio tinha o tamanho de um jornal, com ilustrações feitas à mão e a previsão do tempo no topo, levei um tempo para encontrar o que ele havia sugerido.

— Pelo preço, tem que ser bom mesmo.

— Como eu estou pagando, não precisa se preocupar com isso.

Me contorci, o que fez minha calça jeans guinchar contra o banco de couro.

— Eu ficaria mais confortável se nós dividíssemos a conta meio a meio.

— Jamais, levando em conta que eu escolhi o restaurante e que, se não me engano, Bridget disse que você trabalha com escaravelhos.

— Eu trabalho *para* escaravelhos. — Tá bom, isso não soou muito melhor. — Quer dizer, trabalho em prol da preservação deles.

Ele franziu a sobrancelha.

— Eu não sabia que eles precisavam ser preservados.

— Sim, a maioria das pessoas não sabe. Esse é o problema. Ciência não é exatamente o meu ponto forte, mas, em resumo, eles são bons para o solo e, se entrarem em extinção, todos nós vamos morrer de fome.

— Então você está fazendo um bom trabalho, mas eu sei que até mesmo as grandes instituições de caridade pagam bem menos do que o setor privado. — Cinza e metálicos, os olhos dele me encararam por tanto tempo e com tanta força que eu literalmente comecei a suar. — É por minha conta. Eu insisto.

Aquilo me pareceu estranhamente patriarcal, mas eu não sabia bem se podia reclamar, já que nós dois éramos homens.

— Hmmm...

— Se isso for te deixar mais confortável, posso pedir por você. Este é um dos meus restaurantes favoritos e... — Ele mudou de posição e acabou me chutando sem querer debaixo da mesa. — Perdão... e eu gosto de trazer pessoas aqui para conhecer.

— Vai querer que eu apare o seu charuto mais tarde também?

— Isso é um eufemismo?

— Só no musical *Gigi* — bufei. — Mas tudo bem. Pode pedir por mim. Se é isso que você quer.

Por cerca de dois milésimos de segundos ele parecia perigosamente perto de estar feliz.

— Posso mesmo?

— Sim. E... — Meu Deus, por que eu era sempre tão ingrato? — Desculpa. Obrigado.

— Você tem alguma restrição alimentar?

— Não. Como qualquer coisa. Hm. Em termos de comida. É isso.

— E... — Ele hesitou, mas depois tentou disfarçar. — Vamos beber?

Meu coração se debateu feito um peixe agonizante como sempre fazia quando o assunto chegava minimamente perto de alguma das coisas que haviam sido ditas a meu respeito ao longo dos anos.

— Sei que você não tem motivos para acreditar nisso, mas eu não sou alcoólatra. Nem viciado em sexo. Nem em drogas.

Houve um longo silêncio. Encarei a toalha de mesa branca e áspera, querendo morrer.

— Bem — disse Oliver, por fim. — Eu tenho um motivo para acreditar.

Em um mundo ideal, eu teria me comportado com extrema dignidade. No mundo em que eu vivia de verdade, o encarei com um olhar carrancudo.

— Qual?

— Você me disse que não é. Então, vamos beber esta noite?

Meu estômago despencou em queda livre. E eu mal sabia o motivo.

— Se você não se importa, podemos não beber? Embora eu não tenha nenhum problema clínico com álcool, geralmente acabo passando vergonha quando bebo.

— Estou sabendo.

Naquele momento eu quase gostei dele. Embora, tecnicamente, não tivesse que gostar dele, apenas fazê-lo pensar que eu gostava dele por tempo o bastante para que ele me namorasse por tempo o bastante para que eu não fosse demitido. Tranquilo. Eu daria conta. Eu conseguia ser charmoso. Eu era naturalmente charmoso. Um quarto irlandês e um quatro francês. Não dá para ser mais charmoso que isso.

O garçom voltou e, enquanto eu permanecia sentado em silêncio absoluto, Oliver fez nosso pedido. A experiência em si era um pouco esquisita, já que eu ainda não tinha chegado a uma conclusão sobre qual deveria ser o grau de humilhação daquilo tudo. Sem dúvida, não era o tipo de coisa que eu gostaria de vivenciar com frequência. Mas havia um pedacinho patético e solitário de mim que gostava de ser possuído de tal forma na frente de todo mundo. Ainda mais por um homem como Oliver Blackwood. Parecia perigosamente próxima à sensação de ter algum valor.

— Não pude deixar de reparar — comentei depois que o garçom saiu. — Mas, se esse sanduíche de peixe é tudo isso mesmo que você disse, por que não pediu também?

— Sim. Bem. — Para a minha surpresa, Olivier ficou levemente corado. — Sou vegetariano.

— Então como você sabe tudo sobre a enguia mágica?

— Eu já comi carne antes, e eu gosto. Só cheguei em um ponto onde não conseguia mais justificar eticamente.

— Mas você vai ficar sentado aí, todo animado, me olhando engolir pedaços de um animal morto como se fosse um voyeur bizarro de carnívoros?

— Eu não tinha pensado dessa forma. Só queria que você aproveitasse a refeição, e nunca empurraria os meus princípios para alguém que não necessariamente tem a mesma opinião.

Eu estava imaginando coisas ou na prática ele tinha dito que "eu acho seu comportamento antiético, mas não é como se eu esperasse coisa melhor de você"? A reação madura de uma pessoa que queria fazer aquilo dar certo e não perder o emprego seria simplesmente relevar.

— Obrigado. Eu adoro quando meu jantar é servido com uma pitada de hipocrisia.

— Isso não é justo. — Oliver se mexeu de novo e me chutou de novo. — Ainda mais se considerarmos que você ficaria igualmente, ou até mais, ofendido se eu pedisse comida vegetariana sem te avisar. Além disso, desculpe por ficar esbarrando em você toda hora. Seus pés nunca estão onde eu espero.

Eu o encarei com um dos meus olhares mais cruéis.

— Acontece.

A conversa não apenas morreu, ela foi sequestrada e levou um tiro na cabeça. E eu sabia que deveria tentar dar um jeito naquilo, mas não conseguia pensar muito bem em como.

Em vez disso, devorei o cercefi assado com parmesão que havia chegado (e estava delicioso apesar de eu não ter a menor ideia do que era cercefi e não querer dar ao Olivier o prazer de me explicar) e me perguntei como seria estar ali com uma pessoa que eu pudesse, de fato, suportar. Era um lugar adorável e aconchegante, com janelas pintadas em cores vibrantes e assentos de couro caramelo, e a comida claramente seria incrível também. O tipo de restaurante aonde eu voltaria para aniversários de namoro e ocasiões especiais, um local onde nos lembraríamos do primeiro encontro perfeito que tivemos ali.

O sanduíche de peixe, quando chegou, acabou sendo basicamente a coisa mais perfeita que eu já havia comido: massa fermentada e amanteigada envolvendo lascas defumadas de enguia, cobertas com raiz-forte muito picante e mostarda de Dijon, servida com uma cebola vermelha em conserva afiada o bastante para atravessar a carne densa do peixe. Acho que eu literalmente gemi.

— Certo — falei, depois de experimentar. — Fui muito precipitado. Isso aqui é tão bom que eu poderia me casar com você agora.

Talvez eu estivesse enxergando o mundo através dos olhos da enguia, mas bem ali, os olhos de Oliver pareciam ter um toque de prata. E eram muito mais gentis do que eu imaginava.

— Fico feliz que tenha gostado.

— Eu poderia comer um desses todos os dias para todo o sempre. Como você conseguiu desistir de comer carne sabendo que isso aqui existe?

— Eu... achei que era a coisa certa a fazer.

— Não sei dizer se isso é muito admirável ou muito trágico.

Ele deu de ombros, constrangido. E o silêncio entre nós, embora ainda desconfortável, parecia um pouco menos cortante. Talvez tudo fosse ficar bem. Talvez um peixe morto tenha sido a nossa salvação.

— Então... hm... — Ainda inebriado pelo sanduíche, me senti um pouco mais capaz de me esforçar. — Pelo que eu me lembre, você é advogado ou alguma coisa assim, certo?

— Sim, sou advogado contencioso.

— E o que você... contém?

— Eu... — A ponta do sapato dele me acertou no joelho. — Meu Deus. Desculpa. Te chutei de novo.

— Olha, seus pés não estão para brincadeira hoje.

— Posso garantir a você que foi sem querer todas as vezes.

Ele estava tão envergonhado que me deu pena.

— A culpa é minha. Pernas longas.

Nós dois espiamos por baixo da mesa.

— E se... — sugeri, jogando meus pés para a direita.

Ele apontou os sapatos de couro italiano para a esquerda.

— E eu venho para cá...

O tornozelo dele esbarrou no meu enquanto nos ajeitávamos. E claramente fazia muito tempo desde a minha última transa porque eu quase desmaiei. Tirando minha atenção das nossas negociações sob a mesa, encontrei Oliver me observando com um meio-sorriso — como se nós tivéssemos acabado de levar paz ao Oriente Médio com nossas próprias mãos (ou pés?).

E, de repente, ele se tornou muito mais suportável. O bastante para que eu conseguisse me imaginar com um homem que sorria daquele jeito e comprava sanduíches de enguia incríveis para mim, mesmo que eu não precisasse daquilo.

E isso era muito, muito pior do que não gostar dele.

— E o seu... seu emprego? — perguntei com toda a delicadeza de uma tigela de granola.

— Ah. Sim. — Dessa vez, o pé dele esbarrou apenas na lateral do meu enquanto balançava sob a mesa. — Bem, sou especialista em defesa criminal. E agora você já pode pular para a próxima parte.

— Qual parte?

— A pergunta que todos fazem quando eu digo que trabalho com defesa criminal.

Me senti desconfortável como se estivesse sendo reprovado em uma prova. Tomado por um pânico cego, soltei a primeira coisa que me veio à cabeça.

— Você faz sexo usando aquelas perucas?

Ele me encarou.

— Não, porque elas são muito caras, muito desconfortáveis e eu preciso usar a minha no trabalho.

— Ah. — Tentei elaborar outra pergunta. Mas tudo o que eu consegui pensar foi "Você faz sexo de toga, então?", o que, obviamente, não ajudaria em nada.

— A pergunta que todos geralmente fazem — continuou ele, como se fosse o único ator que se lembra das próprias falas em uma peça. — É como eu consigo dormir tranquilo sabendo que passo a vida inteira pondo estupradores e assassinos em liberdade.

— Realmente, é uma boa pergunta.

— Quer que eu responda?

— Bem, me parece que você quer muito responder.

— A questão não é querer ou não. — Ele cerrou o maxilar. — É você achar que eu sou um aproveitador sem moral se eu não responder.

Eu não conseguia imaginar que ele — ou qualquer outra pessoa — se importaria com a minha opinião, fosse ela boa, ruim ou indiferente. Estendi as mãos em um gesto de "vai fundo".

— Acho que é melhor você me dizer, então.

— A resposta curta é: o sistema de justiça penal não é perfeito, mas é o melhor que poderíamos ter. Se você olhar as estatísticas, sim, a maioria das pessoas que eu defendo no tribunal é culpada, porque a polícia cumpre seu papel. Mas até mesmo as pessoas que muito provavelmente cometeram crimes têm o direito à defesa legal. E esse é um princípio com o qual... com o qual eu sou comprometido, por ideal.

Ainda bem que, enquanto ele declamava aquele monólogo — que precisava apenas de uma música emocionante ao fundo para atingir seu total potencial dramático —, puseram uma torta gloriosa na minha frente. Que descobri ser de carne moída, quase derretendo, mergulhada em molho e prestes a fazer ceder o topo de massa crocante.

— Uau. — Levantei os olhos da torta, encontrando de imediato o olhar frio e rígido de Oliver. — Isso parece te deixar muito na defensiva.

— Só acho que é melhor ser sincero desde o começo. Eu sou assim, isso é o que eu faço, e eu acredito no meu trabalho.

De repente, me dei conta de que ele mal havia encostado em sua... beterraba, eu acho? Beterraba e outros vegetais de moral elevada. As mãos fechadas sobre a mesa com tanta força que as juntas dos dedos estavam esbranquiçadas.

— Oliver — eu disse delicadamente, percebendo que nunca havia falado o nome dele, e confuso com a intimidade que aquilo proporcionava. — Não te acho uma má pessoa. O que, vindo de mim, não vale muita coisa, já que você só precisa pegar um jornal ou jogar meu nome no Google para descobrir que tipo de pessoa *eu* sou.

— Eu... — Agora ele parecia desconfortável, mas por um motivo diferente. — Eu sei da sua reputação. Mas, se eu quiser saber alguma coisa sobre você, Lucien, prefiro que você mesmo me conte.

Merda. A conversa ficou séria do nada. Será que é tão difícil assim encontrar um cara que goste de você o bastante para te namorar por alguns meses mas não tanto a ponto de você precisar lidar com aquelas emoções esquisitas que desgraçam a sua cabeça, tiram o seu sono e te fazem chorar no chão do banheiro às três da manhã?

— Bom, para começo de conversa, é Luc.

— Luke? — De certa forma eu sempre conseguia perceber quando alguém pronunciava meu nome com *k* e. — Uma pena. Lucien é um nome tão bonito.

— Na verdade, essa é a pronúncia inglesa.

— Claro que não. É *Lushan*, então? Como nos Estados Unidos?

— Não. Pelo amor de Deus, não. Minha mãe é francesa.

— Ah. Lucien, então. — Ele pronunciou de forma impecável, com a delicadeza interrompida da última sílaba, enquanto sorria para mim; o primeiro sorriso de verdade dele, surpreendentemente doce. — *Vraiment? Vous parlez français?*

Não existe nenhuma explicação para o que aconteceu em seguida. Acho que eu só queria que ele continuasse sorrindo para mim. Porque, por algum motivo, eu disse:

— *Oui oui. Un peu.*

E então, para o meu desespero, ele começou a tagarelar sobre Deus sabe o quê, me obrigando a vasculhar o que restou das aulas de francês que tive na escola, em que só tirei notas horríveis.

— Um... um... *Je voudrais aller au cinéma avec mes amis? Où est la salle de bain?*

Profundamente perplexo, ele indicou o caminho. Então eu fui obrigado a ir ao banheiro. E, quando voltei, ele me confrontou na hora.

— Você não sabe nada de francês, não é?

— Não. — Abaixei a cabeça. — Quer dizer, minha mãe falava os dois idiomas quando eu era criança, mas acabei usando apenas um deles só de teimosia.

— Então por que você não me disse isso?

— Eu... sei lá. Acho que presumi que você também não falava francês?

— Por que eu deixaria implícito que falo francês se não falasse?

Enchi a boca com uma garfada trêmula de torta.

— Você tem razão. Isso seria uma coisa perigosa a fazer.

Mais um dos nossos silêncios. Em uma escala entre desconfortável e horrível, a probabilidade de que eu avaliasse esse como desagradável era alta, e eu não sabia o que fazer. Estava nítido que eu havia conseguido, com louvor, afastar o indicador do nível "perigosamente íntimo". Para minha tristeza, ele agora apontava para "sem chances, nem no inferno".

Cheguei a pensar em chutá-lo sob a mesa. Só para ver como ele iria reagir. Mas aquilo, provavelmente, seria tão esquisito quanto fingir saber falar francês. Meu Deus. Era por isso que eu nunca ia conseguir um namorado, nem mesmo um substituto temporário semiaceitável. Eu havia perdido qualquer capacidade de ter um relacionamento romântico com outras pessoas.

— Como você se tornou tão fluente? — perguntei, em uma tentativa meia-boca de salvar a noite.

— Minha, hm... — Ele cutucou timidamente os restos de vegetais no prato. — Minha família tem uma casa de férias na Provença.

Mas é claro que tinham.

— Mas é claro que tem.

— O que você quer dizer com isso?

Dei de ombros.

— Dá para imaginar. Não é à toa que você se tornou um cara tão legal e organizado e perfeito. — E bom demais para mim.

— Tenho certeza de que eu nunca disse que sou perfeito, Lucien.

— Ah, pode parar com isso de *Lucien*, tá bem?

— Desculpe. Eu não sabia que você não gostava.

Na verdade, eu gostava. Era esse o problema. Eu não estava ali para gostar das coisas. Gostar de coisas era cilada.

— Eu te disse — rosnei. — É Luc. Apenas Luc.

— Tá certo.

Minutos depois, enquanto eu olhava pela janela e Oliver olhava para as próprias mãos, o garçom apareceu para retirar nossos pratos. E, mais alguns minutos depois, chegou uma musse de limão coberta com ruibarbo. Tinha uma apresentação simples mas sofisticada: uma pequena taça cheia de creme amarelo brilhante, coberto por várias espirais rosadas. Me senti péssimo.

— Não pediu nada para você? — Apontei o espaço vazio em frente a Oliver.

— Não sou muito fã de sobremesas. Mas espero que você goste. É muito saborosa.

— Se você não é fã, como sabe que é — fiz aspas com os dedos. — "Muito saborosa"?

— Eu... é que... eu...

— Quer dividir comigo? — Aquilo era o mais perto que eu conseguia chegar de um pedido de desculpas. Porque não é como se eu pudesse falar *Desculpa se pareço tão desesperado para que isso dê certo e ao mesmo tempo morrendo de medo de que dê mesmo que cheguei ao ponto de te atacar por você ser legal demais, levemente atraente e por ter vivido uma infância comum.*

Ele encarava a musse de limão como eu sempre quis que alguém olhasse para mim.

— Posso pegar um pouquinho? Deixa eu pedir uma colher.

— Não precisa.

Certo. Já eram onze e meia, hora de colocar a sensualidade para jogo. Parti a superfície suave do creme, criando a colherada perfeita com alguns pedaços de ruibarbo. E, estendendo-a para Oliver, ofereci meu melhor e mais solícito sorriso. Oliver, no entanto, pegou a colher da minha mão, me destruindo com tanta força que eu mal consegui apreciar a expressão sonhadora e feliz que o sabor da musse de limão proporcionou a ele.

— Obrigado — disse, me devolvendo a porra da colher.

Perfurei violentamente a musse, enfiando o que havia sobrado na boca como se ela fosse minha inimiga mortal.

Oliver me observava, novamente confuso.

— Quer que eu peça mais uma?

— Não, tudo bem. Vamos embora daqui.

— Eu... vou pedir a conta.

Meu Deus. Namorar comigo era impossível. Fora de cogitação. Não foi à toa que Oliver havia praticamente vomitado quando aquela pessoa aleatória na festa da Bridget achou que estávamos juntos. Não foi à toa que ele me largou na cama e saiu correndo aos berros naquela vez que eu dei em cima dele. Não foi à toa que ele não confiou em mim nem mesmo para colocar uma colher de musse na boca dele.

Eu ainda estava sob uma nuvem de autodesprezo quando chegamos na Dean Street, onde uma incerteza mútua pairava sobre nós. Todas as coisas deliciosas que eu havia comido se tornaram pedras no estômago. Fiz merda. Muita merda. Era só eu ter dado um sorriso, sido gentil, convencido Oliver por algumas horas de que eu tinha algum valor como ser humano. Mas não. Me encolhi feito um porco-espinho no meio da estrada na frente do único homem de Londres disposto a sair comigo. E agora eu seria demitido.

Oliver pigarreou.

— Bem. Obrigado por... por isso.

Ele estava com o sobretudo que todas as pessoas esnobes de Londres usavam. Só que nele ficava bom. Dava um ar sofisticado sem muito esforço. E eu lá, com meu jeans de piranha.

— Enfim — continuou ele. — Eu tenho que...

Não. Socorro. Não. Se ele fosse embora naquele momento, era o fim. Eu nunca o veria de novo. E nunca conseguiria outro emprego. E minha vida estaria acabada.

Eu precisava de um plano. Eu não tinha um plano.

Então liguei o foda-se, perdi a cabeça e me joguei em cima dele, grudando minha boca na dele com toda a graça e charme de uma craca na nadadeira de uma baleia. Passaram-se alguns segundos antes que ele me empurrasse, um borrão doloroso de calor e delicadeza que, em seu momento mais doce, tinha gosto de musse de limão.

— Que merda foi... *Meu Deus.* — Na pressa de se afastar, Oliver esbarrou em um dos vasos de planta na calçada, conseguindo segurá-lo bem a tempo antes que caísse e quebrasse. Resumindo, ele passou mais tempo encostando por vontade própria em uma planta do que em mim.

— Foi um beijo — eu disse com uma indiferença que estava longe de sentir. — O que foi? Nunca fez isso antes? As pessoas costumam se beijar em encontros.

Ele se virou para mim de forma tão brusca que eu dei um passo para trás.

— Isso é um joguinho para você? O que a Bridget te disse?

— O quê? N-não.

— Me diz o que está acontecendo.

— Não tem nada acontecendo.

Àquela altura, nós estávamos meio que dançando rua abaixo, eu andando de costas pela calçada enquanto ele avançava na minha direção, os sapatos estalando e o casaco esvoaçando. Claramente havia algo muito, *muito* errado comigo porque eu achei aquilo tudo meio sensual.

Os olhos dele estavam em chamas.

— *Agora*.

Tropecei em um meio-fio que apareceu inesperadamente em uma rua paralela. Mas Oliver me pegou pelo pulso antes que eu chegasse a cair, me puxando e me segurando bem perto de seu corpo. Me tratando, acredito, de forma equivalente a uma planta. Meu Deus, aquele casaco era tão quentinho.

— Por favor, pare de brincar comigo, Luc. — Agora ele só parecia cansado. Talvez um pouco triste. — O que está acontecendo?

Merda. Já tinha passado da hora de parar de brincar.

— Eu... eu apareci nos jornais de novo, recentemente. Então preciso de um namorado respeitável ou vou perder o emprego. Bridget sugeriu você.

E, é claro, Tom tinha toda a razão. Aquilo soava horrível. Abaixei a cabeça sem conseguir encarar Oliver.

— Me desculpe — continuei, sem jeito. — Vou te pagar o jantar.

Ele simplesmente ignorou o que eu disse.

— Bridget achou que *eu* seria um bom namorado para *você*?

— Bem — gesticulei em direção a ele. — Olha só para você. Você é... perfeito.

— Do que você está falando?

— Deixa pra lá. — Eu não tinha o direito de encostar em nada tão sofisticado, mas escondi o rosto no casaco dele mesmo assim. E ele deixou. — Você sempre agiu como se achasse que é melhor do que eu.

Eu estava perto o bastante para escutá-lo engolindo em seco.

— É... é isso que você acha?

— Bem, é verdade. Você é. Tá feliz agora?

— Nem um pouco.

A pausa que se seguiu apitou no meu ouvido como se eu estivesse em queda livre.

— Me explique de novo — disse Oliver, por fim. — Por que você precisa de um namorado?

Era o mínimo que eu devia a ele.

— O motivo principal é um evento beneficente que vamos promover no fim de abril. Todos os nossos doadores acham que eu sou um gay do mal.

Ele ficou com uma expressão intrigada.

— E o que seria um gay do bem?

— Alguém como você.

— Sei.

— Mas não se preocupe. — Finalmente consegui me soltar do casaco dele. — Não é problema seu, ent...

— Eu topo.

Meu queixo caiu com tanta força que estalou.

— Você o quê?

— Na verdade, eu também tenho um evento marcado, e seria muito mais tranquilo se eu levasse alguém. Posso ser seu namorado em público, se você for o meu.

Oliver era louco. Só podia ser.

— Não é a mesma coisa.

— Quer dizer que — ele lançou um dos seus olhares frios e acinzentados. — Eu tenho que te ajudar na sua ocasião importante, mas você não vai me ajudar com a minha?

— Não. Pelo amor de Deus, sim. É só que você é um advogado chique e...

— Eu sou um advogado criminalista. A maioria das pessoas me considera a escória da humanidade.

— ... e eu sou o filho fodido de um roqueiro fodido. Eu... não consigo pegar leve com a bebida. Sou cruel sem necessidade alguma. Tomo decisões terríveis. Não é possível que você queira minha companhia para alguma coisa.

Ele levantou o queixo.

— Ainda assim, estes são os meus termos.

— Você sabe que vai acabar aparecendo nos tabloides se andar muito comigo, né?

— Não me importo com a opinião dos outros.

Eu ri, surpreendendo até a mim mesmo com o teor de amargura da risada.

— Você que pensa. Até eles começarem a inventar coisas.

— Eu topo correr o risco.

— Sério? — Meu Deus. Meio tonto, me peguei puxando o casaco dele novamente.

— Sim. Mas se vamos fazer isso, temos que fazer do jeito certo.

Pisquei para ele. Do jeito certo me parecia assustador. Eu não era bom no "jeito certo".

— Acho que você deveria saber que minha performance é bem abaixo do padrão.

— Só preciso que você se esforce um pouco para parecer convincente. Não me importo com seu passado, ou com as fofocas na internet, mas — e então aquela boca severa se fechou em uma linha rígida. — Eu gostaria de não ter que explicar para a minha família que o meu namorado está apenas fingindo.

— Espera aí. Sua família?

— Sim, meus pais completam bodas de rubi em junho. E eu não quero ir sozinho.

— Vai ser na Provença? — Não consegui evitar.

— Milton Keynes.

— E você quer mesmo me levar? Para conhecer seus pais?

— Por que não?

Soltei outra gargalhada.

— Está com tempo sobrando?

— Se você não topar, Luc, é só me dizer.

Ele nunca mais iria me chamar de *Lucien*, né? Ele seria mesmo tão cuzão a ponto de respeitar minha vontade.

— Não, não. — Balancei as mãos depressa. — Eu topo. Só acho que você está cometendo um erro terrível.

— Quem tem que decidir isso sou eu. — Ele fez uma pausa, o rubor se espalhando pelas maçãs do rosto esculpidas. — Certamente, manter essa atuação vai exigir um certo nível de contato físico entre nós. Mas, por favor, não me beije de novo. Não na boca, pelo menos.

— Por quê? Você é a Julia Roberts em *Uma Linda Mulher*?

Seu rubor ficou ainda mais intenso.

— Não. Eu só prefiro guardar essa intimidade para alguém que eu goste de verdade.

— Ah. — Às vezes você chega a achar que já se magoou tanto na vida que está vacinado. Totalmente imune. Até alguém te dizer uma coisa dessas. Forcei minha boca a abrir um sorriso. — Bem, como você viu, isso não é um problema para mim.

O que me consolava era ver que Oliver também não parecia feliz.

— Aparentemente, não.

— Mas não se preocupe. Apesar das evidências recentes, eu consigo manter minha boca longe da sua.

— Muito bem. Obrigado.

Um silêncio pesado desabou entre nós.

— Então, e agora? — perguntei.

— Café da manhã na minha casa? No próximo domingo?

Duas vezes na mesma semana? Ele iria enjoar de mim antes mesmo da Corrida dos Besouros. E eu também poderia enjoar dele. Ou não. E o "ou não" era assustador demais para encarar naquele momento.

— Se quisermos que isso dê certo — ele disse, com um ar todo sério. — Precisamos nos conhecer melhor, Luc.

— Pode me chamar de Lucien — soltei.

— Mas você tinha dito que...

— Pode ser o jeito especial como você me chama. Quer dizer — de repente, eu mal conseguia respirar. — O jeito especial de mentirinha como você me chama. Isso é normal, certo? Os casais fazem.

— Mas eu não quero te chamar de um nome especial *de mentira* que você odeia *de verdade.* — Lá estava aquela luz novamente. O brilho prateado secreto naqueles olhos frios de aço. — Isso faria de mim um péssimo namorado de mentira.

— Está tudo bem. Eu exagerei. Não ligo.

— Isso não me parece muito bem uma permissão.

— É sério, eu não ligo. — O que mais ele me obrigaria a fazer? *Implorar?* Quem eu estava tentando enganar? Eu provavelmente imploraria.

Essa era a pior parte dos relacionamentos: te fazem precisar de umas merdas sem as quais antes você vivia perfeitamente feliz. E, depois, tiram essa mesma coisa de você.

Ele me deu um daqueles olhares analistas-demais, sinceros-demais.

— Bem, se é isso o que você quer.

Assenti, me odiando em silêncio.

— É o que eu quero.

— Então, te vejo no domingo... — Ele sorriu. Oliver Blackwood estava sorrindo. Para mim. Por mim. Por causa de mim. — ... *Lucien.*

— Então — eu disse a Alex Twaddle. — Um homem entra no bar. Se senta, e lá tem um potinho de amendoins. Uma voz sai do potinho, dizendo: *Ei, seu cabelo está muito bonito*. E então outra voz vem da máquina de cigarros do lado oposto do bar, dizendo: *Não está, não, você é um babaca e sua mãe também!*

Alex arregalou os olhos.

— Nossa. Que pesado.

— Sim, mas guarde essa informação porque é parte essencial da piada. Enfim, o homem pergunta ao cara do bar o que está acontecendo. E o cara responde: *Não se preocupe, os amendoins são a cortesia da casa, mas a máquina de cigarros está com um parafuso a menos.*

— Bem, acho que eles nem se preocupariam em consertar, já que agora é proibido fumar em locais fechados.

Eu deveria ter previsto aquilo.

— Isso mesmo, Alex. A graça está na verossimilhança.

— Vou guardar essa informação também. — Ele abriu um sorriso encorajador. — Qual é o resto da piada?

— Essa é a piada. Os amendoins são a *cortesia* da casa, mas a máquina de cigarros está com um parafuso a menos.

— Tem certeza que a piada termina assim? Me parecem apenas fatos sobre um bar.

— Mais uma vez — digo a ele, aceitando meu destino. — Você acertou em cheio. Vou tentar melhorar amanhã.

Voltei para a minha sala me sentindo muito bem, para variar. Meu encontro com Oliver tinha sido, como previsto, um desastre. Mas, por algum motivo, não do jeito ruim? E havia algo estranhamente libertador em ter um namorado de mentira porque eu não precisava me preocupar com as coisas normais de um relacionamento: como evitar ser um merda em todos eles, ou coisas do tipo. Até meus alertas de tabloides da manhã pareceram um pouco positivos. Alguém havia nos fotografado na frente do restaurante, porém, mais importante, flagraram o momento antes de Oliver se afastar com nojo de mim. Então a foto saiu meio romântica, com aquele casaco ondulante e o rosto dele perto do meu enquanto eu abaixava os lábios. As manchetes, em sua maioria, variavam entre "Bomba: Filho festeiro do jurado da TV nos braços de homem misterioso", e eu acabei gostando porque sugeria que eu tinha bom gosto para homens misteriosos. Homens misteriosos de mentira.

Me sentei para dar uma olhada na lista de doadores e ver se mais alguém havia dado para trás, quando o celular tocou.

— Ai, meu Deus! — gritou Bridget. — Você não vai acreditar.

— Você tem razão. Eu provavelmente...

— Não posso falar muita coisa, mas nós acabamos de adquirir os direitos de publicação de uma autora sueca muito renomada. E todo mundo está desesperado para ler o primeiro romance dela, que tem sido divulgado como uma mistura de *Cem anos de solidão* com *Garota exemplar*. Mas a equipe inteira estava discutindo se deveríamos dar um novo título em inglês ou manter o original, em sueco, e a coisa toda foi sendo deixada para a última hora, e agora o livro foi divulgado pela imprensa como *Estou fora do escritório no momento, favor encaminhar qualquer coisa sobre a tradução para o meu e-mail pessoal*.

— Não sei não, hein? Acho que tem uma pegada meio metalinguística.

— Vou ser demitida.

— Você não foi demitida até agora, Bridge. Não é por causa disso que vão te mandar embora.

— Ah! — ela se animou. — Falando nisso, como foi o encontro?

— Foi horrível. Não temos nada em comum. E talvez eu o tenha assediado sexualmente. Mas vamos fingir um namoro por um tempo porque nós dois estamos desesperados.

— Eu sabia que ia dar certo.

Revirei os olhos, mas só porque ela não estava me vendo.

— Isso não é dar certo. É tudo mentira.

— Sim, mas aos poucos vocês vão descobrir que não são tão diferentes quanto achavam, e ele vai te surpreender sendo muito carinhoso, e você vai ajudar ele em um momento inesperado de sufoco, e os dois vão se apaixonar loucamente e viver felizes para sempre.

— Isso nunca vai acontecer. Ele nem gosta de mim.

— Quê? — Eu conseguia ouvir a expressão no rosto dela. — Por que ele toparia ir a um encontro se não gostasse de você?

— Lembra daquela parte sobre nós dois estarmos desesperados?

— Luc, tenho certeza de que ele gosta, sim. Como alguém poderia não gostar de você? Você é um amor.

— Ele mesmo disse quando eu tentei beijá-lo.

Ela soltou um ganido empolgado.

— Vocês se beijaram?

— Não, eu o ataquei com a minha boca, e ele sentiu tanta repulsa que pulou em um vaso de planta.

— Talvez ele só estivesse surpreso.

— Eu fiquei surpreso quando vocês organizaram uma festa de aniversário para mim. Tudo bem, nem isso, porque James Royce-Royce me contou sem querer. Mas eu não saí correndo apavorado, dizendo: *Eu só vou a festas com pessoas que eu gosto.*

— Espera aí. Ele disse isso mesmo?

— Basicamente, se você trocar *ir a festas* por *beijar.*

— Ah. — Ela ficou em silêncio por um instante. — Pensei que você só estava sendo extremamente pessimista e obcecado. Você sabe, como de costume.

— Não. Não. Ele disse exatamente isso.

Bridget suspirou.

— Oliver, Oliver. O que você fez? Ele é impossível, às vezes.

— Ele não é impossível. É um idiota nervosinho. Hm, tipo, no geral. Não por ter se incomodado quando eu o beijei sem consentimento. Certo, reformulando: ele é um idiota nervosinho que, independentemente da idiotice e do nervosismo, não está a fim de mim.

— Luc — resmungou ela. — Isso não é verdade. — Então ela soltou um soluço esquisito. — Quer dizer, ele não é uma pessoa nervosa. Ele é muito... Ele quer sempre fazer a coisa certa. E, para ser sincera, acho que ele é bem solitário.

— Cada vez mais tenho a certeza de que algumas pessoas foram feitas para a solidão. Eu sou solitário porque sou um caos e ninguém me quer. Ele é solitário porque é horrível e ninguém o quer.

— Viu só? Vocês dois *têm* alguma coisa em comum.

— Isso não tem graça, Bridge.

— Você vai mesmo me dizer que o encontro não teve nada de bom? Nenhum momento bacana ou de conexão entre vocês?

Bem, não dava para negar que o cara tinha um excelente gosto para sanduíches de peixe. E musse de limão. E havia certa delicadeza escondida nos olhos dele. E um sorriso ocasional. E o jeito como ele disse *Lucien*, como se fosse só para mim.

— Não — respondi. — Absolutamente nenhum.

— Eu não acredito em você. Você só faz esse drama todo para odiar uma pessoa quando gosta dela e não quer admitir.

— Olha só. Será que você poderia simplesmente aceitar a ideia de que conhece dois gays que não se dão bem?

— Eu até aceitaria, mas — a voz dela aumentou em um tom lamurioso. — Vocês se dariam *tããão* bem juntos.

— Certo. Sei que você não está vendo, mas eu estou levantando a bandeira vermelha da fetichização.

— Como é essa bandeira?

— São dois homens adoráveis usando suéteres de mãos dadas debaixo de um arco-íris.

— Eu achei que você *quisesse* ficar de mãos dadas com um homem adorável debaixo de um arco-íris.

— Eu quero, mas o bizarro é você querer quase tanto quanto eu.

Ela soltou um suspiro melancólico.

— Eu só quero que você seja feliz. Principalmente depois que eu roubei o Tom de você.

— Você não roubou ninguém. Ele só gostou mais de você. — Se eu repetisse aquilo vezes o suficiente, quem sabe um de nós começasse a acreditar.

— Enfim — continuou ela, empolgada. — Preciso ir. Um dos nossos autores mandou e-mail dizendo que o manuscrito dele estava em um pen drive que foi engolido por um pato.

— Quem ainda usa pen drives?

— Sério, preciso resolver isso agora. Te amo. Tchau.

Mal consegui dizer tchau antes que ela desligasse. Para ser sincero, eu provavelmente deveria começar a trabalhar também. Com o início da Operação Namorado Respeitável de Mentira, eu tinha chance de salvar a Corrida dos Besouros. O que, na prática, significava implorar pelo perdão de pessoas que eu não acreditava que precisavam me perdoar e que jamais admitiriam achar que eu precisava ser perdoado. O primeiro passo era entrar em contato e dizer "Olá, eu sei que vocês acham que eu sou um pervertido drogado e imundo, mas estou limpando minha reputação e renovando meu comprometimento de viver de acordo com uma série de regras que vocês mesmos inventaram. Agora, por favor, pelo amor de Deus, me dê dinheiro para que eu possa salvar insetos que comem merda". Só que, sabe como é, sem usar *nenhuma* dessas palavras. Nem essas ideias. Nem esses sentimentos.

Depois de uma longa tarde, seis canecas do café puro da dra. Fairclough, vinte e três rascunhos e três pausas — durante as quais tive que dar a mesma explicação para Rhys Jones Bowen sobre como imprimir frente e verso — consegui escrever um e-mail apropriado e diplomático, e enviei. Para ser sincero, eu provavelmente não receberia nenhuma resposta. Apesar disso, é inacreditável o que pessoas ricas fazem por comida de graça. Então, se eu tivesse sorte, poderia ao menos convencer algumas delas a abrirem um espacinho em sua agenda atribulada na noite da Corrida dos Besouros.

Ainda tonto pela sensação rara de realização, e tomado por uma agitação que poderia ser otimismo ou masoquismo, desbloqueei meu celular e mandei uma mensagem para Oliver: **namorados de mentira tbm trocam mensagens de mentira?**

Eu não sabia ao certo o que esperar, mas o que recebi foi: Não quando um deles precisa se apresentar no tribunal. Com pontuação e tudo. O que foi levemente melhor do que não receber resposta alguma, porém levemente pior que o silêncio, já que ele basicamente havia dito "Não, obrigado, aliás não se esqueça de que eu tenho um emprego melhor do que o seu".

Eram quase nove da noite, e eu estava só de meia, comendo frango xadrez quando ele enviou mais uma mensagem. Desculpa te deixar esperando. Pensei a respeito e nós provavelmente deveríamos trocar mensagens em prol da verossimilhança.

Deixei Oliver sem resposta por um tempo para mostrar que eu também tinha uma vida com coisas importantes para fazer. Ninguém precisa saber que, na verdade, eu assisti a quatro episódios de *BoJack Horseman* e toquei uma punheta vingativa antes de responder: **Desculpa te deixar esperando, não me assusta você estar solteiro quando a segunda mensagem que você manda para um cara contém a palavra verossimilhança**

Ele não respondeu. Apesar de eu ter ficado acordado até uma e meia definitivamente sem dar a mínima. Acordei de surpresa com meu celular vibrando às cinco da manhã: Perdão. Da próxima vez, envio uma fotografia do meu pênis.

E então, várias notificações chegaram em seguida.

Foi uma piada.

É melhor deixar claro que não tenho a menor intenção de te mandar qualquer tipo de foto.

Eu nunca mandei esse tipo de coisa para ninguém.

Como advogado, é difícil não me preocupar com as consequências.

Eu estava acordado, o que, em circunstâncias normais, acharia profundamente condenável. Mas apenas uma pessoa muito melhor do que eu não se divertiria com Oliver surtando por causa de uma foto de pau puramente hipotética.

Também acabo de me dar conta de que você provavelmente está dormindo agora. Então, se puder, delete as cinco mensagens anteriores quando acordar.

E, claro, devo enfatizar que não é minha intenção deixar qualquer julgamento implícito contra pessoas que escolhem enviar fotografias íntimas para terceiros.

Só não é algo que me deixa confortável.

Mas, claro, se você estiver confortável com isso, eu entendo.

Não que eu esteja sugerindo que você precisa me mandar uma foto do seu pênis.

Meu Deus, você poderia por gentileza deletar todas as mensagens que eu já te enviei?

O fluxo de mensagens parou por um tempo longo o bastante para que eu pudesse responder. **Desculpa estou confuso vou receber uma foto do seu pau ou não**

Não!

Outra pausa. E então: Estou muito envergonhado, Lucien. Por favor, não piore as coisas.

De verdade, eu não sei o que deu em mim. Talvez eu tenha ficado com pena. Mas ele meio que sem querer tinha feito meu dia. **Estou empolgado para te ver amanhã**

Obrigado.

Certo, nem sei por que eu me dei ao trabalho. Porém, depois de um segundo ou dois, recebi: Estou empolgado para te ver também.

E, por mais que aquilo soasse melhor, era, acima de tudo, ainda mais confuso.

Era típico da minha vida que, quando eu finalmente tinha um brunch marcado com um homem bonito, ainda que levemente irritante, minha mãe me ligasse.

— Estou meio ocupado agora. — Ocupado, nesse caso, era um código para só de cueca e tentando encontrar uma roupa que dissesse "sou sexy, porém respeitável, e prometo não tentar te beijar do nada outra vez, mas se você quiser eu quero". Talvez alguma coisa de moletom? Confortável, mas com um toque de sensualidade.

— Luc. — Havia uma pontada de preocupação na voz dela que eu queria muito ignorar. — Preciso que você venha para cá imediatamente.

— Quão imediato é imediatamente? — Será que, por exemplo, eu teria tempo para algumas rodadas de rabanada e ovos beneditinos com um advogado gostoso?

— Por favor, *mon caneton*. É importante.

Certo, agora ela havia capturado a minha atenção. A questão é: minha mãe entra em crise a cada meia hora, mas em geral ela é muito boa em sinalizar a diferença entre "Judy perdeu o relógio dentro de uma vaca" e "tem água escorrendo pelo teto". Desabei na beira da cama.

— O que houve?

— Não quero falar sobre isso pelo telefone.

— Mãe? Você foi sequestrada?

— Não. Senão eu estaria falando *Socorro, fui sequestrada!*

— Mas você não poderia dizer isso, os sequestradores não iriam deixar.

Ela bufou de cansaço.

— Não seja bobo. Os sequestradores teriam me deixado contar que eu fui sequestrada e, se não deixassem, por que teriam me sequestrado para começo de conversa? — Uma breve pausa. — O que você deveria ter perguntado é: *Você foi substituída por um robô policial do futuro que quer me matar?*

Arregalei os olhos.

— Você foi?

— Não, mas eu também diria que não se tivesse sido substituída por um robô policial do futuro que quer te matar.

— Você sabe que eu tenho um encontro de verdade, não sabe? Com um homem de verdade.

— Sim, e estou muito feliz por você, mas é um pouco urgente.

— Mãe — eu disse com firmeza. — Isso está ficando esquisito. O que aconteceu?

Ela fez uma pausa que meu lado paranoico interpretou como o tipo de pausa que se faz quando tem que pedir discretamente instruções para um sequestrador.

— Me escuta, Luc. Agora não é como daquela vez que eu disse que você precisava vir imediatamente porque minha vida estava em perigo quando, na verdade, eu só precisava que você trocasse a bateria do detector de fumaça. Embora eu continue acreditando que poderia ter morrido. Sou velha e francesa, e caio no sono com o cigarro aceso o tempo todo. Além do mais, o detector estava fazendo um barulho muito irritante, parecia a Baía de Guantánamo.

— O que isso tem a ver com a Baía de... Na verdade, esquece.

— Venha, por favor. Desculpe por isso, mas estou usando a cartada "Você precisa confiar em mim". Porque você precisa confiar em mim.

Bem. Estava feito. Porque, no fim das contas, sempre seríamos eu e minha mãe e mais ninguém.

— Chego aí o mais rápido possível.

Eu sabia que a coisa certa a fazer era ligar para Oliver e tentar explicar. Mas eu não sabia como — o que poderia dizer? "Oi, eu tenho uma relação muito intensa com a minha mãe que pode parecer uma codependência bizarra para quem vê de fora, então estou cancelando o encontro que eu basicamente implorei para que você marcasse"? Além do mais, eu era um covarde. Então apenas mandei uma mensagem: **Preciso cancelar. Não posso explicar. Desculpa. Aproveite o brunch!**

Então, em questão de segundos, mudei meu visual "estou indo a um encontro e tentando salvar minha reputação" para uma combinação mais "estou pronto para lidar com qualquer coisa desde a morte de um familiar até uma privada entupida" e corri para a estação. Quando eu estava no trem, Oliver me ligou, e eu estremeci antes de mandá-lo diretamente para a caixa postal. Ele deixou um recado. Que tipo de pessoa deixa recado na caixa postal?

Judy estava me aguardando na estação de Epsom com seu Lotus Seven verde e caindo aos pedaços. Espantei dois cocker spaniels do assento e me acomodei embaixo de um terceiro.

Ela ajeitou os óculos sobre o nariz.

— Todos a bordo?

Já fazia tempo que eu havia parado de esperar que ela dirigisse com segurança, e aquele momento não era exceção. Ela enfiou o pé no acelerador com tanta força que, se eu não estivesse totalmente a bordo, teria sido jogado para o meio da estrada.

— Como está a minha mãe? — gritei sobre o barulho do vento, do rangido do motor e da empolgação dos cachorros.

— Totalmente fora de si.

Quase vomitei meu próprio coração.

— Porra. O que aconteceu?

— Yara Sofia foi completamente arrasada no *lip sync*. E até agora ela só estava servindo looks babadeiros.

— E no mundo real?

— Ah, Odile está bem. Firme e forte. Olhos brilhando, cauda escovada, nariz molhado, pelos lustrosos, tudo que tem direito.

— Então por que ela parecia tão chateada no telefone?

— Bem, ainda está um pouco assustada. Mas você vai descobrir em breve.

Removi um cocker spaniel da minha virilha.

— Olha, eu estou meio que surtando aqui. Você poderia ajudar um pouco e me contar o que está acontecendo?

— Não esquenta a caixola, bobo. Mas acho que dessa vez eu preciso agir como o pai.

— Pai de quem?

— Pai de qualquer um. Sabe? Aquele ditado, *seja como o pai, fique com a mãe.*

— O quê? — Em defesa de Judy, pelo menos ela conseguiu me distrair do desastre misterioso que me aguardava.

— Desculpa. Isso não é mais politicamente correto. Agora devem dizer algo como: *Seja como o pai, fique em contato com os próprios sentimentos* ou qualquer coisa do tipo. — Ela pensou por um momento. — Ou talvez, para vocês, homossexuais, *seja como o pai, fique com o pai.* O que deixa todo mundo confuso pra burro.

— Sim, é por isso que existem aquelas camisetas que dizem *Algumas pessoas deixam todo mundo confuso pra burro. Supere.*

— Enfim. Sei que isso tudo pode te deixar um pouco lelé, mas aguenta firme, vamos chegar rapidinho.

— De verdade, está tudo bem. Tome o tempo...

Um impulso repentino de aceleração arrancou completamente os restos da minha reclamação. E eu passei os dez minutos seguintes tentando não morrer, fazendo malabarismo de spaniels e me segurando enquanto atravessávamos vales e colinas, passando por estradas rurais cheias de curvas e vilarejos que, antes da nossa passagem, ganhariam a alcunha de tranquilos.

O veículo freou bruscamente com uma guinchada na frente da casa da minha mãe, que já tinha sido o correio do vilarejo, mas se tornou uma casinha isolada chamada "Antigo Correio" que ficava no final de uma rua chamada "Antiga Rua dos Correios". Era assim que os nomes de lugares funcionavam por ali. A Antiga Rua dos Correios dava na Rua Principal, de onde era possível chegar na Rua do Moinho, na Rua da Casa Paroquial e na Rua dos Três Campos.

— Vou precisar dar uma saída — anunciou Judy. — Tenho que encontrar um camarada para falar sobre os ovos dele. Estou bem interessada neles, pra ser sincera.

E, com isso, ela pisou no acelerador, os cachorros latindo.

Após abrir o portão, passei pelo jardim de grama alta até entrar na casa. Não sei muito bem o que eu estava esperando.

Mas, definitivamente, não era Jon Fleming.

Num primeiro momento, pensei estar tendo algum tipo de alucinação. Ele conviveu um pouco comigo durante a minha infância, mas eu não tinha nenhuma lembrança dele. Então, na prática, aquela era a primeira vez que eu via meu pai, tipo, ao vivo. E eu não sabia como processar a situação: a vaga presença de um homem usando impunemente uma echarpe em um ambiente fechado. Ele e minha mãe estavam sentados cada um em uma ponta da sala de estar, parecendo duas pessoas que ficaram sem assunto havia muito tempo.

— Que porra é essa? — soltei.

— Luc... — Minha mãe se levantou, literalmente contorcendo as mãos. — Sei que você não se lembra muito bem, mas este é o seu pai.

— Eu sei quem é ele. O que eu não sei é o que ele está fazendo aqui.

— Bem, foi por isso que eu te liguei. Ele tem algo para te dizer.

Cruzei os braços.

— Se for "sinto muito" ou "eu sempre te amei" ou qualquer merda desse tipo, ele está só vinte e cinco anos atrasado.

Com isso, Jon Fleming também se levantou. Como diz o ditado, família é onde todos ficam de pé, encarando uns aos outros em total constrangimento.

— Lucien — disse ele. — Ou, como você prefere, Luc. Certo?

Eu poderia viver feliz sem nunca ter que olhar na cara do meu pai. Infelizmente — como em várias outras vezes —, ele não me deu escolha. E, olha, era esquisito pra caralho. Porque a imagem da pessoa nas fotografias e a imagem da pessoa na vida real se misturam e o resultado cai num abismo horrível e misterioso entre reconhecimento e estranheza. E fica ainda pior quando a gente consegue enxergar nossos próprios traços nela. Eu estava olhando para mim mesmo. Como ver aquela cor esquisita que não é nem-tão-azul nem-tão-verde.

Havia uma oportunidade ali para escolher o caminho certo. Eu escolhi o oposto.

— Prefiro que você nunca mais fale comigo.

Ele suspirou com certa tristeza e superioridade, mesmo sem ter o direito de agir assim. Aquele era o problema de ser velho e ter uma boa estrutura óssea: te dava certo ar de dignidade não merecida.

— Luc. — Ele tentou novamente. — Estou com câncer.

Mas é claro que estava.

— E daí?

— Daí que a doença me fez perceber certas coisas. Me fez pensar sobre o que é importante.

— O quê? As pessoas que você abandonou?

Minha mãe apoiou a mão no meu braço.

— *Mon cher*, você sabe que eu sou a primeira a concordar que seu pai é um enorme *boudin* de cocô, mas ele pode morrer a qualquer momento.

— Desculpa me repetir, mas *e daí?* — De certa forma, eu tinha noção da diferença entre "não escolher o caminho certo" e "escolher um túnel direto para o inferno", porém naquele momento nada daquilo me parecia nem dois por cento real.

— Eu sou seu pai — disse Jon Fleming. De alguma maneira, sua voz grave de lenda do rock deixara de lado o tom banal e sem sentido, transformando-se em uma demonstração profunda de conexão. — Essa é a minha última chance de te conhecer.

Minha cabeça zumbia como se eu tivesse engolido abelhas. Uma vida inteira aprendendo essas merdas de manipulação nos filmes havia me ensinado direitinho como eu deveria me comportar naquela situação. Eu poderia ter um leve arroubo de raiva pouco convincente, então eu choraria, depois ele choraria, e nós nos abraçaríamos, a câmera iria se afastar e tudo seria perdoado. Encarei profundamente aqueles olhos sábios, tristes e muito familiares.

— Ah, quero mais é que você se foda e depois morra. Tipo, que se foda e *literalmente* morra. Você poderia ter feito isso a qualquer momento nas últimas duas décadas. Não é agora que vai fazer.

— Eu sei que te decepcionei. — Ele assentia com sinceridade, como se tentasse me dizer que conseguia me entender melhor do que eu mesmo. — Mas levei muito tempo para chegar aonde eu sempre deveria estar.

— Então escreva uma porra de uma música sobre isso, seu fracassado, arrogante, narcisista, manipulador e careca.

Então eu dei o fora dali. Enquanto a porta se fechava, consegui ouvir minha mãe dizendo "Bem, acho que poderia ter sido muito pior". O que era exatamente o tipo de coisa que ela diria.

Tecnicamente, o vilarejo tinha um ponto de táxi — ou pelo menos um cara chamado Gavin que, com um telefonema, iria buscar de carro, cobrando cinco libras para levar até qualquer um dos três lugares para onde ele estaria disposto a ir. Mas a caminhada pelos campos até a estação durava apenas quarenta e cinco minutos. E eu estava tomado por aqueles sentimentos quentes-furiosos-chorosos que tornavam evitar outros seres humanos uma das minhas prioridades.

Quando entrei no trem, eu já estava levemente mais calmo, correndo de volta para Londres. E, por algum motivo, decidi que seria um bom momento para escutar a mensagem de voz de Oliver.

— *Lucien. Não sei o que eu estava esperando, mas isso claramente não vai funcionar. Não vai existir um "futuramente", mas, se em algum futuro imaginário, você pensar em me dispensar mais uma vez, ao menos me faça a gentileza de inventar uma desculpa decente. E eu tenho certeza de que você vai achar isso tudo engraçado, mas se tem uma coisa que eu não preciso na minha vida agora é disso.*

Bem. Aquilo foi... aquilo ali.

Escutei a mensagem de novo. E imediatamente me perguntei o que me deu na cabeça para fazer aquilo comigo mesmo. Devo ter pensado que poderia ser melhor em uma segunda tentativa.

Mas não foi.

O vagão estava quase vazio — era um horário incomum para ir para Londres — então escondi meu rosto na dobra dos braços e derramei algumas lágrimas bem discretamente. Nem sabia o motivo do choro. Eu havia discutido com um pai de quem eu nem me lembrava e levado um fora de um cara que eu nem estava namorando. Nenhuma daquelas coisas deveria me machucar.

Não me machucavam.

Eu não deixaria que me machucassem.

Quer dizer, sim, eu provavelmente iria perder o emprego e provavelmente ficaria sozinho para sempre, e meu pai provavelmente iria morrer de câncer, mas quer saber? Foda-se tudo. Eu iria voltar para casa, vestir meu roupão e beber até que nada mais importasse.

Eu não podia fazer porra nenhuma em relação ao resto. Mas aquilo estava ao meu alcance.

Duas horas depois, eu estava em frente a uma daquelas casas gregorianas charmosas com grades de ferro e jardineira nas janelas, apertando com força a campainha de Oliver como se estivesse com medo de que ela fosse cair da parede.

— Qual é o seu problema? — perguntou ele quando finalmente atendeu a porta.

— Muitos, muitos problemas. Mas eu realmente sinto muito e não quero terminar de mentirinha.

Ele semicerrou os olhos.

— Você estava chorando?

— Não.

Ignorando minha mentira descarada e sem sentido, ele deu um passo para o lado.

— Ai, meu Deus, pode entrar.

O interior da Casa Blackwood era tudo o que eu esperava por um lado, e nada do que eu esperava por outro. Era pequena e impecável, todas as paredes brancas e o chão de ripas de madeira, com pontos de cores brilhantes nos tapetes e nas almofadas. Era um lugar aconchegante e adulto e essa merda toda, mas tudo de um jeito bem natural, o que me deixou com inveja, intimidado e estranhamente desejoso.

Oliver fechou o notebook e organizou rapidamente uma pilha de papéis que já estava organizada antes de se sentar na outra ponta do sofá de dois lugares. Ele estava no que eu imaginava que fosse seu modo casual: jeans confortável, um suéter de caxemira azul-claro e pés descalços, o que me pareceu íntimo de um jeito diferente. Quer dizer, não de um jeito fetichista. Mas de um jeito "eu sou assim quando ninguém está olhando".

— Eu não entendo você, Lucien. — Ele massageou as têmporas em desespero. — Primeiro me dispensa sem nenhuma explicação, por mensagem, porque pelo visto uma ligação seria demais. Depois aparece na minha porta, ainda sem nenhuma explicação, porque pelo visto uma ligação não seria o bastante.

Tentei escolher um lugar no sofá que dissesse "não estou te evitando mas também não estou me aproximando muito de você" e me sentei, esbarrando o joelho no dele mesmo assim.

— Eu deveria ter ligado. Bom, nas duas vezes. Só que eu acho que, se tivesse ligado da primeira, não teria uma segunda vez para ligar.

— O que aconteceu? Eu realmente achei que você não estava nem aí.

— Não sou tão furão assim. Sei que os fatos estão meio que contra mim agora. Mas eu preciso disso... dessa... — balancei a mão, desengonçado — coisa que estamos fazendo. E eu vou tentar melhorar se você me der mais uma chance.

Os olhos de Oliver estavam mais prateados do que nunca — suaves e implacáveis ao mesmo tempo.

— Como você quer que eu acredite que vai ser melhor na próxima vez, se não quer nem conversar comigo sobre o que aconteceu agora?

— Foram só uns problemas de família. Eu achei que era algo importante, mas não era. Não vai acontecer de novo. Além do mais, você estava procurando um namorado de mentira, não um problema na sua vida.

— Eu sabia muito bem no que estava me metendo.

Eu não me sentia forte o bastante para encarar a opinião de Oliver a meu respeito naquele momento.

— Olha, sei que não sou o que você estava procurando, mas será que você pode, por favor, parar de jogar isso na minha cara?

— Eu... Isso... — Ele parecia genuinamente envergonhado. — Não foi isso que eu quis dizer. Só estava tentando explicar que eu nunca esperei que você fosse algo que não é.

— Tipo o quê? Minimamente confiável e sensato?

— Tipo fácil ou comum.

Eu o encarei. Acho que fiquei literalmente de boca aberta.

— Lucien. Entendo que não somos amigos e que talvez não sejamos naturalmente compatíveis. Que, na primeira oportunidade, você escolheria ficar com qualquer pessoa no meu lugar. Mas — ele hesitou, desconfortável. — Nós concordamos em sermos parte um da vida do outro, e eu não posso fazer isso se você não se abrir comigo.

— Meu pai está com câncer — botei para fora.

Oliver me olhou de um jeito que eu gostaria de acreditar que seria como *eu* olharia para alguém que me contasse que o pai está com câncer, mas no fundo sabia que essa não seria a minha reação.

— Sinto muito. É óbvio que você precisava estar com ele. Por que não me disse desde o começo?

— Bem, porque eu não sabia. Minha mãe só me disse que uma coisa importante tinha acontecido, e eu acreditei porque... sempre acredito nela. E não te contei essa parte porque pensei que você acharia esquisita.

— Por que eu acharia esquisito o fato de você amar sua mãe?

— Sei lá. Sempre tenho medo de parecer uma coisa meio Norman Bates.

Ele apoiou a mão carinhosamente no meu joelho e, por mais que devesse, não vi motivo algum para afastá-la.

— É muito admirável da sua parte. Obrigado pela honestidade.

— Obrigado. Eu... obrigado. — Uau, Oliver sendo legal comigo era muito mais difícil de encarar do que Oliver irritado comigo.

— Tudo bem se eu perguntar sobre o seu pai? Posso fazer alguma coisa para ajudar?

— Sim, você pode *não perguntar* sobre o meu pai.

Ele deu um tapinha no meu joelho de um jeito gentil e empático que eu nunca conseguiria imitar sem parecer que estava dando fim à conversa.

— Entendo. É uma questão familiar e eu não deveria me meter.

Tenho certeza de que Oliver não estava tentando fazer com que eu me sentisse mal. Mas ainda assim estava conseguindo.

— Não é isso. É que eu odeio aquele fodido.

— Sei como é. Quer dizer — ele balançou a cabeça —, não sei. Ele é seu pai e está com câncer.

— Mas continua sendo o mesmo cara que abandonou a mim e à minha mãe. Sem essa, você já deve saber disso.

82

— Saber do quê?

— Odile O'Donnell e Jon Fleming. Paixão intensa, término intenso, filho pequeno. Você não lê os jornais? Bridget nunca te contou?

— Eu sabia que você era meio famoso. Mas não achei que fosse uma informação relevante.

Ficamos em silêncio por um momento. Sabe Deus o que estava passando pela cabeça dele. E eu estava tão confuso. Nunca gostei de pessoas que achavam que me conheciam por causa de algo que leram ou viram ou escutaram em um podcast, mas aparentemente eu já estava acostumado. Tão acostumado que a ideia de ter que explicar sobre a minha vida para alguém era um pouco assustadora.

— Não sei se acho isso muito fofo ou muito insensível da sua parte — eu disse, por fim.

— Estou fingindo ser *seu* namorado. Não dos seus pais.

Dei de ombros.

— A maioria das pessoas acha que meus pais são a coisa mais interessante a meu respeito.

— Talvez seja porque você não deixa que outros te conheçam.

— A última pessoa que me conheceu... Deixa pra lá. — Sem chances de tocar naquele assunto. Não naquele momento. Nem nunca. Soltei um suspiro trêmulo. — A questão é: meu pai é um babaca que tratou minha mãe que nem merda, e agora ele aparece do nada e os dois estão agindo como se não tivesse problema nenhum, mas tem, sim, e isso me deixa puto.

Oliver franziu a sobrancelha.

— Entendo como isso pode ser difícil. Mas, se ele realmente pode morrer a qualquer momento, talvez você deva se certificar de que não está fazendo uma escolha que não poderá ser desfeita.

— O que você quer dizer com isso?

— Só que, se o pior acontecer, e no futuro você se arrepender de não ter dado uma chance a ele, não poderá fazer mais nada a respeito.

— E se eu quiser aceitar esse risco?

— A decisão é sua.

— Você me acharia uma pessoa ruim? — Tossi. — Bem, uma pessoa ainda pior do que você já acha?

— Não penso nada de ruim sobre você, Lucien.

— Tirando a parte que você me acha um cuzão egoísta que cancela encontros por diversão.

Com isso, ele ficou levemente corado.

— Sinto muito. Eu estava chateado e acabei dizendo algumas coisas injustas. Mas, em minha defesa, não tinha como deduzir que você agiu daquela maneira por causa de uma ligação enigmática da lenda reclusa do rock que é a sua mãe, seguida da informação de que seu pai ausente, que recentemente voltou a ser alvo do seu profundo ressentimento, está com a vida em risco por causa de uma doença séria.

— Dica: Peça desculpas ou *invente* desculpas. Nunca as duas coisas.

— Você está certo. — Oliver se inclinou em minha direção, de modo que eu conseguia sentir sua respiração. — Sinto muito por ter te magoado.

Com um movimento mínimo eu poderia beijá-lo. E eu quase o fiz porque aquela conversa toda tinha me empurrado para dentro de um poço de sentimentos e memórias e *argh* — coisas que eu nunca conseguia compartilhar com meus amigos. Mas ele havia deixado seus limites muito claros, então, em vez do beijo, eu disse:

— Sinto muito por ter te magoado também.

Houve um longo silêncio, nós dois flutuando desconfortavelmente à beira do espaço pessoal um do outro.

— Será que somos mesmo tão ruins nisso? — perguntei. — Estamos namorando de mentira há três dias e já tivemos um término de mentira.

— Sim, mas resolvemos de mentira nossas diferenças, já voltamos de mentira, e espero que isso nos deixe mais fortes de mentira.

Eu ri. O que era louco porque aquele era Oliver Blackwood, o homem mais sem graça do universo.

— Sabe, eu estava empolgado de verdade para o nosso café da manhã.

— Bem... — Ele me deu um sorriso confuso. — Você está aqui agora. E a comida ainda está na geladeira.

— Já são quase seis horas. Isso vai parecer um café da noite!

— Quem se importa?

— Uau. Que rebelde!

— Ah, sim. Esse sou eu. Mandando um foda-se para a sociedade e seus conceitos normativos de refeições.

— Então. — Tentei parecer casual, mas eu estava prestes a falar algo que era realmente sério. — Nesse café da manhã... da noite... nessa revolta punk rock contra a ditadura dos ovos... Vai ter rabanada?

Oliver arqueou a sobrancelha.

— Pode ter. Se você for bonzinho.

— Eu sei ser bonzinho. Que tipo de pessoa boa você tem em mente?

— Eu não... Quer dizer, hm... Quer dizer, você pode... arrumar a mesa, talvez?

Escondi meu sorriso com a mão, porque não queria que Oliver achasse que eu estava zombando dele, embora eu meio que estivesse. Mas acho que aquilo era exatamente o que eu precisava: um homem com chance de ter porta-guardanapos. Pois, no fim das contas, não era muito a cara dos tabloides publicar a manchete "Filho de roqueiro se envolve em escândalo ao escolher jogo de mesa errado".

O que eu não esperava, porém, era como aquilo tudo faria com que eu me sentisse bem, seguro e no lugar certo.

12

No fim, acabei arrumando a mesa mesmo — embora, felizmente, ele não tivesse nenhum porta-guardanapos. Nós comemos na cozinha de Oliver, em uma pequena mesa redonda a alguns passos do fogão, com nossos joelhos se encostando porque tudo indicava que estávamos fadados a enroscar nossas pernas por toda a eternidade. No fundo, eu gostei de vê-lo cozinhando para mim — esquentando o óleo, cortando os acompanhamentos e cozinhando os ovos com o mesmo carinho e cuidado que ele dedicava a todas as suas ações. E não dava para negar que ele era um colírio para os olhos quando não estava me julgando. Coisa que eu estava começando a suspeitar que ele fazia bem menos do que eu imaginava.

— Então, quantos "eus" você estava esperando para o café? — perguntei, observando a pilha de ovos e waffles e mirtilos e rabanadas.

Ele corou.

— Acabei me empolgando um pouco. Já faz um tempinho desde a última vez que cozinhei para alguém.

— Já que estamos fingindo um namoro, acho que esse é tipo de coisa que devemos saber um sobre o outro. Quanto tempo é "um tempinho"?

— Seis meses, mais ou menos.

— Isso nem é tanto tempo. Foi praticamente ontem.

— É mais tempo do que eu gostaria de ter ficado sozinho.

Eu o encarei por cima dos meus ovos beneditinos.

— Você é algum tipo de viciado em relacionamentos?

— Bem, quando foi a última vez que você esteve junto de alguém?

— Defina *junto*.

— Só o fato de você perguntar já diz muita coisa.

— Tá bem — respondi, emburrado. — Quase cinco anos.

Ele abriu um sorriso fraco.

— Talvez seja melhor evitarmos comentar as escolhas um do outro.

— O café da noite parece incrível — comentei, como uma oferta de paz preventiva. E então fui direto para: — Por que você terminou o namoro?

— Eu... não sei bem. Ele disse que não estava mais feliz.

— Essa doeu.

Ele deu de ombros.

— Chega um ponto em que a gente já ouviu tanto "o problema não é você, sou eu" que começa a suspeitar que o problema pode ser, de fato, você mesmo.

— Por quê? O que tem de errado com você? Você puxa o edredom durante a noite? É um racista enrustido? Você acha que o Roger Moore foi um 007 melhor do que o Sean Connery?

— Não. Pelo amor de Deus, não. Embora na minha opinião o Moore seja um pouquinho subestimado. — Segurando a concha com uma destreza irritante, Oliver despejou uma espiral perfeita de creme sobre o seu waffle de semente de papoula. — Eu achava de verdade que estava dando certo. Mas sempre acabo achando isso de qualquer forma.

Estalei os dedos.

— Ah. Você deve ser péssimo de cama.

— É claro. — Ele me lançou um olhar irônico. — Mistério resolvido.

— Droga. Estava torcendo para você ficar na defensiva e acabar revelando alguma informação safadinha.

— Lucien, para alguém que já deixou absurdamente claro que não está interessado, você parece fascinado pela minha vida sexual.

Senti meu rosto queimar.

— Não estou... nada.

— Bem, se você diz...

— Não, sério. É só que... — *Argh*, que confusão. Em parte porque, talvez, eu estivesse um pouco mais curioso do que gostaria de admitir. Oliver era tão contido que era difícil não imaginar como seria quando ele baixasse a guarda. *Se* ele baixasse a guarda. Como seria se eu fosse capaz de instigar certa rebeldia nele. — Só estou meio em desvantagem porque se você quiser saber qualquer coisa sobre mim é só jogar no Google.

— Mas tudo o que eu encontraria seria verdade?

Me encolhi.

— Algumas coisas, sim. E não só as coisas boas.

— Se tem uma coisa que eu aprendi com o meu trabalho é que "parte da verdade" é a coisa mais ilusória que você pode ouvir. Tudo o que eu quiser saber a seu respeito, vou te perguntar.

— Mas e quando você estiver chateado comigo? — falei, baixinho. — Quando estiver procurando motivos para me odiar?

— Você acha mesmo que vou precisar da ajuda dos jornais para isso?

Lancei um olhar indignado para ele, mas, de alguma forma, acabei sorrindo. Algo no jeito como Oliver estava olhando para mim tirou toda a acidez daquelas palavras.

— É assim que você costuma tranquilizar os outros?

— Não sei. Está funcionando?

— Por incrível que pareça, sim... Mas só um pouco. — Me distraí com a rabanada, que estava saborosa e doce e com a cobertura escorrendo. — Mas você vai pesquisar sobre mim uma hora ou outra. Todo mundo sempre faz isso.

— Você não acha que eu tenho coisas melhores para fazer com o meu tempo do que procurar na internet subcelebridades que são filhos de sub-subcelebridades?

— Lá vem você tentando me tranquilizar com um fundinho de maldade de novo. Por que faz isso?

— Bem, eu não sabia se você aceitaria se fosse de outro jeito. — Ele parecia levemente envergonhado, perseguindo um mirtilo que escapava pelo prato.

Para ser sincero, talvez Oliver estivesse certo. Mas eu não daria a ele o prazer de ter razão.

— Quer tentar?

— Não posso prometer nada porque isso só faria toda a bobagem ter mais poder sobre você. Mas...

— É fácil chamar de bobagem quando não é com você.

Ele deu uma bufada de cansaço.

— Viu só? Eu disse que você não ia gostar do meu jeito de tranquilizar.

— Você não me tranquilizou coisa nenhuma. Só disse que não pode prometer nada e meteu o pau nas minhas inseguranças.

— Não foi minha intenção meter o pau.

Encaramos um ao outro cautelosamente sobre o nosso campo de guerra de comida. De muitas maneiras, aquele segundo encontro estava se saindo tão mal quanto o primeiro. Que inferno, estava tudo indo muito pior, já que eu apareci com seis horas de atraso e levei um pé na bunda antes de chegar. Mas parecia diferente. De certa forma, até mesmo estar irritado com ele me trazia um conforto esquisito.

— Enfim — continuou Oliver —, você não me deixou terminar.

— E geralmente eu sou muito atencioso nesse quesito.

Ele ergueu as sobrancelhas.

— Bom saber.

E, por algum motivo, *eu* corei.

Ele pigarreou.

— Como eu estava dizendo, entendo que essa sombra da opinião pública é importante para você e já afetou muito a sua vida. Mas é bobagem para mim, e sempre será, comparado com você.

— Tudo bem... — Fiz um barulho rouco e estranho. — Você tem razão. Pode voltar a ser sarcástico.

— Eu realmente acho que não vou ficar pesquisando seu passado, Lucien. Não tenho vontade alguma de te magoar.

— Entendo que eu tenho um péssimo gosto para homens, mas, na maioria das vezes, consegui evitar sair com caras determinados a acabar comigo. Não tem a ver com querer ou não querer me magoar. Mas... — tentei soar cansado e resignado em vez de terrivelmente exposto. — Você sabe como é. As pessoas ficam curiosas. Ou frustradas. Ou fazem aquela coisa de achar que vão ler as notícias e me surpreender ao mostrar que estão super de boa com tudo aquilo, mas no fim acabam surtando e quem se fode sou eu.

— Então se você não pode confiar nas minhas boas intenções, ao menos pense que eu sou o cuzão pretensioso que você tanto acredita que eu sou e, portanto, jamais encostaria em um tabloide.

— Não te acho um cuzão arrogante.

— De acordo com Bridget, essa foi a primeira coisa que você disse sobre mim.

Na verdade, foi a segunda. A primeira foi "Se eu soubesse que seu único outro amigo gay era gostoso daquele jeito, teria topado encontrar com ele meses atrás". É claro, isso tinha sido antes do fatídico "homossexual parado do meu lado". Me mexi desconfortavelmente na cadeira.

— Ah, sim. Olhando agora, acho que peguei um pouco pesado com você.

— Sério? — Oliver perguntou em um tom esperançoso com uma pontada de dúvida.

— Bem, eu não diria que você é um cuzão arrogante por completo. Talvez um bundão metidinho.

Para a minha surpresa, ele riu — uma risada grave e rouca que arrepiou os pelos do meu braço com um prazer inesperado.

— Acho que consigo viver com isso. Agora — ele apoiou os cotovelos na mesa, aproximando-se um pouco de mim — o que mais namorados de mentira devem saber a respeito um do outro?

— Quem tem toda a experiência em relacionamentos é você. Diz aí.

— Esse é o problema dos relacionamentos. Se você não teve muitos, sua base de comparação é limitada. Por outro lado, se já teve muitos, claramente está fazendo alguma coisa errada.

— Foi você quem insistiu que a gente se conhecesse melhor. — Abri um sorrisinho satisfeito para ele. — Sabe como é, para dar *verossimilhança*.

— Você nunca vai esquecer isso?

Pensei por um instante.

— Não.

— Certo. — Ele suspirou. — Aniversários?

— Nem se dê ao trabalho. Vou esquecer. Sempre esqueço aniversários, até mesmo o meu.

— Bem, eu vou lembrar.

— Meu Deus — resmunguei. — Aposto que você vai me dar um presente incrível também. E fazer com que eu me sinta péssimo.

Ele contorceu os lábios.

— Eu faria questão.

— Enfim, é em julho. Até lá já teremos percebido de mentira que não somos compatíveis e terminado de mentira antes mesmo que meu aniversário se torne um problema.

— Ah. — Por um milésimo de segundo, ele pareceu quase decepcionado. — Sua vez.

— Não lembro de ter concordado em revezar.

— Eu geralmente acredito que a maioria das situações pode melhorar se forem recíprocas.

— Você é versátil, é? — Arregalei os olhos fazendo cara de inocente.

— Se comporte, Lucien.

Bem, aquilo não foi sexy. Não mesmo. Definitivamente, não. Nem um pouco. Um pequeno calafrio atravessou minhas costas.

— Hm. — Minha mente deu branco. — Hobbies e tal? O que você faz quando não está trabalhando?

— Na maior parte do tempo eu *estou* trabalhando. A lei é uma profissão exigente.

— Só para deixar claro, frases tipo "A lei é uma profissão exigente" é o que me fez te achar arrogante.

— Bem, sinto muito — respondeu ele com um tom de quem não sente muito. — Mas eu não sabia a melhor forma de dizer que tenho um emprego gratificante, embora desafiador, que toma boa parte do meu tempo.

— Você podia ter dito isso.

— Nossa. Estamos namorando há menos de três dias e você já está tentando mudar o meu jeito.

— Por que eu iria querer que você mudasse se é tão divertido te deixar irritado?

— Eu... — Ele franziu as sobrancelhas. — Obrigado. Acho. Não entendi se foi um elogio.

Naquele momento ele até me pareceu encantador, mas provavelmente porque eu sou uma pessoa ruim.

— Sim. É assim que o jogo funciona. Mas, fala sério, deve ter alguma coisa que você gosta que não envolva perucas e martelos.

— Eu cozinho, leio, fico com meus amigos, tento me manter saudável.

Olha só! Então aquele corpão debaixo dos ternos sérios não era coisa da minha imaginação. Quer dizer, não é como se eu estivesse sempre imaginando o corpo dele. Pelo menos, não muito.

Ele fixou o olhar em mim.

— E você?

— Eu? Sabe como é, o de sempre. Fico na rua até tarde, bebo demais, deixo as pessoas que se importam comigo extremamente ansiosas...

— E o que você faz *de fato*?

Eu queria muito desviar o foco. Mas, por algum motivo, não conseguia. Aqueles olhos me prometiam alguma coisa que eu não sabia muito bem se queria.

— Ando meio parado ultimamente. Há um tempo. Ainda faço coisas, até saí no sábado, mas sinto que nunca tenho um compromisso que realmente valha a pena.

Lá estava o poço novamente, e a última coisa que eu queria era que Oliver complementasse com uma pergunta bem pensada que me empurraria ainda mais para o fundo.

— Sua vez — eu disse com um ganido e um sorriso grande, como se a situação desastrosa da minha vida fosse uma piada hilária.

Ele tamborilou suavemente a mesa por um momento, como se investindo muito tempo e atenção naquele assunto.

— Levando em conta que estou interessado, tirando toda a coisa da fama dos seus pais, você pode me contar um pouco sobre suas experiências passadas?

— Isso parece uma entrevista de emprego, não uma entrevista de namoro.

— Ser curioso é inevitável para mim. Eu já *ouvi* falar de você há anos. Mas nós nunca conversamos de verdade antes.

— Sim, porque você deixou mais claro impossível que não queria nada comigo.

— Eu até poderia contestar essa informação, mas, de qualquer forma, agora eu quero.

Soltei um grunhido envergonhado e juvenil.

— Que seja. Infância sem grandes acontecimentos, carreira promissora, perdi o rumo e aqui estou.

— Sinto muito — disse ele, o que não era a reação que eu esperava. — Isso me parece uma estrutura muito artificial para uma conversa pessoal.

Dei de ombros. Aparentemente ainda no meu modo juvenil.

— Não tem nada para conversar.

— Se você prefere assim.

— E você?

— O que gostaria de saber?

Eu tinha a esperança de que conversar sobre ele seria menos revelador do que conversar sobre mim. No fim das contas, não era bem assim. Fiz um som que, grosso modo, poderia ser definido como *Euseilahh*.

— Bem — tentou ele, corajosamente. — Assim como você, minha infância não teve grandes acontecimentos. Meu pai era contador, e minha mãe, professora universitária de economia, e os dois eram gentis e ajudavam as pessoas. Tenho um irmão mais velho, Christopher, que é médico, assim como a esposa dele, Mia.

— Parece que a família inteira se deu bem, então.

— Nós tivemos muita sorte. E desde pequenos fomos incentivados a correr atrás de algo em que acreditássemos.

— E foi isso que te levou até a advocacia?

Ele assentiu.

— De fato. Não sei exatamente o que meus pais esperavam, mas acho que é o caminho certo para mim.

— Se eu assassinar alguém — perguntei e, para a minha surpresa, percebi que estava falando sério. — Eu super iria querer você como advogado.

— Então meu primeiro conselho é não me conte se você tiver assassinado alguém.

— Não é possível que alguém faça isso.

— Você ficaria surpreso. Os réus não têm nenhum tipo de formação jurídica. Nem sempre eles sabem o que pode e o que não pode ser comprometedor. Aliás, não estou falando por experiência própria. — Ele abriu um sorriso discreto. — Então, meu segundo conselho caso um dia você seja acusado de assassinato é: contrate alguém mais experiente do que eu.

— Você nunca trabalhou em um caso desses?

— Ao contrário do que você possa achar, homicídio é uma ocorrência bem rara. Um advogado só acaba pegando um caso desses depois de muito tempo na profissão.

— Então qual é o tipo de caso que você geralmente pega?

— O que aparecer. Não tenho muita escolha. Geralmente é bem banal.

Lancei um olhar confuso para ele.

— Pensei que esse emprego fosse a sua maior paixão.

— Mas é.

— Você acabou de descrever como *bem banal*.

— Quer dizer, pode parecer banal para as outras pessoas. Se sua única experiência com tribunais vem de séries sobre crimes, minha realidade passando os dias defendendo adolescentes que roubaram acetona na farmácia e praticantes de pequenos delitos que acabaram dando um passo maior do que a perna pode ser bem decepcionante. — Ele se levantou e começou a recolher os pratos e tigelas. — Em termos de vida social, sempre saio perdendo. Ou as pessoas acham que eu passo o dia todo faturando para soltar assassinos e estupradores, ou me acham um poço de tédio.

Sem nem pensar, me levantei para ajudar, nossas mãos se esbarraram entre as louças.

— Talvez dê para tirar uma média e dizer que você passa seus dias faturando para soltar ladrões adolescentes.

— Talvez dê para tirar uma média e dizer que eu passo meus dias garantindo que um único erro de julgamento não arruíne a vida de um jovem.

Joguei um mirtilo em Oliver e acabei acertando seu nariz.

— O que foi isso? — perguntou ele.

Refletindo. Eu estava muito ocupado refletindo.

— Você... você realmente se importa com isso, não é?

— E com essa conclusão você decidiu me atingir com uma frutinha?

— Objeção. Induzindo a testemunha.

— Você sabe que a gente não fala isso, né?

Fiquei boquiaberto.

— O que você faz quando o conselho está mentindo, então?

— Ou você acredita que o juiz sabe o que está fazendo, como costuma ser, até mesmo com os juízes loucos; ou você diz de forma muito educada alguma coisa do tipo "Meritíssimo, acredito que o honorável advogado de acusação esteja equivocado".

— E eu achando — soltei um suspiro longo e pesado — que você pulava e começava um confronto legal com os engravatados do tribunal.

— Você quer dizer os excelentes servidores públicos do Serviço de Promotoria Real?

— Caramba, Oliver. — O nome dele tinha um sabor doce e forte na minha língua. Açúcar e canela. — Você está meio que arruinando toda a diversão do sistema de justiça criminal.

Deliberadamente, ele pegou outro mirtilo e o atirou em mim. Acertou na minha sobrancelha.

— O que foi isso? — perguntei, esperando que meu tom soasse como petulância fingida.

A boca dele se curvou em um sorriso, lento e quente como cobertura de panquecas.

— Você mereceu.

Oliver lavou a louça e eu, na maior parte do tempo, fiquei atrapalhando, a minha forma de lidar com tarefas domésticas.

— Hm — murmurei, enganchando os polegares no bolso em uma tentativa inútil de parecer casual. — Obrigado pela comida. E por não me dar um pé na bunda e tal. Acho melhor eu...

Oliver também enganchou os polegares no bolso. Então, imediatamente, desfez o gesto como se não tivesse a menor ideia do porquê havia feito aquilo.

— Não precisa ir ainda. Quer dizer, se você quiser... Ainda temos algumas coisas para discutir. Sobre a logística.

Aquele era o Oliver que eu conhecia. Acho que ganhei um bônus temporário por conta do câncer do meu pai.

— Logística, é? Você consegue deixar qualquer cara caidinho falando desse jeito.

— Não estou tentando te deixar caidinho, Lucien. Só quero garantir que não dê tudo errado e cause mais problemas.

Faço um gesto despreocupado que envolve esbarrar em um pequeno vaso de flores que Oliver havia acabado de colocar na mesa.

— Merda. Desculpa. Mas tem como isso ser tão complicado assim? Cada um continua com sua vida e, se alguém perguntar, é só dizer que estamos namorando.

— É isso que eu quero saber. Vamos contar para qualquer um que perguntar? E a Bridget?

— Ah, sim. — Tentei arrumar as flores, mas falhei. — Ela meio que já sabe a verdade.

— E você pretendia me contar isso em algum momento? Ou só ia me deixar fazer papel de bobo na frente dela, cumprindo inocentemente meu papel na farsa que nós dois estamos mantendo?

— Bridge é a exceção. Não podemos guardar segredos da Bridge. Ela é minha melhor amiga hétero. São as regras.

Oliver se inclinou em minha direção e fez dois pequenos ajustes nas flores, transformando o arranjo desajeitado e incriminatório em radiante e adorável.

— E para todas as outras pessoas, estamos namorando?

— Com certeza. Quer dizer, tem um cara no trabalho que meio que já sabe.

— No trabalho que você está tentando salvar com toda essa fraude?

— Bem, foi ideia dele, então é meio inevitável. Além do mais. — Quase pareci despreocupado de novo, mas logo pensei melhor. — Ele tem a inteligência de uma raspadinha de groselha. Provavelmente já esqueceu.

Ele suspirou.

— Certo. Então para todo mundo, exceto Bridget e o rapaz do seu trabalho, nós estamos namorando?

— Não posso mentir para a minha mãe.

Outro suspiro.

— Então para todo mundo, exceto Bridget, o rapaz do seu trabalho e a sua mãe, nós estamos namorando?

— Bem, meus outros amigos podem não acreditar. Sabe como é, eu já disse para eles que te odeio. E, depois de anos com a vida amorosa parecendo um carro batido numa caçamba de lixo em chamas, seria conveniente pra caralho aparecer com um namoro estável e duradouro bem no momento que eu precisava disso para não ser demitido.

— Então. — As sobrancelhas de Oliver ficaram maldosas e pontiagudas. — É mais provável eles acreditarem que nós dois inventamos um relacionamento de mentira e todo elaborado do que você ter mudado de ideia a meu respeito?

— Não precisa ser elaborado. Você que está querendo elaborar.

— Enquanto você não está se esforçando nem um pouco.

— Isso aí, é o meu jeitinho.

Ele cruzou os braços e assumiu uma expressão ameaçadora.

— Caso você tenha esquecido, nós dois estamos neste relacionamento de mentira. E não teremos um relacionamento de mentira bem-sucedido sem esforço.

— Meu Deus, Oliver. — Com a minha frustração, lá se vão as flores de novo. — Vai ser mais fácil eu acabar te namorando de verdade.

Àquela altura, ele me empurrou para o canto da cozinha e começou a dispor o arranjo de mesa de um jeito que eu considerei, honestamente, passivo-agressivo.

— Conforme combinamos, isso é uma consequência que nenhum de nós dois está buscando.

— Você tem razão. Seria horrível. — Tirando a parte das rabanadas. E do casaco aconchegante de domingo. E dos raros momentos em que ele esquecia que me achava um babaca.

— Ainda assim, agora que estamos comprometidos, é melhor fazemos direito. — Ele espetou uma tulipa no arranjo com mais força do que o necessário, partindo o caule. — E isso significa não contar para todo mundo que esse caso é uma mentira ridícula inventada por dois homens solitários. E também se acostumar a passar um tempo juntos como seria se isso tudo fosse verdade.

Eu estava começando a temer pelas flores, então voltei para a mesa e as arranquei das mãos de Oliver.

— Desculpa se deixei escapar uma coisa ou outra. Não vai acontecer de novo.

Ele ficou quieto por um bom tempo, então eu comecei a ajeitar as flores de volta no vaso. Embora não tenham ficado bonitas, pelo menos estavam inteiras.

— E também — acrescentei de má vontade — nós podemos fazer toda essa coisa de logística se você achar necessário. É só me dizer quando você quiser... logisticar comigo e eu apareço.

— Tenho certeza de que podemos negociar essas questões conforme forem aparecendo. E sua presença ainda é bem-vinda. Se você quiser. Se não tiver outras incumbências.

Incumbências? Ai, Oliver.

— Tenho um baile marcado em 1953, mas acho que posso faltar.

— Só devo te alertar — ele me lançou um olhar frio, aparentemente desinteressado no meu humor encantador — que estarei bastante ocupado com o trabalho.

— Posso ajudar? — Para ser sincero, não sou um grande fã de ajudar no geral, mas me parecia educado oferecer. E qualquer coisa era melhor do que voltar para o meu apartamento vazio e inabitável pensando em como o pai que eu odiava-barra-era-indiferente-a-respeito poderia morrer em breve.

— Nem um pouco. É confidencial, você não tem nenhuma formação jurídica e eu vi a bagunça que você fez enquanto eu lavava a louça.

— Certo. Então eu só fico, tipo... sentado? Enquanto tentamos aprender a aturar um ao outro?

— Eu não diria desta forma. — Ele parecia ter desistido das flores. — E, por favor, sinta-se em casa. Pode ler, ver TV, ou... Na verdade, sinto muito, este foi um convite horrível.

Dei de ombros.

— É provavelmente o que eu estaria fazendo de qualquer forma. Só que numa casa mais legal e vestindo muito mais roupas.

— Permanecer vestido talvez seja uma escolha melhor.

— Relaxa. Eu já entendi o esquema: sem beijos, sem fotos de pau, sem nudez.

— Isso. Bem. — Ele moveu as mãos a esmo. — Acho que qualquer uma dessas coisas só traria complicações desnecessárias para toda essa situação do namoro de mentira.

— E se tem uma coisa que eu não sou é desnecessário. Ou complicado.

Houve uma pausa desconfortável.

— Então — perguntou ele, por fim. — Vai ficar?

E, sabe Deus o porquê, eu disse sim.

Nos sentamos na sala de estar, eu esparramado no sofá e Oliver de pernas cruzadas no chão, cercado de papéis, com o notebook nos joelhos. Não era exatamente desconfortável, mas também estava longe de ser confortável. Ainda estávamos aprendendo a conversar sem dar início a uma briga, então aprender a aproveitar um silêncio aconchegante estava um pouquinho além de nossas habilidades. Ou talvez fosse coisa da minha cabeça. Oliver havia se transportado para a legislação — a cabeça baixa e os dedos flutuando ocasionalmente sobre o teclado — e, pelo que percebi, ele já tinha se esquecido da minha existência.

Pegando o controle remoto, liguei a tv, instalei o aplicativo da itv sorrateiramente e procurei a parte de novidades até encontrar *O Pacote Completo*. Já havia dois episódios disponíveis. Oba.

Apertei o play.

E fui imediatamente recebido por uma montagem de trinta segundos sobre como meu pai era incrível. Vídeos de apresentações dele intercalados com depoimentos de pessoas que eu imaginava que fossem grandes figurões da indústria da música, porém velhos demais ou novos demais para que eu reconhecesse, todos dizendo coisas do tipo: "Jon Fleming é uma lenda da indústria" e "Jon Fleming é o patriarca do rock: progressivo, folk, clássico, ele domina tudo" e "Jon Fleming é meu herói há trinta anos". Quase desliguei a tv, mas outra sequência de vídeos começou e eu me dei conta de que eles diziam basicamente as mesmas coisas a respeito do Simon, da banda Blue.

Quando aquela propaganda vergonhosa dos jurados terminou, a imagem voltou para o estúdio, onde os quatro apresentaram um cover bizarro de "Always" da dupla Erasure para um público que reagia como se aquilo fosse uma mistura do Live Aid com o Sermão da Montanha. Minha opinião não profissional é que aquele era o tipo de música que até poderia combinar com um solo de flauta doce, mas definitivamente não precisava de um verso de rap do Professor Green.

Depois disso, o programa começou de fato, e, como era o primeiro episódio, incluíram uma explicação anticlimática da dinâmica, que eu entendi apenas pela metade, e a apresentadora — que eu tinha quase certeza de que não era a Holly Willoughby mas poderia ser — não entendeu absolutamente nada. Tinha alguma coisa envolvendo pontos e leilões, e os jurados tinham uma carta curinga que poderiam usar para roubar outros participantes, e às vezes os participantes escolhiam quais jurados queriam, mas na maioria das vezes não. E, finalmente, uma pessoa que chegou e começou a cantar uma versão emotiva e agressiva de "Hallelujah" foi escolhida por uma das Pussycat Dolls.

Eles conseguiram encher linguiça por uma hora, incluindo os comerciais, passando pelos seis tipos de pessoas que sempre participam desses programas: o cara metido que ninguém quer e não é nem de longe tão bom quanto acredita; o esquecível que é escolhido mas está fadado à eliminação depois da primeira rodada; o que tem um passado trágico; o esquisitinho que vai chegar às quartas de final e vai acabar se dando melhor do que o vencedor do programa; aquele que todo mundo deveria subestimar mas não o fazem de forma explícita desde que Susan Boyle apareceu; e o atraente e talentoso que conquistará o ódio unânime do público por ser atraente e talentoso. Entre as performances e os vídeos melosos sobre as mães e as cidades dos participantes, os jurados brincavam uns com os outros do jeito que se espera de pessoas que nunca se conheceram e não têm nada em comum exceto terem atingido um ponto da carreira em que se tornar jurado de um reality show parecia ser a melhor opção.

Apesar de muito chato, dava para assistir. Até mesmo Oliver levantava a cabeça de vez em quando e fazia algum comentário. Pelo jeito, ele não sabia que a única maneira aceitável de assistir a reality shows era ironicamente, porque vez ou outra ele soltava um "Eu estava muito receoso com a garota tímida de óculos e aparelho, mas ela cantando 'Fields of Gold' me deixou emocionado". E nessas horas eu queria ter um mirtilo para atirar nele.

Em determinado momento Joe Fleming fez uma oferta para uma garota que tocava gaita (esquisitinha: vai chegar nas quartas de final) mas o Simon da Blue jogou a carta curinga e roubou a participante. Foi, de longe, a melhor parte. Meu pai tentou levar na esportiva, mas dava para perceber que ficou irritado. O que me tornou, por trinta segundos, um fã de carteirinha do Simon do Blue, embora não soubesse o nome de uma música sequer dele.

Não sei muito bem o motivo — talvez fosse masoquismo, ou síndrome de Estocolmo, ou a secreta sensação de aconchego — mas acabei emendando o segundo episódio. A dinâmica era basicamente idêntica à do primeiro: os jurados ainda não sabiam conversar uns com os outros, a apresentadora ainda parecia não entender todas as regras e os participantes continuavam contando histórias emocionantes sobre avós falecidas e empregos em supermercados. Começamos com uma mãe de três filhos dando tudo de si em uma versão de dois minutos de "At Last", sem receber ofertas de nenhum jurado, que lamentaram não a terem escolhido e logo em seguida a esquecendo totalmente. Depois apareceu um garoto de dezessete anos, escondido atrás da franja mais ondulada do universo, as unhas pintadas de preto e os dedos agarrando o microfone com força, apresentando uma performance frágil e afetada de "Running Up That Hill".

— Ah — comentou Oliver, tirando os olhos do notebook. — Esse me parece muito bom.

Aparentemente, os jurados também acharam, pois Ashley Roberts e Professor Green entraram em uma guerra que beirava a insanidade para decidir quem ficaria com o participante, que acabou indo para a Ashley quando, de repente, Jon Fleming — com toda a carga dramática acumulada em uma carreira que, como a abertura do programa não nos deixava esquecer, já durava cinco décadas — pulou da cadeira e apresentou sua carta curinga. O que deixou o garoto, Leo de Billericay, livre para escolher entre o Professor e meu pai.

Como era de se esperar, o programa foi interrompido pelo intervalo comercial e, depois do anúncio de um seguro para automóveis, voltou com uma música intensa e Jon Fleming prestes a fazer seu discurso "me escolhe".

Ele estava novamente em sua cadeira, apoiando os cotovelos no descanso de braço e as bochechas nos dedos, enquanto os olhos azul-esverdeados encaravam fixamente Leo de Billericay.

— O que se passava na sua cabeça — perguntou ele, com aquele sotaque de lugar nenhum que sempre o fez parecer tão universal e sincero — enquanto você estava apresentando sua música?

Leo se contorceu por trás da franja e murmurou algo que não foi captado pelo microfone.

— Vá no seu ritmo, filho — Jon Fleming o tranquilizou.

A câmera passou brevemente pelos outros jurados, que faziam suas melhores expressões de uau-que-momento.

— Meu pai... — sussurrou Leo. — Ele morreu. Ano passado. E nós nunca concordamos em muita coisa. Mas a música era, tipo, o que nos unia de verdade.

Uma pausa televisiva perfeita. Jon Fleming se inclinou para a frente.

102

— Sua performance foi muito bonita. Dava para ver como essa música é importante para você, e o quanto você se entregou por completo na apresentação. Tenho certeza de que seu pai estaria muito orgulhoso.

Que.

Porra.

Foi essa.

Tudo bem, eu me senti muito mal por Leo de Billericay, porque ele ainda estava visivelmente de luto, e ter um relacionamento ruim com um pai ausente era uma merda. Mas aquilo não mudava o fato de que o *meu* pai ausente estava criando vínculos de redenção com algum otário de Essex em rede nacional enquanto eu assistia a tudo no sofá do meu namorado de mentira.

Oliver olhou para mim.

— Está tudo bem?

— Simclaroporquenãoestaria?

— Nada. Mas, supondo que você deixe de ficar bem e queira, sei lá, conversar sobre qualquer coisa... Estou aqui.

Na tela, Leo de Billericay mordia os lábios daquele jeito estou-tentando-não-chorar que o deixava com uma expressão corajosa e digna que os fãs adoravam, e Jon Fleming estava explicando o quanto o queria em seu time.

— Poucas pessoas sabem isso a meu respeito — disse ele. — Mas eu nunca conheci meu pai. Ele morreu na guerra antes que eu nascesse, e sempre sofri por não ter tido esse tipo de conexão na minha vida.

Não. Não eram poucas as pessoas que sabiam daquilo. *Eu* não sabia. O que tornava Leo de Billericay — e, por consequência, Simon da Blue, e sei lá quantos milhões de pessoas que assistiam àquele programa ao vivo — mais íntimos do meu pai do que eu mesmo. Estava ficando cada vez mais difícil não me sentir genuinamente feliz por aquele fodido estar com câncer.

Enfim, é claro que Leo de Billericay escolheu Jon Fleming para ser seu mentor. Fiquei muito perto de perder a paciência e desligar a tv, mas aquilo me parecia estranho, como se eu estivesse deixando meu pai ganhar. E eu não sabia muito bem *qual* seria a sensação se isso acontecesse, mas sabia que precisava impedi-lo. Então, encarei a tela sem nenhuma expressão enquanto o carrossel de participantes cheios de esperança continuava passando.

Eu tinha quase certeza de que estava ficando com enxaqueca. Com toda a coisa de Oliver e Jon Fleming, e Leo de Billericay, e meu emprego por um fio, minha cabeça andava muito cheia. E, quanto mais eu tentava lidar com qualquer uma daquelas coisas, mais elas saíam do controle, como argila nas mãos de um escultor inexperiente. Então fechei os olhos por um instante, dizendo a mim mesmo que tudo faria sentido assim que eu os abrisse novamente.

— Lucien?

Abri os olhos e dei de cara com Oliver.

— Quequifoi?

— Acho que você acabou dormindo.

— Não dormi. — Me sentei no sofá, quase acertando o rosto de Oliver com a bunda. Jamais deixaria que ele pensasse que sou o tipo de pessoa que passa a noite desmaiada em frente à tv. — Que horas são?

— Dez e pouco.

— Sério? Merda. Você tinha que ter me acordado mais cedo. Me acordado, não. Me *lembrado*.

— Desculpa. — Oliver afastou uma mecha do meu cabelo que havia ficado grudada na sobrancelha. — Mas você teve um dia longo. Não queria te atrapalhar.

Uma breve olhada na sala de estar me dizia que Oliver já tinha terminado o trabalho, provavelmente havia algum tempo, e arrumado tudo ao meu redor. Porra.

— Não acredito que eu apareci na sua porta do nada, insisti que você continuasse fingindo ser meu namorado, reclamei sobre o câncer do meu pai, comecei uma discussão enorme sobre logística, te forcei a ver um reality show e depois dormi.

— Você também jogou um mirtilo na minha cara.

— Você deveria terminar comigo.

— Eu até tentei. Não deu muito certo.

— Sério. Se você quiser desistir, serei compreensivo dessa vez.

Oliver me encarou por um bom tempo.

— Não quero desistir.

O alívio borbulhou dentro de mim como indigestão.

— Porra, qual é o seu problema?

— Pensei que já havíamos esclarecido isso. Sou rígido, metido, entediante e desesperado. Ninguém mais me quer.

— Mas você faz uma rabanada incrível.

— Sim. — A expressão dele ficou cruelmente charmosa. — Estou começando a acreditar que isso foi o único fator determinante na duração dos meus relacionamentos.

Por algum motivo, fiquei muito consciente de que eu não tinha permissão para beijá-lo.

— Ainda dá tempo de pegar o último trem — continuou ele. — Ou posso chamar um táxi, se você preferir.

— Não precisa. Posso pedir um Uber se for o caso.

— Acho melhor não. O modelo de negócio deles é muito antiético.

Revirei os olhos.

— Agora entendi por que ninguém quer sair com você.

— Porque não uso Uber? Isso me parece bem específico.

— Porque você tem opinião sobre *tudo*.

— Mas a maioria das pessoas tem opiniões.

Pelo menos eu não estava mais com vontade de beijá-lo.

— Não estou falando de opiniões tipo "eu gosto de queijo". Ou "John Lennon é superestimado". São opiniões tipo "você não deveria pedir um Uber por causa dos trabalhadores" ou "você não deveria comer carne por causa do meio ambiente". Sabe como é, opiniões que deixam as pessoas mal consigo mesmas.

Ele piscou.

— Não quero que ninguém se sinta mal ou que façam as mesmas escolhas que eu...

— Oliver, você acabou de me mandar não pegar um Uber.

— Na verdade, eu disse que acharia melhor se você não pegasse um Uber. Você ainda pode pedir, se quiser.

— Sim. — Por algum motivo, estávamos próximos de novo, de um jeito que eu conseguia perceber o calor dele, como sua boca se movia enquanto discutia comigo. — Só que você vai me achar uma pessoa pior se eu pedir.

— Não vou, não. Por mim tudo bem que as suas prioridades não sejam as mesmas que as minhas.

— Mas suas prioridades claramente estão certas.

Oliver ficou intrigado.

— Agora eu fiquei confuso. Se você concorda comigo, qual é o problema?

— Certo. — Respirei fundo para me acalmar. — Deixa eu tentar explicar. A maioria das pessoas que não são você entende que o capitalismo é explorador, que o aquecimento global é um problema e que as escolhas que fazemos podem acabar apoiando um sistema ruim ou injusto. Mas nós sobrevivemos com a estratégia precária de tentar não pensar a respeito. E, quando lembramos disso, ficamos tristes, e nós não gostamos de ficar tristes, então ficamos nervosos.

— Ah. — Ele ficou abatido. — Agora entendo como isso pode ser uma atitude terrivelmente desagradável.

— Mas também é meio admirável — confessei contra a minha vontade. — De um jeito muito irritante.

— Não quero que pense que estou pescando elogios, mas você acabou de me chamar de admirável?

— Não. Foi coisa da sua cabeça. E agora, ironicamente, eu *preciso* pedir um Uber porque não consigo chegar na estação a tempo e não tenho dinheiro para o táxi.

Oliver pigarreou.

— Você pode dormir aqui, se quiser.

— Uau, você está mesmo muito investido em não me deixar apoiar o modelo de negócios da Uber.

— Não, só pensei que isso seria... Quer dizer... — Ele deu de ombros, envergonhado. — Em prol da verossimilhança.

— Quem você acha que vai reparar onde eu estou dormindo? Acha que estamos sendo monitorados pelo FBI?

— É mais provável que a CIA esteja encarregada da vigilância fora dos Estados Unidos, mas, neste caso, eu estava pensando nos paparazzi mesmo.

Era um bom argumento. Já fui flagrado saindo de várias casas diferentes ao longo dos anos.

— E não seria problema algum — acrescentou ele, sem jeito. — Tenho uma escova de dente extra e posso dormir no sofá.

— Não vou te fazer dormir no sofá na sua própria casa.

— Não posso te fazer dormir no sofá como meu convidado.

Um longo silêncio.

— Bem — apontei. — Se nenhum de nós dois vai dormir no sofá, ou eu vou para casa, ou...

Oliver subiu as mangas do suéter.

— Acho que somos maduros o bastante para dividirmos a cama sem nenhum acidente.

— Olha, sei que passei dos limites aquele dia depois do jantar, mas eu geralmente espero um convite antes de pular em cima de alguém. Sou uma zona livre de acidentes, prometo.

— Então, já está ficando tarde. Vamos subir.

E, num piscar de olhos, eu aparentemente concordei em passar a noite com Oliver. Bem. Não *com* Oliver. Próximo a Oliver, eu diria.

Exceto que, naquele momento, não importava o quanto eu tentasse me convencer do contrário, "com" e "próximo" pareciam ser a mesma coisa.

Eu não deveria ter me surpreendido com o fato de que Oliver usava pijamas de verdade. Xadrez azul-marinho. Ele também arrumava a cama como um adulto de verdade, em vez de só jogar o edredom de qualquer jeito sobre o colchão.

— O que você está olhando? — perguntou ele.

— Pensei que as pessoas haviam parado de comprar pijamas em 1957. Você está parecendo o ursinho Rupert.

— Não me recordo do ursinho Rupert vestindo qualquer coisa remotamente parecida com isto.

— Não, mas ele usaria, se tivesse oportunidade.

— Isso me parece equivocado.

Imitei o que me parecia uma pose de advogado.

— Meritíssimo, o honorável advogado de acusação está equivocado.

— Eu acho que — Oliver parecia estar pensando no assunto com muito mais seriedade do que era necessário — a não ser que você tenha experiência na área, sua especulação a respeito do que o ursinho Rupert usaria, caso fosse dada a ele a oportunidade, não seria admitida no tribunal.

— Meritíssimo, o honorável advogado de acusação está sendo malvado comigo.

Oliver franziu os lábios, irritado.

— Foi você quem disse que eu pareço o ursinho Rupert.

— Isso não é ser malvado. O ursinho Rupert é fofo.

— Levando em conta que ele é um urso de desenho animado, não sei se posso encarar como um elogio. E, aliás, eu tenho um par de pijamas sobrando, se você quiser emprestado.

— Quê? Não. Eu não sou uma criança de filme da Disney.

— Então você vai dormir totalmente vestido ou completamente pelado?

— Eu... não tinha pensado nisso ainda. — Minha mente falhou por um momento. — Olha, você tem uma camiseta velha ou qualquer coisa assim?

Oliver vasculhou a gaveta e me entregou uma camiseta lisa cinza que claramente estava passada. Tentando não comentar mais nada — com certa dificuldade —, fui até o banheiro para trocar de roupa. Em geral, eu me preocupo um pouco mais com a cueca que estou usando quando tem algum cara para ver, inclusive porque ela pode acabar aparecendo nos jornais. Uma das poucas vantagens da minha fase autodestrutiva de piranhagem foram as cuecas sensuais que colecionei — quer dizer, sensuais no sentido de que fazem meu pau parecer grande e deixam minha bunda empinada, não no sentido de serem minúsculas e comestíveis. Mas é claro que ali, protegido pela certeza de que eu passaria o dia inteiro despercebido, estava vestindo a cueca boxer mais confortável e detonada que eu tinha.

Era de um azul desbotado, estampada com pequenos porcos-espinhos brancos. A camiseta de Oliver, que tinha cheiro de amaciante e virtudes, era comprida o bastante para cobrir a maioria dos desenhos, mas ainda bem que eu não iria tentar nada porque o sr. Espetinho — o nome do porco-espinho, não do meu pênis — teria aniquilado todas as minhas chances.

Quando saí do banheiro, Oliver já estava na cama, recostado contra a cabeceira com o rosto enterrado em uma cópia de *A cidade do sol*. Corri e me joguei debaixo dos cobertores, me contorcendo para encontrar uma posição sentado e tentando me manter perto o bastante para não parecer esquisito demais, mas não tanto, porque seria esquisito também.

— Estamos parecendo uma dupla de humoristas.

Oliver virou a página.

— Você sabe que está usando o pijama do jeito errado, né?

Ele não tirou os olhos do livro.

— Ah, é?

— Sim, você tinha que usar só a calça, com o cós bem baixo no quadril, deixando à mostra o V do seu abdômen perfeitamente definido.

— Talvez na próxima.

Pensei naquilo por um momento.

— Você está dizendo que tem *mesmo* um V perfeitamente definido no abdômen?

— Isso não é da sua conta.

— E se alguém perguntar? Eu deveria saber por causa da verossimilhança e tal.

O canto da boca dele tremeu levemente.

— Você pode dizer que eu sou um cavalheiro e ainda não chegamos nessa parte.

— Você é um péssimo namorado de mentira — eu disse, soltando um suspiro frustrado.

— Só estou aumentando o suspense de mentira.

— Espero que valha a pena de mentira.

— Vai valer.

Não estava esperando por aquilo e não sabia muito bem como responder. Então fiquei apenas sentado ali, tentando não pensar muito em qual seria o conceito de "valer a pena" de Oliver.

— É bom esse livro? — perguntei para me distrair.

— Mais ou menos. — Oliver olhou para mim por um momento. — Você está muito falante.

— Você está muito... não falante.

— Já está tarde. Eu vou ler um pouco e depois dormir.

— Mais uma vez, agora eu entendo por que as pessoas não ficam com você por tanto tempo.

— Pelo amor de Deus, Lucien — rebateu ele. — Nós combinamos que ajudaríamos um ao outro, tenho que trabalhar cedo amanhã, e você está na minha cama, usando uma cueca minúscula de porco-espinho. Estou tentando manter um senso de normalidade aqui.

— Se você está tão chateado assim, posso tirar minha cueca minúscula e ir embora.

Ele pôs o livro na mesa de cabeceira e massageou as têmporas daquele jeito que eu já tinha visto até demais.

— Desculpa. Não quero que você vá embora. Podemos tentar dormir?

— Hm. Tudo bem.

Oliver apagou as luzes abruptamente e eu tentei me deitar sem invadir o espaço dele ou atentar contra suas boas maneiras. Aquela cama era mais dura que a minha, mas também muito melhor e provavelmente muito mais limpa. Dava para sentir o cheiro de Oliver no lençol — fresco e quentinho, como um pão em forma de gente — e eu também sentia a forma dele ao meu lado. Confortável e distrativa ao mesmo tempo. Maldito Oliver.

Minutos ou horas se arrastaram. Determinado a ser um bom parceiro de sono, fui atormentado por um milhão de coceiras, ansiedade e um terrível medo de peidar. A respiração de Oliver era firme o bastante para me deixar morrendo de vergonha da minha, que estava chegando no nível Darth Vader. Então meu cérebro começou a pensar coisas, e não parou de jeito nenhum.

— Oliver. Meu pai está com câncer.

Eu estava cem por cento preparado para que ele me mandasse calar a boca e ir dormir, ou me expulsasse dali de vez, mas, em vez disso, ele se virou para mim.

— Imagino que vá levar um tempo até você se acostumar.

— Eu não quero me acostumar. Não quero nem saber dele. E, se eu não tiver como fugir, é muito injusto ter que conhecê-lo apenas como o cara com câncer. — Funguei no escuro. — Ele escolheu não ser meu pai, então por que espera que eu escolha aceitar essa merda agora?

— Ele provavelmente está com medo.

— Mas quando *eu* tive medo, ele nunca esteve presente.

— Pois é, ele não é um bom pai. E você tem o direito de puni-lo por isso, mas acha mesmo que vai ajudar em alguma coisa?

— Ajudar quem?

— Qualquer pessoa, mas estou pensando principalmente em você. — Debaixo da barreira inegável formada pela roupa de cama, os dedos de Oliver tocaram os meus. — Deve ter sido difícil seguir com a vida depois que ele te abandonou. Mas não sei se vai ser mais fácil seguir com a vida se você agir da mesma forma.

Fiquei em silêncio por um bom tempo.

— Você acha mesmo que eu deveria ir atrás dele?

— A decisão é sua, e eu vou te apoiar independentemente do que escolher, mas sim. Acho que você deve ir atrás dele.

Soltei um murmúrio de lamento.

— No fim das contas — continuou Oliver. — Se não der certo, você pode ir embora a qualquer momento.

— É só que... vai ser muito duro de aguentar.

— Muitas coisas são. E a maioria vale o esforço mesmo assim.

Aquilo era um sinal de como eu estava mal, porque nem tentei fazer piada com algo *duro de aguentar* que *vale o esforço*.

— Será que você pode ir comigo? — Pedi. — Se eu for me encontrar com ele.

— É claro.

— Sabe como é, só pela...

— Verossimilhança — Oliver completou.

Ele ainda não tinha soltado minha mão. E eu não pedi que fizesse isso.

— Certo, Alex — eu disse. — Como você coloca quatro elefantes em um fusca?

Ele pensou na resposta por muito mais tempo do que deveria.

— Bem, quer dizer, elefantes são muito grandes então, em geral, não é de se esperar que nem mesmo um caiba dentro de um Fusca. Mas, se eles forem bem pequenos, por exemplo, se forem elefantes bebês, daí acho que dá para colocar dois na frente e dois atrás?

— Hm... si-sim. Isso mesmo.

— Ah, que bom. Já chegamos na parte da graça?

— Quase. Então, como você coloca quatro girafas em um fusca?

— Girafas também são muito grandes, mas parece que estamos ignorando esse fato em prol deste exercício. Então acho que... Ah, não. Espera. É claro, você tem que tirar os elefantes primeiro, se estivermos falando do mesmo fusca.

Meu universo estava implodindo.

— Acertou de novo. Vamos lá, última pergunta.

— Esplêndido! Essa está fazendo muito mais sentido do que a maioria das piadas que você me conta.

— Bom saber. Enfim. Última pergunta. Agora você tem duas baleias, mas precisa de um celta. O que você faz?

Mais uma pausa.

— Nossa. Essa foge um pouco do meu conhecimento, mas acho que o melhor é ir de fusca e pegar a M4 e atravessar a ponte do Rio Severn e você chega em uma das nações celtas. Talvez seja melhor perguntar para o Rhys porque ele é de lá.

Eu estava prestes a dizer algo do tipo "Bem, foi divertido enquanto durou", mas querendo realmente dizer "Eu não faço ideia do que acabou de acontecer" quando Alex posicionou as mãos em concha sobre a boca e gritou.

— Rhys! Pode vir aqui rapidinho?

Rhys Jones Bowen pôs a cabeça na porta da magnífica copa que nós chamávamos de "escritório de estratégias".

— Como posso ajudar, rapazes?

— Luc quer saber como chegar no País de Gales de fusca — explicou Alex.

— Bem, não entendi que diferença faz ir de Fusca ou não. — Rhys Jones Bowen parecia ainda mais confuso que o normal. — Mas geralmente se pega a M4 para atravessar a ponte do Rio Severn. Quer dizer, se você estiver indo para algum lugar no sul de Gales, como Cardiff ou Swansea. Mas, se você for para o norte de Gales, em Rhyl ou Colwyn Bay, é melhor pegar a M40 pela Birminghan.

— Obrigado? — respondi.

— Vai visitar o País de Gales, Luc? O melhor país do mundo.

— Hm, não. Só estava tentando contar uma piada para o Alex.

A expressão de Rhys Jones Bowen mudou.

— Não entendi qual é a graça de ir para Gales. Te conheço há bastante tempo, jovem Luc, e em todos esses anos nunca imaginei que você fosse racista.

— Não. Era um trocadilho. Uma série de perguntas sobre tentar colocar animais incrivelmente grandes dentro de um carro pequeno, que termina com a pessoa tendo que procurar um celta.

— Mas ele acabou de dizer — reclamou Alex. — Segue direto na M4 e atravessa a ponte do Rio Severn.

— A não ser que você esteja indo para o norte — acrescentou Rhys Jones Bowen. — Neste caso, pegue a M40 passando por Birmingham.

Joguei as mãos para o alto, me rendendo.

— Tudo bem, entendi a informação. Muito obrigado, vocês dois. Rhys, não foi minha intenção falar mal da sua terra natal.

— Tudo certo, Luc. Já entendi. — Ele assentiu, me tranquilizando. — E, se você for viajar para aquela terra abençoada, um amigo meu tem uma propriedade adorável em Pwllheli que ele alugaria pelo preço camarada de trezentas pratas por semana.

Alex suspirou.

— Por que você não leva seu namorado novo?

— Sim, a coisa toda de arrumar um novo namorado, como você deveria lembrar já que a porra da ideia foi sua, é ser visto na companhia de alguém decente. Nem o paparazzi mais precavido ficaria zanzando pela zona rural de Gales só pela chance remota de me encontrar passando o fim de semana lá.

— Ah. Bem. Podemos fazer como eles fazem em Westminster.

— Sonegar impostos? — sugeri. — Mandar fotos do meu pênis para jornalistas fingindo ser garotinhas adolescentes?

— Ah, Luc. Tenho certeza de que essas duas situações foram tiradas de contexto injustamente pela imprensa.

— Então do que você está falando?

— Podemos vazar a informação. Da próxima vez que você estiver jantando com algum chefe de alguma agência internacional de notícias, deixe escapar seus planos de ir para Gales.

Me segurei para não bufar.

— Vamos mesmo ter que conversar de novo sobre os tipos de pessoas com quem um ser humano comum sai para jantar?

— Bem, rapazes — anunciou Rhys Jones Bowen, concluindo corretamente que ele não tinha muito mais a acrescentar na conversa. — Acho que já ajudei bastante por hoje. Se precisarem de mim, estarei atualizando nossa página no Myspace.

E, com isso, ele se retirou, me deixando com um espaço de tempo muito restrito para tentar encaminhar o assunto para uma direção menos ridícula.

— O problema, Alex, é que eu não sei se esse plano vai funcionar. E, agora que eu disse em voz alta, nem sei por que eu cheguei a acreditar que funcionaria.

Ele piscou do seu jeito lento e confuso de sempre.

— Como assim não vai funcionar?

— Bem, eu consegui não ser atacado pela imprensa por mais ou menos uma semana, mas tentei falar com alguns dos doadores que perdemos e ninguém está mordendo a isca. Então de duas, uma: eles não perceberam que agora eu sou respeitável ou não se importam.

— Tenho certeza de que eles se importam, bobo. Se importam tanto que cortaram relações com você como se você fosse alguém querendo extorquir dinheiro deles. Você só precisa chamar atenção deles.

— A única atenção que eu consigo atrair é do tipo errado.

Alex abriu a boca.

— Ah, e se você disser: é moleza, é só ligar para a Duquesa de Kensington, vou enfiar essa caneta no seu nariz — continuei.

— Não seja bobo. Eu nunca diria isso. Nem existe Duquesa de Kensington.

— Você entendeu o que eu quis dizer. — Ele provavelmente não entendeu. — Você tem esse monte de conhecidos na alta sociedade, pessoas que podem te encontrar e fazer você aparecer naquelas revistas sobre a realeza. Eu só consigo aparecer nos tabloides mequetrefes chupando alguém numa saída de emergência.

— Na verdade, eu ia sugerir que você fosse ao clube comigo. Tem sempre uns homens com câmeras seguindo a Miffy. Quer dizer — Alex franziu o nariz —, acho que a maioria é jornalista, por causa da situação complicada com o sequestro em fevereiro.

— Desculpa, mas sua namorada foi sequestrada?

— Coisa boba. Eles acharam que o pai dela fosse o Duque de Argyll quando, na verdade, ele é o Conde de Coombecamden. Nós morremos de rir.

Decidi ignorar aquilo.

— Então você está me dizendo que, se eu começar a andar com você, posso ou ter uma foto minha em revistas de qualidade ou ser sequestrado por criminosos internacionais?

— O que também vai te colocar na mídia. Então acho que dá para, como os jovens dizem, matar dois coelhos com uma cajadada só.

Em prol da minha sanidade mental, decidi que não era a hora de explicar para Alex o que os jovens estavam dizendo e, ainda mais importante, o que não estavam.

— Vou ver se ele tem espaço na agenda — comentei, e então voltei para a minha sala, passando na máquina de café antes.

Desde domingo, eu e Oliver estávamos trocando mensagens de mentira esporadicamente, tornando cada vez mais difícil diferenciá-las das mensagens de verdade. Meu celular nunca ficava muito longe do meu alcance, e quanto mais eu aprendia a rotina de Oliver, mais minha noção de tempo se distorcia. Ele sempre mandava alguma coisa logo de manhã, em geral uma desculpa pela falta permanente de fotos de pau, então ficávamos em silêncio até a hora do almoço porque coisas importantes estavam acontecendo no mundo da advocacia, e às vezes ele trabalhava até durante o almoço então eu ficava sem notícias dele o dia todo. Durante a noite, Oliver mandava um oi antes de ir para a academia e ignorava na cara dura meus pedidos por atualizações do V no abdômen dele. E, quando ele já estava pronto para dormir, eu o bombardeava com o máximo de perguntas irritantes sobre sua leitura do momento, geralmente baseadas no resumo do livro que eu pesquisava na Wikipédia. Bom, toda essa odisseia era só para contar que fiquei surpreso quando ele me ligou às onze e meia da manhã.

— Ligou por engano? — perguntei. — Ou alguém morreu?

— Nenhum dos dois. Tive uma manhã ruim e pensei que poderia parecer suspeito se eu não ligasse para a pessoa que estou fingindo namorar.

— Então você acreditou que eles iriam perceber se você não me ligasse, mas não vão te ouvir dizendo "fingindo namorar" em voz alta?

— Você tem razão. — Oliver ficou quieto por um momento. — Acho que, talvez, eu só quisesse conversar com alguém.

— E você *me* escolheu?

— Pensei que te dar a oportunidade de rir da minha cara me faria bem.

— Você é um homem estranho, Oliver Blackwood. Mas, se quiser que eu ria de você, não vou te decepcionar. O que aconteceu?

— É só que às vezes algumas pessoas não conseguem se conter.

— Certo, se não for nada além disso, eu vou te decepcionar, sim.

Ele parecia tentar acalmar a respiração.

— Você deve saber que, às vezes, os acusados mudam os depoimentos, e isso acaba sendo levado para o tribunal. Meu cliente de hoje precisou responder por que, num interrogatório sobre um caso de roubo, disse que estava com um amigo. Que, só pela piada, vou chamar de Barry.

Havia algo no jeito de Oliver falar comigo naquele tom de "eu me importo muito com o direito legal de julgamento inclusive de criminosos mesquinhos" que me deixava empolgado bem antes da hora.

— Você está rindo?

— Da sua cara. Achei que já tínhamos combinado isso.

— Mas eu ainda nem disse nada engraçado — protestou ele.

— Você que pensa. Vai, continua.

— Estou ficando sem graça.

— Desculpa. Só estou feliz de falar com você.

— Ah. — Um longo silêncio seguido de um pigarro. — Enfim, perguntaram ao meu cliente sobre ter dito antes que estava com Barry e, agora, ter afirmado que estava sozinho. E ele disse que se confundiu. Então o conselho de acusação quis saber por que ele se confundiu. E meu cliente explicou que se confundiu porque, abre aspas, eu e Barry somos detidos juntos o tempo todo.

— Você gritou "objeção"?

— Já te expliquei isso. E, mesmo que isso fosse parte do sistema jurídico britânico, o que eu poderia dizer? Objeção, meu cliente é um idiota?

— Certo. Você deu aquela clássica massageada nas têmporas que te faz parecer muito triste e decepcionado?

— Não recordo de ter feito isso. Mas não posso garantir.

— Então o que você fez, afinal?

— Perdi. Embora eu tenha orgulho de ter feito o melhor dentro da pior situação possível, tentando dizer que meu cliente é, abre aspas novamente, um homem tão honesto que cita voluntariamente detenções passadas que não estão em julgamento.

Àquela altura, não me contive e soltei uma gargalhada.

— Você é tão esforçado.

— Fico feliz por ao menos ter feito você rir. Significa que fiz bem para alguém hoje.

— Ah, sem essa. Não foi sua culpa. Você deu seu melhor para defender o cara.

— Sim, quando um homem perde, é melhor que seja por honra do que por ignorância.

— Sabe, eu estava até simpatizando com a sua situação até você começar a falar de si mesmo como *um homem*.

Ele deu uma risada.

— Este homem está arrependido.

— É melhor que esse homem esteja mesmo. Esse homem não é um narrador de filme.

— Quer beber alguma coisa depois do trabalho? — ele perguntou. Não foi exatamente um convite repentino, mas tinha todas as qualidades para ser. — Afinal, acho que precisamos ser vistos juntos com mais frequência. Em nome do projeto.

— O projeto? Isso não é um episódio de *Doctor Who*. Mas, se você estiver disposto a preservar a integridade da operação, recebemos um convite para um clube caríssimo e exclusivo de um dos maiores patetas de Londres e arredores.

— Esse tipo de coisa acontece com frequência no seu trabalho?

— Não muito — admiti. — Meu plano de arrumar um namorado respeitável não está dando certo porque nenhum dos nossos doadores percebeu ainda. E meu colega de trabalho muito querido, muito chique, porém muito bobo, sugeriu que nós fôssemos com ele e a namorada para provocar comentários na alta sociedade. Para ser sincero, é uma ideia bem ruim.

— Acho que deveríamos ir. — Eu estava começando a reconhecer a voz decidida de Oliver. — O principal objetivo dessa experiência é melhorar sua imagem pública. Se começarmos a recusar oportunidades como essa, eu estaria sendo negligente com minhas obrigações de namorado de mentira.

— Tem certeza? Você terá outras oportunidades para marcar pontos no placar de namorado de mentira.

— Tenho certeza. Além do mais, conhecer seus colegas de trabalho é o que um namorado de verdade faria.

— Você vai se arrepender disso. Mas agora é tarde demais. Vou te mandar as... Você terminaria de mentira comigo se eu dissesse "infos"?

— Sem pensar duas vezes.

Desligo o telefone alguns minutos depois e dou a notícia a Alex, que, depois de se lembrar de ter nos convidado, parece empolgado de verdade.

A próxima tarefa na minha lista de coisas pessoais para resolver em horário comercial era — e eu nem acredito que estava mesmo pensando em fazer aquilo — entrar em contato com meu pai. Algo, aliás, que eu estava adiando desde domingo, mas Oliver era o tipo de desgraçado educado que provavelmente perguntaria como estavam as coisas, e eu não queria ter que dizer a ele que dei para trás.

Mas é claro que demorei a me dar conta de que eu não tinha nenhum meio de comunicação com Jon Fleming, e o problema das pessoas famosas é que entrar em contato com elas é realmente muito difícil. A estratégia mais rápida e efetiva seria perguntar para a minha mãe, mas rapidez e efetividade não eram meus objetivos. Em resumo, eu precisava encontrar um jeito de tentar falar com meu pai que me desse as menores chances possíveis de conseguir falar com meu pai.

Então descobri o nome do empresário no site do meu pai e depois fui atrás do site do próprio empresário para encontrar o telefone dele. O empresário em questão era um cara chamado Reggie Mangold, que parecia ter sido importante na década de 1980, mas agora Jon Fleming era de longe seu cliente mais relevante. Muito, muito lentamente apertei os números no telefone fixo do escritório e torci para que caísse na secretária eletrônica.

— Agência de Talentos Mangold — disse uma voz presunçosa e rouca que, definitivamente, não era a secretária eletrônica. — Mangold falando.

— Hm. Oi. Preciso falar com Jon Fleming.

— Ah, claro. Neste caso, vou transferir a ligação direto para ele. Por favor, aguarde na linha.

A falta de uma musiquinha de espera e o sarcasmo que respingava daquele tom de voz indicaram que ele não estava transferindo a ligação direto para o meu pai coisa nenhuma.

— Não, sério. Ele pediu para falar comigo.

— A não ser que você tenha uns peitos bem mais bacanas do que sua voz sugere, duvido muito.

— Sou filho dele.

— Conta outra, garoto. Essa aí já perdeu a graça.

— Meu nome é Luc O'Donnell. Minha mãe é Odile O'Donnell. Jon Fleming é mesmo meu pai e quer mesmo falar comigo.

Reggie Mangold soltou uma risada de fumante.

— Se eu ganhasse uma libra toda vez que um merdinha qualquer jogasse essa para cima de mim, já estaria rico.

— Tudo bem, não precisa acreditar em mim. Sem problemas. Mas, se você puder avisá-lo que eu liguei, seria ótimo.

— Certamente farei isso. Estou anotando o recado agora mesmo no meu caderno imaginário. É O'Donnell com dois Ls ou três?

— Dois n's e dois l's. Diz que eu liguei para falar sobre a coisa do câncer e tal.

E então desliguei o telefone com uma pitada de satisfação que conseguiu neutralizar minha náusea por um instante. Foco no *por um instante*. Para ser sincero, não sabia o que era pior: ter que entrar em contato com o fracassado do meu pai ou tentar me aproximar e descobrir que o cara mal havia se esforçado para facilitar a situação. E, sim, posso estar sendo meio cuzão, mas acho que avisar seu empresário que talvez ele receba uma ligação do filho em algum momento cai na categoria "fiz o mínimo" em uma escala de estou-tentando-me-reconectar-com-minha-família--perdida.

Eu estava começando a assimilar que, se meu pai batesse mesmo as botas, minhas últimas (e, basicamente, únicas) palavras para ele teriam sido "que se foda e literalmente morra". E eu me arrependia do quanto aquilo me fazia mal porque, enquanto muitas pessoas tinham todo o direito de me deixar mal por conta de todos os anos que passei decepcionando-as de forma sistemática, Jon Fleming era só um cara que nunca conheci.

Esse é o problema com, bem, eu ia dizer "com o mundo" ou "com os relacionamentos" ou "com a humanidade no geral", mas acho que era só um problema meu. Porque, quando permito que alguém entre na minha vida, de duas, uma: ou a pessoa vai continuar me aguentando, embora eu não mereça isso de ninguém; ou a pessoa pisa em mim e vai embora, podendo inclusive reaparecer para uma segunda rodada.

De repente, me lembrando de que eu — ainda — tinha um emprego e que aquele emprego exigia muito mais do que ficar sentado no escritório, fazer ligações pessoais e me afogar em autocomiseração, decidi checar meu e-mail.

Caro sr. O'Donnell,

Apoio a CACA há muitos anos e sempre acreditei que minhas contribuições — que não são desprezíveis — estavam sendo revertidas diretamente para uma boa causa. Analisando sua conduta pessoal recente e pesquisando por conta própria o seu histórico, sejamos honestos, sórdido, sou forçado a concluir que estava enganado. Não dou dinheiro para fundos de caridade para que eles banquem as noitadas de um homossexual drogado. Estou suspendendo todas as doações para a organização enquanto ela continuar associada a você ou ao seu estilo de vida.

Atenciosamente,

J. Clayborne

Membro da Ordem do Império Britânico

Nem preciso dizer que ele havia colocado em cópia a dra. Fairclough, o resto do escritório e possivelmente toda a sua lista de contatos.

Eu estava bolando um plano detalhado que envolvia fugir para casa, beber horrores e desmaiar debaixo de pelo menos três edredons quando a cabeça de Alex brotou na porta.

— Tudo pronto para irmos, campeão? É meio complicado arrumar uma reserva tão em cima da hora, mas, sabe como é, nada como ter alguém disposto a cobrar um favor por um companheiro.

Ah, sim. Ainda tinha. Aquela. Merda.

O clube de Alex se chamava Cadwallader e era exatamente o que poderia se esperar de um clube com esse nome. Escondido discretamente atrás de uma porta na St. James's Street, o lugar era todo feito de carvalho, couro e homens que estavam sentados na mesma poltrona desde 1922. Incapaz de encontrar um jeito de fugir do encontro social organizado sem nenhum aviso prévio e exclusivamente para o meu benefício, acabei indo com Alex.

Ele tinha explicado para alguém — que era o estereótipo perfeito de um mordomo — que estávamos esperando mais convidados, e me acompanhava por uma escada com proporções de Hogwarts, toda em mogno brilhante e com um carpete de veludo azul. Dali, atravessamos um corredor com pilastras de mármore até o espaço que uma pequena placa indica ser a Sala Bondar Law. Havia poucas pessoas espalhadas pela sala, permitindo que Alex reservasse um sofá de tamanho considerável bem abaixo de um retrato da rainha de tamanho mais considerável ainda.

Me joguei na cadeira mais próxima e na hora me senti desconfortável — em parte porque a cadeira era surpreendentemente dura, sobretudo se levássemos em conta que devia ser mais cara do que meu notebook, em parte porque meu dia foi uma sequência de rejeições, e em outra parte por causa do ambiente ao meu redor. A sala parecia ter sido decorada partindo do pressuposto de que seus frequentadores teriam um aneurisma se descobrissem que não vivemos mais em um império. Nunca vi tantos candelabros em um só lugar, incluindo aquela vez em que acidentalmente fui parar em uma ópera.

— Não é aconchegante? — comentou Alex, radiante. — Quer pedir alguma coisa enquanto esperamos pelas senhoritas? Quer dizer, minha senhorita e seu senhorito.

— Não sei ao certo se a palavra "senhorito" existe.

— Desculpe. Isso tudo é ainda meio novo para mim. Não é que eu não ache esplêndido que você seja homossexual. Apenas nunca trouxe ninguém assim para o clube antes. Afinal, faz só três anos que permitiram a entrada de senhoritas. Elas não podem se filiar, é claro. Todos se fazem de loucos, podemos dizer assim. Além do mais, parando para pensar, deve ser maravilhoso ter um cavalheiro como sua dama. Vocês podem ir aos mesmos clubes, compartilhar o mesmo alfaiate, jogar no mesmo time de polo. Isso não é uma metáfora.

— Quer saber... Acho que vou beber alguma coisa.

Ele se inclinou sobre o recosto do sofá e fez um gesto sofisticado e obscuro para uma pessoa vestida de forma discreta que eu poderia jurar que não estava ali dez segundos antes.

— O de sempre, James.

— Hm, qual é o de sempre? — Eu tinha experiência o bastante com essas bobagens da alta sociedade para saber que "o de sempre" poderia ser qualquer coisa desde um vinho doce até peixes vivos que deveriam ser comidos com uma colher de sopa.

Alex pareceu confuso por um instante, até mesmo para os próprios padrões de confusão.

— Não faço a menor ideia. Nunca consigo lembrar, mas não tenho coragem de perguntar aos garçons.

Minutos depois, chegaram duas taças em formato de funil cheias de um líquido cor de mel que eu tinha quase certeza de que eram algo semelhante a vinho xerez.

Ao beber um gole, Alex fez uma careta e então colocou a taça na mesa de centro.

— Ah, sim. Essa coisa. Terrível.

Eu queria muito perguntar ao Alex como uma bebida que ele nem gostava se tornou sua bebida "de sempre", mas morri de medo do que ele poderia responder. E, de qualquer forma, a chegada de Oliver me salvou. Ele estava elegante e profissional em mais um de seus ternos de três peças — cinza-chumbo, dessa vez —, e não seria mentira se eu dissesse que estava extremamente feliz em vê-lo. Talvez fosse porque eu havia passado a última meia hora com Alex, ou talvez porque Oliver fosse a única pessoa em todo o recinto que não era um nobre, um conservador ou um nobre conservador, ou talvez... Ah, quem estou tentando enganar? Fiquei feliz por tê-lo ali comigo. Assim eu poderia conversar sobre como tentei fazer a coisa certa com meu pai e como o empresário dele não acreditou em mim. Sobre o babaca com um título todo importante que me mandou mais um daqueles e-mails não-homofóbicos-porém-claramente-homofóbicos que eu já estava cansado de responder com educação e diplomacia. Sobre como era absurdo estar bebendo um vinho que nenhum de nós conseguia identificar debaixo de um retrato da realeza do tamanho da Cornualha. Sobre como eu senti saudades dele.

Foi quando percebi que, embora na teoria eu e Oliver fôssemos um casal, não tínhamos estabelecido nenhuma regra sobre interações em público. Bem, exceto a parte do "Não me beije" e "Pare de contar para todo mundo que esse namoro é de mentira". Acho que, na minha cabeça, seria tudo como as rabanadas, as trocas de mensagens bobas, e a mão de Oliver encostando na minha no escuro. Mas não foi bem isso que aconteceu.

Fiquei de pé bem na frente dele, meio sem jeito.

— Olá, hm... — Oliver fez uma pausa maior do que precisava. — Querido?

— O nome dele é Luc. — Alex tentou ajudar. — Não se preocupe, eu também esqueço o tempo todo.

Ponto pra gente! Namoro falso indetectável.

— Oliver, esse é o meu colega Alex Twaddle.

Alex se levantou para cumprimentar Oliver — parecendo muito mais confortável do que eu.

— Da Dinastia Twaddle.

— Alex, esse é o meu... hm... namorado, Oliver Blackwood.

— Tem certeza? — Alex alternou o olhar entre nós dois. — Achei que você não tinha namorado. Nós não bolamos todo aquele plano de encontrar alguém para fingir ser seu namorado porque você não tinha namorado?

Afundei na cadeira.

— Sim. Exato. E este é ele.

— Ah. Entendi. — Ele claramente não tinha entendido. — Que tal um drinque, Oliver?

— Será um prazer. — Oliver se acomodou ao lado de Alex no sofá, cruzando a perna com elegância e parecendo à vontade.

Enquanto eu me balançava naquela cadeira de merda como se estivesse na sala de espera para falar com o diretor. Pelo menos era uma sala do diretor do tipo de escola que Alex e Oliver provavelmente frequentaram. Certeza de que tinham esses retratos da rainha por toda parte. Deviam até usá-los como lousas. Merda. Era melhor ir para casa e deixar meu namorado de mentira fazendo amizade com o bobão do escritório.

— Você disse Dinastia Twaddle? — perguntou Oliver, delicadamente. — Tem algum parentesco com Richard Twaddle?

— Sim, meu pai, que Deus o tenha.

Eu o encarei.

— Alex, você nunca me disse que seu pai morreu.

— Ah, ele não morreu. Por que você pensaria uma coisa dessas?

— Porque... Deixa pra lá.

— Então. — Alex se virou para Oliver — Como você conhece meu velho?

— Não o conheço, mas ele é um advogado famoso por restringir o direito a julgamento por júri popular, então tenho certo interesse profissional.

— Isso é bem a cara dele. Sempre fala sobre essas coisas durante o jantar. Diz que eles custam um monte ao governo, que as pessoas que defendem essas coisas são bobas e sentimentais, e que também espalham tuberculose.

— Não sei bem — disse Oliver. — Mas acho que você está confundindo júri popular com texugos.

Alex estalou os dedos.

— Isso mesmo. Ele não suporta os bichanos. Esses desgraçados de pelos preto e branco causando atrasos desnecessários no nosso já sobrecarregado sistema judicial.

Oliver abriu a boca, mas fechou logo em seguida. Foi quando fomos felizmente interrompidos por James, que trouxe mais uma taça do que quer que fosse a bebida de sempre de Alex.

— Obrigado. — Oliver provou a bebida com uma pompa. — Ah. Que amontillado delicioso. Vou ficar mal-acostumado.

Só Oliver Blackwood mesmo para identificar um xerez pelo sabor. Ficava cada vez mais evidente que não seríamos eu e ele contra o metido excêntrico, e sim ele e o metido excêntrico contra mim.

Alex deslizou sua bebida em direção a Oliver.

— Pode ficar com a minha, se quiser. Não suporto.

— Isso é muita generosidade da sua parte, mas acho que vou me ater a um drinque de cada vez por enquanto.

— Não precisa fazer cerimônia aqui, campeão. — Então Alex decidiu dar tapinhas no joelho do meu namorado de mentira. — O Lorde Ainsworth geralmente carregava uma taça em cada mão desde o momento em que atravessava a porta. É por isso que o chamavam de Ainswoth DP, para dois punhos, creio eu. Também pode ter alguma relação com prostitutas.

— Sim — concordou Oliver. — Nunca dá para ter certeza, não é mesmo?

— Então. — Minha voz saiu muito mais alta do que eu esperava. — Qual é o problema dos júris populares?

Os dois olharam para mim com expressões semelhantes de leve preocupação. Provavelmente, com o volume inapropriado e a minha intromissão desajeitada, eu havia causado um belo constrangimento aos dois. Mas pelo menos Oliver ainda se lembrava da minha existência.

Ele fixou seu olhar frio e prateado em mim.

— Bem, até onde eu saiba, nenhum. Acho que eles são parte vital da nossa democracia. Acredito que o Lorde Twaddle poderia argumentar que eles são lentos, ineficientes e deixam decisões complexas nas mãos de pessoas que não sabem o que estão fazendo.

— Além do mais. — Alex levantou o dedo. — Eles deixam buracos horríveis no... Perdão. Texugos de novo. Retiro o que disse.

Eu normalmente não me importaria muito com aquilo. Mas, caramba, Oliver era o *meu* namorado de mentira, e não do maldito Alex Twaddle. Nós iríamos ter uma conversa agradável sobre xerez a qualquer custo.

— Na minha opinião — provoquei. — Se eu fosse acusado de algo que não fiz, estaria muito mais inclinado a acreditar em um profissional da área do Direito do que em doze aleatórios. Digo, você já conheceu pessoas? Tipo, no geral?

Oliver abriu um sorriso fraco.

— Esse é um posicionamento compreensível, mas, por incrível que pareça, raramente aceito por advogados.

— Sério? — perguntei. — Você deixaria seu destino nas mãos de uma dúzia de pessoas que não te conhecem e nem querem estar lá, correndo o risco de apenas uma delas ser decente?

— Na vida real, o júri popular não é composto de onze monstros e um anjo. E eu preferiria de longe deixar meu destino nas mãos de uma média popular do que nas mãos de uma única pessoa que enxerga as leis em termos totalmente abstratos.

Assumi uma postura que eu estava torcendo para que parecesse pensativa, mas foi amplamente motivada pelo desejo de conter o formigamento na metade esquerda da minha bunda.

— Mas você não *quer* que alguém enxergue a lei em termos abstratos? — Como era mesmo aquela frase de *Legalmente Loira*? — Não foi Sócrates que disse "A lei é a razão livre da paixão"?

— Na verdade, foi Aristóteles. E ele estava errado. Ou melhor, ele estava certo em determinado sentido, mas a lei é apenas um único lado da justiça.

A intensidade de Oliver me distraía. Devo admitir que, na maior parte do tempo, a aparência dele era bem acima da média. Mas, quando demonstrava paixão por qualquer coisa, e os olhos ficavam afiados, a boca completamente interessante, ele subia de nível e ficava gostoso. E aquele era o pior momento para reparar naquilo porque, quanto mais eu percebia seu potencial de ser atraente, mais eu percebia como eu era um lixo humano.

— Ah? — eu, muito esperto, disse, parando de encará-lo.

— A missão de um júri popular é que pessoas sensatas, e, antes que você diga qualquer coisa, a maioria das pessoas *é sim* sensata, decidam se o réu realmente merece ser punido por suas ações. Essa pergunta representa, no melhor dos casos, metade da base da lei. A outra metade é compaixão.

— Essa é a coisa mais cafona que eu já ouvi.

Acho que eu quis dizer *Essa é a coisa mais adorável que eu já ouvi*. Mas não podia admitir isso e, no fim, desejei não ter dito nada porque Oliver se fechou em um estalo, como um leque nas mãos de uma drag queen nervosa.

— Ainda bem que não preciso da sua aprovação para as coisas em que acredito.

Perfeito. Agora eu tinha meu pai, um doador aleatório e Oliver, todos atacando minha autoestima de diferentes direções. E, sim, no caso de Oliver eu merecia, mas aceitar isso não ajudava em nada.

— Isso é fascinante — Alex se intrometeu na conversa. Àquela altura, restava cinquenta por cento de chances de que ele ainda achasse que estávamos falando de texugos. — Mas não consigo deixar de acreditar que um camarada estaria melhor nas mãos de um juiz. Quer dizer, me parece mais provável que esse seja o tipo de camaradagem que um camarada precisa, sabe?

Oliver se virou para Alex com um sorriso automático.

— No seu caso em específico, Alex, eu concordo.

— Meu Deus. Sério? Quem diria. Viu só? Estou sempre menos errado do que as pessoas acham. Como um relógio parado. Olha lá, é a Miffy.

Alex se levantou num pulo, seguido graciosamente por Oliver, com aquela educação instintiva provocada pelo ambiente. Me arrastei atrás dele, mancando um pouco por causa da questão da bunda dormente.

— Olá, rapazes. — Uma mulher impecável que mais parecia uma caixa de presentes embrulhada em caxemira. Grandes olhos e bochechas proeminentes vinham em nossa direção. — Perdão pelo atraso. Foi um sufoco passar pelos fotógrafos.

Houve uma pequena agitação enquanto ela e Alex trocavam uma sequência complexa de beijinhos no ar.

— Não se preocupe, minha garota. Eu mantive os rapazes entretidos. Esse é Oliver Blackwood, advogado. Um sujeito extremamente esperto.

Mais beijinhos no ar, que Oliver tirou de letra. Porque aparentemente todo mundo podia encostar no meu namorado — quer dizer, namorado de mentira —, menos eu.

— E este é Luc O'Donnell, já falei sobre ele com você.

Ela veio me beijar e eu virei cabeça para o lado errado, roçando meu nariz no dela.

— Nossa! — exclamou a mulher. — Você parece muito novo para ser o Presidente da Câmara dos Deputados.

— Hm. Não. Eu não sou.

— Tem certeza? Foi exatamente isso que Ally me disse.

— Talvez ele tenha te falado sobre mais de uma pessoa? — questionei.

Ela piscou.

— É possível, mas isso causaria uma confusão terrível.

— Enfim — Alex interveio e, provavelmente pela primeira vez em toda a minha vida, fiquei aliviado ao ouvir a voz dele. — Luc e Oliver são namorados. Só que não. Eles só precisam fingir até a Corrida dos Besouros. Está o maior bafafá. — Ele corou um pouquinho. — Foi tudo ideia minha, na verdade.

— Ah, Ally. Você é *mesmo* um espertinho.

— Só não conte a ninguém porque é um baita segredo.

Ela deu um tapinha na própria cabeça.

— *Video et taceo.*

— E esta — continuou Alex — é minha... o que eu digo, Miffy? Que estamos noivos?

— Não lembro bem. Acho que provavelmente. Vamos dizer que estamos e depois resolvemos os detalhes.

— Sendo assim, esta é a minha noiva, Clara Fortescue-Lettice.

Eu sabia que ia me arrepender, mas perguntei mesmo assim:

— Ela não se chama Miffy?

— Sim. — Alex me olhou como quem diz *qual é o seu problema?* — Miffy, abreviação de Clara.

— Mas tem o mesmo número de sílab... Deixa pra lá.

Alex enganchou o braço no de Miffy-Abreviação-De-Clara com confiança.

— Vamos para o salão de jantar?

— Sim, vamos — concordou ela. — Eu poderia comer uma equipe de hipismo inteira.

Oliver e eu nos entreolhamos, nervosos, sem saber se tínhamos o tipo de relacionamento que envolvia braços dados, e acabamos lado a lado como dois parentes distantes em um velório. Isso mesmo, fui rebaixado de "Não me beije" para "Não consigo suportar a ideia de qualquer contato físico com você".

— Então — Miffy puxou assunto enquanto caminhávamos por mais um corredor absurdamente luxuoso. — Sobre o que vocês estavam conversando?

Alex olhou para nós por um momento.

— Um papo fascinante. Oliver estava nos contado sobre as vantagens e desvantagens do júri popular.

— Fascinante mesmo! Meu pai é supercontra, óbvio. É horrível para as fazendas leiteiras.

Oliver levou a mão à boca como se fosse tossir. Mas eu tinha noventa e nove por cento de certeza de que ele estava sorrindo. Infelizmente, mal olhou para mim, então não pude nem mostrar que era recíproco.

No fim das contas, havia dois salões de jantar — a Sala Éden e a Sala Gascoyne-Cecil —, mas Alex achava a Sala Éden, nas palavras dele, "mais intimista". Já eu não conseguia entender como paredes mostarda, lambris de madeira e retratos gigantescos de homens carrancudos vestidos de preto poderiam ser intimistas. O cardápio oferecia frango assado, bife assado, porco assado, bife Wellington, faisão assado, torta de carne e veado assado.

— Ah! — exclamou Alex. — Que maravilha. Parece o refeitório do colégio.

Eu o encarei. Talvez, se eu me concentrasse em como Alex era chato, conseguisse me achar menos insuportável.

— Você comia faisão no colégio, Alex?

— Nem sempre. Sabe como é, uma ou duas vezes por semana, talvez.

Olhei para Oliver, que examinava o cardápio como se estivesse torcendo para que de alguma forma tivesse passado batido pela categoria sem-animais-mortos. Isso era uma função de namorado de mentira? Provavelmente, sim. E, se eu fizesse do jeito certo, talvez ele começasse a prestar atenção em mim. Porra, como eu era patético.

— Eu esqueci de mencionar — disse num tom galanteador. — Oliver é vegetariano.

— Sinto muito. — Miffy olhou para ele com preocupação genuína. — O que aconteceu? Podemos ajudar em alguma coisa?

Oliver abriu um sorriso irônico.

— Creio que não. Mas, por favor, não se preocupe. Dou meu jeito.

— Não, não — protestou Alex. — Não tem problema algum. Vamos perguntar ao James. — Ele fez um gesto e um mordomo completamente diferente que também atendia por James apareceu. — Olá, James. Temos um probleminha queer. Eu acabei trazendo uma pessoa vegetariana por engano.

James fez uma daquelas minirreverências, parecendo ter saído de um episódio de *Downton Abbey*.

— Tenho certeza de que o chef poderá preparar algo para a madame, senhor.

— Eu não sou vegetariana. — Miffy arregalou os olhos, ultrajada. — Meu pai é um conde.

— Peço perdão, madame.

Oliver gesticulou com um charme tímido.

— Acredito que o problema seja eu, James. Se você puder solicitar algo como uma salada de folhas, já será mais que o suficiente.

Ele anotou o resto dos pedidos, e vinte minutos depois estávamos cercados por várias carnes, a maioria assada, outras em massa folhada. Oliver recebeu um amontoado de folhas que pareciam muito boas. Quer dizer, eu pessoalmente não pediria aquilo para jantar, mas acho que é o preço que se paga por ser uma pessoa ética.

Alex encarou Oliver com uma expressão de dor.

— Tem certeza de que você está bem servido? Eu e Miffy pedimos Wellington de sobra, se você quiser.

— Não precisa. A salada está ótima.

— Se o problema for a carne, podemos misturar com um pouco de repolho.

— Acredito que, ainda assim, terá carne.

Meu plano brilhante para reconquistar Oliver sendo sensível em relação às suas necessidades e respeitoso com suas escolhas? Deu muito errado. Enchi a boca com uma grande garfada de torta de carne. Afinal, se a comida continuasse entrando, as palavras não poderiam sair. O que, levando em conta as minhas contribuições para a conversa até o momento, era o melhor para todo mundo.

Miffy reapareceu detrás do bife Wellington.

— Bem, me desculpe. Eu acho isso uma bobagem. Quer dizer, o que nós faríamos com toda a carne se não comermos? Jogaríamos fora?

— Bem, essa é uma pergunta bem complicada, na verdade. — Oliver espetou um rabanete com maestria. — E a resposta é que, basicamente, o abate de animais seria menor.

— Mas aí não teríamos animais demais? O que faríamos com todas as vacas?

— Acredito que procriaríamos menos vacas também.

— Meio injusto com as vacas então, não acha? — exclamou ela. — Sem falar dos fazendeiros. Temos fazendeiros maravilhosos nas nossas terras. Eles preparam uma amostra linda durante o festival da colheita e nos dão uns pernis incríveis no Natal. E você aí querendo tirar o trabalho de todos eles. Que podridão da sua parte, Oliver.

— Veja bem — Alex balançou o garfo. — Agora você a provocou. E ela está certa, sabe? Acho que você não pensou muito bem a respeito disso.

Ainda concentrado na minha mastigação, dei uma espiada em Oliver para ver como ele estava lidando com tudo aquilo, e, para minha surpresa, ele parecia confortável. Ele era um *advogado*, ora. Já tinha muita prática em ser educado com pessoas horríveis.

— Devo admitir que as implicações econômicas de uma mudança de larga escala nos hábitos alimentares de um país inteiro são mais complicadas do que muitas pessoas pensam. Mas a grande maioria da carne que comemos atualmente não é produzida pelo tipo de fazendeiro que você citou, o agronegócio industrializado é uma ameaça bem significativa para a produção rural.

Uma pausa.

— Ah — disse Alex. — Talvez você tenha pensado bastante a respeito. Eu não disse que ele era um cara extremamente esperto?

Miffy assentiu.

— Sim, ele é esplêndido. Acho que você escolheu um excelente namorado de mentira, Ally.

— Espera! — Quase engasguei com a borda da torta. — Ele não é o namorado de mentira do Ally... quer dizer, Alex. Ele é *meu* namorado de mentira. Além do mais, acho melhor paramos de falar a palavra "mentira" tão alto porque isso meio que entrega tudo.

Alex voltou a seu estado padrão de confusão.

— Você tem certeza? Porque eu lembro muito bem que a ideia foi minha.

— Sim, foi sua ideia para como *eu* poderia limpar a *minha* reputação.

— Que pena. — Miffy já havia terminado o bife Wellington e estava roubando um pouco do bife de Alex. — Ally e Ollie parecem estar se dando tão bem. É claro, o nome de casal deles seria Ollivander, mas eu tenho certeza de que já ouvi isso em algum lugar.

— Eu acho — sugeriu Oliver — que é o nome do cara que faz as varinhas em Harry Potter.

De repente, Alex soltou um grito de empolgação.

— Exatamente! Eu deveria ter sacado logo de cara. Já li a série inteira trinta e oito vezes. Não foi minha intenção. Mas, quando chegava no final, eu já havia me esquecido do começo. O único livro que li mais vezes foi *A República*.

— Sim. — Tentei fazer contato visual com Oliver, mas não consegui. — Acho que as duas obras têm um público em comum.

Alex continuava sorrindo como se tivesse um cabide na boca.

— Isso me traz tantas lembranças felizes. Quando os filmes saíram, fui ver com meus colegas da faculdade. Nós sentamos na primeira fileira e gritávamos "Casa!" toda vez que a nossa universidade aparecia na tela.

Aquilo era uma das piadas internas que você precisa de um dicionário de grã-fino para entender. Por que a universidade de Alex aparecia em um filme do Harry Potter?

— Ah. — Oliver, é claro, havia lido o dicionário grã-fino aos quatro anos de idade e agora estava com aquela expressão de "me conte mais", que eu preferia que fosse direcionada para mim. — Então você estudou na Christ Church?

Aquilo fazia mais sentido. Embora, se eu tivesse que acreditar que uma pessoa estudou em Hogwarts, essa pessoa seria Alex.

— Paguei meus pecados lá. Assim como papai. E mamãe. É meio que uma tradição da família. Meu tatara-tatara-tatara-tatara-tatara-tatara--tatara-tatara-tatara-tatara... — Alex começou a contar nos dedos. — ...tatara-tatara-tatara-tatara-tatara-tatara-tatara-tataravô bebia todas com o Cardeal Woolsey. Quer dizer, até ser exilado. Depois disso, acabou a festa.

Oliver continuava prestando atenção. Educado maldito.

— Imagino.

— E você? Você não estudou no outro lugar, certo? Isso explicaria muita coisa.

Miffy deu uma cotovelada nele.

— Quer dizer — Alex acrescentou rapidamente —, o vegetarianismo. Não a homossexualidade.

— Estudei em Oriel.

E então eles voltaram a falar em códigos. Pelo que eu entendi, "Casa" era uma coisa de Oxford. Mas onde era o "outro lugar"? No inferno? Se sim, *Oie, o clima está muito agradável aqui.* O que estava acontecendo???

Era exatamente por isso que alguém como Oliver jamais poderia namorar alguém como eu na vida real.

Alex assentiu em aprovação.

— Muito bem. Conheci muitos camaradas esplêndidos de Oriel. A maioria parceiro de rúgbi, sabe como é. Você também jogava?

— Não — respondeu Oliver. — Eu era muito comprometido com os estudos. Sinto em informar que eu era bem entediante na faculdade.

— Você é bem entediante agora — murmurei, talvez um pouquinho mais alto do que gostaria.

O que fez com que Oliver finalmente olhasse para mim. Mas não como eu queria.

— Luc — protestou Miffy. — Pensei que Oliver fosse seu namorado. Esse é um jeito muito desagradável de falar com ele.

Agora Alex também me encarava.

— Falou tudo, minha querida. Você não pode tratar uma dama assim. Quer dizer, cavalheiro. Quer dizer, seu cavalheiro.

— Se eu fosse você — disse Miffy, dando um tapinha na mão de Oliver —, daria um pé na bunda dele, amiga. Amigo. Ah, enfim, isso não vai dar certo.

— Sou obrigado a concordar, Miffles. — Alex balançou o garfo em tom de reprovação. — Eu jamais teria sugerido que Luc arrumasse um namorado se soubesse que ele trataria o companheiro dessa forma. Você deveria largar ele e sair comigo. Hashtag Ollivander.

Miffy assentiu.

— Isso, saia com Ally. Eu poderia ter um de vocês em cada braço. Seria o maior babado.

— Puta que pariu. — De novo, falei mais alto do que gostaria. — Pare de tentar roubar meu namorado. Você nem gosta de homens.

Alex me olhou, realmente magoado.

— É claro que gosto de homens. Todos os meus amigos são homens. Meu pai é homem. É você que está sendo uma pessoa horrível com todo mundo. Dizendo que Oliver é entediante quando ele é um colega de Oxford e tem sido uma companhia agradável a noite toda. E agora está deixando implícito que eu sou um camarada que não gosta de outros camaradas. Quando na verdade — àquela altura, Alex já estava sendo totalmente arrogante — está bem claro para mim que *você* é o tipo de camarada que não gosta de outros camaradas. Sinto que te devo desculpas, Oliver.

— Me faz um favor. — Me levantei. — Não peça desculpas para o *meu* namorado pelo *meu* comportamento. Tudo que eu ouvi nessa merda de jantar foi vocês dois falando sobre a merda de Oxford. Sei que é idiota reclamar por me sentir excluído do seu clubinho exclusivo quando estou literalmente sentado em um clubinho exclusivo, desculpa, mas foi um dia longo, e, sim, você está tentando me fazer um favor, mas estou tendo a pior noite da merda da minha vida e... e agora vou ao banheiro.

Saí batendo o pé, descobri que não fazia ideia de onde era o banheiro, perguntei a um dos James e dei meia-volta totalmente envergonhado. Quando estava seguro no banheiro masculino — que era luxuoso porém simples, como se estivesse dizendo "só americanos e a classe média acham necessário usar uma privada de mármore" — parei em frente à pia e fiz aquela coisa que as pessoas fazem em filmes, me apoiando sobre o balcão e encarando meu reflexo com o olhar vazio.

No fim das contas, não ajudou em nada. Eu era apenas um babaca, olhando para um babaca, me perguntando por que eu era tão babaca.

O que eu estava fazendo? Oliver Blackwood era um homem sem graça e irritante que eu estava fingindo namorar, e Alex Twaddle era um metido megaprivilegiado que com frequência grampeava as próprias calças na mesa. Por que eu me importava se eles se davam melhor entre si do que comigo?

Ai, ui, tananã tchururu, onde você estudou, onde você se sentou na cerimônia anual dos patos, ah, vai se foder, que parzinho ridículo de testículos.

Certo, xingá-los na minha cabeça também não ajudou.

E, na real, Oliver não era sem graça. E só um pouquinho irritante. Já Alex era terrivelmente irritante, mas só estava tentando me ajudar. Talvez, e eu já suspeitava disso havia um tempo, eu fosse um caso perdido. Porque, em algum momento, tomar atitudes precipitadas acabou se tornando meu estilo de vida.

Quando Miles me jogou aos tubarões dos tabloides, eu estava totalmente despreparado, e minha única maneira de sobreviver foi garantindo que a água estivesse sempre cheia de iscas e eles só mordessem o que eu permitisse. Aquilo só funcionou em partes, mas, quando me dei conta disso, o hábito já estava tão enraizado que eu fazia a mesma coisa com outras pessoas.

A verdade é que as coisas eram mais fáceis assim. Significava que, independentemente do que acontecesse, não tinha nada a ver comigo. A culpa era sempre dessa minha versão sombria, que ia para festas e trepava e não dava a mínima para nada. Então, e daí se alguém não gostasse dela? Se a rejeitasse? Se a decepcionasse e a vendesse para a mídia?

Só que não era essa versão de mim que estava namorando Oliver — fingindo namorar Oliver —, era *eu*. E, de repente, tudo voltou a importar, e eu não sabia muito bem como lidar com a importância. A porta do banheiro se abriu e, por uma migalha de segundo, achei que pudesse ser Oliver vindo ao meu resgate. E aquilo era exatamente o tipo de baboseira que eu inventava na minha cabeça. Enfim, não importava porque não era Oliver. Era um cara velho de suéter que parecia o Papai Noel se o Papai Noel só tivesse uma lista de crianças malcriadas.

— Quem é você? — latiu ele.

Dei um pulo.

— Luc? Luc O'Donnell?

— Não foi você que apareceu na mídia por defecar em público?

— O quê? Não. Eu defeco apenas de portas fechadas.

Papai Noel do Mal ficou desconfiado.

— Eu nunca esqueço um rosto, rapazinho, e não gosto do seu. Além do mais, nunca confio em irlandeses.

— Hm. — Eu provavelmente deveria ter defendido os ancestrais do pai da minha mãe, mas só queria dar o fora dali. Infelizmente, Papai Noel

Racista estava bloqueando a saída. — Desculpa pela... minha cara. Eu realmente preciso...

— O que você está fazendo aqui, afinal?

— Usando o... banheiro?

— Vadiagem. É isso que está fazendo. Zanzando em um lavabo comunitário como se estivesse se preparando para um novo escândalo.

— De verdade, só quero voltar para ficar com os meus amigos.

Consegui me esgueirar pelo lado, com as mãos para o alto como se estivesse sendo detido. A cabeça do homem girou quase como a garota do *Exorcista* enquanto me seguia com os olhos mortos.

— Estou de olho em você, O'Toole. Nunca esqueço um rosto. Nunca esqueço um nome.

De volta à mesa, meus queridos companheiros estavam aproveitando minha ausência.

— ... quase todas as peças azuis do jogo, no final. — Alex estava dizendo com empolgação. — Miffy é o cara nos esportes. Quer dizer, a dama nos esportes. Acho melhor ser politicamente correto nessas horas. Apaixonada por lacrosse, sabe como é. Chegou a ser convidada para jogar profissionalmente, mas acabou recusando, não foi, querida? Queria focar em... O que é mesmo que você faz, Miffy?

Me sentei, tentando entender se eu estava aliviado ou chateado por todo mundo ter continuado a conversa como se eu não tivesse feito o maior escândalo.

Miffy apoiou a unha perfeita nos lábios perfeitos.

— Agora que você perguntou, não faço a menor ideia. Acho que tenho um escritório em algum lugar, e talvez esteja lançando uma nova linha de alguma coisa, mas no geral só sou convidada para festas. Não sou como Ally que tem um emprego, sabe, de verdade. Todo mundo acha isso superengraçado. Mas ele vai trabalhar todo dia, o que é muita bondade da parte dele, não acham?

Aquele me parecia um ótimo momento para ser maduro e pedir desculpas. No entanto, eu disse:

— Não sei se "muita bondade da parte dele" é a frase correta. Talvez "contratualmente obrigado"?

— Tem certeza? — Alex entortou a cabeça como um papagaio confuso. — Não acredito que seja bem assim. Se um camarada se compromete, o camarada vai lá e faz. Não precisa dar a carteirada da legislação em tudo. Sem querer te ofender, Oliver.

— De forma alguma. — É claro que Oliver não se sentia ofendido. Oliver era um anjo. Enquanto eu era um demônio de geleca do planeta Babaca.

— Bem, eu acho esplêndido. E, é claro — aqui Miffy abriu um sorriso estonteante para mim, o que, dadas as circunstâncias, me pareceu um troféu de participação —, você também é esplêndido, Luc. Já que tem o mesmo trabalho.

Ótimo. Agora Oliver sabia não apenas que eu não era apaixonado pelo meu trabalho como ele, mas também que era o tipo de função que dava para executar com apenas três neurônios.

— Ah, não — exclamou Alex. — Luc é muito mais importante do que eu. Não tenho ideia do que ele faz, mas parece ser terrivelmente complicado e envolve, hm, como chama mesmo? Aquelas coisas com as caixinhas?

Miffy torceu o nariz, pensativa.

— Times de críquete?

— Não é isso, querida. Planilhas, essa é a palavra. Eu apenas reclamo da copiadora, confirmo se não temos mais de duas reuniões na mesma sala ao mesmo tempo, e mantenho Daisy viva.

— Quem é Daisy? — perguntou Oliver, ainda me ignorando, mas, sejamos sinceros, eu provavelmente merecia.

— É uma babosa que estou cultivando no arquivo. Nosso colega das redes sociais vive se queimando com a máquina de café, e a enfermeira sempre usava babosa na gente quando éramos crianças e funciona que é uma beleza. Na verdade, acho que vou começar a cultivar mais uma porque a pobrezinha já está ficando sem folhas.

— Falando nisso — anunciei, mudando de assunto com a graça e a sutileza de alguém dizendo *Podemos mudar de assunto agora?* — Um cara assustador veio para cima de mim no banheiro. Quer dizer, gritando comigo, e não dando em cima.

— Obrigado por esclarecer essa parte. — O tom de Oliver era o mais seco possível. Até o momento, a Operação Soar Como Um Completo Otário estava indo a todo vapor.

Alex ficou intrigado.

— Que rude. Você fez alguma coisa para provocá-lo?

Eu havia perdido minha chance de pedir desculpas uma babosa antes. Então estava preso entre fingir que não tinha sido uma pessoa péssima, embora soubesse que era mentira, e tentar encontrar o equilíbrio lendário entre piorar as coisas e compensar horrores.

— Que legal saber que você já está do lado dele. Mas, só para deixar claro, não. Eu estava quieto na minha usando a pia quando esse velho maluco entrou e...

— Alex, meu chapa — berrou o velho maluco, se materializando atrás de mim como um serial killer num filme de terror —, como está o seu velho?

— Nada a reclamar, Randy. Nada a reclamar.

— Gostei muito do discurso recente dele na Câmara dos Lordes sobre, hm, o que foi mesmo...

— Texugos?

— Não, texugos, não. Aquela outra coisa, como vocês chamam... Imigrantes?

— Sim, sim. Típico do papai. Ah. — Alex deu um salto. — A propósito, me permita te apresentar a todos. Você se lembra da Clara, obviamente.

— Com certeza. Nunca esqueço um rosto.

— E estes são meus amigos, Luc e Oliver.

Os olhos dele nos examinaram e eu afundei na cadeira.

— Que prazer. Qualquer amigo de Twaddle é meu amigo também. Mas devo alertá-los para que fiquem longe do banheiro. Tem um irlandês maldito emboscando as pessoas lá.

— Na verdade, Meritíssimo — disse Oliver, com seu melhor tom de advogado —, nós já nos conhecemos. Apresentei um cliente a você no mês passado.

— Impossível. Eu nunca esqueço um rosto. Não faço ideia de quem você é. — Uma pausa. — Mas, mesmo assim — disse ele, animando-se —, conseguiu prender o sujeito?

— Eu era o advogado de defesa, Meritíssimo, e a defesa foi, de fato, um sucesso.

O juiz encarou Oliver com seriedade, que devolveu o olhar com uma suavidade calculada.

— Bem, não dá para prender todos eles. Não vou mais interromper o jantar de vocês. Te vejo na cerimônia dos cisnes, Alex, se não antes.

E, com isso, o Muito Honorável Racista foi embora.

— Viu só? — exclamou Alex, virando-se para mim. — Parece que Randy encontrou o mesmo homem estranho que você. Será que temos um intruso? É melhor alertar a segurança?

— Pelas minhas suspeitas — sugeriu Oliver —, não será necessário.

— Tem certeza? Quer dizer, sabe como é, prevenir nunca é demais.

— Não tenho dúvidas de que o juiz Mayhew lidou com o canalha do jeito certo.

— Realmente, não dá para duvidar.

Depois de um breve silêncio, Oliver nos deu um leve susto ao perguntar se estávamos prontos para pedir a sobremesa.

— Não pude deixar de reparar — disse ele — o rocambole de geleia no cardápio. Sempre fui um grande fã.

Alex balançou na cadeira como um beagle mal treinado.

— Já eu prefiro um cannoli. Longo e grosso, recheado com o que os franceses chamam de *crème anglaise*.

Eu ainda estava sentindo muitas emoções relacionadas a Oliver, mas não consegui evitar olhar rapidinho para ele. Que, é claro, não parecia nem um pouco prestes a gargalhar em um salão cujo nome homenageava um conservador morto.

— Devo admitir. — Ai, pelo amor de Deus, os olhos dele estavam literalmente brilhando. — Isso me parece uma boa pedida.

Miffy parecia deslumbrada.

— Sabe, eu estava pensando aqui, gosto muito de ovo mole.

Eles estavam fazendo aquilo de propósito? Eles *só podiam* estar fazendo aquilo de propósito.

De qualquer forma, eles poderiam falar a respeito de sobremesas para sempre, trocando piadas de infância e debatendo se preferiam bolo ou torta. Finalmente haviam chegado a um assunto — ou melhor, Oliver havia puxado um assunto — sobre o qual eu tinha algum conhecimento. E, se eu fosse uma pessoa melhor, teria dado minha opinião controversa sobre a ordem ideal de geleia e creme em um scone. (Primeiro geleia e depois o creme.) Infelizmente, sou uma pessoa medíocre, daí para baixo. Então fiquei apenas sentado lá, tentando não fazer cara feia para minha torta desconstruída de abacaxi.

Quando terminamos as sobremesas e eu estava prestes a me sentir aliviado por tudo aquilo estar próximo do fim, um dos James apareceu com queijo, depois café, depois conhaque, depois charutos. Eventualmente esgotamos o tema "sobremesas", e Oliver continuava teimando em guiar a conversa para assuntos mais acessíveis. Tenho certeza de que suas intenções eram boas e ele queria que eu me sentisse incluído depois de toda a confusão que causei.

Mas, juntando meu pai, meu emprego, o juiz Mayhew e todas as vezes em que arruinei tudo ao longo da noite, eu mal tinha energia para me sentir grato.

Oitenta e sete mil quinhentos e sessenta e quatro bilhões de horas depois, finalmente conseguimos sair do Clube Cadwallader. Levando em conta o desastre que havia sido a noite, eu estava empolgado para enfrentar uma corrida silenciosa de táxi para casa, enterrar a cabeça no travesseiro e morrer. Mas, é claro, o verdadeiro motivo daquilo tudo era ser fotografado ao lado de pessoas socialmente aceitáveis. O que significava que, assim que pisamos na calçada, fomos cercados por uma mistura de paparazzi de elite e jornalistas de quinta categoria.

Minha vista ficou turva com a quantidade de câmeras piscando seus flashes. Paralisei. Quando eu era fotografado, as pessoas costumavam ter a decência de se esconder para que pudessem me flagrar transando do lado de uma lata de lixo ou vomitando no estacionamento de um pub. Aquilo era um novo nível de atenção. E eu particularmente não gostava do nível antigo.

— Quem você está vestindo? — alguém gritou na multidão.

Certo. Eles definitivamente não estavam falando comigo. Minhas roupas estavam muito mais perto de serem um "o quê" do que um "quem".

Miffy jogou os cabelos para trás e começou a falar uma série de palavras incompreensíveis que, acredito eu, eram nomes de estilistas.

Até ali, tudo bem. Eu estava bem. Só precisava parecer minimamente parte deste mundo bacana onde pessoas bacanas tinham coisas bacanas. Não é tão difícil, certo?

— A data já está marcada?
— Será no dia dezoito.

Relaxe. Mas não muito. Sorria. Mas não muito. Tentei lembrar que jornalistas são como tiranossauros. A visão deles era ativada pelo movimento.

— Dezoito de quê?

— Sim — respondeu Miffy.

Eles estavam se aproximando? Eu tinha certeza. E não sabia se conseguiria continuar respirando. Já havia sido fotografado o bastante, certo? A mídia positiva estava começando a parecer pior do que a negativa. Pelo menos a mídia negativa, ou o tipo de mídia negativa a que eu estava acostumado, não te encurralava num canto e gritava com você.

Analisei o empurra-empurra dos jornalistas, procurando uma brecha entre os corpos. Mas mal conseguia enxergar com todas aquelas luzes, e o medo de ser puxado e empurrado enquanto tentava atravessar um aglomerado de estranhos fez meu estômago revirar. Eu estava prestes a vomitar. Na frente das câmeras. Mais uma vez. Outro estalo prateado, e, quando o brilho diminuiu, me dei conta de que estava olhando bem no fundo dos olhos de um homem. Tentei me virar, mas era tarde demais.

— Aquele não é o filho do Jon Fleming? — gritou ele. — Você gosta da banda Rights of Man, Miffy?

Merda merda.

— Eu adoraria conversar mais — a voz dela atravessou meus ouvidos como uma onda. — Mas tenho outros compromissos.

— Quais compromissos?

Outra tempestade de raios e flashes — dessa vez apontada diretamente para mim. Joguei os braços sobre o rosto como um vampiro tentando se esconder.

— Qual é o problema, Luc?

— Bebeu demais?

— Deixando seu velho orgulhoso?

— Se-sem comentários — gaguejei.

— Você se filiou ao Clube Cadwallader?

— O que andou bebendo?

— Está virando a página?

Sem chances de que tudo aquilo não fosse uma armadilha.

— Sem... sem comentários.

— O gato comeu sua língua, Luc?

— Está chapado agora?

— Cadê as orelhinhas de coelho?

— Já chega. — De repente senti um braço em volta da minha cintura. E então fui puxado para o lado de Oliver, colado naquele maravilhoso e quente, hm, casaco. Era a coisa mais patética que eu já havia feito, provavelmente a coisa mais patética do mundo, mas eu me virei e escondi o rosto no pescoço dele. O aroma do cabelo, tão limpo e, de certa forma, tão *ele*, acalmou o pânico do meu coração.

— Está se escondendo do quê?

— Vamos lá, amigão. Dá um sorriso pra gente.

— Quem é o seu namorado?

— Meu nome é Oliver Blackwood. — Ele não gritou, mas também não precisava. Havia algo no seu jeito de falar que atravessava o tumulto. — Sou advogado criminalista e sugiro que vocês saiam do meu caminho.

— Como vocês se conheceram?

— Quanto tempo você acha que isso vai durar?

— Você já deu uns pegas nele em um beco abandonado?

Meu corpo estava mole como espaguete velho, mas Oliver conseguiu atravessar a multidão comigo. Não estava sendo tão ruim quanto eu havia imaginado. A maioria das pessoas se afastou automaticamente, e as que não o fizeram só precisaram de um olhar de Oliver para reconsiderar a ideia. E o tempo todo fiquei abrigado sob o braço dele, e nada além disso me tocou.

Em determinado momento, quando já estávamos longe o bastante e calmos o bastante, me dei conta de como eu devo ter parecido ridículo, me agarrando em Oliver e tremendo feito um gatinho assustado.

— Tudo bem — eu disse, tentando me desvencilhar. — A barra está limpa. Pode me soltar agora.

Oliver me apertou mais forte.

— Eles ainda estão nos seguindo. Me aguenta só mais um pouco.

Como sempre, o problema não era Oliver. Era eu, e como aquilo poderia ser bom se eu permitisse.

— Não podemos fazer isso para sempre. Me leve até a estação de trem e eu dou um jeito.

— Você está tremendo. Nós vamos pegar um táxi.

Espera aí. O que ele achou que estava acontecendo?

— Calma lá, como assim *nós*?

— Vou te levar para casa. Agora, pare de brigar comigo na frente da imprensa.

— Tudo bem — resmunguei. — A gente briga depois.

Oliver fez sinal para um táxi que estava passando, que de fato parou em vez de acelerar e passar direto deixando um rastro de desprezo. Ele me acomodou no banco de trás e eu relutantemente passei meu endereço para o motorista. E lá fomos nós.

Sabendo que Oliver me desaprovaria se eu não fizesse aquilo, afivelei o cinto de segurança contra a minha vontade.

— Olha, agradeço todo o cavalheirismo e tal. Mas sem chances de você entrar no meu apartamento.

— Nem mesmo — ele ergueu a sobrancelha maliciosamente — se eu aparecer na sua porta sem avisar depois de dar um cano em você?

— Aquela era uma situação totalmente diferente.

— O que não muda o fato de que eu te recebi na minha casa e você está me expulsando da sua.

— Bem, sinto muito. Esse é só mais um exemplo de como você é uma pessoa muito melhor do que eu.

— Não foi isso que eu quis dizer. — A expressão dele ficou séria sob o tremeluzir das luzes da cidade. — Embora eu tenha achado seu comportamento hoje à noite bastante... surpreendente.

— Porque eu deveria ficar sentado lá aguentando tudo enquanto você me ignorava completamente para dar papo para o bosta do Alex Twaddle?

Oliver mais uma vez deu aquela massageada nas têmporas que dizia *Lucien é terrível*.

— Eu não estava te ignorando. Estava tentando causar uma boa impressão porque achei que essa era a intenção do exercício.

— Então você conseguiu — rebati com uma veemência desnecessária, dado o contexto. — Eles claramente te adoraram.

— Estou confuso. Você está irritado porque eu fui bem nessa coisa de mostrar que você tem bom gosto para namorados?

— Sim. Quer dizer. Não. Quer dizer. Vai se foder, Oliver.

— Agir assim não vai ajudar em nada.

— Não é para ajudar. — Minha voz ricocheteou pelo táxi. — Estou nervoso. Não entendo por que você também não está. Já que essa noite foi claramente uma merda para nós dois.

— Na verdade, achei seus amigos bem simpáticos. Ou você esperava outra coisa deles? O que transformou tudo em uma *noite de merda* para mim foi seu empenho em mostrar como não gosta de mim.

Eu... não estava esperando por aquilo. E, por um momento, não sabia o que dizer.

— Hm, o quê?

— Tenho plena consciência de que você não estaria comigo se tivesse outra opção. Mas o plano não vai funcionar se você não conseguir esconder seu desprezo por mim em público.

Meu Deus. Eu era o pior ser humano.

— Eu te provoco assim o tempo todo.

— Hoje pareceu diferente.

Queria dizer que foi culpa dele. Mas não foi. Acho que eu não esperava que ele fosse reparar. Que dirá se importar. *Meeerda.*

— Sinto muito, tá?

— Obrigado pelo pedido de desculpas. Mas, agora, não sei se vai ajudar.

Tá legal, foi um pedido de desculpas meio sem graça mesmo.

— Olha — falei, olhando para baixo. — Realmente não acredito em nenhuma daquelas merdas que eu disse.

— Você agiu como se acreditasse.

— Porque eu... eu achei que seria diferente.

— *O que* seria diferente?

— Achei que seria como é quando estamos só nós dois. Mas você nem olhava para mim. Você não sabia como me tocar. E era para você ficar comentando comigo sobre como o Alex é um imbecil esnobe. E não fazendo a maior amizade com ele e esfregando na minha cara que eu não estudei em Oxford.

Um longo silêncio.

— Lucien — disse Oliver, com aquela voz suave e baixa que me dava vontade de me enroscar nele. E não de um jeito assassino. Mas como se ele fosse um cobertor e tal. — Acho que te devo um pedido de desculpas também. Não foi minha intenção fazer com que você se sentisse desconfortável ou excluído, e devo admitir que não sei muito bem como me comportar na frente dos seus amigos porque, bem, eu nunca precisei fingir ser o namorado de alguém antes. — Ele ficou em silêncio de novo. — Especialmente na frente de uma dupla de... Como você chamou mesmo? Imbecis esnobes que acham que o salário mínimo é um prêmio da corrida de cavalos da Duquesa de Marlborough.

Deixei uma risada escapar.

— Viu só? — Oliver me lançou um olhar presunçoso. — Também sei ser malvado.

— Sim, mas onde estava essa malvadeza toda quando eu precisei?

— Eu gosto de te fazer sorrir, Lucien. Mas não gosto de diminuir os outros.

— Acho que consigo superar isso. — Tirei o cinto de segurança e me inclinei em direção a ele.

— Você deveria continuar usando o cinto. É uma lei de trânsito.

Apoiei a cabeça de leve, quase que acidentalmente, nos ombros dele.

— Ai, cala a boca, Oliver.

Por algum motivo, contra toda a razão e senso de ridículo, convido Oliver para subir no meu apartamento. Quer dizer, diferente do que eu esperava, ele não morreu imediatamente de nojo e infecção bacteriana.

— Sei que às vezes você acha que eu julgo demais. Mas, sinceramente, não sei como você consegue viver desse jeito — disse ele.

— É fácil. Tudo o que eu faço é encostar em qualquer coisa e, independente de sentir alegria ou não, deixo no mesmo lugar.

— Não sei se eu recomendaria encostar em qualquer coisa aqui.

Tiro minha jaqueta e, com certa noção da situação que eu jamais esperaria de mim mesmo, jogo imediatamente sobre uma pilha vergonhosa de cuecas.

— Tentei te salvar, mas você não me deu ouvidos. Você é basicamente a esposa do Barba Azul agora.

— Pensei que você tivesse vergonha de mim. — Oliver continuava encarando com horror a quantidade impressionante de embalagens de comida que, com certeza, eu iria lavar um dia para que pudesse, com certeza, reciclá-las. — Mas no fim das contas acho que você tinha vergonha de si mesmo.

— É aí que você se engana. Vergonha é uma coisa para pessoas que têm amor-próprio.

Ele pôs os dedos na sobrancelha e fez aquele gesto de triste-e-decepcionado ao qual nem de longe eu estava começando a me apegar.

— Pelo menos o Barba Azul guardava as esposas mortas em um armário organizado.

— Sei que você deve estar muito arrependido do nosso relacionamento de mentira agora, mas não termina comigo de novo, por favor.

— Não, não. — Oliver enrijeceu os ombros como se fosse um daqueles pôsteres de propaganda de guerra. — Precisei de um tempo para assimilar tudo. Mas já superei.

— Você pode ir embora, se quiser.

Por um segundo, ele pareceu tentado. Mas então voltou para a pose de *Seu país precisa de você*.

— Para manter as aparências, é melhor não repetirmos os erros de hoje. Acho que nenhum de nós pensou direito em como nos comportaríamos juntos em público.

— Uau. — Me joguei apaticamente no sofá, que estava razoavelmente limpo tirando dois pares de meia e um cobertor. — Eu não imaginava que isso ia dar tanto trabalho.

— Sim, mas é como os jovens dizem: Segura essa marimba. Agora, você acha que deveríamos andar de mãos dadas?

— Você disse *mesmo* "segura essa marimba"?

— Achei que apontar o quanto isso dá mesmo muito trabalho, e não estou reclamando, teria me feito parecer um pouco pedante, embora fosse verdade.

Eu o encarei, meio irritado, meio entretido.

— Boa pedida.

— Então, vamos andar de mãos dadas ou não?

No fim das contas, sua habilidade de manter o foco era admirável.

— Hm... eu realmente não faço ideia.

— Isso envolve um ato mínimo de intimidade, mas deixa claro que estamos juntos para o caso de sermos fotografados.

— Bem, eu adoro um ato mínimo de intimidade.

Oliver franziu a testa.

— Deixe de brincadeira, Lucien, e segure a droga da minha mão!

Me levantei, atravessei um labirinto de canecas espalhadas e segurei a droga da mão dele.

— Hmm... — Oliver ajustou o toque várias vezes. — Está me parecendo forçado.

— Sim, parece que estou sendo arrastado no supermercado pela minha mãe.

— Então, sem mãos dadas. Tente se apoiar no meu braço.

— Quer dizer, *na droga* do seu braço?

Ele piscou lentamente.

— Apenas. Faça.

Me apoiei no braço dele. Ainda esquisito.

— Agora parece que sou uma tia solteira em um chá de panela.

— Resumindo, eu faço com que você se sinta ou uma criança ou uma senhora? Estou lisonjeado.

— Não é você. — Soltei o braço. — É a situação.

— Então teremos que ser um daqueles casais que não se encosta quando tem gente olhando.

— Mas — resmunguei. — Não quero ser como esses casais. Nem mesmo *fingir* ser como esses casais.

— Neste caso, sugiro que dê um jeito de suportar quando eu encosto em você.

— Tudo bem. — Não consegui pensar em nada inteligente, então disse a primeira coisa que me veio à cabeça: — Por que a gente não transa?

A boca dele se contorceu em confusão.

— Não acho que isso seja apropriado em uma festa beneficente.

Bem. O que era uma gota para quem já estava molhado? Fui com tudo.

— Não. Quer dizer, tipo agora.

— Perdão?

— Pelo amor de Deus, Oliver. — Revirei os olhos. — Quem responde um convite de sexo com *perdão*?

— Isso não foi um convite de sexo. Foi um... Nem sei o que foi.

— Só estava pensando — falei com um ar de indiferença que eu estava jurando a mim mesmo não ser nem um pouco humilhante — que pode ser menos constrangedor tocar um no outro se nós transarmos.

— Ah, claro. Porque sexo é mundialmente conhecido por deixar as coisas menos complicadas.

— Tudo bem. Não foi uma boa ideia. Você me perguntou como poderíamos ficar mais confortáveis para nos tocarmos em público e eu dei uma sugestão. Me desculpe por pensar fora da caixa.

Oliver se virou, como se fosse começar a perambular, mas meu chão não era muito perambulável nem na melhor das hipóteses. Então ele ficou apenas entrelaçando os dedos.

— Entendo que você não me conheceu no auge da minha autoestima, mas, para me levar para cama, é preciso um pouco mais do que "E se a gente transar? Tipo, agora?".

— Mas a gente até jantou antes.

— Um jantar onde você já admitiu ter sido um pé no saco comigo e com seus amigos.

Pois é, provavelmente não era o melhor momento para fazer piadas. Mas eu estava tentando não me apegar ao fato de que Oliver Blackwood tinha me dispensado *de novo*.

— Quer saber? Vamos parar de repetir que você não quer transar comigo.

— Desculpa. — A expressão dele se suavizou levemente, mas não fez com que eu me sentisse melhor. — Sei que isso é antiquado, mas não acho que sexo seja o tipo de coisa que se deve fazer só porque é conveniente.

— Por quê? Todo mundo tem que esperar por uma conexão profunda e importante, mergulhar no olhar um do outro enquanto faz amor delicadamente em frente à lareira?

E lá se foi a expressão suave.

— Você me acha mesmo um puritano ridículo, não acha?

— Sim. Não. Talvez. — Meu Deus. Não tinha como soar mais... confuso e carente. — Só não estou acostumado com todo esse alarde por causa de uma pegaçãozinha, então você continuar se recusando a me pegar acaba parecendo uma ofensa pessoal.

— Como assim, *continuar*?

— No aniversário da Bridget. Uns dois anos atrás. Nós quase ficamos, mas no fim você se irritou e foi embora.

Oliver me encarou com nítida incredulidade.

— Desculpa, mas você está ofendido por eu não ter te estuprado?

— O quê? — Olhei para ele em choque.

— Me lembro daquela noite, e você estava completamente acabado. Acho que nem se lembrava quem eu era, muito menos o que você estava fazendo.

153

— Ah, pelamor — rebati. — Já fiz muito sexo bêbado. E foi tranquilo.

— Ah, Lucien, como posso explicar? — Por algum motivo, Oliver parecia triste. — Eu não quero algo *tranquilo*. Tranquilo não é o bastante. Não que eu precise de uma lareira ou qualquer outro clichê que você possa inventar, mas, sim, quero uma conexão. Quero que você se importe na mesma medida que eu. Quero que você precise e queira de verdade. Quero que seja *importante*.

Ele precisava parar de falar. Ou eu ia... sei lá... chorar, ou qualquer coisa assim. Oliver não fazia ideia do que estava pedindo. E eu não fazia ideia de como oferecer aquilo para ele.

— Tenho certeza de que isso é muito... fofo. — Minha boca estava tão seca que as palavras saíam com um estalo. — Mas comigo você só vai conseguir um "tranquilo". E é isso.

Houve um silêncio muito, muito, muito longo.

— Então que bom que nada disso aqui é verdade.

— Hm. Sim. Que bom mesmo.

Houve um silêncio muito, muito, muito, *muito* longo. Então Oliver passou os braços em volta de mim, me aninhando ao seu lado. E, sabe Deus por quê, eu permiti que ele me aninhasse.

— Isso serve?

— S-serve pra quê?

— Para a gente se tocar. Em público. — Ele pigarreou. — Não o tempo todo, claro. Seria difícil passar por algumas portas.

Naquele momento, eu poderia viver sem portas. Virei a cabeça, no menor dos momentos, respirando Oliver. E quase imaginei ter visto os lábios dele tocando minha testa.

— Acho que serve — respondi. O que mais eu poderia dizer? Que os momentos em que a gente quase dava certo tornavam os momentos errados um pouquinho menos piores?

Ainda assim, precisei de todas as migalhas de orgulho que eu ainda tinha para não segui-lo enquanto ele se afastava.

— Então. — Coloquei as mãos no bolso caso elas decidissem tentar tocá-lo. — E agora? Obviamente você não vai querer ficar no meu apartamento de merda.

— Devo admitir que estou preocupado com o estado do seu quarto. Mas, se me pegarem saindo, pode parecer que nós terminamos.

— Você nunca faz um trabalho meia-boca, né?

Ele pensou por um instante.

— Eu abandonei *Wolf Hall* depois de ter lido dois terços.

— Por quê?

— Na verdade, não sei. É muito longo e denso, acho que não me prendeu. Isso se enquadra precisamente nas acepções de meia-boca, não é?

Do nada, comecei a rir.

— Não acredito que estou fingindo namorar um cara que acabou de dizer "se enquadra precisamente nas acepções de meia-boca".

— Você acreditaria se eu dissesse que fiz isso só para te divertir?

— Não. — Eu não queria que ele me abraçasse de novo. Eu não queria que ele me abraçasse de novo. Eu não queria que ele me abraçasse de novo. — Esse é o seu jeito de falar.

— Pode até ser, mas você parece extrair contentamento do meu jeito.

— Tá bem. Isso aí foi de propósito.

Oliver me ofereceu um sorriso vagaroso — não aqueles fáceis que ele costumava abrir em público, mas algo real e acolhedor e quase relutante que fazia seus olhos brilharem por dentro como uma lâmpada acesa em uma janela no meio de uma noite escura.

— Certo. Estou pronto para o pior. Me mostre seu quarto.

— Eu não estava pronto para o pior — disse Oliver, minutos depois.

— Ah, sem essa. Nem está tão ruim assim.

— Quando foi a última vez que você trocou o lençol?

— Eu troco meus lençóis.

Ele cruzou os braços.

— Não foi isso que eu perguntei. E, se você não consegue lembrar, é porque já passou da hora.

— Tá bem. Vou trocar o lençol. Só que, sabe como é, talvez eu precise lavar antes. — Tentei não olhar para as minhas roupas espalhadas por todo canto. — E algumas roupas também.

— Vamos pegar um táxi para a minha casa. Agora.

— Uau. Isso está parecendo um episódio de *Queer Eye* só que com menos homens gostosos, e sem a parte bonitinha em que eles fazem você se sentir bem.

— Eu sinto muito. Não tive a intenção de julgar, mas essa situação, sinceramente, está pedindo para ser julgada. Quer dizer, como você consegue não se sentir um horror morando aqui?

Joguei meus braços para o alto, irritado.

— Estou confuso. De onde você tirou que eu não me sinto um horror?

— Lucien...

— Além do mais — me apressei para completar, sem saber se eu tinha mais medo de Oliver dizer algo gentil ou algo cruel. — Sua casa pode ser limpa, mas você claramente não é feliz. Pelo menos admita isso.

Um tom rosado se espalhou pelas maçãs do rosto firmes e definidas de Oliver.

— Sim, sou solitário. E às vezes sinto que não conquistei nada que já deveria ter conquistado. E, com base em muitas evidências, me preocupo por não ser uma pessoa fácil de gostar. Mas não estou tentando esconder tudo isso. Estou tentando enfrentar.

Meu Deus, como eu odiava quando ele era todo forte e vulnerável e honesto e decente, e tudo que eu não era.

— Você não é... *completamente* difícil de gostar. E acho que tenho um lençol limpo que comprei da última vez que percebi que eu não tinha nenhum lençol limpo.

— Obrigado. Sei que posso ser um pouquinho controlador às vezes.

— Sério? — Arregalei os olhos para ele. — Eu nem tinha notado.

Nós tiramos a roupa de cama, o que sinceramente foi muito menos nojento do que Oliver estava achando, embora teria sido incrível se meu, hm, aparelho pessoal de prazer não tivesse voado dos lençóis e caído na frente dos pés de Oliver como um cachorrinho querendo passear. Só que, sabe como é, na minha bunda. Guardei o negócio na gaveta da mesa de cabeceira, o que infelizmente acabou revelando um pouco mais da minha, parando para pensar agora, deprimente coleção fálica.

Por vergonha ou educação, Oliver não disse nada. Apenas continuou alisando as rugas do lençol novo até que ele estivesse liso como vidro e perfeito como um quarto de hotel. Feito isso, ele trocou as fronhas e a colcha, se preocupando até mesmo em dobrar a barra, coisa que eu tinha quase certeza de que nenhum outro ser humano havia feito antes. E, finalmente, começou a tirar a roupa.

Eu o encarei inexpressivo. Ou não tão inexpressivo assim.

— O que você está fazendo?

— Não vou dormir com um terno de três peças e, com todo o respeito, não pretendo pegar emprestado nenhuma das suas... — ele gesticulou em direção às várias pilhas de roupa espalhadas pelo chão. — Disso.

— Não julgo. — Me dei conta de uma coisa. — Ei, isso significa que finalmente vou conhecer o V no seu abdômen?

Ele tossiu de forma esquisita.

— Você vai conseguir dar uma olhadinha, no máximo.

— Já serve.

Pulei na minha cama nova e aprovada por Oliver e me ajoelhei, amassando a colcha e observando sem vergonha alguma enquanto ele desabotoava a camisa.

— Lucien. Parece que você está me secando descaradamente.

Coloquei as mãos em concha sobre a boca.

— Tira! Tira! Tira!

— Eu não sou um stripper.

— Você está literalmente fazendo um striptease agora. Só estou te encorajando.

— Você está me envergonhando, isso sim.

Oliver tirou a camisa, dobrou cuidadosamente e percebeu, totalmente confuso, que não tinha nenhum lugar onde colocá-la.

Mas.

Meu Deus do céu.

As pessoas pagam para ver uma coisa daquelas. Quer dizer, estou falando de músculos definidos, e a quantidade perfeita de pelos — felpudo, não peludo — e até umas veias saltadas escapando do cós da calça dele.

Porra. Dava vontade de *lamber*.

Porra de novo. Me dei conta, de repente, de que eu nunca, *nunca*, poderia tirar a roupa na frente daquele homem.

— Qual é o problema agora? — perguntou Oliver. — E onde eu posso colocar minha camisa?

— Eu... eu... vou pegar um cabide. — E uma roupa tipo, sei lá, de apicultor para mim. Algo que me deixasse coberto na medida certa.

Corri para fora do quarto e vesti a maior e mais larga camiseta que consegui encontrar, junto com uma calça frouxa que não acentuava meu corpo. Quer dizer, não me leve a mal. Eu estava satisfeito com a minha aparência. Ninguém nunca havia reclamado do meu físico, embora tenham reclamado de muitas outras coisas, então aquilo não era uma questão relevante para mim. Mas Oliver era o tipo de fantasia que eu nem me dava ao trabalho de ter porque achava completamente fora da realidade. E eu não fazia ideia do que um homem com aquele corpo poderia ver em mim.

Ah, esqueci um detalhe.

Ele não via nada em mim. Esse era o nosso combinado.

Quando voltei para o quarto, Oliver estava me esperando vestindo uma cueca boxer preta que, de alguma forma, conseguia ser adequada e sensual ao mesmo tempo, e com o terno pendurado em um braço e a camisa no outro. Em um momento de pânico, joguei o cabide para ele e me enfiei debaixo do cobertor.

Eu definitivamente não estava observando enquanto Oliver arrumava e pendurava as roupas no meu armário vazio. Porra, quem eu quero enganar? Eu *estava* observando porque ele era lindo e eu super queria ficar com ele, antes mesmo de saber que a coisa toda do V no abdômen não era só piada.

Ia dar ruim. Muito, muito, ruim.

Depois do que me pareceram horas, eu estava deitado no escuro ao lado de Oliver, sem tocá-lo e tentando não pensar muito em como eu queria tocá-lo. O que significava pensar em qualquer outra coisa. Tipo o tanto de coisas que ele fazia por mim, mesmo sem ter obrigação, e como eu retribuía tratando-o mal. E como tudo aquilo poderia ser assustador se eu permitisse.

— Oliver.

— Sim, Lucien?

— Eu sinto muito. Por hoje.

— Está tudo bem. Vai dormir.

Mais tempo se passou.

— Oliver.

— Sim, Lucien? — Levemente mais impaciente.

— Eu só... não entendo por que você se importa. Com o que eu penso.

A cama tremeu com Oliver se virando, e de repente eu só conseguia pensar em quão perto nós estávamos um do outro.

— Por que não me importaria?

— Bem, porque você é um... advogado-barra-modelo-de-sungas incrível e...

— Como?

— Quer dizer, metaforicamente. Quer dizer, não a parte do advogado. Isso é o seu emprego de verdade. Merda. Olha, só estou dizendo, você é exatamente o padrão de alguém bem-sucedido e atraente. E é uma pessoa boa. Enquanto eu... não sou.

— Você não é uma pessoa ruim primeiro porque não existem pessoas ruins e segundo...

— Espera aí. E, tipo, os assassinos?

— A grande maioria dos assassinos mata uma pessoa e depois se arrepende pelo resto da vida ou tinha um motivo que provavelmente faria você ter empatia. A primeira lição quando se é um advogado criminalista é que coisas ruins não são feitas exclusivamente por pessoas ruins.

Não sei se aquilo era um tipo de punição masoquista por ter chamado ele de cafona mais cedo, porém eis que acabei respondendo:

— Você fica tão gostoso quando fala dos seus ideais.

— Eu sou gostoso o tempo todo, Lucien. E, como você bem disse, pareço um modelo de sungas.

Porra. Não. Socorro. Ele estava me fazendo rir.

— Falando nisso — continuou ele. — Você não deveria duvidar tanto do seu... — Oliver estremeceu de nervoso, e eu queria poder ver a expressão dele, porque o Oliver sem palavras era um dos meus Olivers favoritos. — Apelo?

— Você ficaria surpreso com minha capacidade de duvidar de coisas. — Era por causa de momentos como aquele que as pessoas transavam. Quando estavam cansadas de compartilhar coisas íntimas com outras pessoas às três da manhã. — Além do mais, quando tudo o que você vê sobre si mesmo é o que aparece nos tabloides, é difícil acreditar em outra coisa.

Senti uma leve lufada de ar perto do meu rosto, como se Oliver tivesse se aproximado mas por fim achado melhor se afastar.

— Você é lindo, Lucien. Sempre achei isso. É como um autorretrato antigo do Robert Mapplethorpe. Hm. — Quase dava para *ouvi-lo* corando. — Mas não aquele com o chicote no ânus, é claro.

Eu não tinha certeza, mas parecia que Oliver Blackwood havia acabado de dizer que eu era lindo. E eu precisava ser amável, calmo e maduro.

— Dica: quando for elogiar alguém, evite a palavra "ânus".

Ele riu.

— Pode deixar. Agora, sério, vamos dormir. Nós dois temos que trabalhar amanhã.

— Você conheceu o Alex. Não é preciso estar consciente lá no escritório.

— Você está me mantendo acordado por algum motivo?

— N-não... Não sei. — Ele tinha razão. Eu estava sendo esquisito. Por que eu estava sendo esquisito? — Você acha mesmo que eu sou lindo?

— Neste momento em específico, você está irritante. Mas, no geral, sim.

— Eu nem te agradeci por ter me livrado de todos aqueles repórteres.

Oliver suspirou, seu hálito quente sob o cobertor compartilhado.

— Vou aceitar seu silêncio como forma de gratidão.

— Desculpa... eu... hm... desculpa.

Me virei para o lado. E então para o outro lado. E depois de costas. E, enfim, me virei para o lado que tentei lá no começo.

— Lucien. — A voz de Oliver ecoou pela escuridão. — Vem cá.

— O quê? Como? Ir aonde?

— Esquece. Deixa que eu vou. — E então Oliver se enroscou em mim, os braços fortes, a pele macia e os batimentos do seu coração contra as minhas costas. — Está tudo bem.

Permaneci parado, meu corpo incerto se deveria sair correndo do quarto aos berros ou apenas meio que... derreter.

— Hm, o que está acontecendo?

— Você vai dormir agora.

Sem chances. Aquilo já era demais. Já havia passado dos limites.

Só que, no fim das contas, ele tinha razão, e não era demais, e eu dormi.

— Então — eu disse a Alex na manhã seguinte. — Me desculpa por ter sido tão babaca ontem.

Ele me encarou com certa expectativa.

— E...?

— Bem, hm, eu deveria ter sido mais gentil com você.

— E...?

— E... — Nossa, ele estava mesmo empenhado em fazer com que eu me sentisse culpado. — Sou um péssimo amigo e um colega de trabalho horrível?

— Ah. — Ele estava com uma expressão confusa. — Devo confessar que não entendi nada. Quer dizer, aquela sobre ir para Gales não foi engraçada, mas pelo menos fazia sentido.

— Isso não é uma piada, Alex. Estou tentando me desculpar pela noite de ontem. Achei que as palavras "desculpa" e "ontem" tinham deixado isso claro.

— Neste caso, não precisa se preocupar, rapaz. E, sinceramente, a culpa foi minha. Eu deveria ter dito alguma coisa na hora. Como nós pulamos o prato com peixe, você deveria ter pulado o garfo de peixe.

Desisti.

— Tudo bem. Ótimo. Que bom que esclarecemos isso. Desculpa, mais uma vez, pelo garfo de peixe.

— Acontece nas melhores famílias. Certa vez tive um momento de abstração mental e tentei usar um garfo de salada para comer vegetais cozidos. Todo mundo caiu na risada à minha custa.

— Meu Deus. Sim. Só de imaginar já estou achando hilário.

— Não é? Quer dizer, o comprimento dos dentes é totalmente diferente.

— Os dentes — comentei com o tipo de confiança que não existia de forma alguma na minha relação com Alex. — Sempre diferentes.

Ele me lançou um olhar vazio.

— Creio que sim. É por isso que se troca de garfos entre um prato e outro.

De volta à minha mesa, passei pelo que estava se tornando um ritual matutino deprimente: beber café, me preocupar em enganar mais doadores, conferir as páginas dos tabloides. Por fim, não apareci em quase nenhum lugar, e não apenas porque eu estava escondido em Oliver. A maioria dos artigos era sobre Miffy — o que ela estava vestindo, aonde estava indo, quando iria se casar com Alex. Oliver e eu fomos felizmente rebaixados a "acompanhantes", apesar de algum estagiário ter conseguido descobrir a marca do casaco dele. E o tipo certo de cobertura de imprensa é aquele que dá mais atenção ao que se estava vestindo do que ao que se estava fazendo.

Tudo aquilo só me fez ter que lidar com o fluxo infinito de crises desnecessárias que sempre envolviam a Corrida dos Besouros, como naquela vez em que Rhys Jones Bowen me disse que tínhamos perdido a reserva do local porque ele confundiu o Royal Ambassadors Hotel de Marylebone com uma arena de tiros a laser que ele estava tentando fechar para a despedida de solteiro de um amigo. Ou aquela vez que os convites impressos sumiram e nós achamos que tinha sido um problema dos correios, mas, na verdade, Alex estava usando a caixa como apoio de pés havia três meses. E não dá para esquecer de quando a dra. Fairclough cancelou o evento inteiro por um breve momento porque decidiu que o termo *besouro* não era meticuloso o bastante do ponto de vista científico e voltou atrás só quando nós a lembramos de que aquele não era o nome oficial do evento.

Agora era Barbara Clench, nossa gerente convictamente econômica, questionando a necessidade de liberar verba para, sabe como é, organizar um evento para arrecadar verba. O que me deixava preso ao meu e-mail pela maior parte do dia, já que nossa habilidade de realizar um trabalho bem-sucedido em equipe era pautada pelo entendimento mútuo de que não deveríamos nunca, nunca mesmo, conversar uns com os outros pessoalmente.

Caro Luc,

Estava olhando os orçamentos do hotel e me pergunto se realmente precisamos disso.

Atenciosamente,
Barbara

Cara Barbara,

Sim. É o lugar onde realizaremos o evento.

Atenciosamente,
Luc

Caro Luc,

Pensei um pouco sobre isso, e me pergunto se não seria mais prático se os doadores permanecessem em casa e contribuíssem pelo telefone durante um período predeterminado.

Atenciosamente,
Barbara

Cara Barbara,

Obrigado pelo seu empenho para que tudo dê certo na Corrida dos Besouros. Infelizmente, os convites já foram impressos, e o evento foi anunciado como "baile e jantar" e não como "fique em casa e talvez ligue pra gente". O preço dos ingressos vai cobrir o custo do hotel, e ainda sobra.

Atenciosamente,
Luc

Caro Luc,

Podemos pelo menos escolher um hotel mais barato?

Atenciosamente,
Barbara

Cara Barbara,

Não.

Atenciosamente,
Luc

Caro Luc,

Considerei seu último e-mail inapropriadamente brusco. Eu acionaria o Departamento de Recursos Humanos, mas não temos.

Atenciosamente,
Barbara

P.S. Obrigada por ter preenchido a requisição de um novo grampeador. A requisição foi recusada.

Cara Barbara,

Talvez você possa perguntar à gerência se podemos liberar verba o suficiente para montar um Departamento de Recursos Humanos. E talvez eles possam me emprestar um grampeador também.

Atenciosamente,
Luc

Caro Luc,

Não há espaço no lugar de trabalho para tanta jocosidade.

Recomendo que leia o comunicado sobre desperdício de papel enviado no mês passado. Por motivos financeiros e ambientais, estamos solicitando que todos os documentos sejam agrupados usando elásticos com ponteira recicláveis. Também esperamos que eles possam ser reutilizados sempre que possível.

Atenciosamente,
Barbara

Cara Barbara,

Por favor, pague o hotel. O gerente do local acabou de me ligar e corremos o risco de perder a reserva.

Atenciosamente,

Luc

P.S. Estamos sem elásticos com ponteira.

Caro Luc,

Se precisar de mais elásticos com ponteira, favor preencher o formulário de requisição.

Atenciosamente,

Barbara

Eu estava digitando uma resposta devastadora, porque super tinha algo em mente e aquilo era um super bom uso do meu horário de trabalho, quando meu celular vibrou. Era uma mensagem de Oliver que, conforme a prévia da notificação, começava com as palavras *Más notícias*.

Merda. Merda merda merda.

Sem minha permissão, meu cérebro começou a encontrar centenas de jeitos diferentes para terminar aquela frase. E aquilo mostrava como eu estava em uma situação complicada no que dizia respeito a Oliver, porque minhas ideias foram direto para "Vamos terminar" em vez de "Minha avó morreu" ou "Peguei sífilis".

Ele só poderia querer terminar, né? Eu tinha agido como um completo maníaco na noite anterior. Oliver havia me resgatado dos repórteres e me abraçado até eu cair no sono como se eu fosse um cãozinho abandonado. E, pela manhã, acordei esparramado sobre ele e fiz o maior auê quando ele foi embora, obviamente porque eu ainda estava meio dormindo e não conseguia pensar direito, mas, embora eu estivesse pouco acordado e com pouca capacidade de pensar direito, me lembro de ter levantado alguns argumentos bem fortes. Depois daquilo tudo, *até eu* terminaria comigo mesmo.

Por fim, tomei a decisão madura: guardei o celular na gaveta sem ler a mensagem e fui buscar um café. Em circunstâncias normais, eu jamais ficaria aliviado ao encontrar Rhys Jones Bowen fazendo qualquer coisa, mas o fato de ele já estar usando a cafeteira significava que toda aquela empreitada demoraria três vezes mais, e aquilo era exatamente o que eu precisava.

— Graças a Deus que você chegou, Luc! — exclamou ele. — Sempre esqueço. A água vai na frente, e o café, atrás, ou é o contrário?

— O café você coloca nessa cestinha que tem resto de pó. E a água vai naquele recipiente ali atrás, que já está com água até a metade.

— Ah, viu só? Era isso mesmo que eu estava pensando. Mas sabe quando tem uma coisa que você sempre faz do jeito errado e aí, mesmo quando você faz do jeito certo, acaba se atrapalhando e no fim dá errado?

Eu estava prestes a dizer "não" com meu tom mais cruel, mas, na verdade, aquilo meio que fazia sentido. Sempre acontecia comigo na hora de escrever *tigela*. Eu nunca sabia se era com "g" ou com "j". Coisa que Oliver desaprovaria. O mesmo Oliver que me enviou uma mensagem contando más notícias. Uma mensagem que eu teria que ler mais cedo ou mais tarde, que eu teria que enfrentar e que provavelmente iria me magoar e... merda, de que adiantava inventar uma atividade para me distrair se ela não me distraía de nada?

— Sei bem o que você quer dizer — respondi. E me acomodei em uma posição de espera, enquanto Rhys Jones Bowen navegava pelas complexidades da cafeteira que, para ser justo, era bem complicada mesmo.

— Ai, pomba! — Ele bateu as costas da mão no bico quente do vaporizador. — Sempre esqueço desse negócio. Vai formar uma bolha agora, e essa é a minha mão de digitar.

Segurei uma bufada.

— Por que você não vai ver se Alex tem um pouco de babosa? Eu termino aqui e deixo o café na sua mesa.

Ele fez uma pausa confusa.

— Isso é muito gentil de sua parte, Luc. — Para alguém que estava me fazendo um elogio básico, ele parecia surpreso de um jeito preocupante. — Está tudo bem? Você foi visitado pelo fantasma do escritório do passado?

— Quê? Não. Eu... Eu sou uma pessoa prestativa.

— Não é não. Você é um completo idiota. Mas vou aceitar o café mesmo assim, muito obrigado.

Ele saiu em busca de um remédio para a queimadura, e eu terminei de recarregar a cafeteira. Enquanto esperava o café ficar pronto, procurei por uma caneca limpa na pia, nos armários e no escorredor, mas não encontrei nenhuma. Aquele era o problema das boas ações: elas sempre geravam mais trabalho. Eu estava esfregando uma borra de café particularmente teimosa no fundo de uma caneca de dragão do Rhys quando a dra. Fairclough enfiou a cabeça na porta e disse:

— Já que você está fazendo, quero o meu puro e sem açúcar.

Cacete. Não, cacete não. Perfeito.

Ainda esperando o café ficar pronto, voltei para a minha sala, com sérias intenções de olhar meu celular como um adulto com bom senso. Mas, merda, e se a má notícia fosse sobre os jornais transformando nossa saída de ontem em algo ruim para nós dois? *Bomba: Filho bêbado de roqueiro sequestra advogado.* Ou talvez um dos ex-namorados de Oliver tivesse voltado de Paris para dizer "Querido, acabei de me lembrar que você é a pessoa mais incrível que eu já conheci, e eu nunca deveria ter te deixado. Vamos fugir juntos imediatamente". Bem, eu nunca saberia se não lesse a mensagem.

Eu não li. A gaveta permaneceu fechada enquanto eu abria meu e-mail e, com dedos nervosos, digitava uma resposta muito mais educada para Barbara.

Cara Barbara,

Por favor, perdoe minha grosseria nas mensagens anteriores. Estou fazendo uma rodada de café e chá para todo mundo. Você quer?

Luc

Caro Luc,

Não.

Atenciosamente,

Barbara

Neste caso *em específico*, devo admitir que eu mereci.

O feitiço se voltou contra o feiticeiro, e eu voltei para a cozinha onde servi dois cafés — puro para a dra. Fairclough, com leite e muito açúcar para Rhys Jones Bowen. Eu tinha certa esperança de que poderia gastar alguns minutos de conversa fiada com eles, mas, no caso da dra. Fairclough, eu deveria saber que alimentar aquela esperança era tão inútil que poderiam escrever uma música deprimente sobre ela nos anos 70. Normalmente, sempre dava para contar com Rhys Jones Bowen, mas ele estava distraído recebendo um tratamento botânico de Alex. O que me deixou sem opção a não ser ler a mensagem de Oliver. E, falando desse jeito, me senti muito bobo por fazer tanto drama.

Embora não tão bobo que não pudesse esperar mais cinco minutos olhando para o celular em cima da mesa. Se, por algum motivo, Oliver tivesse decidido que queria pular fora, minha vida provavelmente não estaria arruinada. Eu já havia conseguido um pouco de publicidade positiva. E, quando os tabloides percebessem que nós não estávamos mais juntos, seria tarde demais para lançar a inevitável manchete *Gay riquinho filho de Fleming dispensa advogado de bom coração* antes da Corrida dos Besouros. Além do mais, se Oliver estivesse terminando comigo, seria mais por causa da situação do que por minha causa. E, sinceramente, seria melhor para nós dois não ter que passar por essa coisa esquisita de fingir-estar--namorando que eu nem deveria ter concordado em fazer, para começo de conversa.

Seria melhor assim. Muito melhor.

Respirei fundo e abri a mensagem.

Más notícias, a mensagem dizia. **Peguei um caso grande. Acho que vou ficar muito ocupado na próxima semana.**

Ah, puta que pariu. Que tipo de analfabeto digital começa uma mensagem com "más notícias" quando a notícia é, no pior dos casos, normal? Eu estava tão aliviado que fiquei nervoso. Pelo jeito, Oliver havia falhado em perceber minha crença profundamente enraizada — e repetidas vezes comprovada — de que tudo de bom na minha vida estava apenas esperando o momento ideal para dar no pé e me abandonar.

Também havia uma pequena chance de que eu só estivesse dando uma de *drama queen*.

Quando minhas mãos pararam de tremer, respondi a mensagem:

Isso é só um jeito educado de dizer que você precisa de um tempo para se recuperar do meu apartamento?

Não vou mentir. Foi bem assustador. Mas outras coisas compensaram.

Tipo o quê?, perguntei.

Você.

Encarei aquela palavra por um bom tempo.

Não esqueça que é tudo de mentira. Não esqueça que é tudo de mentira. Não esqueça que é tudo de mentira.

Aquela foi a semana mais longa de todas. O que nem fazia sentido porque eu estava namorando de mentira havia uns dez minutos. E nem é como se eu fosse o Sr. Sabe O Que Está Fazendo Da Vida — mas é que, antes de Oliver aparecer, eu estava condenado a uma vida inteira de encontros do Grindr, seguidos de surtos quando era reconhecido e acabava parando nos jornais, e então eu decidia passar o resto das minhas noites semivestido debaixo de uma pilha de cobertores assistindo a séries policias na Netflix e me odiando. E agora... sei lá... as coisas mudaram?

Oliver ainda me mandava mensagens porque esse era o jeito dele. Embora a maioria fosse do tipo: Vou comer uma rosquinha. O caso está complicado. Não posso falar a respeito. Perdão pela falta de uma foto de pau. O que era fofo por, tipo, uns três segundos, mas depois só me deixava com mais saudades dele. O que estava rolando, afinal? Minha vida era mesmo tão vazia que Oliver poderia entrar, se acomodar e começar a ocupar espaço? Quer dizer, provavelmente sim. Mas, de alguma forma, mesmo em tão pouco tempo, eu não conseguia imaginar ninguém que não fosse ele fazendo aquilo. Afinal, quem mais poderia ser tão irritante? E carinhoso. E protetor. E secretamente meio engraçado. E... dane-se.

Às nove horas da noite da terça-feira, na metade de um episódio de *Bordertown* ao qual eu nem estava prestando atenção, cheguei à conclusão repentina de que todos os meus problemas se resolveriam se eu desse um trato no meu apartamento. Às nove horas e trinta e seis minutos da mesma terça-feira, cheguei à conclusão repentina de que aquela era a pior ideia de todos os tempos. Comecei tentando colocar as coisas em seu devido lugar, mas os lugares onde eu queria colocar as coisas já estavam cheios de outras coisas que não estavam em seu devido lugar, então precisei tirar as coisas dos respectivos lugares, mas não havia outros lugares para colocar as coisas, então tentei devolver as coisas para os lugares onde elas estavam no começo, mas não cabiam mais lá, o que significava que eu tinha mais coisas e nenhum lugar para guardar as coisas, e algumas coisas estavam limpas e outras não tão limpas, e as coisas não tão limpas estavam misturadas com as coisas limpas e tudo era horrível e eu queria morrer.

Tentei deitar no chão e chorar de forma patética, mas não tinha espaço. Então deitei na cama, que eu tinha certeza de que ainda guardava um pouquinho do cheiro de Oliver, e chorei de forma patética ali mesmo.

Boa, Luc. Você não parece nem um pouco fracassado.

Qual era o meu problema? Por que eu estava me forçando a passar por aquilo? Era tudo culpa de Oliver com aqueles olhos que diziam você-é--especial e toda aquela conversinha de você-é-lindo-Lucien, que conseguiam até me convencer um pouquinho de que eu tinha algum valor. Sendo que eu sabia perfeitamente que não valia nem uma maldita moeda velha.

Meu celular tocou e eu estava tão podre que atendi por acidente.

— É você, Luc? — resmungou o maldito do meu pai.

— Hm. — Me levantei num pulo, limpando o ranho e as lágrimas, tentando desesperadamente não soar como se eu estivesse desidratando de chorar. — Eu mesmo.

— Desculpa pelo Reggie. Ele tem que lidar com um monte de merda por causa de mim.

Não era o único, então.

— Tudo bem. Eu...

— Fico feliz que você tenha me ligado. Sei como isso é difícil para você.

Não brinca.

— Sim, mas acho que eu não deveria ter mandado você se foder e literalmente morrer.

— Você tem o direito de estar nervoso. Além do mais — ele soltou uma risada de "eu vivi e experimentei coisas e descobri o que me faz feliz" —, é o que sua mãe teria feito na sua idade. E o que eu teria feito também.

— Pare com isso agora. Você não tem o direito de procurar por pedaços de você em mim.

Um momento de silêncio. E, sinceramente, eu não sabia se queria que ele se esforçasse um pouco mais ou não. Que lutasse por mim.

— Se é assim que você quer — disse ele.

— É assim que eu quero. — Respirei fundo. — Tá. E agora?

— Como eu disse lá na casa da sua mãe, quero te conhecer. Como vai ser, se vai acontecer, isso tudo depende de você.

— Desculpa. Como eu nunca pensei em conhecer o pai que me abandonou quando eu tinha três anos, não tenho nada planejado.

— Bem, tenho uma sugestão. Vamos filmar na casa de campo daqui a umas duas semanas. Por que você não aparece por lá no domingo? Acredito que as gravações já terão terminado, e nós teremos tempo para conversar.

Eu lembrava vagamente que meu pai tinha uma casa-de-campo-barra-estúdio-barra-retiro-criativo absurda em algum lugar de Lancashire, perto de onde eu cresci.

— Beleza. Me manda os detalhes depois. E — acrescentei, bem agressivo — vou levar meu namorado. Tem problema?

— Problema algum. Se ele é importante para você, quero conhecê-lo.

Aquilo me deixou meio desnorteado. Eu não estava exatamente *torcendo* para que meu pai fosse homofóbico, mas já estava acostumado a acreditar em coisas ruim a respeito dele.

— Ah. Tudo bem, então.

— Que bom conversar com você, Luc. Te vejo em breve.

Desliguei na cara dele. Era a única forma de protesto que me restava, e decidi que era a hora de usar. Infelizmente, aquilo me deixou exausto, ainda mais depois de ter fracassado ao tentar dar algum sentido para a minha existência, então me cobri até a cabeça com o edredom e desmaiei de roupa e tudo.

Quando olhei o celular de novo, mil horas tinham se passado. Eu havia perdido meu alarme e doze mensagens de Oliver. As mensagens diziam:

Estou com saudades.

Desculpa. Forcei demais?

Sei que só se passaram alguns dias.

Talvez seja por isso que ninguém quer sair comigo.

Não que você esteja saindo de verdade comigo, aliás.

Espero que isso não tenha soado presunçoso.

Devo estar parecendo muito esquisito agora.

Acredito que você não esteja me respondendo porque ainda está
dormindo. Não porque me acha carente e meloso. Pode tirar
essa dúvida para mim?

Tudo bem. Você deve estar dormindo.

E quando acordar você vai ler tudo isso e eu vou morrer de vergonha.

Desculpa.

E o alarme dizia: "Você vai se atrasar para o trabalho, bunda-mole".
Mas, ainda assim, tirei um tempo para responder para Oliver.

**Eu também estava com saudades, mas aí recebi um milhão de men-
sagens suas e foi quase como se você estivesse do meu lado**
Aliás. Nenhuma foto de pau até agora?
**Aliás. Vamos encontrar meu pai no domingo sem ser este agora o
outro. Espero que não tenha problema**

De alguma forma, apesar de o meu apartamento parecer uma bomba
que estava prestes a explodir mas ficou deprimida demais e decidiu ficar
sentada no canto comendo batata frita e chorando, eu estava estranhamente de bom humor. Acho que gostava de ser acordado por Oliver.

Como sempre, chegar tarde no escritório não significava muita coisa,
além do peso na consciência, as pontadas de culpa e a oportunidade perdida de contar uma piada para Alex, o que era uma decepção e um alívio
ao mesmo tempo. Ao mergulhar no que eu tinha a audácia de chamar de
trabalho, fiquei... cautelosamente feliz em abrir o e-mail de um casal de
doadores que havia retirado seu apoio na Corrida dos Besouros.

Caro Luc,

Obrigada pelo e-mail. Adam acabou de saber que nosso retiro Johrei foi cancelado, então acho que poderemos participar da Corrida dos Besouros no fim das contas. Será um prazer aceitar seu convite para almoçarmos e colocarmos o papo em dia.

Namastê,

Tamara

Meu Deus. Eu nunca tive doadores favoritos ou menos favoritos porque, e eu tenho noção de que sou uma pessoa que passou a vida inteira vivendo à custa dos direitos autorais de um álbum composto pela minha mãe nos anos 80, pessoas ricas são babacas. A babaquice em específico de Adam e Tamara Clarke é que eles ficaram mais ricos do que qualquer ser humano tem o direito de ser enquanto se gabam constantemente sobre como são éticos pra caralho e sempre ressaltam que só tiveram capital para abrir uma empresa porque o cara foi um consultor de investimentos em 2008. Os dois eram donos de uma franquia de restaurantes veganos chamada Gaia. Porque é claro que eles escolheram o nome Gaia.

E, pensando melhor nesse almoço, eu teria que encontrar um lugar que coubesse no orçamento liberado por Barbara Clench, que não servisse produtos de origem animal, que não fosse fundado por eles, mas também que não parecesse uma tentativa descarada de apoiar a concorrência.

Soltei um suspiro de desespero.

— Ah, enfia logo essa berinjela no meu cu.

— Quer ajuda aí, Luc? — Rhys Jones Bowen, que estava a caminho da cafeteira ou da unidade de tratamento de queimaduras, botou a cabeça para dentro da sala. — Quer dizer, não com isso. Mas também não estou julgando.

— Era uma berinjela metafórica, Rhys.

— Não sei se isso melhora sua situação. Qual é o problema?

— É só coisa de doador — balancei a mão em desdém.

Ele entrou sem ser convidado e se jogou na cadeira vazia.

— Bem, conta para mim. Duas cabeças pensam melhor do que uma.

— Acho que não há muito que você possa fazer para me ajudar. A não ser que conheça um café-barra-restaurante barato mas não ofensivamente barato, de preferência alternativo e descolado mas não ameaçadoramente alternativo e descolado, e cem por cento vegano onde eu possa levar Adam e Tamara Clarke.

— Ah, isso é fácil. Leve eles no restaurante da Bronwyn.

Fiquei boquiaberto por um momento.

— Quem é Bronwyn?

— Uma amiga minha de infância. Ela é vegana e está inaugurando a loja.

— Entendi — eu disse, ainda hesitante. — Me parece promissor. Só para confirmar, essa inauguração vai acontecer em Aberystwyth?

— Luc, acho meio ofensivo como você presume que eu só conheço coisas no País de Gales. A inauguração é em Islington. Embora minha amiga seja, sim, de Aberystwyth.

— E ela é mesmo vegana? Não é tipo uma vulcanologista ou uma veterinária, certo?

— Estou um pouco magoado com sua falta de confiança, Luc. — Ele parecia, de fato, um pouco magoado. — Nós temos veganos no País de Gales. E não estou falando apenas das ovelhas.

— Desculpa.

— A última parte foi uma piada. Eu posso fazer porque *sou* de Gales. Então você tem permissão para rir.

O momento, com a rapidez que chegou, já havia passado. Mas Rhys estava me fazendo um favor — talvez — então forcei uma risada e torci para que parecesse moderadamente verídica.

— Mas, sério — ele continuou, na defensiva. — Ela com certeza é vegana. Sei disso porque antes era vegetariana, mas me explicou que não conseguia defender de forma ética o fato de ser vegetariana e não vegana por causa da interdependência complexa entre a exploração animal e a agricultura industrializada. Por exemplo, Luc, você sabia que existem dois tipos de galinha, umas para pôr ovos e outras para comer, e como nós precisamos somente das fêmeas por causa dos ovos, os pintinhos machos são jogados em um liquidificador gigante e transformados em comida de gato?

— Hm. Eu não sabia disso. Obrigado por arruinar os ovos para mim.

— Sim, mas eles ficam deliciosos com torrada, não é?

Como na maioria das minhas conversas com Rhys Jones Bowen, eu não sabia como o assunto havia chegado naquele ponto.

— Enfim, voltando para a parte em que você me salvava do meu dilema vegano. Essa tal de Bronwyn que costumava ser vegetariana em Aberystwyth e agora é uma vegana em Islington, ela é... como posso dizer? Boa de verdade?

Ele coçou a barba inexistente.

— Ela venceu o prêmio Comer & Beber no Sul de Gales alguns anos atrás. Embora tenha se casado com uma inglesa, então o bom gosto dela é bem questionável.

— Espera aí. Bronwyn é lésbica?

— Se ela não fosse, seria um pouco estranho ter se casado com outra mulher.

— Não, eu só achei que todos os seus amigos seriam mais...

— Isso é bem homofóbico de sua parte, Luc, se me permite dizer. — Rhys se levantou e caminhou até o corredor, parando na porta para me lançar um olhar severo. — Você não é o único gay da parada, sabia?

Ai, essa doeu.

Naquela noite, enquanto eu empurrava a bagunça do meu apartamento de um lado para o outro como um Sísifo meia-boca, recebi uma mensagem e um arquivo de Oliver. Fiquei empolgado por um instante até me pegar encarando uma foto do Paul McCartney mais novo, gentil e de olhos brilhantes.

Q porra é essa?, respondi.

Uma foto do pau.

Não tem graça, eu disse, rindo. **E eu nem estou com saudades de você agora**

Alguns minutos depois: Fico feliz de saber que você entrou em contato com o seu pai.

Eu não

Dá pra ver que você está lidando muito bem com isso.

Estou inseguro. Me diz que estou sendo maduro

Eu acho, e de certa forma eu conseguia ouvir a voz dele como uma narração, que pessoas maduras de verdade não cobram elogios por serem maduras.

Um passo de cada vez, respondi. **Mas me elogia mesmo assim**

Você está sendo muito maduro e eu estou muito impressionado.

Essa foi sua voz sarcástica? Eu li com a sua voz sarcástica

Uma pausa.

Estou orgulhoso de você de verdade. Só achei que seria condescendente da minha parte te dizer isso.

Você já deve ter percebido que eu não tenho nenhuma dignidade

Uma pausa.

Não acho que isso seja verdade. Acho que você só esqueceu onde deixou.

Bem você viu o estado do meu apartamento

Geralmente, eu encerraria a conversa por ali, com ele dizendo algo meio legal para mim e eu não sabendo lidar com isso. Mas, naquele momento, por algum motivo, eu ainda não estava pronto para deixá-lo ir embora.

Sei que você não pode falar a respeito e blá-blá-blá. Mas você está bem? O trabalho vai bem? Está tudo bem?

Uau. Olha eu fingindo estar de boa na porra da lagoa.

Oliver ficou em silêncio por mais tempo do que o normal.

Ai, merda, passei dos limites. Ou ele caiu no sono.

Sim, ele finalmente respondeu. Só não estou acostumado com

A frase ficou pela metade por um bom tempo. Então:

Desculpa. Apertei o botão de enviar antes da hora.

Certo, eu não ia deixá-lo se safar dessa.

Eu gostaria de ler a segunda parte, por favor

Eu não queria ter mandado a primeira.

Bem. Você mandou. E em termos de cinco palavras, só NÃO ESTOU ACOSTUMADO COM é quase tão ruim quanto ACHO QUE PRECISAMOS CONVERSAR SOBRE

Desculpa. Desculpa.

OLIVER!!!

Só não estou acostumado com ter alguém na minha vida que seja tão importante quanto o meu trabalho.

Digitei **Você está levando essa coisa de namorado de mentira muito a sério, não?**, mas não tive coragem de enviar. Em vez disso, tentei: **E os outros bilhões de relacionamentos que você teve?**

Eram diferentes. E, enquanto meu dedo ainda flutuava sobre a tela: Aliás, queria almoçar com você amanhã.

E, novamente, antes que eu pudesse responder: Se você puder, é claro.

Só acho que o propósito deste nosso exercício sempre foi gerar publicidade positiva para você.

O que não será possível se não formos vistos juntos em público.

Então podemos almoçar.

Conforme sugeri.

Na mensagem acima.

Ele entrou em pânico.

E, como um especialista em entrar em pânico, eu sabia muito bem como ler os sinais. Eu poderia ter reagido de várias formas. Poderia ter provocado ou pressionado ou zoado a mensagem. Mas nenhuma das opções parecia certa naquele momento. Então eu... eu apenas reagi normalmente.

Me parece uma ótima ideia, enviei, **mas e o seu trabalho?**

Seria melhor se você me trouxesse alguma coisa. Um sanduíche ou qualquer coisa assim. A gente pode comer sentados em um banco.

Se você for bonzinho eu levo até um pacote de salgadinhos para acompanhar

Não será necessário, obrigado. Uma pausa. Você está me provocando, não está?

Amanhã você vai descobrir

Me encontre na estátua de Gladstone à uma da tarde. Vamos a algum lugar legal e fotografável.

Meu Deus, Oliver era tão... carinhoso. E, no equivalente digital do silêncio que acompanhou a última mensagem dele, eu me sentei no sofá com o queixo apoiado nos joelhos enquanto meu cérebro ruminava sem parar. Era aquele momento estranho em que eu não sabia muito bem no que estava pensando, mas os pensamentos meio que apareciam. De todo modo, no fim das contas, veio uma calmaria, como chuva fininha em um dia quente.

Porra, eu tinha um almoço marcado. Com um advogado. Um almoço marcado de mentira, claro. Mas com um advogado de verdade.

E de repente meu emprego não parecia mais tão ruim.

E meu apartamento não parecia mais tão bagunçado.

E eu não me sentia mais tão vazio.

Pegando o celular novamente, abri o grupo de WhatsApp, que no momento se chamava *Ace todo grupo fosse assim*, e enviei um breve grito de desespero: **Falhando miseravelmente nesse lance de ser adulto. Meu apartamento está inabitável. O namorado de mentira ficou horrorizado. SOCORR!**

Priya foi a primeira a responder: Luc, você só manda mensagem quando precisa de ajuda?

Seguida por Bridget. EU AJUDO. SÓ ME DIZ QUANDO E ONDE. COMO VAI O NAMO-RADO DE MENTIRA???

Minha nossa. Isso que dá não contar tudo para os meus amigos. Talvez eu pudesse pedir que eles ficassem super-extra-especialmente quietos sobre aquilo. Mas no que eu estava pensando? Três só conseguem guardar um segredo se dois se esforçarem muito, muito mesmo.

Meu apartamento, digitei. **Neste fim de semana. Eu pago com pizza. Porém, sinceramente, acho que isso só pode piorar as coisas**

NÃO PEÇA PIZZA! De alguma forma, James Royce-Royce conseguia pare-cer extravagante até por mensagem. As grandes franquias são todas coman-dadas por nazistas. Além do mais a pizza é horrível. Vou preparar um piquenique para levar.

FESTA DA FAXINA!!!!!!! Bridge, óbvio. Acho que a tecla caps lock dela está travada desde 2002. ESTOU TÃO EMPOLGADA!!!!! COMO VAI O NAMORADO DE MEN-TIRA?????

Então, Priya: Você só me quer por causa da minha caminhonete, né?

Aposto que você diz isso para todas as garotas, não consegui me segurar.

COMO VAI O NAMORADO DE MENTIRA?????

Eu digo para as garotas: a caminhonete é minha escultura. Bora transar?

LUC EU VOU CONTINUAR PERGUNTANDO COMO ESTÃO AS COISAS ENTRE VOCÊ E O OLIVER ATÉ VOCÊ RESPONDR OU MEUS DEDOS CAÍREM

Fiquei com pena dela. Ou talvez do resto do grupo.

Está tudo maravilhoso. Vamos nos casar. Por que você acha que eu preciso limpar meu apartamento?

VOCÊ ESTÁ SENDO SARCÁSTICO ISSO SIGNIFICA QUE NO FUNDO VOCÊ GOSTA DELE!!!
TE VEJO NO FDS EMPOLGADA!!!

Dali a conversa tomou outros rumos e eu continuei interagindo por tempo o bastante para provar que, ao contrário do que Priya achava, eu não falava com meus amigos apenas quando precisava deles. E depois continuei no grupo um pouco mais para provar que eu não estava ali apenas para provar que não falava com meus amigos só quando precisava deles. E depois só mais um pouco, porque me dei conta de que Priya tinha razão desde o começo e eu era uma pessoa ruim. E, além do mais, a conversa foi divertida. Eu não tinha percebido como havia me afastado do pessoal, porque eles sempre davam um jeito de voltar para mim. Mas me afastei, coisa que não deveria ter feito.

Minhas fotos almoçando com Oliver no banco perto da estátua de Gladstone não chegaram a virar manchete principal — *Dois homens comem sanduíches* nunca teria o mesmo impacto que *Subcelebridade vomita em outra subcelebridade* — mas as imagens estavam soltas por aí, exibindo toda a minha habilidade de arrumar um namorado legal, uma glória nada ameaçadora. Almoçamos juntos novamente na sexta-feira, sem muita expectativa de sermos vistos, mas sentimos que seria melhor continuar mantendo as aparências. Além disso, eu, tipo, meio que gostava de, sei lá, sabe, ver Oliver. E tal. E, a bem da verdade, eu sabia que não ia durar muito porque, logo depois das bodas dos pais dele, nós iríamos cada um para um lado sem a necessidade de conversar de novo, mas talvez aquilo fosse... bom? No fim das contas, a pressão era muito menor quando tudo não passava de fingimento. E, por enquanto, eu não precisava pensar muito em como seria quando isso acabasse.

Sábado chegou e, apesar das afirmações em caixa-alta de Bridge sobre como ela mal podia esperar para limpar meu apartamento, não fiquei totalmente surpreso quando ela me ligou às nove da manhã.

— Luc — lamentou ela. — Sinto muito. Eu super queria participar da festa da faxina. Mas você não vai acreditar no que aconteceu.

— Me conte o que aconteceu.

— Não posso falar muito, mas você conhece A Espada Élfica de Luminera? Aquela série de fantasia do Robert Kennington com uns vinte e poucos livros, que é publicada desde o fim dos anos 70.

— Ele não morreu?

— Sim, em 2009, mas deixou umas anotações para o Richard Kavanagh, que, por sua vez, iria escrever os três últimos livros da série. Mas aí o primeiro teve que ser dividido em três para a publicação, e os outros dois foram transformados em uma quadrilogia e uma tetralogia...

— Mas essas duas coisas não significam séries de quatro?

— Existe uma diferença técnica, mas eu não tenho tempo para explicar agora. Enfim, a questão é que tudo estava indo muito bem, e a Netflix tinha interesse nos direitos dos livros três, sete e nove, e nós estávamos tentando empurrar para eles o um, dois e seis, e eu acho que eles estavam quase dispostos a comprar. Mas agora Kavanagh também morreu. E Raymond Carlisle e Roger Clayborn estão dizendo que os dois foram escolhidos para concluir a série, mas se recusam a trabalhar juntos.

— Sim — comentei. — Isso me parece.... complicado.

— Pois é. E eu provavelmente vou passar o dia inteiro em reunião. E, se eu não conseguir convencer os dois a trabalhar em equipe, com certeza vou ser demitida.

Revirei os olhos, só porque ela não estava me vendo.

— Você não vai ser demitida, Bridge. Você nunca é demitida. Eles continuam jogando essas bombas no seu colo porque, na verdade, você é muito boa no que faz.

Um longo silêncio.

— Você está bem?

— Sim. Por quê?

— Não consigo lembrar a última vez que você disse algo bom sobre, hm, qualquer coisa.

Pensei naquilo por um pouco mais de tempo do que me sentia confortável em pensar naquilo.

— Quando você cortou o cabelo. Aquele corte da franjinha fofa. Eu te disse que ficou muito bom.

— Isso foi há três anos.

Suspirei.

— Não foi, não.

— Luc, eu lembro quando franjas estavam na moda.

— Meu Deus. — Me joguei no braço do sofá. — Desculpa.

— Tudo bem. Vou guardar essas histórias para quando eu for sua madrinha de casamento.

— Você vai guardar por muito tempo, então.

— Vai ser um discurso superlongo. Mas agora preciso ir. Mas, antes, só me conta o quanto você está a fim do Oliver.

— Não tem nada rolando com o Oliver — insisti.

Ela soltou um chiado de empolgação.

— Ah, mas você não está mais reclamando que ele é pomposo e sem graça. Isso significa que tudo está indo de acordo com o plano. Preciso correr. *Ciao*, querido.

Ela desligou antes que eu pudesse dar *ciao* de volta.

Vinte minutos depois, os James Royce-Royce apareceram, James Royce-Royce trazendo mesmo uma cesta de piquenique.

— Nossa, Luc! — Ele olhou em volta, desanimado. — Eu não tinha noção de que estava tão ruim assim. Não sei se me sinto seguro comendo aqui.

— As pessoas comem em *pastos* — argumentei. — Tipo, onde as vacas fazem cocô. Nenhuma vaca fez cocô no meu apartamento.

— Meu docinho, você já ouviu falar do conceito de "nivelar por baixo"?

— Você veio aqui me ajudar ou me humilhar?

Ele deu de ombros.

— Acho que dá para fazer um pouco dos dois.

Um estrondo do lado de fora anunciou a chegada de Priya, a namorada e a caminhonete. Quer dizer, o estrondo vinha do carro. A namorada dela era assustadora de outras formas, tipo sendo uma adulta responsável e tal. Quando nós cinco já estávamos amontoados na sala de estar, cercados pelos detritos dos últimos cinco anos, eu me senti absurdamente mal.

— Socorro. — Gesticulei em desamparo. — Essa é a minha vida. E eu queria não ter convidado vocês para verem de perto.

— Você sabe — comentou Priya —, eu geralmente diria algo cruel. Mas você já está tão patético agora que não seria nem divertido.

A namorada dela, que se chamava Theresa, mas eu não conseguia imaginá-la de outra forma que não fosse Professora Lang, deu uma cotovelada em Priya.

— Isso é cruel do mesmo jeito, amor.

— Você gosta quando eu sou cruel.

James Royce-Royce dispensou as duas gentilmente.

— Eu até diria para vocês procurarem um quarto, mas como dá para ver, não tem nenhum aqui.

— Não está tão ruim assim. — Professora Lang pegou uma almofada do chão e a soltou de imediato. — Já vivi em lugares muito piores na minha época de estudante.

— Luc tem vinte e oito anos. — Uau, eu sempre podia contar com Priya para dar aquela levantada no meu ânimo quando eu estava me sentindo péssimo.

— Bem — Para minha surpresa, Professora Lang me lançou um sorriso malicioso. — Levando em conta que aos vinte e oito eu estava mentindo para o meu marido, negando minha sexualidade e fingindo que o trabalho ia resolver todos os meus problemas, acho que não posso julgar ninguém.

Encarei as duas.

— Não tenho ideia de como Priya conseguiu conquistar alguém tão menos cuzona do que ela.

— Sou uma artista torturada — rebateu Priya. — E sou boa pra caralho na cama. Agora como vamos encarar essa pilha de lixo que você chama de casa?

Na sequência, um silêncio longo e humilhante.

Então James Royce-Royce se pronunciou do nada:

— Vamos começar pelas coisas que precisam ser jogadas fora. O que for reciclável a gente joga ali. — Ele apontou para um canto relativamente vazio. — Doações ali. — Apontou para outro canto. — Descartáveis e itens eletrônicos na mesa. Depois Priya, Luc e Theresa descem com o lixo, enquanto eu e James partimos para a louça. Quando vocês voltarem, já teremos espaço o bastante para cuidar das roupas. Limpas — Ele voltou a apontar. — E as sujas a gente separa em brancas e coloridas. Então a gente se reúne para começar a arrumar as superfícies.

Todos precisamos de um momento para lembrar que James Royce--Royce era assustadoramente bom em algumas coisas.

— Viu só? — disse James Royce-Royce, dando um beijo extravagante na bochecha do marido. — Ele não é fabuloso?

Começamos a trabalhar e, puta merda, quanto trabalho! Ter um sistema de organização ajudou bastante, mas no fim das contas eu acumulei muita coisa ao longo dos anos, de forma metafórica e literal, e catar todas para pensar na melhor forma de me livrar delas era surpreendentemente desgastante. Para piorar, Priya ficava confirmando com sarcasmo se eu queria me livrar de coisas que estavam na cara que não tinham nenhum valor sentimental, tipo uma embalagem de salgadinho que estava lá desde o Natal passado ou uma meia sem par com um furo no dedão. Então empilhamos todo aquele lixo vergonhoso na caminhonete e dirigimos até a lixeira.

Quase mandei para Oliver uma foto da pilha organizada de recicláveis só para mostrar como eu estava sendo sensato e maduro, mas lembrei que eu queria surpreendê-lo sendo sensato e maduro. Ele já tinha deixado claro até demais que sexo estava fora de questão, mas, se eu conseguisse dar um jeito em uma parte da minha vida, talvez ele pudesse gostar de mim o bastante para me beijar.

Não é como se eu tivesse qualquer direito de esperar aquilo ou pedir aquilo ou imaginar como seria. Porém, depois que a ideia se formou na minha cabeça, não era como se eu quisesse esquecê-la assim de repente. O que era um alerta vermelho gigantesco. Passei a vida inteira me acostumando a não querer coisas que não poderia ter e, sim, aquilo havia me deixado sozinho e amargo em um apartamento bagunçado, mas eu ainda tinha medo de a alternativa ser ainda pior.

Quando voltamos da lixeira, a lava-louças estava realizando o que poderia ser o primeiro de aproximadamente vinte e sete mil ciclos de lavagem, e James Royce-Royce tinha aberto uma toalha de piquenique xadrez vermelha e branca no chão quase visível da sala de estar. Havia um monte de quitutes, e até mesmo pratos limpos para comermos. Já fazia um bom tempo que eu não via aquilo.

Nos jogamos no chão e ficamos ali mais ou menos pacientes esperando que James Royce-Royce apresentasse a comida. Eu nunca entendi se aquilo era uma coisa de chef ou uma coisa de James, mas ele quase surtava quando alguém tentava comer algo preparado por ele sem antes ouvir do que se tratava.

— Então. Aqui temos uma tradicional torta de porco com massa crocante. Sinto muito, Priya não vai poder comer, mas isso é um piquenique. E não dá para fazer um piquenique sem torta de porco.

Priya o encarou.

— Sim. Você tem toda a razão. Tenho muitas lembranças mágicas de infância, quando eu ia para o parque com a minha família no verão e minha mãe fazia roti, chamuça, raita e uma torta que nenhum de nós podia comer. Então voltávamos para casa e entregávamos a torta para a família judia que morava ao lado para que eles levassem no próximo piquenique *deles*.

— Desculpa, meu bem. Isso foi culturalmente insensível da minha parte. Mas eu fiz uma quiche deliciosa para você.

— Aah! — Ela se animou. — É aquela de brócolis e queijo de cabra?

— Com cebola caramelizada, creme e queijo Stilton.

— Tudo bem, eu te perdoo. Vocês podem ficar com a torta, infiéis.

— Também temos — continuou James Royce-Royce, com o típico ar cerimonialista — uma salada Waldorf de couve com coalhada, uma seleção de molhos artesanais, incluindo o húmus que você tanto gostou da última vez, Theresa, alguns dos meus pães caseiros, é claro, e vários queijos locais. E, para terminar, cremes de framboesa individuais em frascos de vidro. Não se preocupe, Luc, eu trouxe minhas próprias colheres.

Priya puxou uma caixa térmica que estava atrás do sofá.

— Bem, eu trouxe cerveja. — Ela fez uma pose meio James Royce--Royceística. — Uma bebida suntuosa com base de lúpulo servida em garrafas.

— Muito engraçadinho, Priya. — Ele a encarou com desdém por cima da armação dos óculos. — E, como já perdi meus modos culturais, sempre me perguntei por que você encara álcool numa boa, mas não tolera porco.

— Você quer a resposta completa ou um resumo?

— Qual é o resumo?

— Vai se foder, James. — Ela sorriu.

— E a resposta completa? — perguntou ele ironicamente.

— Porque, caso você não tenha percebido, não sou uma muçulmana exemplar. Eu transo com mulheres, bebo álcool e não acredito em Deus. Mas cresci sem comer porco, então ainda acho meio esquisito comer um animal que rola na própria merda o dia inteiro.

— Na verdade, porcos são animais muito limpos.

— Sim. — Ela deu de ombros. — Mas não vou comer mesmo assim.

Houve um breve momento de calma enquanto todos nós tentávamos assimilar aquele piquenique exagerado, típico de James Royce-Royce.

Em determinado momento, Theresa — que claramente era muito mais educada do que a gente — disse:

— Priya me contou que você está de namorado novo, Luc. Ele vem hoje?

— Ele está enrolado no trabalho. — Abocanhei um pedaço do pão caseiro de James Royce-Royce com uma leve timidez. — É advogado.

— De qual especialidade?

Socorro. Eu não estava preparado para o questionário.

— Hm... coisas criminais? Ele defende os outros e tal.

— Isso é muito admirável. Tive um amigo da faculdade que trabalhou com Direito penal, mas passou a fazer consultorias recentemente. Creio que deve ser uma área bem desgastante e não tão lucrativa.

— Bem, Oliver é apaixonado pelo trabalho. Não o imagino querendo fazer outra coisa, na verdade.

Ela pareceu pensativa por um instante.

— Então ele tem sorte. Embora, por experiência própria, não existe nada que possa garantir a felicidade de alguém.

— Esse é seu jeito de me dizer que quer fazer um ménage? — perguntou Priya.

Theresa abriu um sorriso irônico.

— Com certeza. Na frente de todos os seus amigos durante um piquenique em um apartamento que ainda parece um pouco a Queda de Constantinopla é exatamente como eu escolheria ter essa conversa.

— Isso não me parece uma coisa boa — Peguei mais uma fatia da torta herege. — Mas não sei exatamente como foi o clima da Queda de Constantinopla.

Theresa pareceu pensativa novamente. Acho que "pensativa" era meio que o padrão de pessoas acadêmicas.

— Para ser justa, depende de qual queda se está falando, mas eu estava pensando na de 1204.

— Ah, que bom. Até porque, se fosse em qualquer uma das outras, eu ficaria profundamente ofendido.

Dali, o falatório se tornou uma mistura de descrições sofisticadas do ataque a Constantinopla durante a Quarta Cruzada (da parte de Theresa) e algumas especulações infantis sobre a presença das minhas cuecas no acontecimento histórico (da parte de todo o resto). Eu até poderia tentar mudar o rumo da conversa para qualquer outro assunto, só que, conhecendo meus amigos, qualquer outro assunto teria sido tão ruim quanto. Então, enquanto eles tentavam decidir quais das minhas roupas sujas seriam mais úteis contra um exército de cruzada, me peguei espiando o celular sorrateiramente. Descobri que, enquanto eu carregava sacos de tralha do apartamento para a caminhonete, e da caminhonete para a lixeira, Oliver havia mandado uma mensagem.

Uma foto do Paul Rudd.

Belo pau, respondi.

— Ai meu Deus, Luc — gritou James Royce-Royce. — O que aconteceu com a sua boca?

Levantei a cabeça no susto.

— Se tem húmus no meu rosto é só dizer.

— É muito pior. Você estava *sorrindo*.

— E-eu estava?

— Para o *celular*.

Levando em conta o calor desconfortável e o jeito como todo mundo estava me olhando, eu tinha certeza de que estava ficando vermelho.

— Eu vi uma coisa engraçada na internet.

— Uau. — Priya adotou a expressão especialmente sarcástica que ela só usava quando eu bancava o sonso. — Mentira nota dez. Cheia de detalhes. Convenceu todo mundo.

— Era um gato. Assustado com uma... coisa.

— Pepinos. São sempre pepinos. E esse não foi um sorriso de meme de gato. Foi um sorriso de "recebi uma mensagem de alguém que eu gosto".

Joguei as mãos para o alto.

— Tudo bem. Oliver me mandou uma foto do pau. Felizes agora?

Um longo silêncio.

— Bem. — James Royce-Royce soltou um longo suspiro. — Eu sei apreciar um bom pênis como qualquer um, mas geralmente não fico todo hipnotizado por causa disso.

Envergonhado, virei meu celular para eles e mostrei a foto antiga do Paul Rudd, de terno e gravata.

— É... meio que... uma piada interna nossa.

De repente, com exceção de Theresa — que parecia muito confusa — todos pegaram o celular. E o meu acendeu com as notificações do grupo de WhatsApp, que agora se chamava Luc Nervosinho.

Bridget temos uma coisa muito importante para contar

Luc e Oliver estão apaixonadinhos

Não estamos não!

Ele mandou uma foto do pau e Luc ficou todo sorrindinho

Q??? ISSO NOA FAZ SENTIDO OLIVER NUNCA FARIA ISSO!!!1

Era uma foto do Paul Rudd

O que significa que eles têm piadas internas. Vão se casar em agosto.

EBAAAA

Ninguém vai casar com ninguém. É só uma brincadeira amigável sobre homens chamados Paul. Não significa NADA

AINDA ESTOU MUITO CONFUSA COM ESSA COISA DO PAUL RUDD

É um trocadilho. Paul. Pau. Bem no nível do Luc.

PLMDDS QUE FOFOOOO LUC MANDA UMA FOTO DO PAU PRA ELE AGORA

Eu não vou mandar uma foto do meu pênis ou uma foto de um homem chamado Paul para o meu namorado só porque meus amigos estão me obrigando

AI MEU DEUS VOCÊ CHAMOU ELE DE NAMORADO!!!

AFF TENHO QUE IR

UM DOS MEUS AUTORES ESTÁ SEND O PROCESSADO PELO ESTADO DE WYOMING

E minha namorada está aqui sendo ignorada por todo mundo mas ela é educada demais para reclamar

Eu estava acostumado com meus amigos implicando comigo por causa de tudo — era assim que nosso relacionamento funcionava —, mas naquela tarde eles conseguiram munição digna de um bunker de sobrevivência. Aparentemente, o fato de eu me importar com outra pessoa era tão inédito que acabou rendendo uma série infinita de piadas, brincadeiras e outras zoeiras. E, por algum motivo, eu baixei a guarda, apenas tremendo e corando, quando sabia que antigamente tudo aquilo teria passado direto pela minha armadura de apatia.

Demorei para me acostumar porque passei muito tempo fingindo ser impenetrável. Mas eles estavam tão felizes por mim, com o objetivo de me fazer admitir que eu também estava feliz por mim mesmo, que era impossível fingir estar irritado. O que significava que eles podiam rir da minha cara, e eu tinha que aguentar... e não foi tão ruim assim.

Acordo na manhã seguinte em um apartamento limpo, o que é esquisito pra caralho. Era quase como se eu tivesse me mudado — eu não reconhecia nada, nem sabia onde estavam as coisas, e havia um sentimento de vazio que eu não sentia desde que Miles tinha se mudado. Embora também houvesse uma sensação de possibilidades que era completamente nova.

Eu me sentia tão renovado e empolgado que saí da cama sem o clássico só-mais-cinco-minutinhos-ops-já-é-meio-dia. Até considerei vestir roupas de verdade, mas não quis me sobrecarregar com muita maturidade de uma vez só, então dei de ombros e vesti meu roupão. No entanto, uma coisa que eu de fato fiz foi arrumar a cama. Não tão bem quanto Oliver, mas bem o bastante para que ele não esfregasse as têmporas em desespero quando visse.

Eu estava na cozinha fazendo café com muito, muito cuidado para não entornar nada no balcão recém-lustrado quando meu celular tocou.

— Alô, Luc, *mon caneton* — disse minha mãe.

— Oi, mãe. Tudo bem?

— Só queria dizer que estou muito orgulhosa por você ter se esforçado para conversar com seu pai.

— Eu... — Suspirei. — Acho que foi a coisa certa a fazer.

— Claro que foi a coisa certa a fazer. Ele está com o câncer. Mas eu teria te apoiado se você decidisse fazer a coisa errada também.

— Me apoiado. Mas não ficaria orgulhosa.

— Ah, não, eu também ficaria orgulhosa. Confesso que parte de mim queria ter a coragem de mandar seu pai se foder.

— Você escreveu um álbum inteiro mandando ele se foder.

— Sim, mas na época ele não tinha o câncer.

— Bem. — Apoiando o celular no ombro, tentei segurar a cafeteira francesa com força enquanto apertava o êmbolo, mas devo ter enchido demais porque o café transbordou. — Nós não sabemos como isso vai terminar. Pode ser que eu acabe mandando ele se foder de novo.

— Verdade. Mas ainda tenho mais um puxão de orelha para te dar, *mon cher*.

Cobri o balcão desesperadamente com o que sobrou do papel-toalha que James Royce-Royce tinha trazido.

— Por quê? O que eu fiz?

— Você não me contou que estava namorando. E, pior, você contou para o seu pai. Quando nós dois sabemos que seu pai é um completo pinto de ostra.

— Um completo o quê?

— O sentido se perde um pouco na tradução. E a questão não é essa. A questão é que eu estou muito chateada por você estar escondendo segredos de mim.

— Não estou... — Na minha pressa para limpar o pequeno respingo de café, acabei derrubando a cafeteira toda. *Merda*.

— Você tinha uma informação importante sobre ter um namorado, e não me contou que tem um namorado. Como isso não é um segredo?

— Eu te contei que tinha um encontro.

— Luc, não é a mesma coisa.

Certo, eu tinha duas situações para resolver. Minha mãe achava que eu estava mentindo para ela, e eu já tinha conseguido destruir a cozinha. Abandonei o café por um momento e fui para a sala, onde me deitei no sofá para não correr o risco de destruir mais nada.

— Olha, desculpa por não ter te contado. É um pouco complicado, na verdade.

— *Mon dieu*, se ele for casado, se ele estiver no armário, se você for secretamente hétero e estiver saindo com uma mulher... você sabe. Eu te amaria do mesmo jeito, mesmo se você fosse hétero.

— Não. Não é nada disso.

— Espera, acho que já sei. Você na verdade não está namorando ninguém, só convenceu um pobre homem a fingir ser seu namorado porque está cansado de todo mundo pensando que você é solitário e patético.

— Hm. — O problema da minha mãe é que ela me conhecia bem até demais. — Na verdade, sim. É isso. Tirando a parte de acharem que sou solitário e patético. A questão é que eu tenho um evento importante no trabalho e preciso levar um acompanhante.

Ouvi uma bufada do outro lado da linha.

— O que você está aprontando, *mon caneton*? Isso não é um comportamento normal, nem mesmo para filhos de roqueiros alienados dos anos 80.

— Eu sei, eu sei. Mas de alguma forma esse acabou sendo o relacionamento mais saudável que eu já tive. Por favor, não fique agourando.

— Ah não, é tudo culpa minha. Não fui um exemplo positivo de escolhas românticas na sua infância, e agora você está namorando um homem de mentira.

— Ele não é um homem de mentira. — Me sentei com tanta rapidez que acabei jogando metade do encosto para fora do sofá. — Ele é um homem de verdade.

— Ele é um gay, pelo menos? Porque provavelmente você vai se apaixonar por ele, e aí vai descobrir que ele está noivo de um duque, e você vai tentar roubá-lo do duque, e o duque vai tentar te matar, mas ele vai pegar tuberculose e tentar te fazer acreditar que o outro não te ama quando na verdade ama, sim, e...

— Mãe, isso é *Moulin Rouge*?

— Pode acontecer. Não estou dizendo que você vai acabar cantando por aí. Mas tenho medo de o gay de mentira partir seu coração.

Apoiei a cabeça na mão.

— Você pode parar de usar "gay" como substantivo?

— Primeiro não posso usar como pejorativo. Agora não posso usar como substantivo. É tudo muito difícil para mim.

— Olha. Mãe. — Hora de usar meu melhor tom calmo e racional. — Sinto muito por não ter te explicado isso antes. Oliver é uma pessoa de verdade, não é a Nicole Kidman, e nós temos um combinado. Vamos fingir um namoro por alguns meses, só para facilitar a nossa vida.

Um longo silêncio.

— Só fico preocupada se alguém vai te magoar de novo.

— Sim, eu sei. Eu também fiquei assim por muito tempo, e acho que isso acabava me magoando mais ainda.

Mais um longo silêncio. Seguido de:

— Então eu quero conhecer ele.

— Qual parte do "namorado de mentira" você não entendeu?

— Eu entendi tudo. Especialmente a parte em que você disse que esse é o relacionamento mais saudável que já teve.

Olha só o meu tiro saindo pela culatra.

— Ainda assim, não é de verdade.

— Eu pago minhas contas com músicas escritas por uma garota que eu mal lembro ter sido um dia. Realidade não é algo que me interessa muito.

Depois de vinte e oito anos, cheguei em um ponto em que eu só discuto com a minha mãe para descobrir como vou perder.

— Tudo bem. Vou falar com ele. Mas ele está trabalhando agora.

— Ele mora no Canadá?

— Não. Ele mora aqui em Londres mesmo.

Ela fez um barulho gaulês.

— Você deveria vir me visitar de qualquer forma. Eu e Judy vamos começar uma temporada nova do *Drag Race*, e queríamos que você contasse todos os babados bafônicos sobre as queens.

— Eu... — Observei o apartamento ao meu redor ficando lentamente menos impecável. Se eu continuasse naquele ritmo, o lugar estaria uma zona de novo quando Oliver estivesse aqui. — Vou te ver hoje à noite.

— Iupiii!

— Mãe, ninguém diz "iupi".

— Tem certeza? Li em um livro de frases em 1974. Enfim, eu e Judy te esperamos hoje à noite. Vou fazer meu curry especial.

— Não faça seu curry especial.

Tarde demais. Ela já havia desligado.

Passei o resto do dia demorando o dobro de tempo para fazer tudo — já que agora fazer qualquer coisa na minha casa me obrigava a arrumar tudo depois, senão iria arruinar o trabalho e o empenho dos meus amigos. E tudo isso antes mesmo de conseguir usar a limpeza para ganhar pontos com Oliver. Eu estava pronto para sair de casa e ir até a estação quando meu celular tocou *de novo*.

— Desculpa pela ligação inesperada — disse Oliver.

Fiquei feliz por estar sozinho, assim eu podia sorrir feito um idiota sem ser criticado.

— Por quê? Você geralmente programa suas ligações com antecedência? Você liga antes? Tipo *Oi, aqui é o Oliver, estou ligando só para avisar que vou te ligar.*

Uma pequena pausa.

— Eu não imaginei como isso poderia soar bobo. Só que eu avisei que estaria trabalhando neste fim de semana, então você pode estar ocupado, e eu quis respeitar seu momento.

— *Eu Quis Respeitar Seu Momento* é muito o título do seu vídeo pornô.

— Bem — murmurou ele. — Eu poderia imaginar títulos piores.

— Pode? Pode mesmo? Porque eu não consigo mesmo.

— *O Coral Da Escola St. Winifred Apresenta: Não Há Ninguém Como A Vovó?*

Meu queixo caiu.

— Você é um homem doentio.

— Perdão. Só estava tentando comprovar meu argumento.

— Eu poderia dizer que você arruinou corais de escola para mim, mas eles meio que já estavam arruinados de antemão só por existirem.

— Lucien — ele de repente ficou muito sério, e eu, apesar da lição que deveria ter aprendido com aquela mensagem de "más notícias", fiquei com o estômago levemente embrulhado. — Te liguei porque já terminei todo o trabalho que tinha e eu... eu gostaria de te ver hoje à noite. Se for... de comum acordo.

Meu coração parou de tentar me sufocar até a morte.

— Meu Deus, Oliver. Não use esse tom a não ser que você esteja dando um pé na bunda de alguém ou avisando que o gato da pessoa morreu. Além disso, você disse mesmo... "se for de comum acordo"?

— Eu entrei em pânico.

— Mais um título para o seu segundo vídeo pornô.

— *Se for de comum acordo* ou *Eu entrei em pânico?*

— Os dois.

— Você está ocupado, então? Sei que nos vimos na sexta e que os jornais já devem estar cansados de você por pelo menos mais uma semana... Desculpa, deveria ter planejado melhor. E *por favor* não diga que esse é o título do meu terceiro vídeo pornô.

Eu poderia ficar provocando Oliver com os vídeos pornôs imaginários para sempre. Mas ele estava com aquele papo todo de querer me ver. O que era meio... perfeito?

— Eu... não estou... não é que eu não... — Merda. Eu estava perigosamente perto de dizer a Oliver que preferia me encontrar com ele a assistir episódios antigos de *Drag Race* com a minha mãe, a melhor amiga dela e os cachorros da melhor amiga dela. O que, pensando bem, não era um elogio tão bom quanto eu tinha imaginado. Mesmo assim, não consegui dizer. — Eu meio que por acidente disse à minha mãe que ia dar uma passadinha lá hoje à noite.

— Gostaria que você me agradecesse formalmente por ter escolhido o caminho virtuoso e não sugerir *Meio Que Por Acidente Disse À Minha Mãe Que Ia Dar Uma Passadinha Lá Hoje À Noite* como título do *seu* vídeo pornô.

— Nem fodendo. Não vou te dar créditos por fingir não ter feito uma piada que claramente você fez.

— Negação plausível, Lucien. Negação plausível. — Como eu conseguia *escutar* o sorriso dele? — Mas você tem que visitar sua mãe. Sei como ela é importante para você.

— Quer dizer... Você podia... — Socorro. As palavras estavam saindo. E eu não conseguia me segurar. — Vir junto? Se quiser. Vai ser horrível, porque minha mãe já acha que você é a Nicole Kidman. Nem pergunte. E ela vai fazer curry, coisa que ela não sabe fazer, mas não admite que não sabe fazer, e a melhor amiga dela é... meio... Na verdade, nem sei como descrever. Mas uma vez ela me disse que atirou em um elefante de camisola. E quando eu perguntei "O que um elefante estava fazendo vestindo sua camisola?", ela disse "Ele invadiu minha barraca e eu acho que a camisola ficou agarrada na tromba".

— Sugiro que você pare para respirar em algum momento num futuro próximo.

Ele tinha razão. Respirei fundo.

— Enfim, você super pode recusar esse convite. Tenho certeza de que é cedo demais no nosso namoro de mentira para você conhecer a minha mãe.

— Bem, não vou conhecer seu pai na semana que vem?

— É diferente. Com a minha mãe eu me importo.

— Eu gostaria de conhecê-la, se não for te deixar desconfortável.

Abri a boca, mas me dei conta de que não fazia ideia do que dizer e, por fim, topei.

— Combinado, então.

Levando em conta que eu já estava atrasado, Oliver sugeriu me encontrar em Waterloo, e eu disse que aquilo parecia o título de uma música romântica horrível dos anos 40. Então mandei mensagem para a minha mãe avisando que estava levando meu namorado de mentira, peguei o casaco, saí correndo de casa e tentei não pensar muito no que significava eu querer que Oliver conhecesse minha mãe.

Meia hora depois eu estava sentado no trem com Oliver. E era esquisito. O problema era que estar com alguém no transporte público por mais do que algumas estações ficava bem no meio daquele abismo estranho entre a necessidade e a situação social. Quer dizer, são basicamente duas pessoas sentadas e se encarando pela mesma quantidade de tempo que você ficaria se estivesse em um restaurante, só que em um ambiente muito pior e sem a comida para justificar tudo. Para piorar, eu estava com medo de soltar alguma coisa horrível como "estava com saudades" ou "arrumei meu apartamento por sua causa".

— Então — eu disse. — Como vai o caso?

— Sinto muito, mas não posso...

— Falar a respeito?

— Exatamente.

Uma pausa, nós dois olhando para todas as direções, exceto um para o outro.

— E o seu trabalho? — Ele cruzou a perna, chutou meu joelho e decidiu descruzar. — Está indo bem, creio eu?

— Na verdade, sim. Na medida do possível. A Corrida dos Besouros não foi acidentalmente realocada para um galpão abandonado. Nada pegou fogo nas últimas duas semanas. E alguns doadores que eu tinha assustado sendo um gay do mal estão pendendo a voltar atrás.

— Fico feliz que o plano esteja funcionando. Mas confesso que estou cada vez mais desconfortável com as suposições por trás disso tudo.

— É melhor você não amarelar agora, no meio do caminho até a casa da minha mãe.

199

— Não é isso. Só não acho que você deveria ter que namorar alguém como eu para que seja aceitável ser quem você é.

Finalmente o encarei. Como fui capaz de achar aqueles olhos frios um dia?

— Pois é! E o que me deixa ainda mais puto da vida é que o problema nem são as minhas, devo confessar, muitas falhas de caráter. É só que eles acham que às vezes eu faço sexo casual. Coisa que, ironicamente, eu estaria fazendo muito mais se estivesse com saúde emocional.

— Espero que não. — Ele piscou muitas vezes. — Quer dizer, não digo isso como uma condenação sexual. É só que, até onde eu sei, nunca combinamos que isso seria um relacionamento de mentira aberto.

— Mas como isso funcionaria? Você está me dizendo que não quer que eu faça sexo de mentira com outras pessoas enquanto for seu namorado de mentira?

— Bem, eu não tinha pensado muito nisso ainda. Mas, se nós estivéssemos namorando, eu gostaria de ser monogâmico porque, bem, prefiro assim. Então, se você vai fingir ser meu namorado, creio que vai ter que fingir ser monogâmico. O que eu acredito, quando a imprensa estiver atrás de você, que seja muito parecido com ser monogâmico de verdade. Você teria — Oliver parecia estar se afundando no assento — algum problema com isso?

— Queria poder dizer *sim* porque estou pouco me lixando para a imprensa. Mas, na prática, não é muito diferente das minhas razões para não estar transando no momento.

— Quando você disse que fazia tempo desde o seu último relacionamento, pensei que estava falando só sobre, hm, relacionamentos. Não achei que você não estivesse...

Com o olhar, desafiei Oliver a terminar a frase.

— ... se dando bem? Por assim dizer.

Tive que rir. *Por assim dizer*, de fato.

— E eu jurava que você não conseguiria me achar ainda mais fracassado.

— Você sabe que não te acho um fracassado. Mas não entendo por que você tem dificuldade em... — Ele parecia agitado novamente.

— Por assim dizer?

— Nesta área.

Aquela teria sido uma oportunidade incrível para construir uma relação profunda e duradoura, baseada em confiança, honestidade e compreensão mútua. Eu poderia contar a ele sobre Miles. Sobre como eu ia para as festas como se não houvesse amanhã. E sobre como eu acordava no dia seguinte e descobria que, sim, havia. Oliver teria entendido. Ele era muito bom nisso.

Mas, na verdade, respondi:

— É complicado.

E Oliver não insistiu, porque é claro que ele nunca insistia, e eu quase queria que fosse o contrário, só para poder botar tudo para fora de uma vez. Mas aquilo também era a pior coisa que eu poderia imaginar. Então voltei a ficar quieto pelo resto da viagem. Pura diversão.

Nunca fiquei tão feliz na minha vida ao ver a estação de Epsom (instalações precárias segundo o Google). Por sorte, a inadequação lamentável do local, que nem sequer aceitava a porra do cartão Oyster, me distraía da inadequação lamentável das tentativas de conexão emocional com meu namorado de mentira. Saímos do trem e caminhamos pelos campos em direção ao fim do mundo de Pucklethroop-in-the-World.

O sol estava se pondo, deixando tudo com um toque suave dourado e brilhante, como se estivesse me provocando com um ar de romance. E Oliver estava todo casual: mais jeans impecável, que aninhava sua bunda fabulosa perfeitamente, e um casaco de tricô creme que o deixava parecido com um modelo que se encontraria em um Tumblr chamado fuckyeahcarascomcasacodetrico.

Ele parou com um pé apoiado em uma cerca de madeira, o vento bagunçando seu cabelo de forma toda engraçadinha, me deixando levemente magoado porque até a atmosfera estava interagindo melhor com meu namorado de mentira do que eu.

— Eu estava pensando — disse ele. — Nós deveríamos refinar um pouco mais nossa atuação como namorados antes da Corrida dos Besouros.

— Hm. Quê? — Eu não estava encarando... nada. Especialmente nada relacionado à virilha dele. E sim. A cerca. Ele estava com um pé sobre a cerca. Ninguém podia me julgar.

— Não queria te decepcionar e... Lucien, meus olhos estão aqui em cima.

— Então tire essa... calça jeans... da minha cara.

Ele tirou o pé da cerca.

— Nós nos damos bem quando estamos sozinhos, mas precisamos treinar para quando estivermos acompanhados.

— Esse é o seu jeito de me dizer... — Então encarei Oliver com um olhar astuto. — Que quer passar mais tempo comigo?

— Não. Meu jeito de dizer que quero passar mais tempo com você foi quando te liguei hoje mais cedo e perguntei se podia passar mais tempo com você.

— Ah. Claro. Sim. — Finalmente me dei conta. — Espera aí, você está me dizendo que quer mesmo passar mais tempo comigo?

— Você acreditaria se eu continuasse dizendo que é por causa da verossimilhança?

— Talvez. Minha autoestima é bem baixa.

Provavelmente ainda ciente de que eu o observava com atenção, Oliver atravessou a cerca e me esperou do outro lado. Pulei a cerca, pegando na mão dele sem pensar direito enquanto voltava para o chão.

— É claro que eu quero passar mais tempo com você — disse ele, ainda segurando minha mão. — Gostaria que você me acompanhasse no aniversário de trinta anos da Jennifer daqui a umas duas semanas.

Caminhamos em direção à casa da minha mãe. Não comentei nada sobre a coisa da mão para o caso de ele não ter notado também.

— Quem é Jennifer?

— Uma amiga antiga da faculdade. Ela e o marido estão organizando um jantar entre amigos.

Lancei um olhar desconfiado para ele.

— Esses são seus amigos héteros?

— Geralmente não separo meus amigos pela sexualidade.

— Você *só tem* amigos héteros?

— Eu conheço o Tom. E... e você.

— Tom não conta. Quer dizer, não porque ele é bissexual. Quer dizer, porque ele namora a Bridget. Quer dizer, não é como se namorar uma mulher fizesse dele menos bissexual. Só estou dizendo que ele não é seu amigo. *Ela* é sua amiga. E eu sou um cara aleatório que você está fingindo namorar, então tenho quase certeza de que também não conto.

Ele alisou o adorável cabelo bagunçado pelo vento.

— Meus amigos são apenas pessoas que, por acaso, são meus amigos. Tem muitas pessoas hétero no mundo. E eu gosto de algumas delas.

— Ai, meu Deus! — Eu o encarei, aterrorizado. — Você é tipo aqueles documentários sobre, sei lá, um porco perdido nos arredores de um vilarejo que acaba sendo criado por gorilas.

— Eu... eu acho que isso talvez seja meio ofensivo.

— Porcos são fofos.

— Digo mais sobre você não aceitar que não escolho meus amigos com base na atração sexual deles.

— Mas eles te... entendem?

— Lucien, na maioria das vezes *você* não me entende. — Os dedos inquietos de Oliver se entrelaçaram nos meus. — Eu até tentei essa coisa toda da... comunidade. Mas fui em uma festa LGBTQIA+, bem, GLS como chamavam na época, durante a faculdade, percebi que não tinha nada em comum com aquelas pessoas além da minha orientação sexual e nunca mais voltei.

Soltei uma risada, não porque achei engraçado, mas porque aquilo era totalmente diferente da minha experiência.

— Quando encontrei minha comunidade, foi quando finalmente me senti em casa.

— E eu fico feliz por você. Mas minhas escolhas foram diferentes, e eu queria que você não as enxergasse como erros.

Sinceramente, aquilo não fazia sentido para mim. Mas eu também não queria chatear Oliver — e ainda estava levemente magoado por ele ter dito que eu não o entendia. Bem, não entendia mesmo. Mas queria muito.

Dei um apertãozinho na mão dele.

— Desculpa. Eu adoraria ir para a festa dos héteros com você.

— Obrigado. — Oliver franziu os lábios. — Só uma dica: quando você estiver na festa dos héteros, evite chamá-la de festa dos héteros.

Dei de ombros.

— Meu Deus, o politicamente correto foi longe demais.

Atravessamos os dois campos seguintes, que — contando com o que havíamos acabado de cruzar — formavam a Rua dos Três Campos.

— Quase lá. — Apontei para a trilha sinuosa. — A Rua Principal é pra lá. E a casa da minha mãe é logo virando a esquina.

Oliver soltou um barulho que provavelmente não era uma mistura de tosse e soluço, mas parecia ser.

— Você está bem? — perguntei.

— Só... só... um pouco nervoso.

— É bom estar mesmo. O curry da minha mãe é... Ai, merda, eu não avisei que você é vegetariano.

— Tudo bem. Posso abrir uma exceção.

— *Não abra* uma exceção. Na verdade, se possível, por favor, finja que você não quer que eu coma carne também. Estaria fazendo um grande favor ao meu estômago.

— Acho que parecer o tipo de homem que vigia a alimentação do filho dela não vai fazer com que sua mãe goste muito de mim.

Pensei naquilo por um momento.

— Estou disposto a correr esse risco.

— Pois eu não estou.

— Você... — Dei uma breve espiada nele. — Está mesmo nervoso para conhecer a minha mãe?

A mão de Oliver estava um pouco suada.

— E se ela não gostar de mim? Ela pode achar que não sou bom o bastante pra você.

— Bem, se você não for embora, me deixando sozinho com um filho de três anos, já vai ser muito melhor do que o que meu pai fez com ela, então, sabe como é, não estamos pedindo muito.

— Lucien. — Ele soltou mais um soluço de ansiedade. — Estou falando sério.

— Eu também. — Parei e me virei para encará-lo. — Olha, você é... Não acredito que estou sendo obrigado a dizer isso. Mas você é ótimo. Inteligente e carinhoso e gostoso e estudou em Oxford e se tornou um maldito advogado. Você não está morrendo de tuberculose nem foi prometido para um duque. Não pergunte. E... você é bom para mim. E isso é o que realmente importa para ela.

Oliver me observou por um bom tempo. Eu não fazia ideia do que ele estava pensando, mas de repente eu estava despedaçado. Minha boca ficou seca e minha pulsação acelerou, e naquele instante a única coisa que eu queria no mundo era que ele...

— Anda — disse Oliver. — Ou vamos nos atrasar.

Eu estava prestes a colocar a chave na fechadura quando a porta da frente se abriu, quase como se minha mãe estivesse espiando por detrás, observando a rua pelo detalhe de vitral. Totalmente maluca.

— Luc, *mon caneton* — gritou ela. E então se virou como uma víbora para Oliver. — E você deve ser o namorado de mentira.

Suspirei.

— Esse é o Oliver, mãe. Oliver, essa é a minha mãe.

— É um prazer imenso te conhecer, sra. O'Donnell. — Vindo de qualquer outra pessoa, aquilo soaria forçado. Vindo de Oliver, era só o jeito dele de falar mesmo.

— Por favor, me chama de Odile. E fique à vontade.

Certo. Tudo indo bem.

— Mas — continuou minha mãe — preciso que você esclareça algo para mim.

Talvez não.

— Luc me disse que você é um namorado de mentira, mas um gay de verdade. Se este é o caso, por que não sai com meu filho pra valer? O que há de errado com ele?

— Mãe. — Bati o pé na entrada. — O que você está fazendo? Você nem conhece o Oliver e já está tentando intimidá-lo a namorar comigo.

— Ele parece legal. Limpinho, alto, casaco bonito.

— Não acredito que você está bancando minha cafetina para um completo desconhecido só porque gostou do casaco dele. Ele pode ser um serial killer.

— Eu... não sou — disse Oliver rapidamente. — Só para constar.

Ela me encarou.

— Essa é a questão. Mesmo se fosse um serial killer, ele deveria querer sair com você ainda assim.

— Apenas reforçando — disse Oliver —, não sou um serial killer.

— Isso não responde a minha pergunta. Quero saber qual é o problema com o meu filho para que você só queira fingir sair com ele. Quer dizer, olha só isso. Ele é encantador. Um pouquinho desarrumado, não vou negar, e o nariz é um pouco grande, mas você sabe muito bem o que dizem sobre homens com nariz grande.

Oliver tossiu de leve.

— Que eles têm o olfato muito bom?

— Exatamente. E também um pênis grande.

— Mãe! Eu tenho vinte e oito anos. Você precisa parar de me envergonhar na frente dos garotos.

— Não estou te envergonhando. Só dizendo coisas boas. Eu disse que você tem um pênis grande. Todo mundo adora um pênis grande.

— Pare. De dizer. Pênis.

— É só uma palavra, Luc. Não seja tão inglês. Não foi assim que eu te criei. — Ela se virou para Oliver. — Sabe, o pai do Luc tinha um pênis enorme.

Para meu pavor, Oliver pareceu pensativo de um jeito que você nunca quer que seu namorado pareça quando o assunto é o pau do seu pai.

— Tinha? O que aconteceu com ele?

— Não sei, mas gosto de pensar que encolheu por causa das drogas ou foi esmagado pela vagina de uma fã enlouquecida.

— Mãe — murmurei alto, como se ela estivesse me abraçando na frente dos amigos da escola.

— Aaah, *mon cher*. Desculpa por te envergonhar. — Ela deu um tapinha na minha bochecha. De um jeito vergonhoso. E então se virou para o garoto na frente do qual ela estava me envergonhando. — Melhor você entrar, Oliver.

Segui os dois pelo corredor, que era do tamanho ideal para minha mãe, levemente pequeno para mim e para minha mãe, e pequeno até demais para mim, minha mãe, Oliver e os quatro cachorros que correram da sala de estar e começaram a farejar meu namorado de mentira como se ele fosse o mais novo objeto da casa. Ele fez aquela coisa que pessoas que gostam de cachorros fazem, agachando e deixando os cães o esmagarem, rabos balançando e orelhas abanando, totalmente adorável e doméstico e *blergh*. Oliver ia teimar em adotar um cachorro no futuro, não ia? Provavelmente de um abrigo para animais abandonados. E seria um com, tipo, três patas, mas treinado para pegar bolinhas tão bem quanto um cachorro de quatro patas, e Oliver estaria no parque com ele, tipo, jogando a bolinha, e um cara muito gostoso iria aparecer todo "Ei, cachorro legal, bora foder?", e ele ficaria tipo "Claro, porque sua mãe nunca disse a palavra pênis na minha frente", e eles comprariam um duplex adorável em Cheltenham, e Oliver faria rabanada toda manhã, e os dois passeariam com o cachorro juntos, de mãos dadas, enquanto tinham conversas profundas sobre ética e...

— Venham! — gritou Judy. — Chega de vadiar no corredor. Quero conhecer o novo pombinho do Luc.

Nos amontoamos na sala, Oliver desviando dos cachorros muito melhor do que eu já havia conseguido em toda a minha vida.

— Você deve ser a Baronesa Cholmondely-Pfaffle — disse ele, com a clássica boa educação despretensiosa. — Ouvi muito a seu respeito.

— Deixa disso. Pode me chamar de Judy. E eu não ouvi nadica de nada a seu respeito porque Luc acha que não vale a pena nos contar as coisas, não é, Luc?

Desabei no sofá como vinha fazendo durante toda a vida.

— Desculpa por não ter contado sobre meu namorado de mentira antes.

— Azar o seu. Eu sei tudo sobre ter namorados de mentira.

— Sério? — perguntei com cautela. — Sério mesmo?

Minha mãe — que só havia interagido com umas três pessoas desde o fim do milênio passado — parecia ter decidido que "hospitalidade" significava "cutucadas". Ela cutucou Oliver em minha direção.

— Sente, Oliver. Sente. Fique à vontade.

— Ah, sim — continuou Judy. — Logo depois de sair do armário em 1956, eu passei três meses fingindo estar noiva de um camarada russo adorável.

Oliver se abaixou cuidadosamente para se sentar ao meu lado, e todos os cachorros tentaram subir no colo dele ao mesmo tempo. Para ser sincero, eu faria o mesmo.

— Charles, Camilla! — Judy estalou os dedos. — Michael de Kent. Chega. Deixem o pobrezinho em paz.

Charles, Camilla e Michael de Kent escapuliram descaradamente para o chão, deixando Oliver com um único cachorro, mais comportado. Um cocker spaniel que apoiou as patinhas nos ombros dele e estava lambendo seu nariz de um jeito todo carinhoso, enquanto o encarava no fundo dos olhos. Se eu tentasse fazer aquilo, Oliver teria me dito que aquele gesto precisava significar alguma coisa.

— Ele dizia... — Se Judy deixasse cachorros arruaceiros interromperem uma história sua, ela nunca terminaria de dizer nada. — ... que era muito importante que as pessoas acreditassem que ele tinha um motivo legítimo para ficar na Inglaterra interagindo com a aristocracia. Pode ficar com Eugenie. Um amorzinho. Pensando bem, acho que ele foi parte da KGB.

— O cachorro? — perguntou Oliver.

— Vladislav. No fim das contas, empurraram ele no rio Tâmisa, com uma bala de baixo calibre no cérebro. Pobrezinho. A não ser que você trabalhe para o... como se fala? Acho que hoje em dia é FSB, não é?

— Não. Mas isso é o que eu diria se fosse do FSB.

— Ele não é do FSB — interrompi antes que Judy pudesse começar a imaginar coisas. — Nem da KGB. Nem do NKVD. Ou do Spectre. Nem da Hidra. Ele é advogado. E é um cara legal. Agora deixem ele em paz.

Minha mãe, que estava indo e vindo da cozinha, pôs a cabeça para fora da porta.

— Só estamos curiosas.

— Para descobrir se ele é um espião?

— Curiosas no geral. Ele é visita. Além do mais, faz tempo desde a última vez que você trouxe um rapaz aqui.

— Estou começando a me lembrar o porquê — resmunguei.

Oliver fez um gesto tranquilizador por trás de Eugenie.

— Sério, sem problemas. Obrigado pela hospitalidade.

— Olha só, além de tudo ele é bem-educado — anunciou Judy, como se Oliver não estivesse ali do lado. — Já gosto muito mais dele do que do Miles. Ele tinha um olhar maquiavélico, como o do meu terceiro marido.

— Miles? — Oliver inclinou a cabeça com uma curiosidade delicada.

Merda. Eu estava prestes a ter uma experiência horrível que quase certamente poderia ter sido evitada se eu tivesse sido mais sincero com ele para começo de conversa. Aquilo era como a moral da história ou qualquer coisa do tipo.

Judy socou o braço da poltrona, assustando Michael de Kent.

— Ele era todo errado desde o começo. Charmoso, é claro, mas eu sempre soube que ele ia...

— Judy. — Minha mãe veio ao meu resgate, como sempre... Ou melhor, como noventa por cento das vezes, quando ela não era o problema. — Estamos aqui para comer meu curry especial e assistir à corrida das drags. Não estamos aqui para falar daquele homem.

— Então ponha a mesa, gatona. Já deve estar quase pronto.

— Não podemos apressar meu curry especial.

— Já está no cozimento lento desde que você levantou hoje de manhã. Se for menos apressado que isso, será catatônico.

Minha mãe levantou as mãos.

— É uma panela de cozimento lento. Ela é lenta. Se não fosse, se chamaria cozimento rápido. Ou apenas cozimento.

Oliver soltou Eugenie e se levantou.

— Posso ajudar em alguma coisa?

Minha mãe e Judy o encararam em total adoração. Meu Deus, como ele era bem-educado. Pior ainda, tenho certeza de que Oliver queria mesmo ajudar.

— Aliás — anunciei. — Eu deveria ter avisado antes, mas Oliver é vegetariano.

Ele me olhou como se estivesse sendo traído, como se eu tivesse escolhido respeitar suas escolhas éticas só para queimá-lo na frente da minha mãe.

— Por favor, não se preocupe. Não tem nenhum problema.

— Claro que não tem. — Minha mãe conseguiu, de alguma forma, transformar seu "até parece" em um gesto. — Eu separo a carne na cozinha.

Judy balançou a cabeça.

— Não seja bobinha, Odile. Isso é um grande desrespeito. É melhor pescar os vegetais e servi-los separados.

— Garanto para você — protestou Oliver — que não é necessário fazer nenhuma das duas coisas.

Minha mãe se virou para mim.

— Viu só? Por que você está fazendo o maior fuzuê para nada, Luc? É você mesmo quem está se envergonhando.

Ela saltitou para a cozinha de novo. E Oliver, sussurrando "desculpa" para mim, foi atrás dela. Levantei a mão para Eugenie como quem diz "presta a atenção em mim", mas tudo que recebi em troca foi um olhar cheio de desdém antes de ela correr atrás de Oliver.

Tudo bem, então. Meu namorado de mentira perfeito e a cachorra fofa podiam ir brincar com a minha mãe na cozinha enquanto eu ficava preso na sala com uma viciada em divórcios de oitenta e poucos anos.

— Sobramos, né? — Judy tinha aquele olhar de "vou começar a contar uma história muito longa e não tem nada que você possa fazer para me impedir". — Nunca te contei o que aconteceu com aqueles ovos, né?

Me rendi com o máximo de graciosidade possível. O que, para ser sincero, não era muita coisa.

— Não contou. Como foi?

— Uma decepção terrível. Fui lá ver meu camarada, esperando que ele tivesse uns ovos grandes e saudáveis para mim. Mas, quando cheguei, descobri ter sido enganada.

— É. Acontece.

— Pois é. Fomos até o campo, ele pegou os dois ovos para mim e, francamente, pareciam bem abaixo do padrão. Metade do tamanho que eu esperava. Quer dizer, acho que tinha alguma coisa errada com eles, para ser sincera. O da esquerda tinha um inchaço esquisito, e o da direita infelizmente era meio torto.

— Pelo visto, era melhor você deixar os ovos pra lá então. — Foi tudo que consegui oferecer.

— Isso que eu pensei. Claro que dei uma boa conferida antes só para garantir. Aquela inspecionada bem séria e tal. Mas no fim das contas tive que dizer ao meu camarada "Não, sinto muito, mas não vou pegar seus ovos com esses formatos esquisitos".

Para meu imenso alívio, minha mãe, Oliver e Eugenie voltaram com o curry antes que Judy pudesse explicar como ela foi dar uma olhada no peru premiado do cara. Oliver passou uma tigela de curry para Judy, e então ele, minha mãe e eu nos esprememos no sofá como três macacos não tão sábios assim.

— Tem banana nisso aqui? — perguntei, dando uma cutucada nervosa naquilo que eu não ousava chamar de jantar.

Minha mãe deu de ombros.

— Banana no curry é supercomum.

— Em curries específicos. Onde os outros ingredientes são escolhidos para complementarem a banana.

— É como tofu ou carne. Ela absorve o sabor.

— Está delicioso, Odile — declarou Judy, sempre leal. — Um dos melhores que você já preparou.

Ficamos em silêncio enquanto batalhávamos contra a culinária da minha mãe. Eu não era exatamente um mágico na cozinha, mas acho que ela era uma feiticeira *das trevas*. Era preciso habilidade e anos de prática para ser consistente e especificamente horrível em tudo que se tentava cozinhar.

— Então. — Oliver poderia estar fazendo sua lubrificação social como sempre ou talvez tenha se dado conta de que não teria que comer se estivesse falando. Sem dúvidas os olhos dele estavam lacrimejando. — Hm. Esse violão é seu?

Era. E geralmente ficava no sótão. Acho que eu teria notado se não estivesse tão distraído com, bem, todo o resto.

— *Oui*. O pai de Luc quer que eu participe do novo álbum dele.

Engasguei com o curry. Quer dizer, eu já estava engasgando com o curry antes, mas dessa vez a reação era emocional e não química.

— Você não me contou isso.

— Bem, você não me contou que tinha um namorado de mentira.

— É diferente. Oliver não nos abandonou vinte e cinco anos atrás e não é um completo otário.

— Ainda nem sei se vou aceitar o convite, *mon caneton*. — Minha mãe deu uma garfada numa banana demonstrando o que aparentava ser satisfação genuína. — Não componho há anos. Acho que não tenho mais nada a dizer.

Judy levantou os olhos de sua tigela quase vazia. Não era à toa que a rainha ainda estava viva, a aristocracia era provavelmente feita de cimento.

— Claro que tem. É só montar no cavalo de novo, só isso.

— Não sei se o cavalo ainda é o mesmo que eu lembro. Cavalos também envelhecem, sabia? Às vezes, é melhor deixá-los no campo comendo maçãs.

— Não acredito que você chegou a cogitar isso. — Me contive para não gritar. — Claro, se você quiser compor, acho ótimo. Mas por que tem que ser com o merda do Jon Fleming?

— Nós sempre tivemos algo em comum. E essa talvez seja minha última chance.

Deixei o resto do meu curry na mesinha lateral. Aquela era a desculpa ideal para não comer, mas eu também estava nervoso demais para pensar no jantar no momento.

— Quer dizer, a última chance *dele*. Ele está te usando na cara dura.

— E daí? Eu também posso usá-lo.

— Verdade — acrescentou Judy. — Nada deixa alguém mais popular do que a morte. Olha a Diana, por exemplo.

— Sim, mas... — Dei uma cotovelada em Oliver sem querer, na tentativa de gesticular. — Você vai ter que ficar perto dele. E ele não merece ficar perto de você.

— Luc, quem decide de quem eu fico perto sou eu. Não você.

Abri a boca. Depois fechei.

— Desculpa. Eu... só... desculpa.

— Não se preocupe, *mon cher*. Você não precisa ficar de olho em mim. — Ela se levantou, decidida. — Agora, vamos recolher o jantar para ficarmos chocadas com as queens babadeiras?

Em parte porque não queria parecer um filho horrível e em parte porque precisava mudar de ares, convenci minha mãe a me deixar lavar a louça. Só quando cheguei na cozinha lembrei a carnificina que ela era capaz de criar, principalmente quando estava preparando seu curry especial.

— Já sei a quem você puxou — disse Oliver, chegando depois de mim, seguido de Eugenie.

Joguei as tigelas na pia, já lotada de outras coisas que nem de longe pareciam necessárias para fazer qualquer prato que tínhamos acabado de comer.

— Desculpa. — Continuei encarando a louça, com medo de olhar para Oliver, caso ele estivesse horrorizado ou decepcionado ou confuso ou ofendido. — Foi horrível, não foi?

— Claro que não foi horrível. Elas são sua família, e vocês claramente se preocupam muito uns com os outros.

— Sim, mas a gente falou sobre o pênis do meu pai, te oferecemos um curry não vegetariano literalmente não comestível e depois tive uma discussão com a minha mãe que eu queria muito que você não tivesse visto.

Oliver me abraçou, daquele jeito reconfortante que ele fazia tão bem, e se apertou contra as minhas costas.

— Com certeza não estou acostumado a nada disso. Mas não... não acho ruim. É *honesto*.

— Eu não deveria ter surtado por causa do Jon Fleming.

— Você teve uma divergência levemente emotiva, e dava para ver que as intenções eram boas.

Me permiti recostar em Oliver, seu queixo apoiado no meu ombro num encaixe perfeito.

— É impossível que você queira uma coisa dessas.

— Se não quisesse, não teria vindo.

— Mas deve ser tão estranho para você. — Ao me virar, percebi tarde demais que o movimento nos deixava perto demais de um jeito rápido demais. Eu provavelmente deveria ter me afastado, mas, entre a pia e o apocurrylipse, não havia mais para onde fugir. E, de qualquer forma, eu não sabia muito bem se queria me afastar. — Quer dizer, você tem pais totalmente equilibrados, que nunca estiveram na cadeia ou na TV. Aposto que vocês não discutem em público nem perguntam para pessoas que conhecem há dois segundos se elas são parte do serviço secreto russo.

Oliver soltou uma risada suave, despejando seu hálito quente e doce em meus lábios — estranhamente doce, na verdade, considerando o curry. Deve ter sido a banana.

— Não, não fazemos nenhuma dessas coisas. E confesso que isso me deixa feliz. Mas não significa que é errado quando você faz. As pessoas expressam o amor de jeitos diferentes.

— Aparentemente o meu jeito é sendo um babaca.

— Se for assim... — Meu Deus, naquele momento, a boca dele não estava nem um pouco rígida. — Você deve gostar muito de mim.

— Eu... — Eu estava à *beira da morte*. Eu ia corar até morrer.

— Meninos! — gritou minha mãe. — Estamos cansadas de esperar e vamos ligar os motores. Vocês não vão querer perder o começo. É uma parte muito importante da experiência.

Nos afastamos um do outro no susto, com um sentimento quase de culpa, e corremos de volta para a sala de estar.

— Venham, venham. — Minha mãe acenou, nos chamando para o sofá. — É minha primeira festa de *Drag Race*. Estou muito orgulhosa.

Eu não conseguia imaginar nada melhor do que me enfiar no sofá entre minha mãe e meu namorado — quer dizer, namorado de mentira no qual eu talvez tenha acidentalmente cuspido sentimentos na cozinha —, enquanto assistíamos a *RuPaul's Drag Race* com a melhor amiga dela e quatro cachorros com nomes de membros irrelevantes da realeza. Sendo assim, me sentei no chão, perto demais da perna de Oliver. Também não tive coragem de dizer à minha mãe que juntar eu, Judy e Oliver não era necessariamente uma "festa de *Drag Race*". Estava mais para "algumas pessoas vendo televisão".

Aparentemente, minha mãe e Judy já estavam na sexta temporada, o que não deveria ter me surpreendido porque, até onde eu sabia, as noites da minha mãe com Judy consistiam apenas em sentar no sofá para ver Netflix, e nem era código para nada. Eu, pelo menos, acreditava que não. Melhor nem pensar muito. Elas esperaram todas as drags se apresentarem antes de começar a comentar, e, nos dois episódios seguintes, ficaram analisando os espacates, fazendo previsões erradas sobre quem seria eliminada e nos perguntando com sinceridade quais dos participantes nós achávamos mais bonitinhos.

Minha mãe pausou antes que o terceiro episódio começasse no automático.

— Está gostando de *Drag Race*, Oliver? Não está confuso?

— Não. Acho que estou conseguindo acompanhar.

— Acho melhor explicar que a mulher que elimina no final e o homem que aparece no começo são na verdade a mesma pessoa.

Escondi o rosto com as mãos.

— Antes nós pensávamos que era como *Project Runway*, e o homem do começo era tipo o Tim Gunn e a mulher no final era tipo a Heidi Klum. Mas então Judy percebeu que os dois têm o mesmo nome, e, como é um programa sobre homens de vestido, a mulher provavelmente é o homem, só que usando vestido.

Levantei o rosto novamente.

— Você percebe tudo mesmo, né, mãe?

— Sim — concordou Oliver, sempre educado. — A coisa do nome foi o que entregou tudo para mim.

— Agora é sério, Oliver — perguntei, meio nervoso. — Você está *mesmo* gostando? Podemos ir embora a qualquer momento. Qualquer momento mesmo.

Ele fez que não murmurando.

— Não precisamos ir agora. Estou me divertindo. E o programa é... interessante.

— Você está mais do que certo, Oliver. — Minha mãe se virou para ele com entusiasmo. As chances de que fosse dizer algo terrivelmente inapropriado em seguida eram de sessenta por cento. — Eu não sabia que existiam tantos tipos de gays. Na minha época a gente só tinha Elton John e Boy George, nada além disso.

— Freddie Mercury? — sugeri.

O queixo de Judy caiu.

— Ele era mesmo? Mas tinha bigode e tudo.

— Como é de conhecimento geral, sim. Ele era.

— Bem, a gente aprende algo novo todo dia, não é mesmo? — Minha mãe se virou para Oliver com um olhar assustadoramente *interessado*. Ai, meu Deus. — E você, meu rapaz? Já deu uma desfilada também?

— Você quer saber se eu já me montei de drag? — perguntou ele.

— Essa pergunta é insensível? Como já estão fazendo isso na TV, então achei que não tinha problema.

Oliver estava com uma expressão intrigada, contemplativa.

— Acho que não devo me colocar como autoridade sobre o que é insensível ou não. Bom, até onde eu sei, a maioria das pessoas não se monta, e eu pessoalmente nunca fiz nada do tipo. Para ser sincero, não consigo ver muita graça nisso.

Uma breve pausa.

— Bem, é tudo uma grande brincadeira, não é? — comentou Judy. — Como aquelas festas que a gente frequentava nos anos 50, os garotos iam de vestido e as garotas iam de terno, e aí nós enchíamos a cara e nos enfiávamos no mato para fazer safadeza.

Meu Deus. Eu estava perigosamente prestes a usar a frase "tudo existe dentro de um espectro" em uma conversa com minha mãe e Judy.

— É complicado — tentei explicar. — Uma brincadeira para uma pessoa pode ser algo muito importante para outra. E muito problemático para outras.

— Acho que, no meu caso — começou Oliver, movendo-se com desconforto —, e acho melhor frisar que estou falando de um ponto de vista totalmente pessoal, eu nunca me identifiquei com essa forma específica de expressar a própria identidade. O que sempre me faz pensar que estou decepcionando um pouco a comunidade.

Minha mãe deu um tapinha reconfortante no joelho dele.

— Ai, Oliver, não pense assim. Tenho certeza de que você é um dos melhores gays.

Olhei de volta para Oliver, que parecia levemente desconcertado.

— Mãe, pare de ficar montando um pódio de homossexuais. Não é assim que funciona.

— Não estou montando pódio de ninguém. Só estou dizendo que ele não precisa se sentir mal por não gostar de assistir a homens de vestido contando piadas indelicadas. Quer dizer, eu gosto, mas sou francesa.

— Sim — respondi. — Essa é uma parte muito importante da cultura francesa. Junto com Edith Piaf, Paul Cézanne e a Torre Eiffel.

— Filho, você já viu as roupas dos reis franceses antigos? A make destruidora e os saltos lacradores.

Oliver riu.

— Obrigado. Eu acho.

— É verdade. Nunca deixe ninguém te dizer que é errado ser do seu jeito. — Minha mãe o observava com uma expressão que eu reconheci de todas as vezes que passei por algum problema durante a infância. — É como o meu curry especial. Luc sempre me diz que é muito apimentado, que eu não deveria colocar salsicha e que nunca deveria fazer para as visitas.

— O que você está querendo dizer com isso? — perguntei. — Porque todas essas coisas são verdade e o seu curry é horrível.

— O que eu quero dizer, *mon caneton*, é que estou pouco me fodendo. O curry é meu, e eu faço a porra que eu quiser com ele. E é assim que Oliver deveria viver a vida dele. Porque as pessoas que importam vão amá-lo de qualquer forma.

— Eu... — Pela primeira vez desde que nos conhecemos, Oliver parecia realmente sem palavras.

— Agora chega. — Minha mãe pegou o controle remoto. — Vamos ver o terceiro episódio. As queens vão participar de um filme de terror.

Aparentemente, Judy decidiu que a coisa ficou séria e se levantou para desligar algumas luzes. Assim que todos nós estávamos acomodados para o que tinha se tornado uma maratona de *Drag Race*, eu não sabia muito bem como estava me sentindo ou como deveria me sentir. A vida com mamãe e Judy era essa bolha que eu mantinha longe de outras pessoas, em parte porque eu tinha medo que ninguém mais entendesse, mas também porque, acho, de alguma forma esquisita queria aquilo só para mim. Esse espaço só meu onde mamãe estaria sempre cozinhando — ou dizendo — algo horrível, e ela e Judy estariam sempre imersas em qualquer hobby ou livro ou programa de TV que tivesse capturado a atenção delas naquela semana, e eu seria sempre bem-vindo e me sentiria seguro e amado.

Eu já tinha levado Miles para visitá-la, claro, mas nunca me esforcei para que ele fizesse parte daquele nosso mundo. Nós geralmente íamos ao bar do vilarejo para comer peixe com batatas da maneira mais comportada possível. Mas lá estava eu com Oliver e, apesar de me sentir um pouquinho exposto e um pouquinho nervoso, aquilo também era... Qual é a palavra mesmo? Legal. E ele ainda não tinha saído correndo, apesar de mamãe e Judy estarem sendo mamãe e Judy na intensidade máxima.

Deixei minha cabeça repousar sobre o joelho de Oliver e, em algum momento durante o minidesafio e o desfile final, a mão dele começou suavemente a me fazer um cafuné.

Durante os dias seguintes, Oliver ainda estava ocupado com o caso (que ele não podia falar a respeito, mas se recusava a me deixar fingir que era um assassinato). É claro, o final de semana com meu pai estava chegando e, como um aperitivo fabuloso em um banquete com três pratos de merda, eu também precisava encontrar Adam e Tamara Clarke. Eu esperava que o encontro acontecesse em um restaurante sofisticado e vegano, e não em um lugar que Rhys Jones Bowen inventou na própria cabeça.

Cheguei lá antes da hora para inspecionar a área e, em caso de emergência absoluta, inventar uma desculpa esfarrapada para cancelar. Felizmente, tudo parecia conforme o esperado. Sim, pela fachada parecia uma lanchonete típica e genérica — as paredes brancas com uma placa na entrada que dizia "Feito pela Bronwyn" — mas o interior era cheio de cestos pendurados e mobílias reaproveitadas que, com sorte, os Clarke achariam ético, livre de emissão de carbono e tal.

Quando dei meu nome para o adolescente hippie da recepção, fui levado para um cantinho aconchegante onde recebi como cortesia uma tigela de, hm, sementes? O que era meio horrível, já que eu não estava exatamente a fim de comer sementes, mas elas estavam ali então eu comeria de qualquer forma, e era bem capaz de terminar a tigela inteira antes que aqueles adoráveis babacas chegassem. Eu estava falhando na missão de tentar parar de beliscar as sementes — eram realmente muito bem temperadas, na medida em que é possível temperar uma coisa que por si só já é um tempero — quando uma mulher grande vestindo um dólmã branco e com os cabelos castanhos presos debaixo de uma rede de cabelo se aproximou para me cumprimentar.

— Você deve ser o Luc. Eu sou a Bronwyn. Rhys me falou sobre você.

— Olha. Independentemente do que ele tenha dito, não tenho preconceito com galeses.

— Ah, provavelmente tem sim. Vocês ingleses são todos iguais.

— Então você pode falar desse jeito dos ingleses e tudo bem?

— Essa é uma questão complexa de interseccionalidade. Mas, resumindo, meu povo nunca invadiu o seu país e tentou erradicar seu idioma.

Me afundei no barril de uísque reciclado em que eu estava sentado.

— Tudo bem. Bom argumento. Obrigado por aceitar minha reserva.

— Sem problemas. Rhys disse que você é um idiota incurável e seria demitido se esse almoço não fosse perfeito.

— Que bom saber que vocês dois estão do meu lado. Então, o que tem de bom?

— Tudo aqui é bom. — Ela sorriu. — Meu trabalho é excelente.

— Deixa eu reformular. Vamos supor que eu seja um carnívoro convicto tentando impressionar dois doadores em potencial que possuem uma franquia de cafeterias veganas. O que posso pedir para que eles achem que eu sei o que estou fazendo?

— Bem, se você quer algo relativamente previsível, pode escolher o hambúrguer de sementes de girassol com castanha-de-caju, mas isso pode dar a impressão de que você preferia mesmo era estar comendo um bife.

— Sem querer ofender, mas eu provavelmente vou preferir estar comendo um bife.

— Bom, é meio ofensivo levando em conta que você está no meu restaurante. Se quiser fingir que sabe mesmo o que é um vegetal, pode pedir uma salada Caesar de jaca ou a lasanha de tomate. E, se estiver a fim de uma aventura, pode provar o enroladinho de gergelim e tofu.

— Obrigado. Eu realmente me odeio, mas não a ponto de provar coalhada de feijão.

— Caso me permita um conselho, Luc, pare de falar assim quando seus convidados chegarem. Eles não vão gostar.

— Sim, eu sei. Só estou tentando tirar isso tudo do meu organismo antes de ser obrigado a tratar os Clarke com educação.

Ela ficou curiosa.

— Você está falando do pessoal daquela franquia Gaia?

— Não gosta deles? Eles são tipo o Starbucks do veganismo?

— Não é bem isso. Mas eles são muito... Bem, digamos que eu faça isso porque acho que comer produtos de origem animal é uma crueldade desnecessária e uma catástrofe ambiental que pode ser evitada. Não faço porque quero banhar o mundo com a energia de cura da deusa e sair vendendo tapetes de yoga.

Lancei um olhar levemente assustado para ela.

— Você não vai dizer isso para eles, vai?

— Quem aqui acabou de zombar do tofu na frente de uma chef vegana?

— Achei que eu estava zombando de mim mesmo, mas você tem razão.

— Enfim, fique à vontade com... Ah, você já comeu todas as sementes.

Merda. Comi mesmo.

— Seria muito cara de pau se eu pedisse mais um pouco? O que você coloca nisso, afinal? Crack? Cocaína?

— Sal. E alguns temperos.

— É muito viciante.

— Eu sei, e nem são feitas com vacas mortas.

Alguns minutos depois que ela voltou para a cozinha e o adolescente reabasteceu as sementes, Adam e Tamara chegaram, esbeltos, bronzeados e esnobes. Me cumprimentaram com um "Namastê" e se sentaram à minha frente, deixando o clima desconfortável como uma entrevista de emprego. O que, de certa forma, não deixava de ser.

— Ai, que lugar charmoso — disse Tamara. — Boa escolha.

Abri meu melhor sorriso.

— Sim, eu já estava de olho nessa chef havia um tempo. E, quando descobri que ela estava inaugurando um restaurante, pensei em vocês na hora.

— Sinto que já faz um tempo desde que nos falamos pela última vez. — Adam jogou uma semente na boca. Ele era bonito de um jeito esquisito, meio pintura-esquecida-no-sótão. A última vez que eu tinha procurado o nome dele no Google, Adam tinha uns cinquenta e poucos anos, mas parecia ter qualquer idade entre trinta e, sei lá, seis mil e nove.

— Faz tempo mesmo. — Eu tinha quase certeza de que Adam estava sugerindo que eu não havia massageado o ego deles recentemente, então usei a estratégia de dar uma desculpa que soasse como elogio. — Mas agora que o lançamento da franquia já está em andamento me senti menos culpado de perturbar vocês. As coisas estão indo bem?

Tamara, que era mais nova que Adam o suficiente para que o relacionamento dos dois parecesse bizarro mas não tão nova a ponto de você se permitir julgar o relacionamento alheio, posicionou as mãos de um jeito tímido em um gesto que eu super achei que era um chacra.

— Nós somos muito abençoados.

— Se você joga energias boas para o universo — completou Adam —, as energias boas voltam para você.

Meu Deus. Quando aquele almoço acabasse, eu já teria desenvolvido um caso quase letal de sarcasmo acumulado.

— Acho essa filosofia muito positiva, e sei como vocês guiam a vida por ela.

— Nós acreditamos que dar um bom exemplo é a nossa missão — respondeu Tamara.

Adam assentiu, orgulhoso.

— É algo particularmente importante para mim porque eu já trabalhei em uma indústria muito negativa e, mesmo com a ajuda de Tamara, levei muito tempo para superar isso.

Nesse momento, tive um descanso momentâneo quando o adolescente veio anotar nossos pedidos, e Adam e Tamara o encheram de perguntas sobre a origem dos ingredientes do restaurante e sobre quais eram especificamente orgânicos. Fiquei pensando se teria sido uma estratégia melhor levá-los em algum lugar mais distante da linha de valores que eles carregavam só para que os dois tivessem a satisfação de ficar insatisfeitos. No fim das contas, acabei pedindo a salada de jaca — apesar de não saber o que era uma jaca — porque acreditei que fosse um bom meio-termo entre me esforçar e forçar a barra.

— Enfim. — Tamara se inclinou para a frente com seriedade. — Estamos muito felizes com essa oportunidade de conversar com você, Luc. Como bem sabe, achamos que o trabalho feito pelo Centro de Análise de Coleópteros em restaurar o equilíbrio natural da terra é de extrema importância.

Tentei responder à seriedade dela com mais seriedade.

— Obrigado. Nós sempre fomos muito gratos pela generosidade de vocês. Mas, além disso, sempre sentimos que vocês têm uma compreensão verdadeira da nossa missão.

— É muito bom ouvir isso — disse Adam. — O negócio é o seguinte, Luc. Nossos valores são parte central do nosso estilo de vida.

— E... — Agora era a vez de Tamara. — ... algumas das coisas que escutamos recentemente têm nos deixado preocupados.

— É como aquilo que falamos antes. Achamos que é muito importante pôr o tipo certo de energia no mundo.

— E, obviamente, a natureza é muito importante para nós. Estar em harmonia com a natureza e com nós mesmos.

— Então, para ser sincero, e que isso fique totalmente entre nós, estamos um pouco preocupados que alguns elementos do seu estilo de vida não sejam necessariamente compatíveis com o que nós enxergamos como uma vida saudável e positiva.

Eu tinha certeza de que eles poderiam continuar com aquilo por pelo menos mais uma hora, mas misericordiosamente os dois pareceram acreditar que já haviam deixado seus argumentos claros. E então me encararam cheios de expectativa.

Sabe-se lá como, não joguei as sementes em cima deles.

— Entendo completamente a origem dessa preocupação — falei. — E, para ser sincero, e que isso fique totalmente entre nós, não estou em um dos meus melhores momentos. Mas tirei um tempo para refletir e olhar para mim mesmo e, embora eu acredite que esse seja um processo bem lento e holístico, estou dando os primeiros passos para me realinhar com a pessoa que devo ser nesta vida.

Tamara esticou o braço sobre a mesa e apoiou a mão dela na minha, como se estivesse me abençoando.

— É muito centrado da sua parte, Luc. Nem todo mundo tem a coragem necessária para isso.

— Só para esclarecer... — Adam de repente parecia um pouquinho desconfortável. — Não tem a ver com a coisa de ser gay.

Tamara assentiu.

— Temos vários amigos gays.

Arregalei os olhos com uma expressão tranquilizante que eu já tinha passado muito tempo ensaiando.

— Eu nunca nem cogitei que poderia ser isso, sabe?

Algumas horas depois eles foram embora, após terem oficialmente retornado para a Corrida dos Besouros — já que, sabe como é, o retiro Johrei deles não ia mais acontecer. Comemorei e/ou me consolei com um brownie de chocolate e caramelo tão gostoso que dava medo. Tipo, sério. Melhor do que um brownie de chocolate e caramelo de verdade — quer dizer, não vegano. Eu estava elaborando uma teoria sobre como pedir sobremesa em um restaurante vegano era tipo fazer sexo com alguém menos atraente que você: eles sabem que não são tudo aquilo, então se esforçam mais.

— Como estava a jaca? — perguntou Bronwyn, aparecendo ao meu lado.

— Surpreendentemente gostosa. Por uns trinta segundos eu até parei de desejar que fosse carne.

Ela cruzou os braços.

— Você estava se segurando para não falar nada, não estava?

— Sim. Estava. Eles são as piores pessoas, Bronwyn.

— A culpa é da yoga. Passar todo aquele tempo feito um cachorro olhando para baixo não faz bem para ninguém.

— Eles literalmente usaram a frase "não tem a ver com a coisa de ser gay".

— Ah, então tem tudo a ver com a coisa de ser gay?

— Sim. — Comi as últimas migalhas do brownie. — Eles já chegaram naquele ponto em que sabem que homofobia é ruim, mas ainda não associaram isso ao fato de sempre desconfiarem de pessoas gays.

Bronwyn bufou.

— Vai querer mais um brownie?

— Na verdade, acho que sim. Está dentro do orçamento. E o trabalho está me devendo uma depois dessa.

Ela, de fato, pegou mais um brownie. E eu, de fato, comi.

— Ah, a propósito — disse ela, se sentando em uma caixa de vinho reciclada. — Rhys me mandou uma mensagem. Ele quer saber se você vai ser demitido ou não. Ele se preocupa contigo, Luc. Por você ser tão babaca.

— Acho que deu tudo certo. Babaca ou não, sou muito bom em bajular héteros quando preciso. É deprimente.

— Bem, é a vida, né? Melhor isso do que ficar com a corda no pescoço.

Me contorci.

— Você não acha isso meio... zoado?

— Não adianta perguntar para mim. Não sou o papa dos gays. Quem fez foi você. E aí? O que achou?

Me contorci um pouco mais.

— Isso não era uma parte muito importante do meu trabalho. Só que agora meio que é.

— Isso porque — sugeriu ela, tentando ajudar. — Você apareceu nos jornais sendo um grande vagabundo drogado?

— Com licença. Recentemente eu apareci nos jornais com meu excelente namorado.

— Sim, mas é tudo fachada, né?

Escondi o rosto com a palma da mão.

— Rhys contou isso para o País de Gales inteiro, foi?

— Ah, duvido. Acho que ele não conhece ninguém de Llanfyllin. Enfim. — Ela se levantou novamente. — Você deveria trazer seu namorado de mentira aqui para um encontro de mentira. Posso até servir um hambúrguer de mentira para ele.

— E olha que ele é vegetariano mesmo.

— Combinado, então. Com sorte consigo um pouco de publicidade, e você consegue apreciar minha comida sem a homofobia casual.

Agora que ela comentou, Oliver iria mesmo gostar de lá, e, como tudo o que eu consegui levar para ele durante os nossos almoços até então foram dois wraps de abacate igualmente medianos, eu estava devendo uma comida boa em algum momento. Além do mais, eu poderia deixar que Oliver fizesse o pedido para mim, só para observá-lo sendo todo cuidadoso e gastronômico e...

Publicidade, aquele era o foco. Quer dizer, eu estava certo de que ir a restaurantes veganos com um advogado com o qual eu estava monogamicamente envolvido era o tipo de comportamento amigável para futuros doadores.

— Obrigado — eu disse. — Isso seria... hm... ótimo.

Ela assentiu.

— Vou pegar a conta.

Puxei o celular do bolso e descobri uma foto do Paul McCartney esperando por mim. O que era definitivamente meu tipo de pau.

Quer vir a um restaurante vegano comigo?, enviei.

Minutos depois, recebi: Claro. Isso é coisa do trabalho ou da gestão de imagem?

Os dois. Porque era. Mas ao mesmo tempo não era. **Acho que você vai gostar**

Isso é muito carinhoso da sua parte, Lucien.

Não era. Era carinhoso da parte de uma lésbica galesa. Ainda assim, aquilo era o mais perto que eu havia chegado de tentar alguma coisa em muito tempo. E era assustador pra caralho.

Mas não o bastante para me impedir.

Eu não tinha pensado muito em como faria para chegar na casa de campo do meu pai. Meu plano, se é que eu tinha planejado alguma coisa, era esquecer aquilo tudo até a noite de sábado, entrar em pânico e talvez perceber que eu não conseguiria ir, no fim das contas. Oliver, no entanto, não apenas já tinha pesquisado a rota como também alugou um carro para o fim de semana. O que foi muita consideração da parte dele. E também irritante.

Oliver, que tinha talento para essa coisa de logística, o que poderia até ser considerado romântico se ele desse um jeitinho —, e se o nosso relacionamento não fosse inteiramente ficcional —, sugeriu que seria muito mais eficiente se eu passasse a noite anterior no apartamento dele. Achei a ideia muito tentadora, só que estava ficando cada vez mais difícil de me situar em todo o combinado de juntos-mas-não-tão-juntos-assim. Meu cérebro não sabia o que fazer com aquele homem gentil, carinhoso e apoiador que não fosse me mandar ir embora, correr para longe antes que ele usasse toda a minha vulnerabilidade para me machucar. Mas, obviamente, eu não podia fazer nada disso porque nós dois precisávamos daquele relacionamento e tínhamos um acordo.

Teria sido muito mais fácil se estivéssemos apenas transando. Assim, Oliver seria um cara com quem eu trepava e eu saberia o que aquilo significava — e, sim, depois de tudo ele poderia correr para os jornais para contar um monte de escândalos sexuais. Mas, àquela altura, esse tipo de notícia nem era mais novidade, e eu aceitaria qualquer coisa para não ter que ler matérias sobre como eu amava a minha mãe ou como meu pai tinha acabado comigo ou como eu havia desenvolvido uma obsessão trágica por rabanada. Coisas sobre *mim*.

Enfim, levei Oliver ao restaurante da Bronwyn na noite de sábado e esbanjei sem vergonha nenhuma todo o meu conhecimento sobre culinária vegana por mais ou menos doze segundos antes que ele me desse um daqueles olhares de "para de gracinha" e me perguntasse o que era uma jaca. Então eu confessei que não fazia ideia e pedi que Oliver escolhesse algo do cardápio para mim, e ele ficou muito mais feliz do que qualquer pessoa deveria ficar por minha causa. Oliver pediu o enroladinho de tofu para ele e, demonstrando muito conhecimento sobre as minhas preferências, escolheu aquele hambúrguer da vez em que eu tinha me sentido egoísta demais para pedir por conta própria. A noite foi muito agradável — conversamos sobre o caso de Oliver, que já tinha terminado, eu fiz uma imitação de Adam e Tamara Clarke, e por algum motivo, no meio de uma garrafa de vinho vegano (porque tudo indica que a maioria dos vinhos contém vesículas de peixe por algum motivo), entramos numa conversa sobre nossos momentos favoritos de *Drag Race*. Dali em diante, conversamos sobre basicamente tudo, o assunto indo e voltando e se revirando sozinho como acontecia apenas com meus amigos mais antigos e próximos.

É claro que Oliver insistiu em não querer sobremesa e então comeu metade do meu brownie mesmo assim, depois de uma breve discussão sobre quem iria segurar a colher.

— O que tem de errado com você? — perguntei quando Oliver tentou puxar a colher da minha mão. *De novo.*

— Eu consigo me servir sozinho, Lucien.

— Você poderia pedir uma droga de uma sobremesa só sua também.

— Eu já te disse. Não sou muito fã de sobremesas.

Eu o encarei.

— Você estava fazendo aquela cara de cãozinho abandonado para o brownie.

— Eu... eu... — Oliver estava corando. — Me sinto desconfortável em não comer quando você está comendo.

— Oliver. Você está mentindo?

O rosto dele ficou ainda mais vermelho.

— "Mentira" me parece uma palavra muito forte. Pode ser uma pequena... enganação.

— Não se pode ter tudo. Ou você ganha os pontos de caráter por não comer bolo ou come o bolo. E já deu para perceber em qual lado dessa equação eu me encaixo, né?

— Ainda assim, acho que não deveria.

Só Oliver era capaz de transformar um brownie em um dilema moral. Bem, Oliver e Julia Roberts.

— Você vai continuar sendo uma pessoa boa se comer sobremesa.

— Sim, bem. — Ele se contorceu daquele jeito meio envergonhado de sempre. — Existem também algumas considerações práticas.

— Tipo o quê? Você é literalmente alérgico a ser feliz?

— De certa forma, sim. Aquele, hm, V no abdômen que você tanto admira não vai se manter sozinho.

Eu o observei, me sentindo culpado de imediato. Acho que, mesmo tendo o conhecimento racional de que não dá para ter um corpo como aquele sem basicamente se matar, acabei ignorando todo o esforço que havia por trás.

— Se te consola, você vai poder continuar me negando sexo mesmo quando começar a parecer uma pessoa normal.

— Falar é fácil. Mas você só demonstrou qualquer tipo de interesse depois que eu tirei a camisa.

— Mentira. Esqueceu do aniversário da Bridget?

— Esse dia não conta. Você estava tão bêbado que seria capaz de transar com um saco de salgadinhos.

— Mentira também. E... só para constar. — Bebi mais um gole do vinho vegano. — Eu estava a fim de você havia muito mais tempo. A coisa do V no abdômen foi só uma desculpa conveniente. Agora, se você não quer comer brownie por causa de suas escolhas a respeito do próprio corpo, ótimo. Mas, se quer a porra do brownie, podemos dividir a porra do brownie.

Um longo silêncio.

— Eu... eu acho que quero o brownie — disse Oliver.

— Ótimo. Mas, como castigo por não ter coragem de pedir um só para você, eu vou dar na sua boca de um jeito sexy.

E vamos de Oliver corando de novo.

— Precisa mesmo disso?

— Bem. Não. — Sorri para ele do outro lado da mesa. — Mas vou fazer mesmo assim.

— Você vai acabar descobrindo que brownie não é uma comida muito sexy.

— Eu já te vi comendo musse de limão. E vou achar sexy quer você goste ou não.

— Ótimo. — Oliver me encarou com frieza. — Dá na minha boca, lindo. Dá com força.

— Olha, você está tentando me fazer desistir. Mas não está funcionado.

Me debrucei na mesa e mandei ver uma colherada de brownie em sua boca levemente horrorizada. No entanto, segundos depois ele já estava com aquela expressão prazerosa de Oliver Comendo Sobremesa. Apenas mais tarde, quando chegamos em casa e estávamos deitados lado a lado na cama dele feito duas peças de decoração, me dei conta de como ficar todo sensual e chocolatudo com um cara que nunca ia me comer tinha sido um erro de estratégia absurdo. Porque, de repente, eu só conseguia pensar nos lábios e olhos dele suavizados pelo prazer, o toque da respiração na ponta dos meus dedos. Perdi completamente a noção. Mas eu estava na casa *dele*, e ele estava *bem ali*, então não dava nem para bater uma punheta para aliviar.

Acho que não dormi muito bem. E, além disso, Oliver me fez acordar às sete da manhã. O que, sem exagero, é a pior coisa que pode acontecer com qualquer ser humano. E eu nem disfarcei, me escondendo debaixo da coberta, resmungando e xingando.

— Mas... — Oliver de fato pôs a *mão na cintura*. — Eu fiz rabanada.

Espiei por debaixo do travesseiro no qual tinha escondido minha cabeça.

— Sério? Sério?

— Sim. Se bem que, como você acabou de me chamar de tirano do café da manhã de um jeito ofensivo, não sei se está merecendo.

— Desculpa. — Me sentei. — Não tinha me dado conta de que você fez *mesmo* café da manhã.

— Bem, eu fiz.

— E tem mesmo rabanada?

— Sim. Tem mesmo rabanada.

— Pra mim?

— Lucie, eu não entendo como você pode ser tão obcecado por pão frito.

Acho que eu estava corando.

— Eu não sei. É só esse clima prazeroso e caseiro que eu acho meio... legal?

— Percebi.

— E, sinceramente — confessei —, nunca imaginei que alguém faria só para mim um dia.

Oliver afastou uma mecha de cabelo dos meus olhos quase sem perceber.

— Sabe, às vezes você até que é bem carinhoso.

— Eu... — *Merda*. Não sabia o que fazer. — Tudo bem, tudo bem. Vou levantar.

Quarenta minutos depois, de banho tomado contra a minha vontade e cheio de rabanada, nós estávamos na estrada a caminho de Lancashire. E eu estava pouco a pouco aceitando que eu e Oliver decidimos embarcar em uma jornada de carro por quatro horas. Ou melhor, Oliver decidiu passar quatro horas me levando para ver meu pai em um carro que ele mesmo alugou. E, mais uma vez, precisei lidar com ele estar lidando com essa coisa de namorado de mentira de um jeito muito mais sério do que qualquer namorado de verdade.

— Hm. — Me contorci. — Obrigado por fazer isso. Na minha cabeça, Lancashire não era tão... longe.

— Bem, eu te encorajei a se aproximar do seu pai, então agora não posso reclamar.

— Sei que mal conheço o cara, mas isso é tão típico dele.

— Como assim?

— Ah, sabe como é. Armar todo esse show sobre querer se reconectar e depois me arrastar até Lancashire para fazer isso. Quer dizer, e se eu não tivesse um namorado de mentira que sabe dirigir? Seria uma merda.

— Felizmente, você tem um namorado de mentira que sabe dirigir.

Encarei Oliver por um bom tempo.

232

— Eu sei. E já me ofereci para retribuir esse favor, mas você sempre recusa.

— Só uma observação, Lucien. Existem outras formas de retribuir além de sexo.

— Isso é você quem está falando. Eu continuo não acreditando.

Ele pigarreou.

— Como está se sentindo a caminho de ver seu pai?

— Incomodado.

E, sempre a epítome da sensatez, Oliver não insistiu.

— Se importa se eu puser um podcast? — perguntou ele.

Mas é claro que Oliver era o tipo de pessoa que ouve podcast.

— Tudo bem, mas se for um TED Talk ou o podcast de ficção da *New Yorker*, eu vou para Lancashire a pé.

— Qual é o problema do podcast de ficção da *New Yorker*?

— Ser o podcast de ficção da *New Yorker*.

Ele conectou o celular no painel, e o carro foi tomado por uma música meio Twilight Zone seguida da voz estranha e sonora de um homem norte-americano.

— Tudo bem — eu disse a ele. — Podemos adicionar *This American Life* na lista de "nem fodendo"?

— Bem-vindos a Night Vale — disse o homem norte-americano com a voz estranha e sonora.

Encarei a expressão serena de Oliver.

— O que está acontecendo?

— É *Welcome to Night Vale*.

— Sim, entendi essa parte quando o homem disse "Bem-vindos a Night Vale". Mas por que você escuta isso?

Ele deu de ombros.

— Porque eu gosto?

— Sim, isso eu entendi, porque você escolheu botar esse podcast durante o que será uma jornada de quatro horas. Só não imaginei que esse era o tipo de coisa que você escutava.

— Claramente eu tenho segredos profundos. Além do mais, estou muito investido em Cecil e Carlos.

— De verdade? Você, tipo, *shippa* eles? Você tem um Tumblr também?

— Eu não sei o significado de nenhuma dessas palavras.

— Eu até acreditaria nisso, antes de descobrir que você curte *Welcome to Night Vale*.

— Bem, o que posso dizer? Às vezes eu preciso de um descanso entre ouvir documentários sobre atualidades e julgar os outros.

Eu estava prestes a rebater, mas algo me segurou.

— Eu fiz aquelas provocações do mal de novo, não fiz?

— Talvez. Só não imaginei que você fosse ficar tão chocado ao descobrir que eu tenho outros interesses além do código penal e do noticiário.

— Desculpa. Eu... eu gosto de ver seus outros lados.

— O lado que você geralmente vê é tão condenável assim?

— Não — resmunguei. — Eu gosto também. É por isso que você não faz sexo casual?

Ele piscou.

— Por causa de *Welcome to Night Vale*?

— Porque você está esperando alguém com cabelo perfeito.

— Sim. É esse o motivo. — Oliver fez uma pausa. — E também porque estou esperando as instruções da Glow Cloud.

Levando em conta a voz doce de Cecil e o fato de que eu saí da cama às sete, acabei pegando no sono. Com toda a delicadeza, Oliver me sacudiu para me acordar, e eu me arrastei para fora do carro em algum lugar perto da ultrajante e impecável casa de campo do meu pai. Não surpreendendo ninguém, o estacionamento onde tínhamos deixado o carro alugado estava cheio, muito cheio do que pavorosamente me parecia uma equipe de filmagem. Quer dizer, tinha até um cacete de food truck, onde um homem careca com jaqueta de couro estava pegando uma batata assada.

— Bem — comentei. — Estou muito empolgado para curtir um tempo com meu pai emocionalmente distante.

Oliver passou o braço em volta da minha cintura. Era preocupante o quanto aquilo já estava começando a parecer natural.

— Tenho certeza de que as gravações vão acabar em breve.

— As gravações deveriam ter acabado ontem.

— Então acredito que estouraram o prazo, o que dificilmente deve ser culpa dele.

— Se eu quiser, boto a culpa nele, sim.

Caminhamos pelo chão de cascalho, passando por alguns anexos — todos charmosos com telhados de sapê, embora pelo menos um deles tivesse janelas claramente à prova de som — e conseguimos chegar perto da entrada principal antes de sermos abordados pela equipe de segurança.

— O que vocês pensam que estão fazendo?

Suspirei.

— Estou me perguntando isso desde que saí de Londres.

— Sinto muito, camarada. — O homem estendeu a mão. — Vocês não têm permissão de estar aqui.

— Fomos convidados — disse Oliver. — Esse é o Luc O'Donnell.

— Se você não está no programa, não pode ficar aqui.

Tentei dar meia-volta, mas o braço de Oliver dificultava as coisas.

— Ah, que pena. Vamos embora então. Se sairmos agora, podemos chegar naquele adorável posto de gasolina a tempo para o jantar.

— Luc. — Oliver me virou de volta para a porta. — Você veio de longe. Não desista agora.

— Mas eu gosto de desistir. É o meu maior talento.

Infelizmente, Oliver não estava caindo na minha. Ele fuzilou o segurança com seu melhor olhar de advogado.

— Senhor... perdão, qual é o seu nome?

— Briggs — respondeu o segurança.

— Sr. Briggs, ele é o filho do Jon Fleming. Foi convidado pelo pai, portanto tem o direito de estar aqui. Ainda que eu entenda que seu trabalho é nos mandar embora, não vamos a lugar algum. Se você tentar nos impedir fisicamente de ver o sr. Fleming, isso será considerado agressão. Agora vou passar por você e entrar nesta casa, e aconselho que você vá falar com seu superior.

Pessoalmente, mesmo ignorando que eu nem queria estar ali, não teria escolhido o tipo de atitude que tinha "ser agredido" como possível consequência. Oliver, ao que tudo indicava, não via problema algum naquilo. Demos a volta pelo segurança e entramos na casa.

Onde fomos recebidos aos gritos por uma ruiva de cinquenta e poucos anos.

— Corta! Corta! Quem abriu a porra da porta?

Nós estávamos no que, se não fossem os microfones e as pessoas nervosas, seria um saguão de entrada rústico e deslumbrante, com chão de ripas de madeira, tapetes ligeiramente desbotados e uma lareira enorme em uma parede de pedras.

— Perdão pela interrupção — disse Oliver, nem um pouco perturbado. — Estamos aqui para ver o Jon Fleming. Mas parece que temos um problema de horários.

— Vocês poderiam estar aqui pra ver a porra do Dalai Lama. Ninguém invade o meu set.

Nesse momento, Jon Fleming saiu do cômodo dos fundos — uma sala de estar decorada no mesmo estilo, que de alguma forma conseguia parecer aconchegante apesar de gigantesca.

— Desculpa. Desculpa. — Ele fez o que James Royce-Royce chamaria de "um gesto mea-culpa". — Eles estão comigo. Geraldine, tudo bem se eles ficarem?

— Tudo bem. — A mulher nos encarou. — Só fiquem calados e não encostem em nada.

— Bem. — Suspirei com tristeza. — Lá se vai meu plano de gritar e lamber os móveis.

Jon Fleming me lançou um olhar de arrependimento sincero, embora eu tivesse certeza de que ele não era sincero nem estava arrependido.

— Estarei livre para ficar com você daqui a pouco, Luc. Sei que não era bem isso que você esperava.

— Na verdade, isso era *exatamente* o que eu esperava. Leve o tempo que precisar.

Ele precisou de cinco horas.

Passou a maior parte do tempo aconselhando Leo de Billericay quanto a uma versão acústica de "Young and Beautiful". Eles estavam sentados em um dos sofás que pareciam caros e ao mesmo tempo caseiros — Leo de Billericay, com seu violão apoiado no joelho como se fosse um cordeirinho morto, e meu pai o observando atentamente com um olhar que dizia "eu acredito em você, filho".

Eu não sabia merda nenhuma de música, mas, para a minha tristeza, meu pai era muito bom naquilo. Fazia sugestões técnicas perspicazes sem serem forçadas, oferecendo o tipo de elogio e apoio que qualquer um levaria para a vida. Comentários que, a propósito, rendiam ótimas cenas para a tv. Em determinado momento, ele até guiou os dedos de Leo de Billericay para uma posição melhor na hora de mudar de acorde.

Então tivemos que sair do saguão de entrada para que Leo de Billericay pudesse se sentar na frente da lareira e falar para a câmera sobre como meu pai era incrível e como o relacionamento dos dois havia se tornado algo importante para ele. Algo que levou muitas tomadas porque a produção ficava pedindo mais emoção. No fim, ele já estava à beira das lágrimas, mas, se era porque aquela tinha sido uma experiência marcante ou porque o cara ficou a tarde inteira sentado na frente de luzes fortes sem nada para comer ou beber enquanto pessoas gritavam com ele, não dava para dizer. Bem, na verdade dava. Mas eu não estava nem aí.

Enquanto eles faziam qualquer que fosse a gíria televisiva para limpar tudo — dobrar os cachorros ou limpar a banana — eu escapei para roubar uma batata assada da ITV, o que não me deixou muito melhor. Até que Oliver, Jon Fleming, minha batata assada roubada e eu estávamos enfim sentados à mesa da cozinha, vivendo juntos um momento desconfortável.

— Então — comecei —, como você estava gravando o tempo inteiro desde que eu cheguei aqui, nem consegui te apresentar o meu namorado.

— Oliver Blackwood. — Oliver estendeu a mão, e meu pai o cumprimentou com firmeza. — Prazer em conhecê-lo.

Jon Fleming assentiu lentamente como quem diz *Você foi julgado e considerado digno.*

— O prazer é todo meu, Oliver. Fico feliz que você tenha vindo. Vocês dois.

— Bem. — Fiz o gesto mais próximo possível de um "vai se foder" sem literalmente levantar o dedo do meio. — Que legal, mas estamos indo embora daqui a pouco.

— Vocês podem passar a noite aqui se quiserem. Eu fico no anexo. Deixo a casa só para vocês.

Parte de mim queria dizer sim só porque eu tinha certeza de que ele estava apostando que eu diria não.

— Nós temos que trabalhar amanhã.

— Outro dia, então?

— Qual outro dia? Nós alugamos um carro pra vir aqui e passamos a tarde inteira te observando gravar um programinha de merda.

Ele parecia solene e arrependido — o que, quando se é um homem careca de setenta e poucos anos com mais carisma do que consciência, era algo bem fácil de fazer.

— Não era isso que eu queria. E sinto muito pelo trabalho, que acabou atrapalhando as coisas.

— O que você queria então? — Apunhalei minha batata com um garfinho de madeira. — Qual era o seu plano?

— Não tinha plano nenhum, Luc. Só achei que seria bom passarmos um tempo juntos, aqui. Era algo que eu queria compartilhar contigo.

Eu... não tinha ideia do que responder. Jon Fleming não tinha me dado nada durante a vida inteira. E agora, de repente, queria compartilhar o quê? A casa de campo?

— Essa é uma parte muito bonita da zona rural — comentou Oliver. Meu Deus, como ele se esforçava. Toda. Santa. Vez.

— É, sim. Mas é muito mais do que isso. Está ligada às minhas raízes. Ao lugar de onde eu vim. Ao lugar de onde você veio.

Legal. Agora eu tinha algo a dizer.

— *Eu* vim de um vilarejo perto de Epsom. Onde fui criado pela minha mãe, que não me abandonou.

Jon Fleming não se abalou.

— Sei que você precisou de mim na sua vida, e sei que errei em não estar presente. Mas não posso mudar o passado. Só posso tentar fazer a coisa certa agora.

— Você... — Eu estava genuinamente triste por ter que dizer isso em voz alta. — Você pelo menos se arrepende?

Ele coçou o queixo.

— Se arrepender é fácil demais. Fiz minhas escolhas e estou lidando com as consequências.

— Nossa. Isso parece muito um não.

— Se eu dissesse que sim, que diferença faria?

— Não sei. — Fiz uma encenação como se estivesse pensando muito sobre aquilo. — Talvez eu não te achasse o maior babaca que já existiu.

— Lucien... — Os dedos de Oliver tocaram meu pulso.

— Pode pensar o que quiser de mim — disse Jon Fleming. — Isso é um direito seu.

Eu sentia uma pressão aumentando dentro de mim, quente e amarga, como se eu estivesse prestes a chorar e vomitar. O problema era: ele estava sendo muito sensato. Mas tudo que eu escutava era *Estou pouco me fodendo.*

— Eu sou seu filho. Você não liga para o que eu sinto por você?

— Claro que ligo. Mas aprendi há muito tempo que não posso controlar os sentimentos dos outros.

Minha batata não estava mais me protegendo. Empurrei-a para longe e afundei o rosto nas mãos.

— Com todo o respeito, sr. Fleming. — De alguma forma, Oliver conseguia parecer tanto conciliador quanto inflexível, assim como meu pai. — Acho errado adotar a mesma postura com críticos de revistas e sua própria família.

— Não foi isso que eu quis dizer. — Tive a impressão de que Jon Fleming não era muito fã de ser confrontado. — Luc é um homem adulto. Não vou tentar mudar as opiniões dele sobre qualquer coisa, muito menos sobre mim.

Eu conseguia sentir a firmeza de Oliver ao meu lado.

— Não me cabe dizer qualquer coisa — murmurou ele. — Mas esse posicionamento soa como uma tentativa de fugir de sua responsabilidade e não considerar o impacto de suas atitudes na vida de outras pessoas.

Houve um breve e infeliz silêncio. Então Jon Fleming disse:

— Eu entendo que você sinta isso.

— Ah, pelo amor de Deus. — Olhei para ele. — Não acredito que você foi repreendido pela sua conversinha fiada e respondeu com a *mesma* conversinha fiada.

— Você está nervoso. — Ele continuava balançando a porra da cabeça.

— Nossa, você consegue perceber as reações humanas como ninguém, pai! Agora entendi por que a ITV te acha uma lenda da música.

Ele cruzou as mãos sobre a mesa, os dedos longos e nodosos se entrelaçando.

— Sei que você quer algo de mim, Luc, mas, se quer ouvir que eu me arrependo de ter escolhido minha carreira em vez de minha família, não posso te dar isso. Admito que te magoei, admito que magoei sua mãe. Posso até dizer que fui egoísta, porque fui mesmo, mas fiz o que era certo para mim.

— Então o que eu estou fazendo aqui? — implorei, me sentindo mais infantil do que estava confortável em me sentir.

— O que é certo para você. E, se isso for ir embora e nunca mais falar comigo, eu aceito.

— Então você pediu que eu fizesse uma viagem de oito horas no total para me dizer que apoia meu direito de decidir se quero te ver? Isso é ridículo.

— Entendo. É que cada vez mais eu percebo como ainda me restam poucas oportunidades.

Suspirei.

— Meus parabéns, pai. Você sabe mesmo como usar a cartada do câncer.

— Só estou sendo honesto.

Encaramos um ao outro, presos nesse beco sem saída. Eu não deveria ter ido. A última coisa que eu precisava era de Jon Fleming encontrando novas formas criativas de me dizer que nunca me quis. E agora eu nem poderia ir embora sem me sentir o vilão da história. Meus dedos agarraram em desespero o braço de Oliver.

— Você não está sendo honesto — disse ele. — Está sendo verdadeiro. Sou advogado. Sei a diferença.

Jon Fleming olhou para Oliver com certa cautela.

— Agora eu não entendi.

— Tudo o que você está falando é inquestionável ao pé da letra. No entanto, você está tentando nos fazer aceitar uma equivalência completamente falsa entre abandonar seu filho de três anos e Lucien cobrar que você assuma a responsabilidade de uma escolha que, como você mesmo admitiu, foi tomada por livre e espontânea vontade. Essas não são, de fato, a mesma coisa.

Com isso, meu pai abriu um sorriso irônico que não refletiu em seus olhos.

— Sempre soube que nunca deveria discutir com um advogado.

— Quer dizer que eu estou certo, mas você não vai admitir, então prefere fazer uma piada sobre a minha profissão e torcer para que Luc entenda isso como uma boa resposta?

— Certo. — Jon Fleming fez um gesto de "calma, minha gente". — As coisas estão esquentando.

— Não tem nada esquentando por aqui — respondeu Oliver com frieza. — Eu e você continuamos perfeitamente calmos. O problema é que você passou os últimos dez minutos magoando seu filho.

— Pronto, você já deu sua opinião, e eu te agradeço por isso. Mas isso aqui é entre mim e Lucien.

Saltei tão rápido que a cadeira caiu e quebrou com uma força inacreditável no piso que eu tinha certeza ser feito de pedras autênticas da cidade.

— Não vem querer me chamar de Lucien agora. E não vem querer fazer... — Balancei a mão na esperança de conseguir englobar tudo aquilo de uma vez. — ... *isso* nunca mais. *Você* que veio atrás de *mim*. E, ainda assim, fui eu quem acabou tendo que fazer todo o esforço e quem tem que assumir a responsabilidade quando a bomba explode.

— Eu...

— E se você disser "eu entendo o que você quer dizer" ou "eu concordo" ou qualquer coisa minimamente parecida com isso, não estou nem aí se você é um velho com câncer, Deus que me perdoe, mas eu vou acabar com a sua raça.

Ele abriu os braços de um jeito que parecia estar meio invocando Jesus, meio dizendo "vem aqui, parceiro".

— Se quiser tentar, pode vir.

Senti um alívio esquisito ao me dar conta de que eu não tinha vontade nenhuma de bater nele.

— Agora percebi — eu disse, arrastando a voz na minha melhor imitação de Jon Fleming — como você pode estar mesmo querendo que eu faça isso. Mas sinto em te informar que não posso dar o que você está procurando.

Talvez fosse coisa da minha cabeça, mas meu pai parecia quase decepcionado.

— Olha — continuei —, agora é com você. Ou se esforça para passar um tempo comigo em algum lugar aonde eu consiga chegar. Ou eu saio daqui agora, e você pode aproveitar sua morte solitária.

Jon Fleming ficou quieto por um momento.

— Acho que mereci isso.

— Não me importo se mereceu ou não. É só como as coisas vão funcionar daqui pra frente. O que me diz?

— Vou estar em Londres daqui a uns dias. Te procuro lá.

Soltei um suspiro muito longo.

— Ótimo. Vem, Oliver. Vamos para casa.

Voltamos em silêncio.

— Tudo bem se deixarmos *Night Vale* para depois? — perguntei.

— Sem problemas.

A vibração suave do motor tomou conta do carro. E, lá no fundo, o ritmo constante da respiração de Oliver. Apoiei a cabeça na janela e observei a estrada passando em uma névoa cinza.

— Você está...

— Posso colocar uma música? — pedi.

— Claro.

Encaixei meu celular no painel e abri o Spotify. Por algum motivo que poderia muito bem ser um grito de desespero clamando por terapia, eu estava com vontade de ouvir um dos álbuns antigos de Jon Fleming. Meio relutante, meio ansioso, digitei "Rights of Man" na barra de busca. E, puta merda, meu pai tinha gravado muita coisa nos últimos anos. Sem contar os vários compilados de grandes sucessos, os remixes, as coleções de aniversário a cada década, havia uns trinta álbuns ali, incluindo *The Hills Rise Wild*, um dos que ele gravou com a minha mãe. E que eu não iria nunca, *nunquinha*, pôr para tocar.

Fiquei dividido entre *The Long Walk Home*, seu lançamento mais recente, e *Leviathan*, que era o que todo mundo conhecia e que havia ganhado o Grammy em 1989. Acabei escolhendo o segundo. Houve uma breve pausa antes que a primeira música carregasse. E de repente as caixas de som explodiram com um rock progressivo raivoso que elas não foram projetadas para suportar.

Para ser sincero, acho que nem *eu* fui projetado para suportar aquilo.

Aos treze anos, passei por uma fase obcecada pelas músicas de Jon Fleming. Então decidi que nunca mais ia escutar aquilo, o que deixava a experiência de escutar agora esquisita pra caralho. Porque eu me lembrava de tudo perfeitamente — não apenas da música, mas de como eu me sentia naquela idade, tendo um pai que era ao mesmo tempo tão acessível e ausente. Ele estava cem por cento presente na música. E, mesmo depois de passar uma hora gritando com ele, cem por cento ausente na minha vida.

Oliver me observou rapidamente de soslaio.

— Isso é...

— Sim.

— É bem, hm, barulhento.

— Pois é, ele era barulhento nos anos 80. Nos anos 70 era só árvores e pandeiros.

Mais um interlúdio de grunhidos cínicos e guitarras pesadas.

— Desculpa a ignorância — disse Oliver —, mas sobre o que é essa música?

— Segundo minha mãe, e a gente pode conferir depois na Wikipédia se você quiser, porque isso ainda não existia na última vez que escutei esse álbum, é sobre o Reino Unido na era Thatcher. Sabe como é, tudo que aconteceu nesse país nos anos 80 era sobre o Reino Unido na era Thatcher.

— Tem alguma coisa a ver com *Leviatã*, de Thomas Hobbes?

— Hm. Provavelmente? Quer dizer, a não ser que você esteja falando daquele tigre dos quadrinhos, neste caso, ainda assim, não faço a menor ideia.

Oliver soltou uma das suas breves risadas.

— Bem, a banda se chamava "Rights of Man". Então acredito que eles tinham algum interesse pela filosofia dos séculos XVII e XVIII.

— Que merda. — Bati com a cabeça no recosto do banco. — Por que todo mundo sabe mais sobre o meu pai do que eu?

— Eu não sei mais sobre o seu pai. Só sei mais sobre o Iluminismo.

— Sim, e eu não sei se isso me deixa mais confortável. Só significa que você sabe mais sobre meu pai *e também* sobre história.

— Você sabe... — Outro olhar rápido. — Que não foi isso que eu quis dizer.

— Sei. Mas gosto de brincar com a sua culpa de classe média.

— Neste caso, você vai ficar feliz em saber que agora estou me sentindo muito dividido sobre ter te incentivado a entrar em contato com ele.

— Tem razão. Foi um desastre e é tudo culpa sua.

Ele se encolheu.

— Lucien, eu...

— É brincadeira, Oliver. Nada disso é culpa sua. Só do Jon Fleming. Além do mais... — Aff, por que ele continuava me obrigando a dizer esse tipo de coisa? — Fiquei feliz por ter você lá comigo. Teria sido muito pior sozinho.

A faixa seguinte era mais tranquila, só na flautinha. "Livingstone Road", conforme eu infelizmente ainda lembrava.

— Sinto muito — disse ele um momento depois. — Por não ter sido melhor.

— Eu já sabia que não seria.

— E você não está... magoado?

Se aquela pergunta tivesse vindo de qualquer outra pessoa, ou se fosse o Oliver de duas semanas atrás, eu provavelmente teria dito algo tipo *Faz tempo que Jon Fleming não consegue mais me magoar*.

— Não muito, mas... sim.

— Não consigo entender como alguém poderia não querer fazer parte da sua vida.

Prendi uma gargalhada.

— Você me conhece?

— Por favor, não tente escapar dessa com uma piada. Estou falando sério.

— Eu sei. Só que é mais fácil afastar as pessoas do que as observar indo embora. — As palavras ficaram no ar, e eu queria poder sugá-las de volta para mim. — Enfim — continuei rapidamente —, ainda assim você estava certo. Se eu não tivesse tentado, passaria a vida inteira sendo o desgraçado que abandonou o pai à beira da morte.

— Isso não seria verdade. Talvez você fosse se sentir assim, mas não seria verdade. — Uma pausa. — E o que vai fazer agora?

— Sei lá. Vamos ver o que acontece quando ele me ligar.

— Você fez tudo certo, Lucien. Agora é com ele. Mas, para ser sincero, acho que ele não te merece.

Merda. Eu só queria que ele parasse de ser tão bom para mim. Bem, que ele parasse ou que não parasse nunca mais.

Deixei *Leviathan* tocar até o fim e em seguida o Spotify decidiu que eu queria escutar Uriah Heep, então nós... escutamos Uriah Heep. Enfim, depois de uma jornada de quatro horas guiada pelo algoritmo do rock progressivo dos anos 80, durante a qual eu passei boa parte não necessariamente dormindo mas também não tão acordado para não ter que pensar em nada, chegamos na minha casa.

— Você... — Me esforcei ao máximo para parecer casual. — Quer passar a noite aqui?

Oliver me olhou com uma expressão indecifrável sob as sombras dos postes da rua.

— Você quer que eu queira?

Eu estava cansado demais para discutir e esgotado demais para fingir.

— Sim.

— Vou achar um lugar para estacionar e te encontro lá em cima.

Geralmente, aquela seria minha oportunidade de tentar esconder as piores evidências do meu estilo de vida horroroso, mas, na verdade, eu vinha tomando muito cuidado ultimamente, mantendo meu apartamento quase tão limpo quanto meus amigos deixaram. O que me deixava sem nada para fazer além de ficar todo desconfortável parado na frente do sofá esperando por Oliver. E foi assim que ele me encontrou, ainda de casaco e caído como um limão no tapete que Priya tinha me dado para decorar um pouco a sala.

— Hm — murmurei. — Surpresa?

Ele olhou para a ausência de bagunça e depois para mim.

— Você limpou a casa?

— Sim. Quer dizer, meus amigos me ajudaram.

— Você não fez isso por minha causa, né?

— Fiz por mim. E um pouquinho por você.

Oliver parecia impressionado de verdade.

— Ah, Lucien...

— Não... não é grande co...

Ele me beijou. E foi o beijo mais Oliver de todos, as mãos envolvendo meu rosto e me puxando gentilmente, seus lábios cobrindo os meus com um cuidado intencional, um tipo de paixão só dele. Era igual a experimentar um chocolate muito caro, saboreando cada pedaço porque não sabia se teria oportunidade de comer de novo. Seu cheiro era familiar, como voltar para casa, como a noite em que passei protegido por aqueles braços. E eu me sentia tão *precioso* que não sabia se era capaz de suportar.

Só que eu também não queria que terminasse. Aquele momento de encontrar algo que eu tinha desistido de procurar havia tempos. Talvez eu tenha até parado de acreditar. Aquela delicadeza impossível e selvagem de ter alguém te beijando como você é — por causa de você —, e todo o resto, com exceção da pressão dos corpos, da respiração ofegante e das línguas se tocando, voa para longe como folhas secas no outono.

Era o tipo de beijo que te fazia sentir invencível: quente e lento e profundo e perfeito. E, por um breve instante, enquanto Oliver me tocava, eu não precisava de mais nada. Segurei a lapela do casaco dele sem conseguir me conter.

— O q-que está acontecendo?

— Achei que já estivesse óbvio. — A boca que se afastou da minha formou o sorriso mais delicado do mundo.

— Sim, mas... você disse que só beijava pessoas que gostava.

Com isso, Oliver ficou muito corado muito rápido.

— É verdade, mas me arrependo de ter dito isso. Porque eu gosto de você. Na verdade, sempre gostei. Só pensei que você acharia ridículo se soubesse o quanto eu gostava.

— Ah, sem essa! — Minha cabeça estava girando. — Desde quando eu preciso da sua ajuda para te achar ridículo?

— Bem, nisso você tem razão.

— Então me beija de novo.

Eu não estava acostumado com Oliver me obedecendo, mas acho que era uma ocasião especial. Ou a cabeça dele também estava girando. De qualquer forma, ele não continuou carinhoso por muito tempo: acabamos nos jogando no sofá, Oliver entre as minhas pernas, suas mãos me segurando contra as almofadas, uma mistura de respirações ofegantes, corpos arqueados e roupas demais. E, meu Deus, os beijos dele. Profundos, intensos, desesperados. Como se ele soubesse que o mundo estava acabando e por algum motivo bizarro tivesse decidido que me beijar era a última coisa que queria fazer.

— E eu aqui achando... — Suspirei. — Que você era um bom garoto.

Oliver me encarou de cima a baixo. Com o cabelo bagunçado, a boca vermelha e os olhos ardendo de paixão, ele parecia muito, muito malvado.

— E eu aqui achando que você era socialmente consciente demais para dar bola para esse tipo de estereótipo sexual negativo.

— Eu sou. Sou socialmente consciente *pra caralho*. Só que... esse é um lado seu que eu nunca achei que veria.

— Bem, não era para você ver. — A expressão de Oliver ficou séria novamente. — Nós concordamos... que iríamos fazer... desse jeito. Não era para ser...

Eu não sabia ao certo o que ele ia dizer, mas sabia que eu não queria escutar. Na manhã seguinte poderíamos voltar a agir como se nada tivesse acontecido. Mas ali, naquela noite... Sei lá... Acho que só estava cansado demais da minha própria conversa fiada.

— Oliver, por favor. Vamos parar de fingir. Você foi incrível hoje. Você tem sido incrível desde o começo.

Ele estava corando.

— Só cumpri o nosso acordo. Nada além disso.

— Tudo bem, então. Mas você me fez mais feliz do que, bem, qualquer pessoa. Em muito tempo. E não estou tentando bagunçar o que nós temos ou te obrigar a fazer algo que você não queira. Só que eu... acho que quero que... você saiba disso?

— Lucien...

— Você pretendia terminar essa frase? — perguntei depois de uma longa pausa.

Ele riu.

— Desculpa. É que esse é um lado seu que *eu* nunca achei que veria.

— Sim. — Eu também achei. — Não estou acostumado com... nada disso. Estar com alguém com quem posso contar, e querer que esse alguém também conte comigo.

— Se isso te consola, também não estou acostumado com isso.

— Mas você não teve um monte de namorados?

— Sim, mas... — Os olhos de Oliver desviaram dos meus por um momento. — Nunca me senti bom o bastante para nenhum deles.

— Isso não faz o menor sentido.

— Bem — disse ele com um sorriso —, você sempre diz que seus parâmetros são bem baixos.

— Ei, isso é uma piada autodepreciativa. Foco no "auto".

Oliver se inclinou e me beijou de novo, um toque fugaz dos lábios dele nos meus. Eu geralmente não era tão carinhoso, mas, bem... Oliver.

— Então. — Eu estava com medo de azarar tudo, mas precisava perguntar. — Beijar faz parte do acordo agora?

— Se... se você... não se importar.

Soltei um suspiro carregado.

— Bem, já que você *insiste*.

— Estou falando sério, Lucien.

— Eu sei, é a coisa mais linda. E, sim, acho que devemos adicionar uma cláusula sobre beijos no nosso contrato de namorados de mentira.

Ele cerrou os lábios.

— Vou providenciar o aditivo amanhã cedo.

Para ser sincero, eu aguentaria muito mais tempo de pegação adolescente com Oliver no sofá, mas nós tínhamos ido e voltado de Lancaster, e meu pai tinha sido um babaca comigo e com ele, e em tese nós tínhamos empregos de gente grande na manhã seguinte, tudo isso somado à hora de dormir. Além do mais, eu não tinha nenhum livro, o que forçava Oliver a contar apenas com a minha presença para se entreter, e, como beijar agora estava no contrato, eu estava disposto a ser um bom entretenimento.

Cavalheiro como eu era, deixei Oliver usar o banheiro primeiro e entrei em seguida para escovar os dentes e me certificar de que eu não precisava de um banho antes de tentar ficar de conchinha com o homem atraente que eu tinha levado para casa. Eu estava com a escova na boca quando notei meu celular piscando sem parar, e, sem pensar muito no que estava fazendo, fui dar uma olhada nas minhas notificações. O problema é que o Google vinha sendo muito bonzinho comigo nos alertas de Filho de celebridade nem fez tanta merda assim, o que me deixou com a guarda muito mais baixa do que deveria. Foi por isso que *Uma vida quase ordinária: a corda bamba de Luc O'Donnell* por Cameron Spenser me deu um murro no meio dos dentes.

Luc O'Donnell não é famoso, começava o texto. Até mesmo seus pais — muito provavelmente os nomes das chamadas "celebridades" neste artigo sobre celebridades vão provocar no leitor uma reação de "quem?" ou "pensei que ele tinha morrido", em vez do estalo universal de reconhecimento que a gente sente a respeito daqueles que são de fato celebrados. Quando eu o conheci em uma festa há cerca de um mês, um amigo em comum me disse que seu pai era o cara daquele reality show ("o cara" sendo Jon Fleming e "aquele reality show" sendo *O Pacote Completo*, na medida em que esses detalhes são importantes). Na época, apesar de tudo o que tem se falado sobre nossa "cultura obcecada pela mídia", nem o cara nem o programa significavam muito para mim, mas parecia uma forma de quebrar o gelo tão boa quanto qualquer outra, então fui até ele.

Ok, estava tudo bem. Isso eram apenas fatos. Foram fatos a respeito de uma coisa específica que aconteceu comigo recentemente, envolvendo um cara que jurou de pé junto que não faria algo assim, mas foram apenas fatos.

"Olá", eu disse. "Você é o filho do Jon Fleming, não é?"

Nunca vou esquecer como ele olhou para mim com seus olhos azul-esverdeados e intensos — olhar 43, como se dizia há algumas décadas — cheio de esperança, medo e desconfiança, tudo de uma vez. Lá estava um homem, pensei, que nunca soube o que é ser um ninguém. E, até aquele momento, eu não havia percebido como isso pode ser um fardo. Seria clichê dizer que a fama tomou o lugar da religião no século XXI, que as Beyoncés e os casais Brangelinas do mundo tomaram o espaço deixado por deuses e heróis da antiguidade, mas, como a maioria dos clichês, há um fundo de verdade nisso. E os deuses antigos eram impiedosos. Para cada Teseu que derrotava o Minotauro e voltava para casa triunfante, havia uma Ariadne abandonada na Ilha de Naxos. Um Egeu se jogando no oceano à primeira vista de uma embarcação com velas pretas.

Ainda estava tudo bem. Tinha que ficar tudo bem. Era só o ar. Só palavras. Só um monte de baboseira sobre nada. Mas ele estava falando dos meus olhos. Da porra dos meus olhos.

Gosto de acreditar que em outra vida Luc O' Donnell e eu poderíamos ter dado certo. No curto tempo em que o conheci, vi um homem com potencial infinito preso em um labirinto que mal conseguia nomear. E, de tempos em tempos, penso em quantas dezenas de milhares como ele devem existir neste mundo — insignificantes em um planeta com bilhões de pessoas, porém um número impressionante quando vistos em grupo — todos perdidos e cegos pelo reflexo de sua glória, sem nunca saber o próximo passo ou em quem confiar, abençoados e amaldiçoados pelo toque de Midas da divindade digital.

Li recentemente que ele está saindo com alguém novo, que está pondo a vida de volta nos eixos. No entanto, quanto mais penso nisso, menos acredito que exista um eixo para ele. Espero estar errado. Espero que ele esteja feliz. Mas, quando vejo seu nome nos jornais, só consigo me lembrar daqueles olhos estranhos, amaldiçoados. E fico pensando neles.

Coloquei a escova de dente com cuidado sobre a pia, então deslizei até o chão gelado do banheiro, apoiei as costas na porta, e puxei os joelhos contra o peito.

— Lucien? Está tudo bem? — Oliver continuava batendo educadamente na porta do banheiro. Não sei ao certo quando ele tinha começado.

Sequei os olhos com a manga da camiseta.

— Estou bem.

— Tem certeza? Você já está aí há um bom tempo.

— Já disse que estou bem.

Ouvi um tremor barulhento do lado de fora.

— Quero respeitar sua privacidade, mas estou começando a ficar preocupado. Você está passando mal?

— Não. Se estivesse, eu teria dito *estou passando mal*. Eu disse que estou bem porque estou bem.

— Você não parece bem. — Oliver estava usando o tom mais paciente de todos. — E, para ser sincero, isso não me parece o comportamento de quem está bem.

— Mas é como estou me comportando.

Então ouvi um leve baque, como se ele tivesse apoiado a cabeça na porta.

— Não estou duvidando disso, é só que... Eu sei que aconteceu muita coisa hoje, e, se você estiver chateado por qualquer motivo, espero que possa conversar comigo a respeito.

Com um baque ainda mais alto, bati a cabeça na porta com mais força do que eu esperava. A pontada repentina de dor *pareceu* esclarecer as coisas, mas provavelmente não esclareceu nada.

— Sei disso, Oliver, mas já conversei demais com você hoje.

— Se é sobre o que aconteceu agora à noite, eu... eu não sei o que dizer. Gostei da conexão que tivemos, gostei de saber que sou importante para você, e acho que nenhum de nós dois deveria se arrepender disso.

— Dever não é a mesma coisa que poder.

— Tem razão. Nenhum de nós pode garantir que não vai olhar para trás daqui a cinco anos e ver que essa foi a pior ideia que já tivemos. Mas é um risco que estou disposto a correr.

Arranhei a esmo o rejunte dos azulejos no chão.

— Isso porque, quando você se arrepende de alguma coisa, é na sua própria casa com uma xícara de chá e uma garrafa de gim. Quando eu me arrependo, é nas páginas de um tabloide de quinta.

— Entendo que isso te preocupe, Lucien, mas...

— É muito mais do que uma maldita preocupação. É a minha vida. — Num movimento bobo, quebrei a unha. Uma meia-lua de sangue se formou na ponta do dedo. — Você não entende. Toda estupidez que eu cometi. Toda vez que levei um pé na bunda. Toda vez que fui usado. Toda vez que fui só um pouquinho vulnerável. Isso fica registrado *pra sempre*. Para todo mundo. E não é nem mesmo uma matéria de verdade. É um artigo que você lê sobre os ombros de alguém no metrô. É uma manchete que você lê pela metade enquanto passa por um jornal que não vai nem comprar. É uma postagem que você vê sem querer no celular enquanto está cagando.

Então, um silêncio muito, muito longo.

— O que aconteceu?

— *Você* aconteceu — rebati. — Você fodeu com a minha cabeça e me fez achar que as coisas podiam ser diferentes, mas nunca vão ser.

Outro silêncio, ainda mais longo.

— Sinto muito que você ache isso. Mas está claro que o motivo do que está acontecendo agora vai muito além de mim.

— Talvez, mas é com você que consigo lidar agora.

— E você está lidando comigo em uma discussão através da porta do banheiro?

— Meu jeito de lidar é te dizendo que isso não está funcionando. Parece que não sirvo nem mesmo para relacionamentos de mentira.

— Se você vai terminar comigo, Lucien. — Oliver ficou muito, muito frio. — Poderia ao menos dizer na minha cara em vez de se esconder atrás de dois centímetros de madeira.

Escondi o rosto entre os joelhos, juro que não estava chorando.

— Desculpa. É o que tem para hoje. Não diz que eu não te avisei.

— Você avisou, mas torci para que você achasse que eu mereço mais.

— Não, eu sou um cuzão mesmo. Agora vai embora da minha casa.

O som mais suave de todos, como se Oliver estivesse prestes a forçar a maçaneta, mas tivesse desistido no último segundo.

— Lucien, eu... Por favor, não faça isso.

— Ah, vai se foder, Oliver.

Ele não respondeu. Da minha prisão de cerâmica branca, escutei Oliver se vestindo, seus passos se afastando e a porta da sala se fechando.

Por um momento eu estava fodido demais para fazer qualquer coisa. Depois fiquei fodido demais para fazer qualquer coisa que não fosse ligar para Bridget. Então liguei para Bridget.

Ela atendeu no primeiro toque.

— Qual é o problema?

— Eu — respondi. — O problema sou eu.

— O que houve? — A chamada era sensível o bastante para captar a voz sonolenta de Tom.

— Uma emergência — ela disse a ele.

Ele gemeu.

— São só livros, Bridge. Que tipo de problema livros podem ter a uma e meia da manhã?

— Não é uma emergência editorial. É uma emergência de amizade.

— Neste caso, te amo. E você é a pessoa mais leal que eu conheço. Mas vou dormir no quarto de hóspedes.

— Não precisa. Vai ser rápido.

— Não vai, não. E eu não quero te apressar.

Ao fundo, consegui ouvir o farfalhar da roupa de cama e um beijo de boa-noite. E então Bridget estava de volta à chamada.

— Pronto, estou aqui agora. Me conta o que aconteceu.

Abri a boca e então me dei conta de que não fazia ideia do que dizer.

— Oliver foi embora.

Uma breve pausa.

— Não sei como perguntar isso sem soar um insulto, mas... o que você fez dessa vez?

— Obrigado. — Deixei escapar uma risada que mais parecia um soluço. — Você é a melhor.

— Sou mesmo. E é por isso que sei que você sempre toma decisões muito ruins.

— Não foi uma decisão — lamentei. — Meio que aconteceu.

— O que meio que aconteceu?

— Eu disse que ele fodeu com a minha cabeça e mandei ele se foder.

— Hm. — Bridge me deu o equivalente auditivo de uma expressão confusa. — Por quê?

Quanto mais eu pensava a respeito, menos eu sabia.

— Eu saí no *The Guardian*, Bridge. Na porra do *The Guardian*.

— Mas essa coisa toda de namorar o Oliver não era justamente para limpar sua imagem na imprensa? No fim das contas, é um jornal mais sério. Eles provavelmente só publicam escândalos sexuais de celebridades se for alguém do parlamento ou da realeza.

— Foi muito pior que um escândalo sexual. Foi uma coluna provocante sobre como eu sou uma vítima destruída pela cultura de celebridades, escrita por aquele cara que me deu um fora na festa do Malcolm.

— Posso ler?

— Por que não poderia? — Me afundei ainda mais no canto do banheiro. — Todo mundo já vai ler de qualquer forma.

— Quer dizer, ler a matéria vai me ajudar a te entender melhor?

Murmurei alguma coisa semelhante a *unhumhunhum*.

— Tudo bem, estou abrindo aqui.

Uma pausa enquanto ela trocava de aplicativo para ler o artigo, enquanto eu tremia, suava e passava mal.

— Nossa — disse ela. — Que babaca desgraçado.

Aquilo me confortou menos do que eu esperava.

— Mas ele tem razão, não tem? Eu sou mesmo esse resto quebrado da fama de outra pessoa, que nunca vai ter uma vida normal ou um relacionamento normal ou...

— Luc, para com isso. Eu trabalho no mercado editorial. Consigo farejar esse papinho besta de longe.

— Mas é assim que eu me sinto. E ele deve ter percebido, e agora o mundo inteiro também vai. — Apoiei a bochecha na parede, esperando que a sensação gelada ajudasse de alguma forma. — Não é só uma foto minha pelado ou vomitando. É... a mesma coisa que aconteceu com Miles, tudo de novo.

— Não tem nada a ver com Miles. Isso aqui é uma pessoa que você conheceu por cinco segundos e que decidiu usar seu nome para vender um texto completamente genérico sobre nada em específico. Além do mais, você só precisa usar esse monte de referências à mitologia grega se tiver um pênis muito pequeno.

Soltei uma risada soluçada esquisita.

— Obrigado por isso. Eu aqui achando que estava tendo uma crise, mas na verdade só estava procurando uma oportunidade para insultar o pau de um desconhecido.

— O conforto pode vir de várias formas.

Talvez sim, mas ele também pode ir embora de várias formas.

— Olha, queria ser melhor nessa coisa de não me importar. E, falando sério, eu me esforço pra caralho para não me importar. Só que aí eu começo a me importar do nada e olha só como eu fico.

— Como você fica? — perguntou ela com gentileza. — Se você quer dizer que fica no celular comigo às duas da manhã, isso é algo bem constante na nossa vida, pelo que eu me lembre.

— Bridge, quando eu estiver no meu leito de morte, espero que a última coisa que eu faça seja ligar para você. Mas eu meio que estava falando de Oliver.

— Sim, o que aconteceu? Esse artigo não tem nada a ver com ele.

— Eu sei, mas... — Tentei organizar meus pensamentos, que teimavam em continuar bagunçados. — Ele foi tão legal comigo, e eu me senti seguro, senti até que não era tão inútil assim. Então fiquei todo leve e feliz e a merda toda. Daí isso aconteceu, e eu não consegui suportar. E, enquanto eu continuar tentando viver como uma pessoa normal, isso vai continuar acontecendo, e eu vou continuar não conseguindo suportar.

Bridget soltou um suspiro longo e triste.

— Eu te amo, Luc, e isso parece horrível. Mas não acho que se sabotar seja a solução para todos os problemas como você pensa.

— Até agora tem funcionado.

— Você acha mesmo que teria se sentido melhor em relação àquele artigo se tivesse lido sozinho em um apartamento cheio de embalagens vazias de Pringles?

— Bem, pelo menos eu não teria que terminar com ninguém pela porta do banheiro.

— Você não *teve* que terminar com ele. Você *escolheu* terminar com ele.

Afundei a testa nos azulejos.

— O que mais eu poderia fazer?

— Bem, isso talvez possa parecer uma ideia radical. — Eu sempre conseguia perceber quando Bridget estava se esforçando ao máximo para não ser grossa comigo. Percebi isso naquele momento. — Mas você chegou a cogitar contar a ele que algo ruim tinha acontecido e então conversar a respeito?

— Não.

— Você não acha que isso poderia ter sido uma boa ideia? Não acha que talvez pudesse ter ajudado?

— Não é tão fácil assim. — Merda, eu estava chorando de novo. — Não para mim.

— Mas pode ser, Luc. É só você permitir.

— Sim, mas eu não sei como. Eu vi aquilo no jornal e, de repente, parecia que eu tinha passado o último mês inteiro andando pelado por aí sem perceber.

— Mas você gostava de ficar com o Oliver.

— Sim. — Funguei. — Eu gostava muito. Mas não vale isso tudo.

Ela soltou um barulho confuso e compreensivo.

— Não entendi. O que é "isso tudo"? Aquele texto ia sair de qualquer forma. Se você estivesse solteiro, não teria ninguém com quem terminar, então você não precisava ter terminado com ele.

— Não é nada disso. Mas é tudo isso. É essa coisa toda. Merda, eu sou tão idiota.

— Você não é idiota, Luc. Só faz umas idiotices às vezes. Mas, com todo o respeito, ainda não faço a menor ideia do que você está falando.

Puxei a ponta quebrada da minha unha com os dentes.

— Já te disse, é tudo. Não consigo... eu não... relacionamentos. Não consigo ter relacionamentos. Não mais.

— Não existe uma fórmula mágica. É difícil para todo mundo. Você mesmo viu quantas burradas eu já fiz. Mas é só continuar tentando.

Deslizando o que restava de mim pela parede, me enrolei no chão do banheiro com o celular apoiado no ombro.

— Não é isso. É... muito maior. É...

— É o quê?

— Eu. — Senti aquela náusea rastejante que não é muito bem uma reação do corpo. — Odeio como eu me sinto quando estou com alguém.

Uma pequena pausa.

— Como assim? — Bridge perguntou, por fim.

— É como se eu deixasse o gás ligado.

— Hm, que bom que você não está me vendo agora. Porque continuo sem saber do que você está falando.

Fiz aquela coisa de juntar os joelhos e os cotovelos, tentando ficar pequeno até desaparecer.

— Ah, você sabe, sim. É como se eu fosse voltar para casa um dia e encontrar tudo pegando fogo.

— Bem. — Ela soltou um grunhido de dor. — Não sei mesmo o que dizer sobre isso.

— Porque não tem nada que você possa dizer. As coisas são assim e ponto.

— Tudo bem — anunciou ela, com uma confiança sem motivo de um general da Primeira Guerra Mundial mandando seu exército para a batalha. — Tenho algumas coisas a dizer.

— Bridge...

— Não. Escuta. Existe uma escolha aí. E a escolha é: ou você nunca mais confia em ninguém e finge que isso vai impedir outras pessoas de te magoarem, mesmo quando claramente não vai. Ou, hm, você não faz isso. E talvez sua casa vá mesmo pegar fogo, mas ao menos você vai estar quentinho. E provavelmente sua próxima casa vai ser melhor. E terá um alarme de incêndios.

Eu não conseguia entender se a estratégia de Bridget de me distrair dos meus problemas com comentários esquisitos era deliberada ou não.

— Acho que você foi de "conversa motivacional" para "defesa do incêndio doloso".

— O que estou defendendo aqui é dar uma chance para um homem legal de quem você claramente gosta e que vai te tratar bem. E, se você acha que isso é um incêndio doloso, então viva o incêndio doloso!

— Mas eu já terminei com ele.

— Então destermine com ele.

— Não é tão...

— Se você disser "não é tão simples assim" mais uma vez, vou pedir um Uber até a sua casa e cutucar sua barriga.

Soltei mais uma risada chorosa esquisita.

— Não peça um Uber. O modelo de negócio deles é antiético.

— A questão é: ainda dá para consertar. Se você quer ficar com o Oliver, você pode ficar com o Oliver.

— Mas será que ele ainda quer ficar comigo? Quer dizer, ele me levou de carro até Lancashire, enfrentou meu pai por mim, me trouxe de volta para casa, e aí eu terminei com ele pela porta do banheiro.

— Verdade. Esse cenário não é o ideal. E você provavelmente o deixou bastante magoado. Mas, no fim das contas, se ele quer ou não ficar contigo, é uma decisão dele.

— E você não acha que talvez ele decida *não ficar* com o chorão do banheiro?

— Acho que as pessoas podem te surpreender e, sério, o que mais você tem a perder?

— Orgulho? Dignidade? Respeito?

— Luc, nós dois sabemos que você não tem nenhuma dessas coisas.

Ela me fez rir mais uma vez. Eu tinha quase certeza de que aquele era o superpoder da Bridget.

— Isso não significa que eu quero dar para o Oliver Blackwood a chance de me chutar ainda mais forte.

— Sei disso. Mas, pelo que você disse, ele meio que merece essa chance. E, enfim, pode ser que dê certo.

— Sim — murmurei. — Foi isso que disseram sobre a invasão no Iraque.

— Estamos falando sobre pedir uma segunda chance para um cara fofo. Não sobre começar uma guerra.

— Você não faz ideia de quantas segundas chances ele já me deu.

— O que significa que ele gosta de você. Agora vai lá dizer que sente muito e que quer voltar, porque está na cara que você sente e está na cara que você quer.

— Mas vou acabar estragando tudo ou ele nem vai querer me ver ou...

— Ou vocês vão ser muito felizes juntos. E, se der tudo errado, a gente dá um jeito como sempre fazemos.

Aquilo foi cinquenta por cento reconfortante e cinquenta por cento humilhante.

— Você já deve estar cansada de ficar me puxando do fundo do poço.

— Amigos servem pra isso. Puxar do fundo do poço e segurar o cabelo enquanto o outro vomita na privada.

— Você é tão sentimental, Bridge.

— Segurar o cabelo de alguém que está vomitando é um dos maiores gestos de amor que existem.

— Sabe, você poderia talvez beber menos?

— Poderia, mas não quero.

Murmurei uma coisa.

— O quê?

— Teamobridget.

— Também te amo, Luc. Agora vai reconquistar seu homem.

— Às três da manhã? Isso não vai ajudar em nada.

— É romântico. Você correndo atrás dele na chuva.

— Não está chovendo.

— Não estrague a cena pra mim.

— Você não acha que ele iria preferir uma mensagem educada depois de uma boa noite de sono?

Ela soltou um ganido de cansaço.

— Não. E, além do mais, ele nem vai estar dormindo. Vai estar observando o céu pela janela, pensando se você está olhando para a mesma lua que ele.

— Como nós poderíamos olhar para luas diferentes? E ele nem vai conseguir ver a lua porque, aparentemente, está chovendo.

— Tá bem, agora você só está enrolando, então vou desligar.

Ela desligou.

Depois disso, me desenrolei lentamente. Ainda não estava pronto para me levantar ou sair do banheiro, mas estava comemorando as pequenas vitórias. Por mais que Bridget parecesse empolgada com seu plano, eu não tinha certeza de que aparecer na porta de Oliver às sabe Deus que horas da madrugada seria romântico e espontâneo como ela esperava, sobretudo porque eu já tinha feito aquilo antes — só que em um horário um pouco mais normal. Em minha defesa, naquela ocasião ele tinha terminado comigo, então, de certa forma, estávamos quites. Era só ignorar que ele terminou comigo especificamente por causa do meu comportamento, e eu terminei com ele, hm, especificamente por causa do meu comportamento.

E, por mais que entendesse o que Bridget dissera sobre deixá-lo escolher se quer ou não lidar com as minhas palhaçadas, eu não conseguia me livrar da sensação de que tínhamos chegado a um nível de palhaçada que deixava aquela escolha bem óbvia. Porque o que ele ganharia era: alguém que passou cinco anos enterrado em cinismo e apatia e, sinceramente, não era lá muito melhor que isso antes. Eu não queria ser aquela pessoa para Oliver, não queria me soltar e sair correndo toda vez que alguma coisa pudesse me machucar, mas levaria muito mais que um mês de namoro de mentira e mais algumas rodadas de rabanada para me tirar daquele buraco.

Seria mais fácil para todo mundo se eu nunca mais falasse com ele.

Mas Bridge tinha razão, ele merecia muito mais do que a escolha fácil. E, se aquilo me obrigasse a bater na porta dele *de novo*, pedindo desculpas *de novo*, eu faria. Quem sabe dessa vez eu não deixasse que ele me enxergasse, com tudo o que me deixava confuso e machucado e perdido, e tudo o que ele fazia para me tornar alguém melhor. Talvez ele merecesse aquilo também.

Vinte minutos depois — contra a minha própria vontade —, eu estava em um táxi a caminho de Clerkenwell.

Eu estava parado na calçada em frente à casa de Oliver, tentando entender quão péssima era aquela ideia, quando começou a chover. O que no mínimo arruinou meu plano de perambular por ali por vinte minutos antes de me acovardar e voltar para casa. Quer dizer, eu ainda não tinha descartado completamente a Operação Covarde mas, de alguma forma, lá estava eu, molhado de um jeito nada sexy e morrendo de medo enquanto tocava a campainha de Oliver às quatro da manhã.

Que merda, o que eu estava fazendo?

Encarei o vitral na porta, me perguntando se era tarde demais para sair correndo feito uma criança fazendo uma pegadinha. E então a porta se abriu, e lá estava Oliver de pijama listrado, rosto pálido e olhos vermelhos.

— O que você está fazendo aqui? — perguntou ele com um tom meio "essa é a última coisa de que eu preciso agora".

Sem saber como responder, abri o artigo de Cam no celular e o enfiei na cara de Oliver como um agente do FBI nos filmes.

— O que é isso? — ele apertou os olhos.

— É um artigo sobre como eu sou um fracassado escrito por um cara com quem eu conversei por cinco minutos no mês passado.

— Quando você me acordou. Em um horário tão inadequado que nem dá para chamar de "meio da noite", porque o "meio da noite" já passou há duas horas, pensei que você teria pelo menos vindo se desculpar. Não estava esperando que você fosse me pedir para ler uma matéria em um celular molhado.

Merda, eu já estava arruinando tudo de novo.

— Eu estou. Quer dizer, eu vim. Eu vim pedir desculpas. Mas queria que você soubesse o motivo do meu surto. O contexto.

— Ah, sim. — Oliver me deu um de seus olhares frios. — A parte mais importante de qualquer pedido de desculpas.

As gotas de chuva escorriam do meu cabelo e pingavam no meu rosto.

— Oliver, me desculpa. Eu sinto muito mesmo. Desculpa por te afastar. Desculpa por perder o controle. Desculpa por me trancar no banheiro como um adolescente emo em uma festa ruim. Desculpa ser tão ruim em pedir desculpas. Desculpa ser um namorado de mentira horrível. E desculpa por continuar batendo na sua porta implorando por mais uma chance.

— Não é que eu não admire seu gesto... bem, gestos. — Oliver estava fazendo aquela coisa de massagear a têmpora, o que significava que ele não tinha a menor ideia de como lidar comigo. — Mas não entendo por que isso continua acontecendo. Sinceramente, não entendi nada do que aconteceu hoje.

— Foi por isso — gritei, esticando o celular novamente — que eu tentei te mostrar o contexto.

Ele olhou para mim e para o celular e para mim de novo.

— É melhor você entrar.

Entrei e fiquei parado no corredor, pingando. Nenhum de nós dois parecia saber o que aconteceria em seguida.

Então Oliver sugeriu:

— Por que você não se seca antes? Enquanto eu leio o artigo, se você ainda estiver confortável com isso.

Eu não estava nem um pouco confortável com aquilo, mas, como havia esfregado o celular na cara dele, era tarde demais para voltar atrás. Além do mais, eu estava comprometido a ser honesto e transparente e, ai... socorro.

Tentando não entrar em pânico, deixei que Oliver me conduzisse até o andar de cima, onde ele pegou uma toalha da secadora porque é claro que ele tinha uma secadora. E é claro que a toalha estava toda fofinha e cheirosa. Eu a abracei porque estava precisando.

Ele apontou para o banheiro.

— Tem um roupão atrás da porta. Te espero na cozinha.

Me sentindo mais seco e mais leve, desci alguns minutos depois, enrolado no roupão azul-marinho, e encontrei Oliver na mesa olhando todo sério para o meu celular.

— Lucien. — Ele levantou o rosto com uma expressão bem menos encorajadora do que a que eu esperava. — Continuo confuso. Pela sua reação, pensei que você havia lido alguma coisa que, no mínimo, ameaçasse uma das nossas carreiras. Isso aqui é um artigo vazio sobre uma bobagem egoísta escrita por um idiota.

Me sentei sem jeito na cadeira à frente dele.

— Eu sei, mas na hora me pareceu muito real.

— Geralmente não sou tão insensível, mas, como você se trancou no banheiro e terminou comigo pela porta, está sendo bem difícil sentir qualquer coisa.

— Eu... eu entendo.

Oliver cruzou a perna, parecendo rígido e sério.

— O que eu preciso entender aqui é que, embora nosso relacionamento não seja oficial, tínhamos um compromisso um com o outro. E, quando você se comporta dessa maneira, as consequências para mim são reais, em termos logísticos e... — Ele tossiu de leve. — Emocionais.

A resposta juntava tudo que eu não gostava em Oliver Blackwood: a postura severa, séria, dominadora não do jeito sexual, com um toque de superioridade que dava a entender que ele nunca iria tropeçar ou errar. Mas eu o conhecia melhor agora e não apontei nada daquilo porque sabia que o deixaria magoado.

— Sei que te tratei mal e sei que os meus muitos, muitos problemas não servem como desculpa. E queria poder te prometer que isso nunca mais vai se repetir, mas não posso porque acredito que vai.

— Embora eu admire sua honestidade — Oliver respondeu, ainda frio —, não sei ao certo o que isso significa para nós.

— Não posso dizer o que significa para você, mas para mim significa que eu quero tentar de novo e vou me esforçar para ser uma pessoa melhor.

— Lucien... — Ele soltou um suspiro delicado. — Eu não quero ir para as bodas dos meus pais sozinho. Mas agora já é tarde demais para encontrar outra pessoa.

Não era exatamente assim que Bridget prometeu que Oliver voltaria correndo para os meus braços.

— Se é isso que você precisa, e se é isso que você quer, ainda posso fazer por você. Acho que te conheço o suficiente para me passar por seu namorado em uma festa, mesmo se não nos falarmos mais até lá.

— E o seu evento no trabalho?

— Vai dar tudo certo. — Dei de ombros. — Já consegui recuperar a maioria dos doadores. E, sei lá, estou começando a pensar que, se eles voltarem a atacar minha vida pessoal, posso ter argumentos para enfrentá--los num tribunal.

Oliver estava olhando para mim, seus olhos acinzentados e contemplativos.

— E por que você não podia fazer isso antes?

— Porque eu sentia que merecia ser demitido.

— E você não sente mais isso?

— Só às vezes. Mas não muito.

— O que mudou? — perguntou ele, com o olhar confuso.

Soltei um gemido.

— Não me obrigue a dizer isso.

— Dizer o quê? — Seus pés tremiam impacientemente. — Desculpe se não estou no auge da minha perspicácia, mas é que só tive três horas de sono.

— O que me parece a quantidade de sono suficiente para dizer "perspicácia". Oliver, *você*. Foi você. Você me fez mudar. E agora eu estraguei tudo. E estou triste.

Ele se suavizou por um segundo. Mas depois dessuavizou abruptamente.

— Se eu fui uma influência tão positiva assim, por que diabos você terminou comigo pela porta do banheiro por causa de um artigo sobre nada publicado em um jornal famoso pelos erros ortográficos?

— Acho que você está subestimando minha capacidade de ser um completo desastre.

— Você não é um completo desastre, Lucien. Só não quero ter que passar por tudo isso de novo no futuro e, até agora, você não conseguiu me garantir que isso não vai acontecer.

Respirei fundo.

— Certo. Olha, a verdade é que nós dois somos péssimos com relacionamentos. Foi por isso que acabamos nessa situação para começo de conversa. Mas eu sinto que você está me pedindo a coisa errada.

— É mesmo? — Oliver arqueou a sobrancelha, pouco convencido.
— Porque eu acredito estar pedindo algo bem razoável. Só quero que o nosso relacionamento, falso ou não, não seja constantemente ditado por você aparecendo na minha porta e pedindo desculpas por um comportamento de merda.

— E eu entendo que isso não é bom. Só que não sei se isso é o problema de verdade. Não tenho como prometer para você que não vou exagerar, ou perder o controle, ou dizer algo que não deveria. Tudo que posso prometer, e acredito que é isso que eu devo prometer, é que serei sempre honesto com você sobre... sobre o que está acontecendo na minha vida.
— O inferno era assim. Eu tinha certeza de que aquilo era literalmente o inferno. — Era isso que eu deveria ter feito hoje à noite. E é por isso que estou aqui.

Houve um longo silêncio. E eu estava igualmente em dúvida se aquilo era um silêncio bom ou um silêncio ruim.

— Tudo bem. — Oliver me encarou com cautela. — Se você tivesse sido honesto comigo, conforme acabou de sugerir, o que teria me dito?

Abri a boca. Não saiu nada.

— Acho que acabamos de descobrir onde o plano deu errado — murmurou Oliver.

— Não. Não. Me dá um minuto. Eu consigo. Eu consigo confiar em alguém. Confiar, tipo, meus sentimentos e tal.

Por que era tão difícil? Quer dizer, era o Oliver. O cara mais decente que eu já tinha conhecido na última década que já não fosse meu amigo antes. Merda.

— Hm — tentei. — Isso provavelmente vai parecer superbizarro, mas tudo bem se eu entrar no seu banheiro?

— Perdão, mas acredito que você não esteja pedindo para *usar* o banheiro, certo?

— Não, eu... eu só quero entrar lá.

— Se você terminar comigo pela porta mais uma vez, vou ficar furioso.

— Não vou fazer isso. E meu objetivo final é chegar no ponto em que eu consiga ter esse tipo de conversa no mesmo ambiente. Mas, sabe como é, um passo de cada vez.

Ele se deu por vencido.

— Tudo bem. Se é isso que você precisa.

Então entrei no banheiro de Oliver, tranquei a porta e me sentei no chão, apoiado nela.

— Você ainda consegue me ouvir?

— Em alto e bom som.

— Certo. — Respira. Respira. Eu precisava respirar. — Essa... seja lá qual for o nome... coisa que nós temos... é... a melhor coisa que já aconteceu comigo em cinco anos. E eu sei que era pra ser de mentira, mas não parece de mentira para mim já... sei lá. Já faz um tempo. E isso meio que reorganizou minha bagunça de um jeito que, no geral, é muito, muito... bom. Mas eu também me sinto vulnerável e assustado, tipo, o tempo todo.

A porta tremeu de leve, o que eu levei um tempo para entender. Mas então pensei que, talvez, Oliver estivesse sentado do outro lado, de costas para mim.

— Eu... Lucien. Eu não sei o que dizer.

— Não precisa dizer nada. Só, hm, só me escuta, sei lá.

— Claro.

— Então, quando eu vi o artigo, um monte de coisas antigas veio à tona e eu... Sim. Olha só, meu último namorado, Miles... nós ficamos juntos durante a faculdade e um pouquinho depois da formatura. E eu acho que era um daqueles namoros que davam certo no contexto da faculdade, mas as coisas que nos mantinham juntos não funcionaram no mundo real. A gente estava meio que passando por uns problemas difíceis, mas pelo visto eu não tinha dimensão que eram tão difíceis assim, porque ele foi lá e vendeu uma história... minha história... nossa história... para um tabloide, nem me lembro qual. Por cinquenta mil libras.

Ouvi a respiração pesada de Oliver.

— Sinto muito. Deve ter sido horrível.

— Muito. O que eu não entendia era que, tipo... Eu achava que, quando está apaixonado, a gente se sentisse seguro, sabe? A gente deveria se sentir capaz de fazer coisas e tentar e errar, e sentir que tudo vai ficar bem porque conhecemos quem está ao nosso lado. E eu acreditava de verdade que era assim com Miles, mas ele foi lá e entregou tudo para a imprensa, e eles resumiram cinco anos da minha vida a uns ménages e uma única vez que eu cheirei cocaína numa festa no Soho.

— Obrigado por me contar. — Oliver sussurrou do outro lado da porta. — Isso é claramente muito difícil para você e eu agradeço a sua confiança.

Eu deveria ter parado ali. Mas, por algum motivo, depois que comecei a falar sobre toda aquela merda, não conseguia parar.

— Ele conheceu minha mãe. Eu contei tudo sobre a minha família, sobre o meu pai, sobre como eu me sentia, o que eu queria, do que eu tinha medo. E ele transformou tudo em uma coisa tão barata e tão feia. E agora todo mundo acha que eu sou aquilo. E, na maior parte do tempo, eu também acho.

— Você não deveria. E eu sei que é bem mais fácil dizer do que acreditar, mas você é muito mais do que algumas fotos no jornal e uns artigos deprimentes escritos por homens deprimentes.

— Talvez, mas isso acaba envolvendo minha mãe também. Ela já passou por coisa demais sem os tabloides a transformando numa ex-famosa maluca.

— É claro — disse ele com delicadeza. — Não a conheço tão bem quanto você. Mas ela me parece bastante... resiliente, no mínimo.

— A questão não é essa. Ela não deveria ter que pagar porque eu confiei nas pessoas erradas.

— Em uma pessoa. Que te traiu. A culpa é toda dele.

Minha cabeça tombou de leve contra a porta.

— A questão é que eu nem conseguia imaginar. Eu achei que conhecia Miles. Melhor do que ninguém. E ainda assim ele...

— De novo, isso é culpa dele, das escolhas dele. Não tem a ver com você ou com suas escolhas.

— Racionalmente eu entendo isso. Só não sei quando vai acontecer de novo.

— E desde então você nunca mais saiu com ninguém?

— Basicamente. — Tentei arranhar o piso de Oliver do mesmo jeito como fiz com o meu, mas o rejunte estava limpo demais. — No começo foi libertador. Parecia que o pior já tinha acontecido, então eu poderia fazer tudo o que quisesse. Só que fazer isso envolvia lidar com o fato de que as pessoas esperavam sempre o pior de mim. E, num piscar de olhos, perdi o emprego, me afastei da maioria dos meus amigos, minha saúde estava um lixo, e minha casa, um bueiro.

Senti outra leve vibração na porta, que me confortou de um jeito esquisito, como se ele estivesse me tocando.

— Não consigo nem imaginar como isso foi difícil para você. Sinto muito, Lucien.

— Não sinta. Porque aí eu te conheci.

Sair do banheiro ainda me parecia uma ideia assustadora, mas eu estava chegando à conclusão de que ficar ali esperando não ia tornar tudo menos assustador. E, por mais que a privada de Oliver fosse muito mais legal que a minha, eu ainda não tinha chegado no nível de ficar feliz em viver ali pelo resto da vida. Fiquei de pé, ainda tremendo, abri a porta e fui direto para os braços de Oliver.

— Sim — eu disse minutos depois, ainda agarrado nele. — Eu deveria ter feito isso da primeira vez.

Oliver me apertou por inteiro com seu pijama de algodão.

— Podemos trabalhar nisso.

— Quer dizer que você me aceita de volta?

Recebi como resposta um de seus olhares intensos.

— Você quer voltar? Só agora estou entendendo o quanto isso exige de você.

— Não, Oliver. Eu vim até a sua casa sabe lá que horas da manhã e despejei todos os meus sentimentos no chão do seu banheiro porque ainda estou meio na dúvida.

— É estranho esse conforto de saber que você já está bem o bastante para ser sarcástico comigo.

Arrisquei abrir um sorriso para Oliver, e ele sorriu lentamente para mim.

Minutos depois, estávamos de volta à cozinha minúscula, e ele estava dando uma de Oliver no fogão porque aparentemente decidiu que o que nós estávamos precisando de verdade naquele momento era de chocolate quente.

Sentado à mesa sem nada para fazer, dei uma olhada no meu celular e descobri que já passava das cinco da manhã.

— Você vai ficar acabado no trabalho amanhã.

— Não tenho compromissos no tribunal. Então não tenho a menor intenção de ir trabalhar de fato.

— Você pode fazer isso?

— Bem, tecnicamente eu sou autônomo, embora o pessoal do administrativo não enxergue dessa forma, e a última vez que faltei ao trabalho foi... nunca.

Me balancei na cadeira.

— Desculpa. De novo.

— Não precisa. É claro que eu preferia não ter tido essa crise, mas já aceitei que existe algo mais importante para mim do que o trabalho.

Eu não tinha ideia de como responder. Parte de mim queria apontar que ele provavelmente não deveria colocar nenhum homem antes da própria carreira, mas, como *eu* era o homem em questão, aquilo poderia soar bem autodepreciativo.

— Sim, acho que vou fingir que estou doente também.

— Acho que não conta como fingimento quando você está passando por um momento difícil de verdade.

— O que eu faço, então? — Observei os músculos das costas de Oliver enquanto ele mexia a panela, e eu não sabia dizer se reparar naquele tipo de coisa significava que eu já estava dando um jeito na minha vida ou se minha vida nunca teve jeito desde o começo. — Ligo para o trabalho e falo "desculpa, tive um surto nervoso por causa de um artigo no jornal"?

Oliver se aproximou com um par de canecas e as acomodou com cuidado nos porta-copos. Envolvi a minha com as mãos, sentindo o calor se espalhar, enquanto o cheiro encorpado de chocolate e canela flutuava sobre a mesa.

— Você passou por muita coisa hoje — disse ele. — Não há motivos para diminuir isso.

— Sim, mas, se eu não diminuir as coisas, vou ter que encarar tudo no tamanho normal. É horrível.

— Na minha opinião, é melhor encarar o mundo como ele é. Quanto mais tentamos nos esconder de alguma coisa, mais poder damos a ela.

— Não banca o sábio comigo, Oliver. — Lancei um olhar para ele. — É brochante.

Com o ar de alguém que está com a cabeça cheia, Oliver girou a caneca noventa graus no sentido horário, e depois voltou a girar no sentido oposto.

— Já que estamos falando sobre...

— Brochar?

— Tentar se esconder das coisas.

— Ah.

— Você mencionou no banheiro que nosso acordo não estava mais parecendo tão artificial como a priori.

— Você está tentando conter meu surto usando palavras que sabe que vão me obrigar a te zoar?

Nossos olhares se cruzaram através da mesa.

— Você estava falando sério, Lucien?

— Sim. — Existia algo pior do que ser atacado por causa da própria sinceridade? — Era sério. Agora podemos voltar ao que realmente importa, que, no caso, é você dizendo "a priori"?

— Por acaso. — Ele continuava ajustando o ângulo da caneca. — Eu também venho tendo pensamentos parecidos.

Àquela altura, eu não sabia se estava querendo desesperadamente ouvir aquilo ou aterrorizado pela possibilidade. Mas não ter saído correndo aos berros mostrava como eu já tinha evoluído e estava seriamente comprometido em ser uma pessoa melhor para Oliver.

— Certo. Muito bom? Que legal? — Em minha defesa, meu tom de voz subiu apenas meia oitava.

— Não precisa entrar em pânico. Estamos apenas conversando.

— Posso voltar para o banhei...

— Não.

Bufei.

— Olha, eu... como eu disse, tenho esses sentimentos, sim. E não estou acostumado a ter esses sentimentos. E toda vez que tenho esses sentimentos, também tenho outros sentimentos que são... tipo... quando ele vai contar tudo pra imprensa? Quando ele vai me decepcionar? Quando ele vai foder a minha vida?

— Lucien...

— Então. — Interrompi Oliver antes que eu acabasse desistindo de continuar falando. — Acho que eu não conseguiria aguentar uma coisa dessas. Não vindo de você.

Ele ficou quieto por um momento, com uma expressão intrigada e pensativa.

— Sei que promessas e banalidades são as últimas coisas que poderiam te ajudar agora. Mas me sinto bastante confiante em te dizer que nunca vou vender suas histórias para os tabloides.

— Tenho certeza de que Miles também teria dito isso.

— Mas em um contexto diferente. — O tom de Oliver era muito comedido, quase imparcial, mas ele também estendeu o braço sobre a mesa e segurou minhas mãos fracas e úmidas. — Não estou te pedindo para confiar em mim. Claro que ficaria muito grato se você conseguisse, mas entendo que tudo que você passou dificulta isso.

— Mesmo assim, eu quero confiar em você.

— Não precisa. Mas pode confiar que eu não tenho nada a ganhar e tudo a perder se transformar nosso relacionamento em um espetáculo público. Não preciso de dinheiro, e investi mais de uma década em um trabalho que depende de uma reputação honesta.

Abri um sorriso frágil.

— Provavelmente estou valendo muito mais agora que meu pai está na TV.

— Minha carreira importa muito mais para mim do que qualquer dinheiro que possam me oferecer.

Levei o que me parecia tempo demais para resolver aquele cubo mágico no meu cérebro e compreender o que tudo aquilo significava.

— Tudo bem. Sim. Entendi.

— E, no fim das contas — ele continuou —, você também é muito mais importante para mim.

Bem, agora a coisa ficou séria.

— Obrigado. De verdade. Eu... Merda, o que a gente faz agora?

— Confesso que não pensei muito além dessa parte. — As orelhas de Oliver ficaram um pouco rosadas. — Tudo isso é novidade para nós dois.

— Hm. Não quero ser pé-frio, mas e se a gente... continuasse do mesmo jeito?

— Então você quer — Oliver respondeu lentamente — continuar fingindo um namoro que nós dois já admitimos que parece ser de verdade?

Nossa, tentar fazer a coisa certa era muito difícil. E muito parecido com estragar tudo.

— Tenho medo de mudarmos muito, tudo de uma vez, e acabar dando errado, daí eu vou te decepcionar e você vai ter que ir sozinho para as bodas dos seus pais e vai ser tudo minha culpa.

— Isso é gentil da sua parte, mas não vou deixar que uma festa de família seja mais importante que o nosso relacionamento.

— Você não precisa fazer isso. — Coloquei minhas mãos sobre as dele. — Deixando de lado meus surtos de vez em quando, e eu te prometo que vou aprender a lidar com eles, esse relacionamento está funcionando bem pra gente, e definitivamente vai cumprir seu propósito inicial. Pra que apressar as coisas? Ou mexer no que já está bom?

Oliver me lançou um olhar do tipo "eu não sei quem é você, mas gostei".

— Estou começando a achar que você é muito melhor em relacionamentos do que acredita.

— Eu estou crescendo como pessoa — anunciei.

— Talvez eu... eu também possa melhorar.

Sorri para ele, cansado demais para me importar com o fato de estar parecendo um bobão.

— Você não precisa. Já é perfeito.

Fomos para a cama logo depois. E, tendo exposto as profundezas da minha bagunça emocional, parecia meio idiota me preocupar com o que Oliver acharia da minha cueca boxer ou da ausência de tanquinho na minha barriga. Pelo que percebi, ele não ficou decepcionado ou enojado — em vez disso, me puxou num abraço, onde fiquei quieto e seguro, até cair rapidamente no sono.

Acordamos tarde — bem, tarde para os padrões de Oliver, ou seja, às nove —, mas eu o segurei na cama por mais uma hora, me enrolando nele e me recusando a soltar até ele dizer com muita firmeza que precisava ir ao banheiro. Enquanto Oliver tomava banho, e provavelmente se lembrava de passar fio dental e todas essas coisas que devemos fazer mas ninguém faz, peguei o celular e liguei para o trabalho.

— Centro de Coleópteros e Análise... Ah não, espera aí, não é isso. — Aparentemente, Alex atendeu. — Análise de Centro e Coleópteros e... ai, pomba! Centro de Análise de Coleópteros e...

— Sou eu.

— Eu quem?

— Eu Luc.

— Sinto muito, o Luc ainda não chegou. Alexander Twaddle na linha.

— Não, eu sei que é você, Alex. Eu sou o Luc. O Luc sou eu.

— Ah. — Dava para ouvir ele pensando. — Então por que você disse que queria falar com o Luc?

— Eu nã... Desculpa, devo ter me enganado.

— Não esquenta, é fácil se confundir, camarada. Ontem mesmo eu atendi o telefone com "Boa tarde" e só depois me dei conta de que ainda eram onze e meia.

— Alex — respondi lentamente. — Ontem não era domingo?

— Meu Deus. Era mesmo. Bem que eu achei o escritório meio quieto.

— Enfim. — Se eu não encerrasse aquilo imediatamente, ficaria no telefone por uma semana. — Liguei para avisar que não estou me sentindo muito bem e não vou trabalhar hoje.

Ele reagiu com uma empatia genuína.

— Sinto muito por você. Está tudo bem?

— Sim, só tive uns dias muito difíceis.

— Sei bem como é. Mês passado meu mordomo ficou doente e eu não consegui dar conta de nada.

— Estou tentando manter a cabeça no lugar.

— Leve o tempo que precisar. É difícil encontrar um homem bom.

Naquele momento, Oliver saiu do banheiro despido da cintura para cima.

— Acho que isso eu consigo — respondi.

— Bom saber. Tchauzinho.

Desliguei e tentei não olhar feito um idiota para Oliver — o que foi mais fácil do que imaginei, já que meu celular estava quase entrando em combustão com tantas notificações. Dando uma olhada no WhatsApp — o grupo estava quieto, e no momento se chamava *Luc do dia, meninas!* — levei uma surra de Bridget nas mensagens privadas.

LUC VC ESTÁ BEM

O QUE ROLOU COM OLIVER

LUC

LUC VC ESTÁ BEM

LUC

LUC

VC ESTÁ BEM

ESTÁ TUDO BEM

Oliver franziu os lábios. Levando em conta que ele também conhecia Bridget, provavelmente já tinha sido uma vítima das mensagens dela.

— Vou para a cozinha. Pode descer quando estiver pronto.

Sim, digitei. **desculpa o silêncio. Está tudo bem. Conversamos sobre sentimentos, Miles, a coisa toda**

PLMDDS VCS ESTÃO SE BEIJANDO NESSE MOMENTO???????

Não Bridge. Estou falando com vc

PARA AGORA E VAI BEIJAR O OLIVER

ENFIM TENHO Q IR PORQUE O FORNECEDOR NÃO ENTREGOU PAPEL PARA A GRÁFICA

ENTÃO NENHUM DOS NOSSOS LIVROS ESTÁ SENDO IMPRSESO

AHHHHHHHHHH

Boa sorte. Obrigado por ontem a noite

CONTE CMG. FUI.

Vesti o roupão de Oliver e desci. Oliver estava tomando uma coisa que me parecia assustadoramente saudável em uma jarra de vidro e lendo notícias do mercado financeiro no iPad. Meu Deus, como ele era fofo.

— Tem torrada. — Oliver olhou para mim, como numa cena esquisita de um pornô muito específico para pessoas que curtem homens incrivelmente sarados e jornais com cores engraçadas. — Ou frutas. Ou granola. Posso fazer mingau se você quiser.

Eu ainda estava emotivo demais para aquela quantidade toda de fibras. Então peguei uma banana de um cacho que estava pendurado no que me parecia um pendurador de bananas feito sob medida, *ao lado*, e não *na*, fruteira ofensivamente cheia.

— O que é essa...? — Apontei. — Você tem algum preconceito com bananas?

— Nada pessoal. Mas elas liberam etileno. Que é um agente de amadurecimento e pode acelerar o apodrecimento das outras frutas.

— Ah. Claro.

— Desculpa. Você prefere que eu diga que tenho medo de ser traído pela minha fruteira e pendurei as bananas numa *gibbet pour encourager les autres*?

— Lembra aquela vez que eu fingi que sabia falar francês só para te impressionar? Pois é, ainda não sei.

Oliver riu e me puxou para um beijo, me deixando não exatamente no colo dele, mas nas adjacências.

— Você não precisa falar francês para me impressionar.

Meu coração bateu forte. Mas eu ainda não estava acostumado com toda aquela... intimidade e o senso de normalidade que ela trazia.

— O que você está comendo? — perguntei do nada. — Parece fruta com porra.

— Obrigado, Lucien. Você sempre sabe exatamente a coisa certa a dizer.

Todo tímido, me aninhei no pescoço dele e fiquei empolgado ao descobrir sua barba por fazer. Seus pelos pinicando meus lábios era um lembrete de que eu ainda estava ali. Nós dois. Juntos.

— Se chama bircher — ele continuou. — Aveia hidratada a noite toda no leite de amêndoas e, como você muito bem observou, frutas. Mas, até onde eu saiba, nenhum sêmen, humano ou de qualquer outro tipo.

— Então é tipo um mingau gelado?

— Muito mais leve e fresco, mas nutritivo o bastante para me dar energia durante um caso inteiro no tribunal. Além do mais, dá para fazer em quantidade no começo da semana para durar até o domingo, o que é bem prático.

Não consegui conter meu sorriso.

— Você também coloca etiquetas nos potinhos para saber qual é o dia da semana de cada um?

— Não. — Oliver me lançou um olhar rígido que, de alguma forma, não era nem um pouco rígido. — Bircher é um bem fungível.

— Bem, se tem fungos, você provavelmente não deveria comer.

Ele riu com certa indulgência. Mas, olha, eu conseguiria me acostumar com a indulgência, especialmente se viesse de Oliver.

Passei o resto da segunda-feira com Oliver, me sentindo frágil porém feliz, num torpor típico de dias de neve. Nós tínhamos conversado tanto na noite anterior que não havia sobrado muito para dizer, mas de alguma forma aquilo era bom. Oliver passou a maior parte do tempo sentado no sofá lendo *A canção de Aquiles*, e eu passei a maior parte do tempo jogado em cima dele cochilando. Torci para que não continuasse tendo sentimentos por muito tempo, porque aquilo logo ia acabar ficando cansativo. Então, no meio da tarde e apesar do meu protesto, ele insistiu que saíssemos para caminhar, o que acabou sendo muito mais legal do que uma caminhada em Clerkenwell tinha o direito de ser.

Obviamente, tirar uma folga na segunda significava trabalho em dobro na terça. E, uma vez que a Corrida dos Besouros estava rolando ladeira abaixo como uma bolota de estrume sob as patas de um *Scarabaeus viettei* — nossa, eu já estava trabalhando na CACA havia muito tempo —, eu tinha muita coisa a fazer quando cheguei no escritório.

Decidimos que o evento deveria incluir um leilão silencioso assim como aquele que nós fizemos (bem, *eu* fiz) na primeira edição alguns anos antes, e aquilo nos parecia uma boa ideia. Mas, no fim das contas, envolvia uma caralhada de trabalho porque é necessário ou um número pequeno de itens caros e muitas pessoas ricas, ou uma quantidade de itens de valor moderado e um número razoável de pessoas ricas, e era sempre difícil encontrar o equilíbrio perfeito.

Não ajudava em nada a insistência da dra. Fairclough em doar uma cópia autografada de sua monografia sobre a distribuição de besouros errantes no sul de Devon entre 1968 e 1977, o que aparentemente foi um período insano para os besouros errantes de Devonshire. E todo ano eu acabava comprando o negócio sob uma série de pseudônimos cada vez mais incomuns porque ninguém mais dava lances. A cópia mais recente tinha sido arrematada pela sra. A. Stark, da Estrada de Winterfell.

Quando eu estava prestes a fechar um cupom de desconto obsceno para uma cesta de presentes da Fortnum & Mason — que sempre fazia sucesso nos leilões embora não fosse o tipo de coisa difícil de arrematar —, Rhys Jones Bowen apareceu na porta com sua impecável falta de noção.

— Ocupado, Luc? — perguntou ele.

— Sim, muito.

— Ah, não tem problema. Só preciso de um minutinho. — Ele se acomodou na cadeira com o ar de um homem que precisa de muito mais que um minutinho. — Vim repassar uma mensagem da Bronwyn. Ela pediu para te agradecer por ter sido fotografado em frente ao restaurante. Disse que gerou muitos comentários positivos, e ela está com as reservas lotadas até o fim da temporada. E quer se oferecer para cozinhar um jantar para você, mas não pode agora porque está muito ocupada.

Com aquele artiguinho de merda de Cam quase destruindo meu relacionamento com Oliver, eu tinha dado um tempo dos meus alertas do Google.

— Sem problemas. Para ser sincero, eu nem estava sabendo.

— Acabou saindo um artigo adorável sobre como você estava rumando em direção a um estilo mais saudável e tentando dar um jeito na sua vida assim como seu pai. O repórter do jornal entrevistou a Brownyn, e ela disse que você não era nem de longe tão idiota quanto ela imaginava. Isso é bom, não é?

— Num mundo ideal, a cobertura da imprensa a meu respeito nunca envolveria a palavra "idiota" mas, sim. Isso é bom.

Fiquei na esperança de que Rhys Jones Bowen fosse embora, mas ele continuou ali coçando a barba.

— Sabe, Luc, eu estava pensando. Já que sou o que dá para chamar de guru das redes sociais, recentemente descobri um site chamado Instagram. E, ao que tudo indica, se você for um pouquinho famoso e um pouquinho irritante, dá para ganhar muito dinheiro fingindo gostar das coisas.

— Você está sugerindo... — Precisei de um momento para assimilar a ideia. — Que eu me torne um influenciador digital?

— Não, não, só estou dizendo que você deveria entrar no Instagram e ajudar pessoas como a Bronwyn. No mercado, é o que chamam de usar sua plataforma como alavanca.

— Obrigado, mas gosto de manter minha plataforma bem desalavancada.

— Bem, como dizem, ninguém é obrigado a nada. — Ele se levantou, se espreguiçou de forma teatral, andou metade do caminho até a porta e deu meia-volta. — A propósito, você e seu namorado bacana gostaram da experiência no restaurante da Bronwyn?

Eu não sabia muito bem aonde ele queria chegar.

— Sim?

— Então, eu tenho um camarada chamado Gavin, de Merthyr Tydfil, e ele fez uma série de esculturas em vidro inspiradas na Revolta de Merthyr de 1831.

Bem, agora eu já sabia aonde ele queria chegar, mas por algum motivo perguntei mesmo assim.

— O quê? Quem?

— Isso é tão típico dos ingleses. Tirando o 93º Regimento dos Highlanders, vocês não têm a decência de ensinar mais nada sobre meus conterrâneos na escola. Enfim. — Ele fez uma pausa ameaçadora. — Você pode aprender tudo quando for na exposição do Gavin para ser fotografado.

Pode me chamar de paranoico, mas eu estava começando a achar que Rhys Jones Bowen tinha segundas intenções ao sugerir que eu criasse uma conta no Instagram. Eu estava prestes a dizer que não tinha a menor intenção de visitar uma exposição de esculturas de vidro, mas ainda estava devendo uma a ele depois da operação do restaurante vegano, sem contar que... ajudar as pessoas... é legal, né? Além do mais, aquilo era provavelmente o tipo de coisa pela qual Oliver de fato se interessaria.

— Tudo bem — respondi. — Me parece bacana. Me manda os detalhes por e-mail e eu vou ver se meu namorado topa.

— Sem problemas, Luc — disse Rhys, assentindo. — Eu entendo completame... Ah. Certo. Para ser sincero, achei que você fosse recusar.

— Deve ser o dia de sorte do Gavin. Mas agora preciso voltar ao trabalho.

— Quer saber? Vou buscar um café para você.

Agradeci e continuei minha busca por itens para o leilão silencioso. Bem, busquei itens e mandei mensagens para Oliver.

Quer visitar uma exposição comigo hoje à noite?

Que tipo de exposição?

Você vai achar engraçado. Esculturas de vidro. Sobre — enquanto eu digitava, me dei conta de que esqueci completamente o tema que Rhys tinha dito, e, mesmo se lembrasse, não seria capaz de escrever direito — **alguma coisa que aconteceu no País de Gales**

Isso pode significar tanta coisa.

Uma revolta?

Silêncio. Qualquer outra pessoa poderia pesquisar no Google, mas Oliver continuava digitando.

Aconteceram muitas.

Sim. Uma delas. Rhys quer ajuda para conseguir um pouco de publicidade para um amigo dele e eu disse que iria porque você me transformou numa pessoa melhor seu desgraçado

Sinto muito. Não foi minha intenção.

Tudo bem. Você pode retribuir fazendo com que eu pareça entender alguma coisa sobre arte

Eu adoraria ir, Lucien, mas preciso trabalhar hoje à noite.

Desculpa. Você não vai escapar dessa. A exposição vai durar a semana inteira.

Estou genuinamente disposto a ir. É claro que estava.

No final de semana então?

Temos o aniversário da Jennifer. Seguido rapidamente de: Quer dizer, eu tenho o aniversário da Jennifer, e você foi convidado, mas não se sinta obrigado. Seguido rapidamente de: Mas é claro que você seria muito bem-vindo. Eles querem te conhecer.

Calma. Que tal na sexta?

Na sexta eu posso.

Certo. De volta à tentativa de conseguir ingressos VIPs para *Harry Potter e a Criança Amaldiçoada* por um preço razoável. Eu estava começando a achar que a bilheteria nunca mais me ligaria de volta quando o telefone tocou.

— Alô, Luc O'Donnell falando.

— Alou, Luc. — Era Alex, ligando da recepção. O que significava que alguém *estava* tentando falar comigo mas havia cinquenta por cento de chances de já ter desligado. — Tenho um camarada levemente gay aqui na linha. Posso transferir a ligação?

— Sim, pode mandar.

— Beleuza. Você sabe como eu... sei lá... faço isso?

Eu não bufei. Senti muito orgulho de mim mesmo por não ter bufado.

— Você já apertou o botão Transferir antes de ligar para o meu ramal?

— Sim. Lembrei de fazer isso dessa vez porque tenho uma técnica mnemônica muito esperta. Eu penso na frase *Sic transit gloria mundi*, e então lembro de apertar "transferir" antes porque "transit" é a segunda palavra nesse truque de memória clássico. O problema é que não consigo lembrar o que devo fazer depois.

— Desliga.

Alex parecia magoado.

— Calma lá, amigo, não precisa disso. Só porque um colega tem um pouco de dificuldade de se lembrar do jeito certo de usar o telefone, não precisa mandar desligar do nada.

— Se você desligar o telefone. A chamada vai ser transferida automaticamente.

— Sério? Isso é muita esperteza. Um jilhão de obrigados.

— Sem problemas. Obrigado, Alex.

Ouvi o clique breve da chamada reconectando e então a voz de lenda do rock de Jon Fleming retumbou do outro lado da linha.

— Alô, Luc. Acho que as coisas não saíram como nenhum de nós esperava no domingo.

Esse era o problema de entrar em contato com as pessoas. Às vezes elas retornavam o contato. E, embora eu estivesse tentando ser uma pessoa mais gentil, educada e legal, Jon Fleming era a exceção.

— Ah, puta merda.

— Voltei para Londres. Eu disse que te ligaria.

— Bem, disse mesmo. Parabéns por cumprir parcialmente uma promessa.

— Então, como você está?

Sem chances de eu conversar com ele sobre, bom, qualquer coisa.

— Por incrível que pareça, bem. O que, acho melhor esclarecer, não tem nada a ver com você.

Uma leve pausa.

— Sinto que você ainda está carregando muita raiva. Eu também pass...

— Nem pense em dizer que passou pela mesma coisa quando tinha a minha idade.

— Conforme o tempo passa, você aprende a aceitar as coisas que não aconteceram como você esperava.

— Você quer conversar... — Apoiei o telefone do escritório no ombro enquanto analisava a lista de possíveis itens para o leilão. — Ou está praticando frases feitas para sua próxima entrevista num programa de auditório?

— Queria saber se você está livre para me encontrar enquanto estou na cidade.

Ai, merda. Eu tinha acabado de aceitar que tentei me aproximar de Jon Fleming e não deu certo e eu nunca mais teria que vê-lo de novo. E nem isso aquele fodido me deixava ter.

— Hm. Depende. Por quanto tempo você vai ficar aqui?

— Sem pressa. As filmagens só terminam no próximo mês, mais ou menos.

Olhei o escritório ao meu redor, uma carnificina de preparatórios para a Corrida dos Besouros.

— Por acaso — tentei, já que devia existir alguma vantagem de ter um pai famoso — você teria interesse em aparecer num evento beneficente da organização onde eu trabalho?

— Eu estava esperando por uma chance de conversar a sós com você. Gostaria de ter a oportunidade de consertar as coisas.

— Olha, eu...

Nota mental: não começar frases sem ter a menor ideia de como vai terminar. Mexi na papelada a esmo, e minha cadeira giratória abaixou uns cinco centímetros — o que combinava com meu humor depois daquela conversa. Eu nem sequer entendia como seria uma conversa para "consertar as coisas" com Jon Fleming, mas tinha uma suspeita aterrorizante de que terminaria com ele se sentindo melhor e eu me sentindo pior.

Obviamente deixei um rastro de silêncio enquanto pensava, porque ele disse:

— Você não precisa decidir de imediato. — Seu tom dava a entender que ele estava me fazendo um favorzão do caralho.

— Não, tudo bem. A gente pode sair pra jantar ou qualquer coisa assim. Vou ver com Oliver quando ele está livre.

Outra pausa. Da parte dele, dessa vez.

— Fico feliz que você tenha o Oliver na sua vida, mas não acha que será mais fácil se estivermos só nós dois?

Mais fácil para ele, talvez.

— Além do mais — ele continuou —, sei como advogados têm a agenda cheia. Pode ser difícil encontrar um horário que funcione para nós dois.

Como de costume em todas as vezes que o assunto era Jon Fleming: eu não aguentava mais. Era para eu me sentir lisonjeado por ele não querer dividir minha atenção? Ou assustado porque aquilo parecia um documentário sobre serial killers? Quer dizer, nada de bom poderia começar com "se certifique de que você está vindo sozinho".

E lá vinha mais uma das minhas pausas de "estou em conflito, por favor, preencha esse silêncio".

Fosse por sensibilidade em relação aos meus desejos ou amor pela própria voz, Jon Fleming continuou falando:

— Entendo que isso pode soar egoísta. É claro que você pode levar seu parceiro se achar necessário.

Perfeito. Uma ótima maneira de fazer eu me sentir fraco e dependente.

— Mas a verdade é que... — Ele hesitou, como se estivesse realmente lutando contra alguma coisa. — Não é fácil para alguém como eu admitir que está errado. E vai ser ainda mais difícil com uma plateia.

— E-espera aí. *O quê?*

— Esse não é o tipo de conversa que eu gostaria de ter por telefone.

Ele tinha razão. Mas aquilo era o mais perto que eu tinha chegado de ouvir *qualquer tipo* de verdade do meu pai. E eu não sabia como não simplesmente... aceitar. Só que eu não podia. Porque como poderia ter certeza de que ele não desapareceria num armário para Nárnia quando eu fosse procurá-lo? Eu tinha passado muito tempo querendo aquilo, então talvez valesse a pena arriscar.

Ou talvez não. Não mesmo.

— Posso... — perguntei. — Posso pensar a respeito?

Uma pausa maior-do-que-eu-gostaria.

— Claro que pode. Vou te mandar meu número pessoal e você pode me ligar quando quiser. Só lembre que vou estar aqui até... até o fim.

E com um pequeno lembrete de que estava com câncer, Jon Fleming desligou.

Oliver pareceu aproveitar de verdade a exposição de Gavin, embora as primeiras palavras dele assim que atravessamos a porta não precisassem ter sido "Ah, você quis dizer a Revolta de Merthyr Tydfil de 1831". Levando em conta que aquela não teria sido minha primeira, segunda nem sequer terceira escolha de programação para a noite, eu até que estava gostando de ser o tipo de pessoa que leva o namorado advogado socialmente aceitável para experiências gastronômicas veganas e eventos de artistas independentes. Além do mais, o passeio me deu um monte de pontos culturais que gastei logo de cara comprando um McFlurry de Twix no caminho de volta para casa. E, apesar das críticas de Oliver em relação ao conteúdo da sobremesa e à ética de mercado da empresa que a vendia, eu a dividi generosamente com ele.

Era meio perturbador voltar para a casa de Oliver e me dar conta de que era uma noite de sexta e eu não estava sofrendo sozinho em casa ou sofrendo acompanhado numa festa. Era ainda mais perturbador já estar na cama antes da uma. Mas, como sempre, a cama dele tinha suas vantagens — a mais óbvia era ele próprio —, e eu tinha quase certeza de que os lençóis eram de algodão egípcio e lavados com frequência.

— Hm — eu disse, encaixado debaixo do braço dele. — Sabe aquele negócio de ser aberto e direto sobre, tipo, meus sentimentos e tal?

— Espero que esse tom sinistro seja *desnecessário*.

Me encolhi.

— Desculpa. Desculpa. É sempre sinistro na minha cabeça.

— O que foi, Lucien?

— Meu pai me ligou. Ele que me encontrar para uma conversa de pai e filho. A sós.

— E o que você quer fazer?

— Não sei. Esse é o problema. — Tentei dar de ombros, mas acabei meio que me... aninhando? — Eu disse que ia pensar.

— Provavelmente foi uma escolha sábia.

— Quem diria? Eu sendo provavelmente sábio.

Os dedos de Oliver deslizavam nas minhas costas com delicadeza, para cima e para baixo.

— Você já tem alguma ideia do que vai decidir?

— Não, de verdade. Essa é uma daquelas coisas que eu quero mas também não quero. Toda vez que decido me afastar, vem uma voz na minha cabeça dizendo "ele está com câncer, seu babaca". E eu sei que pode ser idiotice acreditar nele e sei que provavelmente vai ser horrível, mas acho que... — Merda, talvez eu estivesse literalmente vomitando um pouquinho enquanto dizia aquilo. — É algo que eu preciso fazer.

— Entendo.

Claro que ele entendia.

— Claro que você entende.

— Não sei se aceito isso como um elogio ou se já deveria ter me acostumado com seu jeito.

— Um pouquinho dos dois? — Me contorci para baixo e afundei meu rosto no pescoço de Oliver. — Quer dizer, eu já deveria ter me acostumado com você sendo sempre incrível. Mas não deixa de ser incrível.

Ele pigarreou, meio envergonhado.

— Obrigado. Mas acho melhor comentar que não estou totalmente tranquilo. Sei que só encontrei seu pai uma vez, mas não tive uma boa primeira impressão dele.

— Acho que ele também não gosta de você.

— Desculpe se dificultei as coisas.

— Para de ser ridículo. — Me desafundei do pescoço e dei um beijo nele. — Você sempre deixa tudo melhor. E eu não sei muito bem se me sentiria atraído por alguém capaz de agradar Jon Fleming.

— Ainda assim, acho que fechei essa porta antes da hora.

— Era uma porta de bosta, Oliver. E nem sei de qual lado dessa história eu quero ficar.

— Tenho certeza de que não preciso te dizer isso — anunciou ele um momento depois. — Mas acho que existe a chance de ele te magoar de novo.

Encarei Oliver com aquele tipo de intensidade que só faz sentido quando os dois estão na cama e parcialmente nus.

— E é uma chance bem grande, né?

— Mais uma vez, posso estar apenas repetindo o óbvio, mas não quero te ver magoado.

— Eu também não estou morrendo de vontade de me magoar. Só sinto que... nesse momento vou acabar ficando bem, mesmo se tudo der errado. Tipo, isso não vai mais me destruir completamente.

— De alguma forma muito esquisita — disse Oliver com um sorriso torto —, isso me deixa mais tranquilo.

Sentado na cama recém-arrumada de Oliver na manhã seguinte, eu estava começando a achar que tinha exagerado naquela coisa toda de "isso não vai me destruir". Foi muito mais fácil afirmar que eu ficaria bem quando estava nos braços do meu namorado meio-de-mentira-meio-de--verdade. Mas, em determinado momento, acabei me recompondo o suficiente e liguei para Jon Fleming no número que a equipe dele enviou para a minha equipe. Bem, para mim. Eu meio que sou minha própria equipe.

— Jon falando — retumbou meu pai, com a confiança de um homem que sabe que é o único Jon que importa.

— Hm. Oi. Sou eu.

— Eu quem? Agora não é um bom momento, estou prestes a entrar na gravação.

— Eu, seu filho. Lembra? Aquele com quem você queria se conectar e tal.

— Sim, sim, me dá só um minuto. — Ah, ele não estava falando comigo, estava? — Pode repetir, Luc?

— Só estou ligando para...

— Sim. Não. Ah, que ótimo, obrigado. Valeu mesmo. — Ainda não estava falando comigo.

— Olha — falei. — Se quiser me encontrar, estou livre essa semana.

— Eu adoraria. Que tal na quarta? Você conhece o Meia-Lua em Camden?

— Bem, não, mas posso procurar no Google.

— Te encontro lá às sete. Já estou indo, Jamie!

E ele se foi. Se eu fosse supersticioso, não acharia um bom sinal que a última coisa que ouvi dele foi "Já estou indo, Jamie!", mas acho que, àquela altura, já estava decidido. E eu tinha um compromisso marcado com Jon Fleming. Meu pai. Só nós dois. Para que, talvez, ele me pedisse perdão por ter me abandonado.

Sem chances de isso acontecer, né?

Meu primeiro instinto, desenvolvido com anos de prática, era... Na verdade, eu não sabia. Há cinco anos, eu estaria saindo, enchendo a cara e indo para a cama com alguém. Há seis meses, eu estaria indo para casa, enchendo a cara e me escondendo debaixo do edredom. Mas agora eu só queria estar com Oliver.

E eu meio que podia? Porque ele estava no andar de baixo?

Eu levaria um tempo para me acostumar com essa vida aparentemente saudável.

Encontrei Oliver sentado à mesa da cozinha, embrulhando uma caixa fechada daqueles hipopótamos de chocolate da Kinder com todo o cuidado.

— Não acredito — eu disse. — Que um dia já te achei entediante.

Oliver me olhou daquele jeito que eu já sabia reconhecer como "não sei se eu deveria me sentir ofendido".

— Só porque eu me importo com a apresentação quando vou dar um presente para alguém?

— Não é sarcasmo, Oliver. Isso é algo maravilhosamente esquisito que eu não esperava ver hoje.

— Só estou embrulhando um presente. O que tem de esquisito nisso?

— O fato de que você parece aquele joalheiro de *Simplesmente Amor*, só que embrulhando uma caixa enorme de chocolate alemão em vez de um colar.

Ele pigarreou.

— Italiano.

— Mas *Kinder* não é criança em alemão?

— Sim, mas a empresa fica na Itália.

— Que bom que estamos dando importância ao que realmente importa aqui. — Me encolhi na cadeira à frente dele. — O Que. Você. Está. Fazendo?

— É para o aniversário da Jennifer.

— Ah, sim — afirmei com convicção. — Eu super estava lembrando disso.

Oliver lançou um daqueles olhares irritados típicos de quando as pessoas não estão decepcionadas porque te conhecem e se importam com você, e não porque as expectativas já eram bem baixas.

— Como está o seu pai?

— Um babaca, como sempre. — Tamborilei no vaso de flores recém-trocadas. — E eu sei que estou tentando melhorar, mas não quero falar sobre isso agora.

— Não precisa. E vou entender se você não estiver no clima para a festa de hoje à noite.

— Não, eu quero ir. Nem que seja para ver a cara da sua amiga quando descobrir que você levou cinco mil biscoitos com formato de hipopótamo recheados com uma substância gosmenta que lembra vagamente chocolate.

Oliver piscou, todo petulante.

— Não é chocolate. É um creme de leite e avelã. E esse é o presente que eu sempre dou para ela.

— E ainda assim vocês continuam amigos?

— Ela gosta de hipopótamos. É meio que a nossa tradição.

Deslizei meus dedos do pé pela canela dele.

— Eu achei que você já era... grandinho demais para ter uma tradição de troca de presentes.

— Você ainda vai acabar descobrindo que eu posso ser tão peculiar quanto você, Lucien. — Com empolgação, ele prendeu um ramo de lavanda ao embrulho meio esquisito. — Mas só quando eu quero.

— Sim, mas eu achava que héteros gostavam de, você sabe, garrafas de vinho. Ou, sei lá, um suporte para pão.

Ele cobriu a boca com a mão. Não dava para saber se estava rindo ou em choque.

— Lucien, você trabalha com pessoas heterossexuais. Sua mãe é heterossexual. Bridget é heterossexual.

— Sim, e eu compro vinho para todas elas.

— Mas, e por favor seja sincero comigo — Oliver literalmente balançou o dedo para mim —, nunca *suportes para pão*, né?

Afundei na cadeira, quase me jogando no chão.

— Eu... eu... entrei em pânico, tá bem? Sim, eu conheço algumas pessoas hétero. Mas nunca estive em um encontro social com um grupo grande por escolha própria. Tenho medo.

— O que você acha que vão fazer? Jogar abelhas na sua cara?

— Não sei. E se ninguém gostar de mim? E se acharem que você deveria ter levado uma mulher ou um gay melhorzinho?

— Eles são meus amigos, Lucien. Vão ficar felizes se eu estiver feliz.

Eu o encarei.

— Você... está feliz? Eu te faço feliz? Eu consigo fazer esse tipo de coisa?

— Você sabe que faz. Só, talvez, não critique os suportes de pão deles. Ou podem acabar te achando um pouquinho estranho.

Aquilo abriu um novo abismo de ansiedades.

— Sobre *o que* eu falo então? Eu não assisto a nenhum esporte.

— Bem, a maioria deles também não. Jennifer é uma advogada de direitos humanos que gosta de hipopótamos. Peter é um ilustrador de livros infantis que gosta da Jennifer. Eles são apenas pessoas. E eu os conheço há muito tempo. E em nenhum momento eles ameaçaram me excluir por não conhecer... conhecer... — Oliver parou por um longo momento, pensativo. — Eu ia citar algum tipo de informação obscura sobre esportes, mas, como você pode ver, não conheço nenhuma e está tudo perfeitamente bem.

Suspirei.

— Tá bom. Eu só estava sendo bobo.

— Sim, estava, mas com motivo. E isso te deixa bastante charmoso também.

— Acho que estou obcecado com essa coisa dos héteros porque... essas pessoas são importantes para você. E eu não quero estragar tudo — confessei.

— Se te conheço bem — aquela era a voz mais grave de Oliver, então me preparei para a onda de sinceridade —, ou você não estraga nada, o que seria legal. Ou você estraga tudo, o que seria engraçado.

Soltei uma gargalhada.

E então, afastando os hipopótamos de chocolate embrulhados numa embalagem linda, me debrucei na mesa para beijá-lo.

36

Naquela noite, eu estava ao lado de Oliver com uma caixa exageradamente decorada cheia de hipopótamos, na calçada de uma casa de aparência suburbana em Uxbridge. Eu já me sentia muito, mas muito deslocado.

— Está tudo certo? — perguntei. — Como estou? Minha roupa está legal?

— Você está ótimo. Vai ser uma noite tranquila e relaxante. Todo mundo muito casual e muito normal e...

A porta se abriu revelando uma ruiva estonteante e muito bem-arrumada, com um vestido longo e um inacreditável chapéu de plumas. Com isso, minha boca também se abriu.

— Oliver! — gritou ela. — Estou tão feliz por você ter vindo. E trouxe o Luc. Ao menos, acredito que seja o Luc. — Ela arregalou os olhos. — Merda. Você é o Luc, não é?

Eu estava tentando, sem muito sucesso, me esconder atrás de Oliver. Claramente, aquele não era o tipo de festa onde eu deveria usar meus jeans habilmente rasgados.

— Hm. Sim. Sou eu.

— Entrem. Entrem. Brian e Amanda já chegaram, porque você sabe como eles são. E Bridge está atrasada porque você sabe como ela é.

Nós entramos, eu agarrando o cotovelo de Oliver feito uma criança no supermercado para sinalizar meu grau de despreparo diante de tudo aquilo. Encontramos um homem de terno e gravata na entrada da sala de estar.

— Olá — disse ele, nos apresentando uma bandeja de prata com uma pirâmide bamba de bombons Ferrero Rocher. — Tomem cuidado porque isso aqui é bem instável, na verdade.

Mais uma vez, tentei pedir ajuda para Oliver apenas com o olhar. Mas ele parecia estar tirando tudo de letra, pegando um chocolate da pirâmide com gentileza.

— *Monsieur.* — Aquela era a voz mais seca e sucinta de Oliver, o que, acredite, era seca e sucinta pra caralho. — Você vai nos deixar mal-acostumados com esse Ferrero Rocher.

O cara quase derrubou a bandeja de tão empolgado.

— Obrigado. Brian ficou me zoando por causa disso. Levou horas para montar.

— Sabe como é — disse uma voz grossa lá de dentro —, não dava para comprar uma pirâmide já pronta?

— Cala a boca, Brian. Você já atingiu seu limite de opiniões sobre isso.

— Peter — disse Oliver quando passamos pelo Ferrero Rocher e entramos na sala de estar. — Por favor, me diz que essa noite não será uma sequência de referências bobas e complexas aos anos 90.

— Não! — Jennifer lançou um olhar magoado para ele. — Algumas são referências bobas e elaboradas aos anos 80.

Com uma risada, ele a abraçou.

— Feliz aniversário, querida. Só não quero jogar Twister nem Pokémon.

— E quanto a tazos? — Os olhos dela brilharam.

Oliver olhou de relance para mim.

— Perdão, Lucien. Esses são meus amigos. Não sei exatamente o que está acontecendo.

— Ei! — protestou Jennifer. — O aniversário é meu. E, se eu quiser me vestir feito uma idiota e obrigar todo mundo a comer coquetel de camarão para comemorar as décadas que me criaram, a escolha é minha e acho melhor vocês apoiarem.

— Você podia pelo menos ter me avisado. Estou tentando convencer esse homem de que eu sou maneiro.

Ela suspirou.

— Ai, Oliver. Nem quando a palavra "maneiro" era maneira, as pessoas maneiras usavam.

Embora ela tivesse razão, senti que eu precisava defender meu namorado ambiguamente de mentira dos seus amigos definitivamente de verdade.

— Mentira. Bart Simpson dizia "maneiro".

— Bart Simpson é um personagem fictício de dez anos — observou o homem que falhou em organizar os Ferrero Rocher da maneira certa. Brian, certo?

— Não sei se me sinto confortável em ser comparado a Bart Simpson — interveio Oliver.

Ele provavelmente me chutaria depois daquilo. Mas não tinha como responder outra coisa.

— Não fica grilado, cara! — falei, ao mesmo tempo que todo mundo.

— Olha só. — Oliver passou o braço em volta da minha cintura. — Lucien estava com medo de não ter nada em comum com vocês. Mas ele não imaginava que tirar sarro de mim é o passatempo favorito de todo mundo.

Jennifer lançou um olhar curioso para mim.

— Sério, Luc? Nós estávamos com medo de acabarmos assustando mais um dos namorados do Oliver.

— A gente não assusta ninguém. — Brian, de novo, naquele tom animado de quem está prestes a ser um pouco mais ofensivo do que o planejado. — Quem assusta é o Oliver.

— Devo confessar... — Oliver ficou um pouco tenso ao meu lado, então achei que seria um bom momento para me jogar na conversa. — Que esse vestido longo me pegou de surpresa. Mas estou muito animado para a... a... seja lá o que isso for.

Jennifer pensou a respeito por um momento.

— Bem, eu também não sei muito bem o que é essa festa. É meio que uma celebração das coisas que eu achava, aos oito anos, que teria aos trinta. Tirando a parte em que eu achava que essa festa seria na lua.

— Atenção, agora. — Peter bateu palmas de um jeito meio anfitrião. — Posso servir alguma bebida para vocês? Temos Lambrini, batida de Bacardi, Cointreau, algumas outras coisas que são de fato gostosas. E tem hidromel na cozinha com a Amanda.

Pisquei.

— Será que eu perdi a febre do hidromel nos anos 90?

— Isso é uma reencenação — explicou Brian. — Nós *sempre* trazemos hidromel. E também ninguém especificou *quais* anos 90.

Oliver deslizou para um dos sofás e me puxou junto.

— Vou querer uma das coisas que de fato são gostosas.

— Você não está no espírito — falei, cutucando o joelho dele. — Quais sabores de batida você tem?

Peter se empolgou.

— Boa pergunta. Acho que... a cor-de-rosa? E talvez algumas laranja? E aquela que é um laranja um pouquinho diferente e talvez seja pêssego?

— Vou querer a laranja que é um pouquinho diferente.

— É pra já. Vou ver onde Amanda está metida.

— E Peter. — chamou Jennifer. — Pode trazer os *vol-au-vents*. Ou seria *vols-au-vent*?

— Acho que tecnicamente... — Uma mulher muito parecida com Brian, exceto pela barba (Brian tinha barba, não a mulher), apareceu na porta. — ... o correto seria *voler-dans-les-vents*. Porque *vol-au-vent* em francês significa "voar com o vento". Então o plural seria "voar com os ventos", ou seja, *voler dans les vents*.

A conversa acabou se desdobrando em vários assuntos, do jeito que sempre acontece entre pessoas que se conhecem há muito tempo. E, mesmo sem saber o que foi o "caso infame do escavador" ou o que aconteceu no aniversário de vinte e oito anos da Amanda, não me senti nem um pouco deslocado. Quer dizer, acabei passando por uma espécie de ginástica emocional ao me lembrar do meu surto quando saímos para jantar com Alex e Miffy, e fiquei um pouquinho na defensiva com a proximidade que eu e Oliver tínhamos quando estávamos sozinhos. Em especial porque ele costumava ser muito rígido e educado em público. Mas, na verdade, era legal vê-lo tão feliz e relaxado, cercado de pessoas que gostavam tanto dele.

De repente a campainha tocou, e Peter assumiu sua posição ao lado da pirâmide de Ferrero Rocher. Pensei que seria outra pessoa que eu não conhecia, já que Bridget tinha mandado mensagem avisando que chegaria em cinco minutos, o que significava que chegaria em uma hora. Ouvi as vozes vindo do corredor.

— Meu deus, desculpa o atraso — gritou alguém duas vezes mais sofisticado que eu e três vezes menos sofisticado que Alex. — Os gêmeos são dois merdinhas. Merdinhas que, por sinal, foram... Ah! *Monsieur*, você vai nos deixar mal-acostumados com esse Ferrero Rocher.

— Chupa essa, Brian! — Isso foi, provavelmente, o Peter.

— Por favor — continuou o homem sofisticado. — Pelo amor de Deus, me traz alguma bebida. E cuidado na hora de pendurar meu casaco. Acho que um dos desgraçadinhos vomitou nele.

— Bem que eu avisei quando eles nasceram — disse outra voz desconhecida, uma mulher dessa vez. — A gente deveria ter deixado os dois em uma encosta por uma noite e ficado com o gêmeo que sobrevivesse.

Ouvi o barulho de casacos sendo pendurados e sapatos sendo tirados, e Jennifer e Peter voltaram para a sala, seguidos por um homem surpreendentemente elegante com um colete de plumas e uma mulher pequena e roliça em um vestido de bolinhas.

Oliver — que não estava relaxado o suficiente para esquecer as boas maneiras — se levantou para cumprimentá-los.

— Ben, Sophie, esse é o Luc. Meu namorado. Luc, esse é o Ben, dono de casa, e Sophie, que é o próprio Satanás.

— Não sou Satanás — bufou ela. — Belzebu no máximo.

— Jennifer? — Oliver gesticulou de um jeito levemente arrogante. — Quem foi seu último cliente?

Sophie revirou os olhos. Parece que eles já tinham feito aquela brincadeira muitas vezes.

— Um refugiado de Brunei, que teria sido torturado se fosse deportado. — Jennifer ergueu sua taça de Lambrini como quem propõe um brinde. — E o seu, Oliver?

— Um barista que roubou o empregador por causa de uma traição. E o seu, Sophie?

A mulher murmurou algo incoerente.

— Como? Não conseguimos escutar direito.

— Tá bom. — Ela jogou os braços para o alto. — Uma empresa farmacêutica. Mas, só para deixar bem claro, não há provas de que os remédios produzidos lá tenham matado nenhuma criança. O que vocês querem que eu faça? Eu gosto de clientes que pagam pra valer.

— Só para confirmar — perguntei, compreendendo aos poucos que a orientação sexual não era a única coisa que diferenciava os amigos de Oliver dos meus. — Só eu aqui não sou advogado ou casado com um advogado?

Com uma reverência, Peter devolveu a pirâmide bamba de Ferrero Rocher para a mesa de Ferrero Rocher.

— Bem, você pode dar um jeito nisso. Agora é legalizado.

— O que ele quis dizer — Amanda ergueu os olhos do sofá onde estava esparramada em cima do marido — é que agora é legal se casar com o Oliver. Não que é legal matar todos os advogados da sala, independente da opinião de Shakespeare sobre o assunto.

— Quê? — gritou Peter, assustado de um jeito cômico. — Por que você cogitou isso? É claro que eu estava falando de casamento, não de assassinato.

— Me lembra isso de novo quando esses três ficarem falando sobre jurisprudência por três horas seguidas.

Oliver pigarreou, o rosto um pouco corado.

— Sei que vocês estão muito empolgados porque eu tenho um namorado. Mas acho que falar sobre casamento a essa altura seria um excelente jeito de garantir que meu relacionamento não dure por muito tempo.

— Desculpa. — Peter tombou a cabeça. — Eu não estava... Não queria... Por favor, não termina com ele, Luc... Pega mais um Ferrero Rocher.

— E só para deixar claro — continuou Oliver —, só porque tenho o direito legal de fazer uma coisa, não significa que eu precise fazer. Principalmente com alguém que estou namorando há menos de dois meses. Sem querer ofender, Luc.

Me afastei dos braços dele fazendo drama.

— Você só pode estar de brincadeira! O que eu faço com o vestido de noiva agora?

Aquilo rendeu uma quantidade proporcional de risadas, e eu senti como se estivesse sendo um namorado do jeito certo.

— Será que podemos parar de tentar deixar alguém mais confortável sugerindo casamento? — Jennifer lançou um olhar severo para todo mundo na sala. — Estamos muito felizes de ter você aqui, Luc. E a boa notícia é que apenas alguns de nós são advogados!

— Sim. — Ben estava se servindo com uma taça do vinho bom. — Minha esposa me sustenta. O que é supermoderno e feminista da minha parte.

— Eu estudei Direito na faculdade com esses três aí — acrescentou Brian. — Por sorte, percebi que o curso era horrível pra caralho e eu era um merda nisso, então fui para a área de TI.

— Já eu... — começou Peter, antes de ser interrompido pela campainha. — Deve ser Bridget.

Jennifer se levantou para recebê-la, e Bridget entrou com tudo, tirando o casaco só segundos depois.

— Vocês não vão acreditar no que aconteceu! — gritou ela.

A sala mal conseguiu terminar o coral de "Cuidado, Bridge!" e o casaco dela já havia acertado a adorável pilha de Ferrero Rocher de Peter, fazendo com que os bombons voassem, quicassem e rolassem pelo chão.

Ela deu uma volta.

— Meu Deus do céu! O que era isso?

— Nada. — Peter suspirou. — Não precisa se preocupar.

Ele, Ben e Tom — que entrou com Bridget — começaram a recolher os restos do desastre.

— O que aconteceu? — todo mundo perguntou.

— Bem, não posso falar muito, mas recentemente eu adquiri os direitos de um autor novo muito promissor, especialista em ficção científica superconceituada. Ganhou uma resenha de destaque no *Publishers Weekly* e tudo, cheia de frases boas, e acabamos escolhendo uma em específico que recomendava o livro para fãs de outro autor superconceituado de ficção científica, só que mais famoso. Então pusemos a frase nos pôsteres, uma campanha enorme no metrô, até na capa do livro! E agora já é tarde demais para mudar.

Oliver parecia confuso de um jeito que me dava vontade de abraçar.

— Isso me parece muito positivo, Bridget.

— Até aí, tudo bem. — Ela se jogou na poltrona mais próxima. — Só que o autor mais famoso em questão se chama Charles F. Pinto. E a frase escolhida foi "Perfeito para fãs de Pinto". E ninguém se deu conta até começarmos a receber avaliações muito decepcionantes na Amazon.

Peter ergueu o olhar do desabamento de Ferrero Rocher com uma expressão que misturava diversão e especulação.

— Só por curiosidade, como estão as vendas?

— Por incrível que pareça, muito boas. Acho que o livro alcançou vários públicos diferentes. — Bridget notou a minha presença. — Ah, Luc, você está aqui!

Sorri para ela.

— Sou só um acompanhante.

— Não acredito. — Jennifer balançou a cabeça entre mim e Bridget. — Oliver traz o namorado novo para o meu aniversário, daí eu acho que finalmente vou ter uma fofoca de relacionamento que você ainda não sabe. E, no fim das contas, vocês já se conhecem.

Bridget parecia, na falta de uma palavra melhor, presunçosa.

— É claro. Luc é meu melhor amigo e Oliver é o único outro gay que eu conheço. Eu estava tentando juntar os dois há anos.

Demoramos uns dez minutos até que enfim conseguimos espremer todo mundo em volta da mesa de jantar que foi criada para acolher seis pessoas, oito com esforço e dez com desespero.

— Devo admitir — disse Jennifer enquanto empurrava uma cadeira de rodinhas que ela tirou sabe Deus de onde. — Eu estava contando que pelo menos umas duas pessoas fossem cancelar de última hora.

Brian manobrou sua taça de hidromel para apoiá-la no meio do amontoado de coisas na mesa.

— No mínimo você deve ter achado que, a essa altura, Oliver já teria terminado o namoro.

— Com amigos feito você, Brian — retrucou Oliver, soltando um suspiro que eu temi não ser apenas uma irritação sarcástica. — Quem precisa de advogados contra?

Com isso, Amanda deu uma cotovelada afiada na costela do marido.

— Presta atenção, cara. Agora estamos na fase "felizes por você". Em uns seis ou oito dias, estaremos na fase "infernizando você".

Oliver só tinha espaço o bastante para esconder o rosto nas mãos.

— Parem de tentar ajudar.

— *Enfim* — Jennifer se pronunciou. — Apesar de desengonçado, acho que "um pouco mais do que cabem na mesa" é a quantidade exata de amigos que alguém precisa ter. Então eu gostaria de agradecer todo mundo que conseguiu dar um jeito de evitar crises no trabalho, emergências familiares...

Um toque polifônico soou do bolso de Ben e ele deu um salto, quase esmurrando Tom.

— Merda. É a babá. Aposto que aqueles bostinhas botaram fogo na casa.

E, com isso, ele saiu da sala.

— *Quase* conseguiram evitar emergências familiares — continuou Jennifer.

Sophie terminou sua taça de vinho.

— Querida, isso não é uma emergência. É a nossa vida agora.

— Quer saber? — Jennifer gesticulou como quem manda um *foda-se*. — Vamos fingir que eu fiz meu discurso. Amo todos vocês. Podem comer.

Peter surgiu da cozinha, carregando uma bandeja de taças de martini cheias de gosma e alface.

— Para começar — anunciou ele, em um tom todo *MasterChef*. — Coquetel de camarão. E, desculpa, Oliver, não esquecemos de você para o prato principal, mas não nos preocupamos a ponto de pensar numa entrada vegetariana, então só não pusemos camarão no seu.

— Quer dizer então que vou começar a noite com uma taça de molho rosé?

— Nossa. Sim, mandamos muito mal nessa.

Bridge e Tom já estavam havia um tempo sussurrando entre si, mas, de repente, ela ergueu o olhar, confusa.

— Espera aí. Por que vamos comer coquetel de camarão? Ninguém come coquetel de camarão há uns vinte anos. E, além disso, por que estamos tomando batidas de Bacardi?

— Aparentemente. — Sophie já havia se servido de mais uma taça do vinho bom. — Essa festa inteira tem um tema meio retrô sem noção.

Jennifer se encolheu, meio tímida.

— A questão é que eu não queria que ninguém se sentisse pressionado a vir fantasiado ou, tipo, a fazer nenhum esforço. Então decidi fazer uma surpresa. Então... *surpresa*?

Nos acomodamos para relembrar por que as pessoas pararam de comer coquetel de camarão. Spoiler: porque era horrível. Por sorte, todo mundo parecia concordar com isso, então ninguém se sentiu obrigado a comer por educação.

— Não se preocupem. — Peter começou a organizar a mesa. — Acho que o prato principal vai ser de fato comestível. É bife Wellington, exceto para Oliver, que vai receber um cogumelo Wellington que, pra ser sincero, eu meio que inventei.

Oliver devolveu sua taça de molho rosé intocada.

— O que significa que o prato principal será comestível para todos, menos para mim.

— Desculpa, Oliver. — Peter olhou para ele fingindo pensar. — Mas você deveria ter se contentado em ser nosso único amigo gay. Tentar ser nosso único amigo vegetariano já é demais, sinceramente.

— Quer saber? — eu disse. — Os cogumelos me parecem ótimos. Se tiver o bastante, vou querer também.

Bridge de fato grunhiu:

— Lembra quando você era ranzinza e nada romântico?

— Eu nunca fui ranzinza e nada romântico. Só algumas vezes eu fui... — Tentei pensar em algo. — ... teimoso e cínico.

— E agora o Oliver trouxe à tona seu marshmallow interior.

— Só vou comer cogumelo, não vou dançar numa arquibancada cantando "I Can't Take My Eyes Off You".

Jennifer brindou com sua Smirnoff Ice.

— Mandou bem na referência temática.

Estávamos nos servindo dos pratos, ambos enormes, quando Ben voltou, abatido.

— Beba-me. — Ele desabou ao lado de Sophie. — Nossa, isso foi muito *Alice no País das Maravilhas*. Acho que embebede-me fica melhor.

Ela o encheu de bebida.

— Está tudo bem, amor?

— Vamos ter que dar mais um aumento para a Eva. O Gêmeo A desapareceu, ela procurou pela casa inteira e estava prestes a ligar para a polícia, quando olhou pela janela e viu o garoto na cozinha do vizinho, entre o forno e o faqueiro.

— Mas ele está bem?

— Infelizmente, sim. Os vizinhos, por outro lado, estão um pouco traumatizados.

Sophie revirou os olhos.

— A gente manda uma cesta de café da manhã para eles. A mesma das últimas três vezes.

Continuamos comendo por um tempo. Apesar do alarde, o cogumelo Wellington estava realmente... gostoso? Quer dizer, poderia ficar muito melhor se tivesse carne, mas, até aí, isso valeria para qualquer coisa. Infelizmente, isso nos levou à parte de que eu menos gostava em toda a experiência "conhecendo o círculo social de outras pessoas": a parte em que eles decidiam que precisavam demonstrar interesse no acompanhante para fazer uma média com o amigo.

— Você é uma espécie de... — começou Brian. — Estrela do rock? Não é isso?

Quase engasguei numa garfada de Wellington.

— Não. De forma alguma. Meu pai é uma estrela do rock. Minha mãe já foi uma estrela do rock. Eu sou, tipo, o oposto de estrela do rock.

— Um planeta do pop? — sugeriu Amanda depois de pensar por muito menos tempo do que deveria.

— Hm. Sim? Ou talvez... não?

— Faz mais sentido. — Brian afastou gentilmente sua barba trançada do molho do bife. — Eu não entenderia o que uma estrela do rock estaria fazendo com Oliver.

— Qual é o seu problema hoje? — Aquele não era o tom "vocês estão me provocando mas no fundo eu gosto" de Oliver. Era o tom "estou chateado de verdade agora" de Oliver. — Por que está tentando me fazer parecer o mais desinteressante possível na frente de um cara de quem eu realmente gosto?

— É só ignorar, Oliver — disse Jennifer. — Ele só deve estar tentando compensar pelos dez anos que passou sendo a única pessoa solteira do grupo.

Oliver ainda tinha aquele olhar rígido e frio.

— Não sei se isso torna esse comportamento aceitável.

— Desculpa. — A mesa era pequena demais para movimentos expansivos, mas aquilo não impediu Brian de tentar. — Desculpa mesmo. É só que você já teve vários namoros e nenhum deu certo, então eu só queria saber o que esse cara tem de diferente antes que você se machuque de novo.

— Eu não sou sua filha adolescente — retrucou Oliver. — E, pensando bem, mesmo se eu fosse sua filha adolescente, seu comportamento continuaria sendo extremamente controlador e esquisito.

— Ele tem razão, cara. — Amanda olhou decepcionada para o marido. — Você está sendo babaca.

— Me... desculpa.

Um longo silêncio.

Até Oliver suspirar e dizer:

— Tudo bem. Fico feliz que você se importe comigo. De um jeito profundamente inútil.

A coisa toda ficou muito intensa muito depressa. Porque lá estava eu, jantando a comida daquelas pessoas e bebendo o Bacardi deles, e observando a empolgação e esperança deles porque o amigo — que claramente era muito querido ali e que parecia ser muito mais triste do que eu havia notado — enfim estava feliz.

E tudo aquilo meio que tinha uma data de validade.

Já fazia um tempo que eu vinha aceitando internamente que ficaria um pouco arrasado quando... se... aquilo acabasse. Mas não tinha cogitado que Oliver talvez fosse ficar também.

— Então. — Sophie mudou de assunto com a classe e dignidade de alguém que já tinha bebido o bastante para não dar a mínima. — Se você não é uma estrela do rock, é o que então?

— Sou arrecadador de fundos em uma organização beneficente.

— Ah, mas é claro. Oliver, não acha triste que seus namorados sejam sempre tão éticos?

— Não se preocupe. — Abri um sorriso secreto para Oliver. — Eu não sou nada ético. Trabalhava com relações públicas antes de ser demitido por virar notícia. E agora trabalho para a única empresa que me aceitou.

— Muito melhor. Esse é para casar, querido. Muito mais interessante que os outros.

— Sim. — Oliver arqueou a sobrancelha. — Agradar minha amiga mais cruel é exatamente o que eu procuro em um namorado.

— Você brinca com isso, mas sabe que é verdade. — A atenção de Sophie voltou para mim. — O que a sua organização está tentando salvar-barra-prevenir?

— Hm. Escaravelhos.

Ela piscou.

— Isso pode parecer óbvio, mas salvar ou prevenir?

— Na verdade. — Oliver apertou meu joelho sob a mesa. — Eles são muito importantes para o meio ambiente. Fazem a aeração do solo.

— Meus filhos estão a dez quilômetros de distância, enchi a cara de vinho e parece que Oliver quer me convencer de que devo me importar com terra. Juro que estou tentando — então Sophie levantou sua taça solicitamente —, mas será que alguém pode ser mais persuasivo? Porque não sei o que me faria apoiar essa causa.

A parte do meu cérebro que se importava de verdade com o trabalho tomou conta de mim antes que eu pudesse evitar.

— Olha, eu super posso te convencer a apoiar essa causa, mas estou numa festa de aniversário e provavelmente não é o melhor lugar para ficar caçando doadores.

— Não, por favor, pode caçar a Sophie. — Jennifer sorriu para mim do outro lado da mesa. — Ela tem rios de dinheiro que não merece.

— Olha, eu trabalho muito para os meus clientes moralmente corrompidos. Mas manda ver, moço da caridade. — Sophie apoiou o queixo na mão, lançando um olhar desafiador. — Me convença.

Analisei Sophie de cima a baixo. Considerando a quantidade absurda de bebida, ela parecia incrivelmente serena. Pela escolha do vestido, gostava de ser subestimada e, pelo jeito de falar, gostava de lembrar às pessoas que era melhor subestimá-la mesmo. Eu conhecia uma estratégia que tinha tudo para dar certo, mas era arriscada.

— Certo — falei. — Acredito que você faça doações para a caridade por dois motivos: redução de impostos e para jogar na cara dos seus amigos bonzinhos. Eu poderia tentar explicar como os escaravelhos são parte vital da ecologia do país, mas está na cara que você não se importa. E não tem problema. Então, em vez disso, vou te dizer: qualquer idiota com um cartão de crédito pode dar dinheiro para filhotinhos com câncer ou brinquedos para crianças tristes, mas nada é mais "eu refleti sobre minhas escolhas de doação muito melhor do que você" do que dar seu dinheiro para um inseto que é vital do ponto de vista ambiental e indiscutivelmente feio. No jogo de "quem é o melhor filantropo", a pessoa com a organização de caridade mais obscura sempre ganha. E nada é mais obscuro do que a gente.

Uma pausa. Uma pausa superdesconfortável que durou tempo o bastante para que eu questionasse o tamanho do meu fracasso.

Então os lábios de Sophie se contorceram em um sorriso animado.

— Me convenceu. De quanto você precisa?

Ben caiu na gargalhada.

E eu não sabia o que fazer em seguida.

— Hm. Ótimo. Muito bom mesmo. Mas, levando em conta que você está muito bêbada agora, e que Oliver é seu amigo, e eu não quero ultrapassar nenhum limite aqui...

— Eu estou perfeitamente feliz com isso — interrompeu ele. — Acaba com ela.

— Ainda assim, tenho um pouco de ética profissional. Você pode me ligar amanhã se quiser, ou eu posso te ligar ou podemos marcar um almoço ou, sabe como é, semana que vem nós temos um grande evento, você pode aparecer lá e interagir com gente esnobe e gastar todo o seu dinheiro se estiver a fim.

— Vocês têm um Grande Evento de Escaravelhos?

— Sim, chamamos de Corrida dos Besouros. Não somos fofos?

Mais uma pausa.

— Me sinto obrigada a observar que — disse Sophie, por fim. — Que você acabou de se recusar a pegar meu dinheiro porque estou bêbada. Mas me convidou para uma festa onde, penso eu, você embebeda muitas pessoas para pedir dinheiro a elas.

— Exatamente, não é antiético se você mandar imprimir convites.

— Então nos vemos lá.

A mesa inteira soltou uma salva de palmas levemente sarcástica.

— Enfim — Jennifer começou a ajudar Peter a tirar a mesa. — Voltando para o *meu aniversário*, vocês precisam de um tempo antes da sobremesa?

Brian coçou a barba.

— Depende muito de qual é a sobremesa.

— É surpresa.

— Isso significa que é alguma coisa que todo mundo vai odiar?

— Aah! — Uma ideia brotou na cabeça de Amanda. — É aquela musse de pozinho?

Uma ideia diferente brotou na cabeça de Ben, que estremeceu de forma teatral.

— Se for bolo floresta negra, eu vou embora.

Parecia que o debate das sobremesas congeladas ainda ia continuar por um tempo, o que serviu de deixa para que algumas pessoas esticassem as pernas e fossem ao banheiro. Eu estava mais ou menos feliz no meu lugar, mas Oliver se inclinou e sussurrou no meu ouvido que queria falar comigo lá fora rapidinho.

Ai, merda. Eu não deveria ter tentado arrancar dinheiro da amiga dele. Onde eu estava com a porra da cabeça?

Me sentindo uma criança de castigo, segui Oliver pelo corredor.

— Olha — comecei. — Desculpa, eu...

E, de repente, ele me imprensou na parede e me beijou.

Eu poderia dizer que, desde que incluímos aquilo no nosso cardápio de namorados, já tínhamos trocado uma quantidade razoável de beijos, mas, desde o dia do meu surto causado pelo artigo no *Guardian*, nenhum foi como aquele. De minha parte, já estava começando a acreditar que terminar com ele tinha esfriado um pouco as coisas. E, embora eu quisesse muito que as coisas voltassem a ser como naquela noite no meu sofá — aquela certeza doce e intensa de desejar e me sentir desejado —, não queria abusar da sorte. Tínhamos passado a maior parte da semana sem conseguir nos ver, e era difícil esperar que um cara me enxergasse como um ser sexual apaixonado e intenso quando nossos dois últimos encontros envolveram choro no chão do banheiro e esculturas de vidro. Mas aparentemente oferecer apoio moderado em uma festa e tentar fazer uma amiga dar dinheiro para escaravelhos tinha funcionado.

De qualquer maneira, eu fiquei animado. Muito, *muito* animado.

E, por um instante, a pessoa que nos mandou procurar um quarto quando passou por nós dois a caminho do banheiro percebeu isso.

Mas foda-se. Aqueles não eram beijos do tipo *ah, tanto faz*. Nem do tipo *pegar ou largar*. Eram tudo que achei que nunca teria, tudo que fingi nunca querer, me dizendo que eu tinha valor, que ele estaria ao meu lado e me aguentaria, e não deixaria que eu o afastasse.

Oliver Blackwood estava se entregando por completo para mim, e era cem por cento recíproco. As mãos dele me apertando, seu corpo pressionando o meu, o calor urgente da sua boca na minha.

E, mesmo quando paramos de nos beijar, ainda não tinha acabado, porque Oliver meio que continuou me encarando, os olhos brilhantes enquanto ele esfregava minha bochecha com o polegar.

— Ah, Lucien.

— Eu, hm, acredito que você não esteja chateado com a coisa da Sophie, então?

— Muito pelo contrário, estou impressionado. Espero que a noite não esteja horrível para você.

— Não, está... muito legal.

— Eles gostaram de você, sabia? — Oliver me beijou novamente, com mais delicadeza. — Dá para sacar pelo jeito deles se estão sendo uns superbabacas.

Eu ri.

— Eu deveria te apresentar aos meus superbabacas também.

— Eu adoraria. Quer dizer, se você acha que... isso teria um reflexo positivo para você.

— Oliver. — Eu estava sentimental demais para zombar dele, mas tentei mesmo assim. — Meus amigos me conhecem. É claro que você teria um reflexo positivo para mim.

— Desculpa. É só que... estou feliz por você ter vindo comigo hoje.

— Eu também. Fazia anos que eu não tomava batida de Bacardi. — Fiz uma pausa, saboreando a reação dele. — E essa parte aqui não foi de todo ruim.

— Bem, fico feliz por ter pelo menos superado o coquetel de camarão.

Puxando Oliver novamente, belisquei de leve a ponta do queixo quadrado e firme dele.

— Melhor voltarmos.

— Na verdade. — Um leve rubor tomou conta das bochechas dele. — Eu estava pensando em te levar para casa.

— Por quê? Você não está se sentindo... Ah. *Ah*.

— Quer dizer, se for de comum acordo.

Não era hora para aquilo. Mas eu não conseguia me segurar.

— Você tinha me dito que esse *não era* o título do seu vídeo pornô.

— Eu menti. — Oliver pigarreou daquele jeito de sempre. — Agora, vamos tentar inventar uma desculpa e sair discretamente.

Tendo conhecido os amigos de Oliver por dez segundos, eu não acreditava que houvesse a possibilidade de irmos embora correndo para transar sem que eles soubessem exatamente o que estávamos planejando e comentassem a respeito.

E eu estava muito certo.

O táxi com modelo de negócios ético que Oliver chamou para nos levar para casa demorou muito. Em partes porque eu estava — usando o termo técnico — com tesão, mas no geral porque, quanto mais eu pensava naquilo, mais nervoso eu ficava. Oliver tinha deixado muito claro que sexo não era qualquer coisa para ele, enquanto eu tinha moldado meu estilo de vida *exclusivamente* encarando sexo como qualquer coisa. E, é claro, lá no fundo eu esperava que uma hora ou outra ele acabasse se rendendo ao meu corpo nu e ao meu carisma selvagem e me desse uma chance, mas agora que estava de fato acontecendo... eu meio que não estava acreditando. Quer dizer, sim, era excitante e sexy, e ele gostava de mim, ele gostava muito de mim, mas e se eu estragasse tudo? E se eu não fosse tão bom assim? Eu nunca tinha recebido queixas, mas até aí de boquete dado não se olham os dentes. Então, talvez — como em todos os outros aspectos da minha vida — eu só estivesse preenchendo as baixas expectativas dos outros.

A questão do sexo casual, o que eu *gostava* no sexo casual, é que sempre foi muito claro sacar quem tinha o dever de aliviar o tesão de quem. E os "quem", em questão, eram "eu" e "eu mesmo", respectivamente. Mas quando a gente, sabe como é, se importa com o outro, começa a se importar com coisas sem sentido, tipo, se está bom para ele e como ele está se sentindo e o que aquilo tudo significa. E o que aconteceria se nós voltássemos para a casa perfeita de Oliver e deitássemos naqueles lençóis perfeitos e o sexo fosse apenas... bom? Eu já havia dito que "bom" era tudo o que ele poderia esperar de mim, e ele disse que "bom" não era o suficiente para ele, e agora também não era o suficiente para mim. Mas e se eu não conseguisse ir além disso?

Oliver tinha dignidade o bastante para não entrar correndo pela porta, mas estava com pressa. E nós mal tínhamos atravessado o corredor quando ele pulou em cima de mim como se eu fosse um brownie vegano, e eu o puxava para mais perto e nós estávamos nos beijando de novo. O que era ótimo — nosso beijo já estava com o encaixe perfeito —, mas também pegou todas as preocupações de quando estávamos no táxi e tornou tudo real e imediato de um jeito horrível.

No fim das contas, aquilo era a minha praia. Fui um depravado durante anos, dentro e fora dos jornais. Mas, ainda assim, lá estava eu com um cara de quem eu gostava muito, e que eu queria muito, *muito* que gostasse de mim também, e de repente reduzido à sofisticação sexual de um adolescente em um filme do John Hughes. Devo admitir que, nas muitas vezes que imaginei chegar naquele ponto com Oliver, eu era um amante criativo e carinhoso, e o enlouquecia com meu vasto conhecimento de posições sexuais. Mas na realidade, estava me agarrando e me contorcendo sob ele e, para ser sincero, soltando uns gemidos levemente humilhantes. Meu Deus. Socorro. Aquele momento não tinha o direito de ser tão perfeito.

De repente, Oliver saiu de cima de mim, e, durante alguns segundos horríveis, achei que ele tivesse perdido a vontade por algum motivo. Mas então ele me ergueu do chão em seus braços, e eu senti uma combinação esquisita de alívio e prazer que — em vez de perguntar que porra ele estava fazendo — me fez enroscar as pernas nele como um twink num filme pornô. Com uma força que não deveria ter me causado tanta surpresa, considerando o comprometimento dele com a vida saudável, Oliver me levou para o quarto. Foi um momento mágico e perfeito e fantástico, até ele tropeçar e me deixar cair na escada.

— Hm — eu disse. — Ai.

Parecendo envergonhado e adorável, Oliver me resgatou como se eu fosse um micro-ônibus preso em um beco sem saída.

— Desculpa. Não sei o que eu estava pensando.

— Não, não, tá tudo bem. Foi um momento muito sexy e romântico.

— Você não se machucou, né?

— Estou bem. Só um pouquinho envergonhado por ser pesado demais para que você consiga me carregar.

Eu estava brincando, mas, é claro, Oliver ficou muito sério com a possibilidade de ter acidentalmente insultado meu corpo enquanto acidentalmente machucava meu corpo.

— Isso não tem nada a ver com você. Eu que superestimei minha habilidade de lidar com a escada.

— Bom saber. Agora será que você pode parar de me tranquilizar e começar a me foder?

— Eu vou te foder, Lucien — ele ficou todo rígido e, pela primeira vez, aquilo não me incomodou nem um pouco —, como eu quiser.

Eu encarei de olhos arregalados e descarados para... seja lá o que fosse aquilo.

— Vai com calma, eu não estou pronto para Cinquenta Tons de Cinza.

— Não, mas está pronto para mim. Agora sobe a escada e vai para a cama.

Eu... subi a escada e fui para a cama?

Segundos depois, Oliver apareceu na porta, jogando o casaco no chão. E, tipo, nossa. Eu nunca tinha visto ele não usar o cabideiro. Ele devia estar mesmo muito a fim. A fim de mim?

— Desculpa — disse ele, corando um pouco. — Eu nunca imaginei... eu... quer dizer... você...

— Não precisa se desculpar. Isso é, hm, interessante.

Ele corou ainda mais.

— Na verdade, eu já queria fazer isso há um bom tempo.

— Só deixando no ar... — Olhei para ele, franzindo a testa. — Você já poderia ter feito, absolutamente em qualquer momento.

— Acho que eu preferi acreditar que, por você, a espera valeria a pena.

Merda. Torci para que ele estivesse certo.

— Eu não sou a última bolacha do pacote.

— Não mesmo. — Oliver se juntou a mim na cama, se arrastando pela colcha como um tigre sarado. — Se você fosse, eu seria educado demais para te comer.

— Eu estava só fazendo gracinha, mas fiquei meio distraído agora.

— Você parece ficar — disse ele com um tom seco. — Bem menos intransigente quando está com uma ereção.

— Sim, é o meu pênis de Aquiles.

Rindo, Oliver começou a desabotoar minha camisa. O que, por um lado, era bom porque me deixava mais perto de estar pelado e, consequentemente, de transar. Por outro lado, eu estava prestes a ficar sem camisa. E não que Oliver não tivesse me visto sem camisa antes, mas era uma daquelas situações em que o contexto importa. Ficar sem roupa e *ter alguém* tirando sua roupa eram duas coisas assustadoramente diferentes. Em geral, eu não tinha nenhuma preocupação específica com o que meus parceiros sexuais achavam do meu corpo, mas, em geral, meus parceiros sexuais eram desconhecidos.

Tentando equilibrar as coisas, retribuí o favor e me dei conta de que aquilo era um tremendo erro de estratégia. Porque, enquanto eu me garantia na genética, na altura e nas caminhadas para o trabalho, Oliver de fato se preocupava em cuidar do corpo. Era o equivalente sexual de receber um presente muito caro no amigo secreto sabendo que vai dar um sabonete.

— Eu preciso ir para a academia? — perguntei. — Tipo, alguma vez? Porque, caso contrário, você vai ter que se acostumar com a minha mediocridade monumental.

— Você é muitas coisas, Lucien. Mas nunca será medíocre.

— Não, estou falando só da questão física e, acredite...

— Para. — Oliver me beijou com força o bastante para sufocar minhas reclamações, sua mão deslizando pelo meu peito e deixando um rastro de calor. — Você é lindo. Tão lindo que eu mal acredito que estou finalmente te tocando.

Queria dizer algo tranquilo e engraçadinho para mostrar que eu estava... tranquilo e engraçadinho, e não uma poça de pudim derretido. Mas tudo o que consegui foi:

— P-porra, Oliver.

— Meu Deus. — A voz dele ficou mais rouca. — Eu amo sua sensibilidade. Olha só...

Os dedos dele deslizaram pelo meu braço até o ombro, o toque seguido de calafrios como um estádio fazendo "ola". Tentei fazer um barulho que de alguma forma sinalizasse *Sim, eu sou desse jeito com qualquer um, não apenas com você*, mas de repente Oliver também começou a usar a lín-

gua, me dando prazer em cima de prazer em cima de prazer, e eu...
Merda. Acho que choraminguei.

— As coisas — murmurou ele — que eu sonhei em fazer com você.
Pisquei. Talvez eu pudesse salvar aquilo antes que tudo acabasse.

— O quê? São coisas safadas?

— Nada desse tipo. — Ele me empurrou de costas para a cama, suas
mãos tirando meu cinto e puxando a calça, a cueca e as meias de uma
vez, com uma eficiência típica de Oliver.

— Só quero ficar com você. Desse jeito. Quero te fazer sentir coisas.
Coisas boas. Comigo.

Ele estava me admirando com uma seriedade terrível, como se reforçasse a verdade em cada uma de suas palavras. E, sabe como é, eu estava
tranquilo, eu sabia lidar com aquilo, eu podia sentir coisas, estava tudo
bem. Não me importava com aquela sensação de nudez tomando conta
de mim, que não tinha relação alguma com o fato de eu estar nu de verdade. Tampouco me importava que, a cada toque de Oliver, eu estivesse
me desfazendo em afeto. E definitivamente não me importava que eu
precisasse tanto daquilo que nem sabia como receber.

Oliver estava arrancando o resto de suas roupas, camisa e calça e
tudo mais, jogando tudo numa bagunça ao lado da cama. Quase esqueci
como era fazer aquilo com algum significado: ver seu parceiro tirar a
roupa pela primeira vez, tudo ganhando e perdendo um certo mistério,
a verdade do momento, todos os segredos e imperfeições, ultrapassando
qualquer fantasia que se seria capaz de inventar. A coisa mais estranha
era que, no começo, Oliver parecia surreal para mim. Eu sempre quis
ficar com ele — desde aquele encontro horrível naquela festa horrível —,
mas era como desejar um relógio na vitrine de uma joalheria. Um tipo
de admiração frustrada por algo distante e perfeito e um pouquinho
artificial.

Só que, na verdade, eu não o enxergava por completo naquela época.
Era apenas reflexos de desejos mal concebidos. E Oliver era muito mais
do que aquilo; era gentil e complicado, e muito mais ansioso do que aparentava, mas deixava escapar pelo seu jeito de mandar mensagens. Eu
sabia como deixá-lo nervoso e como arrancar uma risada dele, e esperava
ser capaz de fazê-lo feliz.

Ou talvez não fosse conseguir isso. Talvez eu fosse fodido demais da cabeça. Mas Oliver permaneceu ao meu lado durante toda aquela palhaçada do meu pai e o curry da minha mãe, e segurou minha mão na frente dos repórteres e me deixou terminar e pedir para voltar com ele pela porta do banheiro. Oliver se tornou uma das melhores partes da minha vida. Então eu não deixaria de tentar nem fodendo.

— Hm — me escutei falando. — Eu quero ser bom o bastante para você. Só não tenho certeza se...

Ele se debruçou sobre mim, cheio de calor e força, a textura perfeita da sua pele.

— Você é. Tudo isso é.

— Mas eu...

— *Shhh*. Não precisa *fazer* nada. Você é o suficiente. Você é...

Observei Oliver com atenção, sem saber o que vinha em seguida. Pelo olhar, ele também não sabia.

— Tudo — concluiu.

Bem, aquilo era... novidade. Ter que lidar com sentimentos-sexuais e sentimentos-sentimentais ao mesmo tempo, unidos para te deixar todo dolorido e aberto e esperançoso.

Ele me beijou, meio gemendo, e eu joguei as pernas ao redor dele e o puxei para mais perto. Oliver pareceu achar aquilo encorajador, o que foi bom porque essa havia sido justamente a minha intenção. E em pouco tempo ele estava juntando nossos corpos nessa dança de promessas e sensualidade, sua boca me enchendo de beijos rápidos que me arrepiavam, e era incrível — do nível "meu Deus, para, ai meu Deus, não para nunca, meu Deus!" de incrível — só que, por algum motivo, eu não conseguia decidir o que fazer com as minhas mãos. De repente eu estava com luvas de alienígenas sem nenhum manual de instruções. Quer dizer, eu deveria tentar pegar no pau dele? Ou era cedo demais para um movimento assim? Será que ele gostava de cafuné no cabelo, ou seria apenas esquisito? E se eu tentasse puxar? Nossa, como os ombros dele eram definidos.

Por fim, decidi espalhar minhas mãos nervosas nas costas de Oliver quando ele se levantou, ergueu meus punhos e os segurou gentilmente no travesseiro. O que, devo admitir, não foi nem um pouco corta clima.

— Hm — murmurei.

— Desculpa. — O rubor desceu pelo pescoço dele, se espalhando pelo peito. — Eu... não consigo me segurar.

Era reconfortante e estranho ver Oliver um pouquinho descontrolado. Mesmo que fosse de um jeito bem controlador. E ao menos eu não precisaria mais me preocupar com as minhas mãos, embora aquilo me parecesse trapaça.

— Tudo... bem. Acho que eu gosto. Quer dizer — dei uma risada trêmula —, a não ser que você se vista de couro e me obrigue a te chamar de papai.

Oliver fez cócegas no meu pescoço como uma bronca de brincadeira.

— Pode me chamar só de Oliver mesmo.

Ele entrelaçou os dedos nos meus com uma ternura inesperada — ainda mais levando em conta que estava em cima de mim —, enquanto se inclinava para mais um beijo. Tentei me mexer, não porque quisesse sair dali, mas para sentir com era estar... carinhosamente preso.

Conforme descobri, não era tão ruim. Não com Oliver.

Me contorcendo, escutei meu próprio gemido suave. E, Deus que me perdoe, carente. O que foi assustador e humilhante e esquisito.

— Por favor, confie em mim, Lucien. — Naquele momento eu estava meio aliviado e meio apavorado por detectar vulnerabilidade na voz de Oliver. — Não tem problema querer isso.

— E o que você quer?

— Você. — Ele sorriu, os olhos prateados cintilando. — Estou gostando de ter você à minha mercê.

E foi ali que me lembrei de uma coisa — como poderia ser bom pra caralho estar com alguém. Ser visto por alguém. Ser o bastante.

— Que tal... — Me esgueirei e beijei Oliver. Bem, o mordi. Durante o beijo. — Menos conversa e mais ação?

Ele literalmente rosnou.

E as coisas ficaram bem mais violentas e excitantes por um tempo, minhas preocupações indo embora junto com o comedimento de Oliver. Tentei me libertar algumas vezes, mas ele sempre me distraía com meu nome nos lábios, ou com um toque em algum lugar que eu nunca imaginei ser tão sensível, e, quando Oliver finalmente parou de me prender, eu já estava perdido demais para notar.

Éramos apenas eu e ele, e o lençol amassado, e a luz fraca da rua que entrava pelas cortinas.

Eu estava preso ao mais puro prazer — a respiração ofegante de Oliver e o fluxo de seu carinho. Preso àqueles beijos profundos, infinitos como o céu em um dia de verão. A pressão dos nossos corpos, os pelos roçando, o suor escorrendo.

E como ele olhava para mim, delicado e destemido, e quase... maravilhado, como se eu fosse alguém diferente, melhor.

E talvez, quem sabe, eu fosse mesmo.

Onde eu estava com a cabeça? Eu não apenas tinha concordado em encontrar o maldito Jon Fleming na época mais atarefada do meu ano no trabalho, como ele também estava me tirando de perto do meu quase namorado maravilhoso que poderia muito bem estar transando comigo até cansar. Eu era mesmo uma pessoa muito boa.

Para minha surpresa, Meia-Lua era uma daquelas cervejarias artesanais com paredes de tijolo exposto que se esforçava ao máximo para parecer um lugar legal. Meu pai estava atrasado — não que eu esperasse outra coisa —, então pedi uma garrafa de Bunda De Macaco, que aparentemente tinha notas de manga e abacaxi, além de um retrogosto de amargura defumada que se arrastava pelo fim de cada gole, e encontrei uma mesa vazia no meio dos barbudos que usavam camisas de lenhador ironicamente.

Fiquei sentado ali por um tempo, me sentindo o tipo de pessoa que saía sozinha para beber cervejas artesanais, o que, parando para pensar, era um passatempo perfeitamente respeitado entre a comunidade de bebedores de cervejas artesanais. E, de qualquer forma, não era tão reconfortante assim.

Na posição da pessoa que passou os últimos cinco anos chegando atrasado e dizendo a mim mesmo que não tinha problema porque meus amigos sabiam o que esperar de mim, me senti duplamente irritado: com meu pai por fazer a mesma coisa e comigo por ter demorado tanto tempo para perceber como aquele era um jeito merda de tratar os outros, e também por ser um hipócrita em relação a atrasos.

Meu celular vibrou. Era legal saber que Oliver estava pensando em mim, porém menos legal ver que ele decidiu pensar em mim através da foto de um homem branco e calvo de meia-idade.

Que porra é essa?, respondi. **É um pau?**

Sim.

Eu deveria saber que pau é esse?

É um pau político.

Eu gostava mais quando isso era um joguinho de flertar e não um quiz de conhecimentos gerais

Sinto muito. De alguma forma, Oliver conseguia transparecer arrependimento genuíno até mesmo em mensagens de texto. É Paul Scully.

Como eu deveria saber disso?

Pelo contexto. Eu disse que era um político. Quantos paus você acha que existem na política?

Só para fazer uma piada óbvia: Uma caralhada.

Uma pausa. Isso também foi um pretexto para dizer que estou com saudade.

Esse é um tipo muito específico de pau

— Não é que você veio? — disse Jon Fleming, parado de pé na minha frente. — Eu não tinha certeza se você viria.

Falando nisso, digitei, **meu pai chegou**

Guardei o celular contra a minha vontade e me dei conta de que — como sempre — eu não tinha nada a dizer para ele.

— Sim. Sim, eu vim.

— Já é uma mudança. — Ele parecia genuinamente incomodado. — Quer alguma coisa do bar?

Eu ainda estava na metade da minha Bunda De Macaco, mas meu pai me abandonou quando eu tinha três anos e fazer com que ele dissesse "Bunda De Macaco" para um desconhecido poderia ser minha única forma de vingança. Mostrei a garrafa a ele.

— Quero mais uma dessas, obrigado.

Quando chegou no balcão, ele conseguiu mais uma de suas vitórias pequenas e irritantes ao apenas apontar para as bebidas que queria, e de alguma forma fazendo que seus gestos parecessem dignos e firmes em vez de puramente mesquinhos. E então, segurando minha segunda Bunda De Macaco e uma garrafa de Bomba A Jato, ele voltou. O lugar não era nada do que Jon Fleming estava esperando, e ele era a pessoa mais velha do bar inteiro com uns trinta anos de vantagem, então fiquei furioso porque ele não pareceu nem um pouco deslocado. Acho que era a combinação de todo mundo tentando se vestir como estrelas do rock dos anos 70 e aquele maldito carisma que o cara tinha, fazendo o mundo se adaptar a ele, e não o oposto.

Merda, seria uma noite longa.

— Você não vai acreditar — ele se acomodou à minha frente — que Mark Knopfler costumava se apresentar bem aqui.

— Ah, eu acredito. Só não me importo. Para ser sincero — tudo bem, aquilo era uma mentira, mas eu queria deixá-lo irritado nem que fosse só um pouquinho —, nem sei ao certo quem é esse cara.

Definitivamente o julguei errado. Ele sabia que eu estava mentindo, e mesmo assim fez questão de me dar uma explicação longa e egocêntrica sobre a cena musical da época.

— Quando conheci o Mark em 1976, ele e o irmão estavam desempregados, pensando em começar uma banda, então eu trouxe os dois num show do Max Merritt and the Meteors aqui no Meia-Lua. Na época, era parte do que chamávamos de circuito do banheiro.

O problema do meu pai — bem, um dos muitos problemas do meu pai — era que, quando ele falava sobre isso, realmente dava vontade de ouvir.

— O quê?

— Um monte de estabelecimentos pé-sujo espalhado pelo país. Pubs, armazéns, esse tipo de coisa. Lugares onde se tocava em troca de cerveja e exposição, mas eu amava mesmo assim. Foi onde todos nós começamos nossa carreira naquela época. Enfim, levei Mark para ver Max Merritt and the Meteors, e o que aqueles caras conseguiam fazer com dois violões e um teclado... acho que foi muito inspirador para ele.

— Deixa eu adivinhar: foi você quem disse para ele "Nossa, parece que você está passando por dificuldades terríveis".

Ele sorriu.

— Então você sabe quem é.

— É, tipo isso. Sei mais ou menos.

— Claro, hoje em dia é tudo diferente. — Ele fez uma pausa meditativa enquanto tomava um gole de sua Bomba A Jato. — Até que isso não é tão ruim. Só que, na minha época, as bebidas artesanais de hoje se chamavam só cerveja. — Outra pausa igualmente meditativa. — Daí as franquias tomaram conta de tudo, as cervejarias pequenas fecharam e tudo começou a ser pressurizado e padronizado. E agora nós esquecemos de onde viemos, então um bando de caras com vinte e poucos anos está tentando nos vender uma coisa que nunca deveríamos ter parado de fazer pra começo de conversa. — Uma terceira pausa. Ele era muito bom em pausas. — É engraçado isso, o pêndulo do mundo.

— Esse é o nome do seu próximo álbum? — perguntei, metade interessado e metade não.

Ele deu de ombros.

— Tudo depende da sua mãe. Da sua mãe e do câncer.

— Então, hm, como estão as coisas? Você está bem?

— Esperando por alguns exames.

Merda. Por um milésimo de segundo, Jon Fleming parecia apenas um homem velho e careca bebendo IPA em uma garrafa chique.

— Olha, eu sinto muito por... Deve ser terrível.

— A vida é como tem que ser. E isso tudo me fez pensar em coisas que eu não pensava havia muito tempo.

Um mês atrás eu teria dito "Ah, é? Tipo no filho que você abandonou?".

— Tipo o quê? — perguntei em vez disso.

— O passado. O futuro. A música.

Eu poderia quase fingir que me encaixava no "passado", mas aquilo não me confortava tanto assim.

— Veja bem, é como a cerveja. Quando começamos, éramos só garotos com grandes ideias tocando guitarras emprestadas para qualquer um que quisesse escutar. Rights of Man gravou o primeiro álbum num cartucho detonado em uma garagem. Depois os estúdios começaram a investir naquele pop grudento e as bandas feitas por garotinhos artificiais, e tudo que era raiz e coração ficou fora do mercado.

Eu já tinha lido muitas entrevistas de Jon Fleming, escutado suas músicas, visto o cara na TV, então sabia que aquele era seu jeito de falar. Mas era diferente quando estávamos só nós dois, aqueles olhos azul--esverdeados intensos olhando bem na minha direção, me fazendo acreditar que ele estava me contando coisas que não tinha contado para mais ninguém.

— E agora — continuou ele, com uma melancolia lendária — estamos de volta aos galpões e aos quartinhos, e as pessoas estão gravando álbuns com guitarras emprestadas e notebooks detonados, colocando as músicas no Soundcloud, no Spotify, no YouTube para quem quiser ouvir. E, de repente, tudo é real de novo, assim como as coisas eram quando eu comecei, mas de um jeito que nunca mais posso voltar a fazer.

Dessa vez eu estava tentando não ser babaca. Mas, àquela altura, contra a minha própria vontade, eu estava realmente interessado.

— E como você acabou indo parar no *Pacote Completo*?

E, pela primeira vez — a primeira de *todas* —, Jon Fleming reagiu a algo que eu disse. Ele olhou para a sua cerveja e então fechou os olhos por um longo momento.

— Se não posso mais ser quem eu era — disse ele —, então preciso ser outra coisa. Porque a outra opção é ser nada. E eu nunca conseguiria ser nada. Meu agente disse que o *Pacote* poderia ser algo bom para mim, para lembrar meu público antigo que eu ainda existia e mostrar a um público novo quem eu sou. Não é um retorno, é uma despedida. É como ficar no palco enquanto as luzes se apagam, implorando para que a multidão espere e escute uma última música.

Eu não sabia o que dizer. Mas já deveria saber que eu não precisava dizer nada. Ele falava por nós dois.

— Todo mundo diz que, quando se é jovem, acha que vai viver pra sempre. O que não te dizem é que, quando se é velho, continua achando a mesma coisa. Só que tudo começa a te lembrar de que não é bem assim.

Como diabos a conversa chegou ali? O que eu deveria fazer?

— Você... você nunca vai ser nada, pai.

— Talvez. Só que às vezes a gente olha para trás e pensa "o que eu fiz?".

— Tipo, quase trinta álbuns de estúdio, turnês incontáveis, uma carreira de cinco décadas, roubou o Grammy do Alice Cooper.

— Não roubei nada. Eu venci por mérito próprio. — Ele pareceu se animar só um pouquinho. — E a gente caiu na porrada no estacionamento depois da premiação.

— Viu só? Você fez um monte de coisas importantes.

— Mas, quando tudo isso passar, quem vai se lembrar?

— Sei lá, as pessoas, a internet, eu, a Wikipédia.

— Talvez você tenha razão. — Virando o gole final de sua IPA, ele bateu a garrafa na mesa com um tinido decisivo. — Enfim, foi uma boa conversa. Melhor te liberar.

— Ah, você já vai?

— Sim, estão me esperando numa festa na casa do Elton. E eu tenho certeza de que você e... e o namorado têm mais o que fazer também.

De alguma forma, ele estava me deixando ressentido pelo fim de um encontro que eu estivera ressentido para marcar.

— Certo, tudo bem. Pelo menos nós conseguimos.

Enquanto ele se levantava, me dei conta de que o cara nem havia tirado o casaco. Então, ele fez uma pausa e me deu um daqueles olhares profundos e cheios de alma e, só por um momento, ficou tudo bem.

— Gostaria de repetir isso. Enquanto ainda temos tempo.

— Vou estar bastante ocupado nas próximas duas semanas. Tenho um evento no trabalho e as bodas dos pais de Oliver.

— Depois disso então. Podemos sair para jantar. Eu te mando mensagem.

E então ele partiu. De novo. E eu não sabia o que sentir. Quer dizer, eu tinha certeza de que aquela foi a coisa certa a fazer. Mas, tirando isso, eu não sabia muito bem como deveria sair dali. Nós nunca seríamos próximos. Qualquer chance de aquilo acontecer já tinha sido jogada pela janela quando Jon Fleming me abandonou e demorou vinte e cinco anos para voltar. E, parando para pensar, ele ainda não tinha expressado nenhum tipo de remorso, e estava claro que jamais expressaria. Provavelmente nós nunca teríamos uma conversa sequer que não girasse somente em torno dele.

Há pouco tempo, eu teria orgulho de pegar todas as migalhas que ele estava me oferecendo e mandá-lo enfiar no rabo. Mas acho que eu não precisava mais fazer aquilo, e acho que eu gostava da sensação. Além do mais, o cara estava morrendo. Eu poderia ouvir algumas histórias se aquilo o ajudasse a lidar com tudo. A verdade era que Jon Fleming nunca mudaria, e eu nunca seria importante para ele como eu achava que precisava ser. Mas eu estava meio que começando a conhecê-lo. Estava meio que chegando mais perto. E aquilo já era alguma coisa.

Então, por que não aproveitar?

No dia da Corrida dos Besouros, eu estava no escritório desde as onze e no hotel desde as três. O seguro e a decoração das mesas já estavam resolvidos — o seguro depois de um monte de ligações estressantes e as decorações depois de virar a noite fazendo tudo com a ajuda de Priya e James Royce-Royce —, mas eu ainda não tinha decidido a música. E tentava me convencer de que ninguém ia se importar porque gente esnobe gosta do som da própria voz quando Rhys Jones Bowen enfiou a cabeça no banheiro minúsculo onde eu vestia apressadamente minha roupa de gala.

— Fiquei sabendo — disse ele, sem prestar atenção alguma ao fato de que eu estava só de cueca — que você estava tendo um pouco de dificuldade na parte musical.

— Está tudo bem. Vamos sem música mesmo. Chamamos um quarteto de cordas ano passado e ninguém deu bola.

— Bem, se você acha isso mesmo, vou dizer ao tio Alan que não precisamos mais dele.

— Parece que eu perdi o meio dessa conversa. Quem é tio Alan e por que nós precisaríamos dele?

— Ah, veja bem, eu estava conversando com Becky, a voluntária, que falou com Simon, o voluntário, que falou com Alex, que falou com Barbara, que estava comentando que a banda que você queria contratar acabou cancelando e você ainda não tinha arrumado ninguém para substituir. Então eu pensei: *Por que não perguntar ao tio Alan?* Então dei uma ligada, e ele me disse que está na cidade com a turma, porque eles estão se apresentando com um coral da igreja e ficariam muito felizes em nos ajudar.

Aceitei que ficaria sem calça pelo resto daquela conversa.

— Certo, Rhys. Mais uma vez: quem é tio Alan?

— Você sabe quem é o tio Alan. Eu já te falei sobre o tio Alan antes. Eu estou sempre falando sobre o tio Alan.

— Sim, mas eu nunca te escuto.

— Ah, sim. Eu tinha me esquecido de como você é idiota. Tio Alan é o diretor do Coral Masculino de Skenfrith. Eles são bem famosos no circuito de corais masculinos.

— E você só está me dizendo isso agora porque...?

— Não queria te dar esperanças caso não desse certo.

Me rendi ao poder imbatível de Rhys Jones Bowen e seu estoque infinito de pessoas celtas talentosas.

— Tudo bem. Você pode chamá-los e fornecer tudo o que precisarem para a apresentação. E... — Um sentimento pesado me fez perceber que eu estava vivenciando um momento de gratidão genuína por Rhys Jones Bowen. De novo. — Obrigado. Desculpa por ser idiota. Sua ajuda é muito importante.

— Feliz em ajudar. Bela cueca, aliás. É da Marks & Spencer?

Olhei para baixo.

— Nunca sei exatamente de onde vêm minhas cuecas.

— Certo está você, então.

E, com isso, ele saltitou para fora, provavelmente para buscar um coral masculino. Voltei minha atenção para a roupa e, mais uma vez, tive que ficar na posição de ioga necessária para colocar a perna dentro da calça sem cair sentado ou para a frente, ou deixar qualquer coisa cair no vaso. Então Alex entrou com um estrondo.

— Pelo amor de Deus! — gritei. — Ninguém mais bate na porta?

Alex pareceu não se importar.

— Hm, perguntinha rápida. Lembra da única função que você me deu?

— Está falando sobre não perder o conde de vista?

— Sim, isso mesmo. — Ele fez uma pausa. — Em termos gerais, quão inconveniente seria se eu não estivesse cem por cento no controle das minhas habilidades?

— Você está tentando me dizer que *perdeu* o conde de vista?

— Mais ou menos. Não sei exatamente onde ele está, mas tenho uma lista cada vez maior de lugares onde ele não está.

— Por favor, Alex. — Pratiquei uma respiração tranquilizante. — Ache o conde. Agora.

— Beleuza. Desculpa por, hm, interromper. A propósito, bela cueca. Muito chique.

— Sai. Daqui.

Ele saiu. Dali. E eu comecei a pular em círculos, tentando passar a calça inconvenientemente justa pelas minhas pernas inconvenientemente longas e os joelhos inconvenientemente dobrados quando ouvi a porta se abrir mais uma vez.

— Alex. — Estourei. — Pode ficar longe desta merda de banheiro por cinco minutos?

— Opa — disse uma voz muito mais velha e não muito menos afetada do que a de Alex. — Sinto muito. Acho que a maçaneta está quebrada. Mas, como você mencionou, eu me perdi de um camarada chamado Alex. Sabe onde ele está?

Me virei para trás, ainda sem calças, para encontrar o patrono e doador mais importante da CACA, o Conde de Spitalhamstead.

— Sinto muito, senhor. Pensei que fosse outra pessoa.

— Imaginei isso quando você me chamou pelo nome de outra pessoa.

— Ah, sim. Muito perspicaz de sua parte.

— Gostei do palavrão, aliás. Eu gosto de um palavrãozinho ou outro de vez em quando.

— Disponha. Se me der dez segundos só pra eu me vestir, levo o senhor lá para cima e nós podemos procurar juntos pelo Alex.

— Não se preocupe. Tenho certeza de que consigo encontrá-lo sozinho.

— Não, não — insisti. — Só um momento e eu vou com o senhor.

O Conde de Spitalhamstead já estava beirando os noventa anos, excêntrico de um jeito que apenas a aristocracia tinha permissão para ser e com o hábito de se envolver no que Alex chamava de "emboscadas". Na última vez que o deixamos vagar sozinho pela Corrida dos Besouros, ele entrou na porta errada e acabou no bar do hotel, onde pediu uma quantidade obscena de champanhe "só por educação" e acabou em um voo para Viena com uma mulher que ele não entendeu que era uma prostituta. Ao que tudo indica, eles se divertiram muito, mas aquilo acabou afetando nossa arrecadação de fundos.

Uns dez segundos depois, eu estava razoavelmente vestido e guiando um nobre real mais ou menos na direção que ele deveria seguir, enquanto ele me contava uma história longa sobre um elefante, um monoplano de corrida e a ocasião em que ele transou com a Marilyn Monroe.

Encontramos Alex investigando cuidadosamente um vaso de plantas.

— O que — comecei, ciente de que estava prestes a fazer uma pergunta para a qual eu não queria saber a resposta — você está fazendo?

Alex olhou para mim como se eu tivesse dito algo muito estúpido.

— Procurando o conde. Óbvio.

— E você achou que ele estaria dentro de um vaso de plantas?

— Bem, quem está fazendo papel de idiota é você, porque foi *exatamente* ali que eu o encontrei. — Ele apontou para o Conde de Spitalhamstead, que se afastou de mim durante a conversa. — Viu só?

— Alou, Twaddle — disse o conde, com animação. — Como vão as coisas?

— Bem graves, na verdade. Eu deveria estar procurando pelo meu camarada conde. Perdi completamente.

— Que azar. Parece que você vai ter que se contentar comigo, então.

Por um momento, aquilo pareceu confundir Alex.

— Bem, eu estava fazendo esse favorzinho para o Luc. Mas... bem. — Ele se virou para mim, impotente. — Hilary é um velho amigo da família, então é melhor eu ficar de olho nele, se não tiver problema.

Dei um tapinha no ombro dele.

— Sabe, acho que vai ser melhor assim.

— Ueba! Vitória do senso comum! — Alex tomou o braço do conde gentilmente. — Vamos nessa, meu velho. Tenho muitos companheiros, e companheiras também, não dá mais para ser machista em *pleno* século XXI, que estão morrendo de vontade de bater um papo com o senhor.

— Maravilha! — respondeu o conde. — É raro poder falar sobre escaravelhos para um público interessado no assunto. Você acredita que me rejeitaram de novo na Câmara dos Lordes? Desgraçados sem visão de futuro...

Me apoiei na pilastra enquanto eles desapareciam salão adentro — de onde eu já conseguia ouvir a melodia de um coral masculino aquecendo com o hino nacional do País de Gales. Aquela poderia ser minha última oportunidade de descansar e recuperar o fôlego pelo resto da noite, então eu não perderia por nada. Porém, ainda assim, ajeitei minha postura de um jeito mais respeitoso. Eu estava muito perto da recepção, os convidados já estavam começando a chegar, e "arrasado antes mesmo de começar" não era um visual que inspirava confiança para um arrecadador de fundos. O que era uma pena, já que "arrasado antes mesmo de começar" era exatamente como eu estava me sentindo.

Mas, no geral, estava tudo bem. Tudo foi resolvido. Como sempre acontecia. E, para ser sincero, era legal ver a equipe inteira unida para apoiar nossa causa tecnicamente importante porém nada glamorosa. Sem contar a surpresa anual que era Rhys Jones Bowen de terno. E por "surpresa" quero dizer "leve perturbação" porque ele sempre conseguia ficar parecido com um marxista disfarçado.

Aliás, falando em surpresas e ternos, não consegui evitar dar uma olhada no pedaço de mau caminho embrulhado em um smoking que tinha acabado de entrar e perguntar à recepcionista sobre o evento da CACA. E então me senti imediatamente culpado porque eu tinha um namorado quase-de-verdade agora. Seguido do completo oposto de culpa quando percebi que o pedaço de mau caminho embrulhado em um smoking *era* meu namorado quase-de-verdade.

Acenei de um jeito super "eu não estou passando mal porque você está muito gostoso". E Oliver veio em minha direção, um lampejo de preto, branco e perfeição.

— Você está ridículo de tão lindo — eu disse, o devorando com os olhos. — Sabia disso?

Oliver sorriu para mim, evidenciando a mandíbula reta e as maçãs do rosto.

— Normalmente eu diria o mesmo para você, mas no momento parece que você se vestiu numa cabine de banheiro.

— Sim, tem um motivo muito plausível para isso.

— Vem cá.

Eu fui lá e Oliver fez uma série de ajustes certeiros e delicados na minha roupa, o que eu achei estranhamente sexy levando em conta que ainda estávamos vestidos. Ele até refez o nó da minha gravata-borboleta. E tudo isso de frente para mim. Impossível não admirar um homem com toda aquela coordenação motora.

— Pronto. — Oliver se inclinou e me deu um beijo tímido. Pelo jeito, tínhamos ido de pessoas que precisavam ensaiar qualquer tipo de contato físico para o apropriado e sempre desafiador selinho no local de trabalho. — Ridículo de tão lindo.

Eu provavelmente o admirava de um jeito patético.

— Bem. Ridículo, não. Talvez apenas absurdo. Com a iluminação certa.

— Muito pelo contrário, Lucien. Você está sempre cativante.

— Tá bem. Você está se aproximando de um território perigoso aqui. Porque, se continuar desse jeito, vou ter que te dar uns pegas no armário mais próximo e, tecnicamente, tenho que trabalhar esta noite.

— E eu — disse Oliver, acompanhado de mais um daqueles sorrisos que me destruíam em mil pedacinhos — estou aqui para te ajudar.

— Preciso ser sincero, não estou me importando tanto com o trabalho agora.

— Sabe que isso não é verdade. Você deu tudo de si para este evento. Suspirei.

— Sim, tudo bem. Mas você vai ter que me recompensar mais tarde.

— Tenho todas as intenções de fazer isso.

Ele deslizou o braço em volta da minha cintura e nós entramos juntos no salão.

O discurso de boas-vindas da professora Fairclough terminou do mesmo jeito de sempre:

— Por favor, doem com generosidade porque os *Coleoptera* são, em todas as circunstâncias, mais importantes do que qualquer um de vocês.

O que, sabe como é, era típico dela, e eu gostava de pensar que aquilo fazia parte de toda a experiência da caca. Quer dizer, em qual outro evento beneficente de alto escalão alguém diria na sua cara que você vale menos do que um inseto? Ela se curvou diante de uma salva de palmas educadas e então o tio Alan de Rhys Jones Bowen e o Coral Masculino de Skenfrith subiram no palco e começaram a cantar em galês uma canção emocionante sobre, bem, não sei, porque era em galês.

— Então — eu disse, me inclinando sobre Oliver. — Temos mais ou menos uma hora de social antes do jantar. O truque, basicamente, é nunca parecer que você está tentando tirar dinheiro das pessoas para que elas possam se sentir bem consigo mesmas quando você de fato tirar dinheiro delas.

Ele me olhou intrigado.

— Isso me parece bem distante das minhas habilidades. Se você concorda, posso ficar parado ao seu lado e parecer respeitável.

— Sim, e se você conseguir puxar qualquer assunto bem classe média alta, ajuda também.

— Tipo *comendo muita quinoa ultimamente*, e esse tipo de coisa?

— Perfeito. Só um pouquinho menos sarcástico.

Começamos a circular — toda aquela coisa de "olá, que bom que você veio, como está seu trabalho/filho/livro/cavalo", mas vez ou outra alguém me parava para uma conversa mais longa, o que me fazia apresentar meu namorado convenientemente apropriado mas genuinamente maravilhoso. Fiquei aliviado ao ver que, embora um casal de nossos doadores mais — como posso dizer isso de forma educada? — "tradicionais" tivesse decidido não aparecer, ainda estávamos mandando muito bem, pelo menos em termos de comparecimento. Alguns novos convidados, incluindo Ben e Sophie, estavam presentes, e, apesar de toda aquela pressão, a maioria das pessoas "preocupadas demais com nossos valores" havia voltado atrás — fosse porque o plano de Alex tinha dado certo ou porque era tudo conversa fiada desde o começo. Então, obrigado por isso, seus fodidos.

— Adam, Tamara. — Cumprimentei com cordialidade. — Que bom que vocês vieram. Os dois estão adoráveis.

Adam assentiu em agradecimento.

— Obrigado. O terno é feito de cânhamo de bambu.

— E isso — completou Tamara, apontando para o cafetã de seda insuportável de tão deslumbrante. — É de uma das minhas estilistas favoritas. Ela ainda é nova, então você não deve conhecer, mas ela tem um empreendimento social na África que trabalha com artesãos locais especializados em técnicas tradicionais.

Abri um dos meus melhores sorrisos.

— É a sua cara.

— Bem. — Adam quase parecia como se nunca tivesse sido um banqueiro investidor. — Você sabe como nós acreditamos em viver nossos princípios.

— Falando nisso — respondi. — Ainda não apresentei meu parceiro a vocês. Oliver, estes são Adam e Tamara Clarke. Adam e Tamara, este é Oliver Blackwood.

Apertos de mão, beijinhos e namastês totalmente unilaterais.

— É um prazer conhecer vocês. — Oliver mantinha sua expressão perfeita-em-qualquer-situação-social. — Vocês são o casal por trás da Gaia, não são?

Os dois se iluminaram como árvores de Natal ambientalmente responsáveis.

— Sim. — O olhar de Tamara se suavizou. — Isso tem sido nossa vida nos últimos cinco anos.

Adam assentiu novamente.

— Nossa missão sempre foi levar valores éticos para o mercado de processados.

Apertei a mão de Oliver tentando sinalizar "Estou correndo o risco de começar a rir a qualquer momento" e ele apertou de volta de um jeito que dava a entender que a mensagem tinha sido recebida.

— Isso é muito admirável — murmurou Oliver. — Principalmente se considerarmos quantas empresas nesse setor têm valores antiéticos.

— Sei bem — respondeu Tamara com uma sinceridade absoluta. — É terrível.

Era estranho como Adam parecia distraído, levando em conta que a empresa e, consequentemente, eles mesmos, sempre foram o assunto favorito dos Clarke. Então reparei que o olhar dele sempre acabava direcionado para a minha mão, ainda segurando a de Oliver. E, sabe como é, aquilo meio que me deixava num dilema. Porque, por um lado, meu trabalho era deixar as pessoas confortáveis. Mas, por outro, foda-se ele. Resolvi uma série de pepinos nas semanas anteriores para agradar os Adam Clarke do mundo, mas deixar de segurar a mão do meu namorado — meu namorado muito legal e muito respeitável que ninguém seria capaz de julgar — era um pepino grande demais. E, se Adam e Tamara decidissem levar o cheque de volta para casa porque foram a uma festa e viram dois homens em uma leve demonstração de afeto, bem, eles que se vissem com seus amiguinhos descolados de esquerda depois.

— Então. — Adam se recompôs. — Oliver. O que você faz?

— Sou advogado.

— Que tipo? — perguntou Tamara.

— Criminalista.

Aquilo provocou uma risada indulgente em Adam.

— O tipo que prende pessoas inocentes ou o tipo que solta assassinos nas ruas?

— Bem, um pouco dos dois, mas na maioria das vezes o dos assassinos. — Oliver abriu um sorriso tranquilo. — Eu poderia até dizer que o dinheiro me deixa dormir em paz, mas nem ganho tão bem assim.

— Se você estiver mesmo em busca de paz — a seriedade de Tamara seria capaz de cortar como uma faca — eu posso te passar o contato de alguns professores de yoga excelentes.

Antes que Oliver pudesse decidir como ia responder àquilo, Adam interferiu:

— Eu já estive em uma situação bem parecida. Quer dizer, no setor financeiro, claro, não jurídico. Mas Tamara realmente me ajudou a encontrar meu caminho.

— Obrigado — disse Oliver, com um ar de sinceridade impressionante. — Vou te procurar quando me sentir pronto.

Adam e Tamara murmuraram uns barulhos de gratidão só um pouquinho condescendentes, me elogiaram pela autenticidade do coral masculino galês e finalmente nos liberaram. Lancei um olhar de "me desculpa, eles são um lixo" para Oliver, mas não arrisquei dizer em voz alta, caso eles — ou, sendo sincero, qualquer um — me escutassem zombando pessoas que estavam prestes a me dar uma quantia muito grande de dinheiro.

— Não se preocupe. — Ele se inclinou, conseguindo de alguma forma sussurrar sem parecer estar fofocando. — Se consigo fingir respeito pelo juiz Mayhew, posso fingir que gosto dos Clarke.

— Mas você não tem que fazer isso.

— É exatamente para isso que você precisava de mim.

Bem. Olha só como aquilo era complicado e confuso. Porque Oliver tinha razão — o plano sempre foi ter alguém que poderia fingir interesse em mim de forma convincente para os doadores. Mas, vendo o plano em ação, especialmente sabendo que eu gostava dele de verdade, deixava a coisa toda meio... eca.

— Você é muito melhor que isso.

— Melhor do que o quê, Lucien? — Os olhos dele cintilavam com suavidade para mim. — Melhor do que ser educado com pessoas com as quais eu não me importo em um evento profissional do meu companheiro?

— Hm, sim?

Oliver beijou minha sobrancelha.

— Tenho boas notícias para você. Para quem não foi criado por lendas do rock dos anos 80, isso é só... a vida. Está tudo bem. Fico feliz de estar aqui com você, e mais tarde podemos voltar para casa e rir disso tudo.

334

— Quando voltarmos para casa — eu disse a ele com firmeza. — Não vamos ter tempo para rir. Você não faz ideia de como fica lindo com essa calç... Ai, merda. — Para meu pavor, vi a dra. Fairclough do outro lado do salão interagindo com um convidado. O que nunca, nunca terminava bem. Puxei Oliver pelo cotovelo. — Desculpa. Emergência. Temos que ir.

Conforme nos aproximávamos, tentando não parecer que estávamos prestes a iniciar uma intervenção, me dei conta de que estávamos muito mais fodidos do que imaginei. Porque a dra. Fairclough estava falando com, ou melhor *palestrando para*, Kimberly Pickles. E o problema de Kimberly Pickles — que eu sabia por ter observado ela e a esposa meticulosamente durante um ano e meio — era que a mulher pouco se lixava para os besouros, mas se lixava horrores para muitas coisas. Coisas com as quais ela achava que valia a pena o gasto de dinheiro do casal.

— ... não entendi se você está sendo ignorante de propósito — dra. Fairclough dizia — ou simplesmente ig...

— Kimberly! — Entrei no meio da conversa. — Que bom te ver aqui. Acho que você ainda não conheceu meu companheiro, Oliver Blackwood. Oliver, essa é Kimberly Pickles, que talvez você reconheça do...

— Mas é claro — disse ele, sem me interromper, mas interferindo com gentileza. — Sua minissérie recente sobre exploração sexual infantil foi excepcional.

Ela sorriu, mas infelizmente sem parecer totalmente desarmada.

— Ahhh, valeu — disse ela com um sotaque estuário que uns dez anos antes teria acabado com sua carreira.

— E essa é a minha chefe — apontei com cautela para a dra. Fairclough. — Dra. Amelia Fairclough.

— Muito prazer. — Oliver não se deu ao trabalho de estender a mão, o que de cara achei mal-educado de um jeito que não combinava com ele. Mas ele deve ter percebido que a dra. Fairclough teria a) não se importado e b) achado uma perda de tempo o convite para engajar em um ritual social sem sentido. — Lucien me contou tudo sobre sua monografia a respeito dos besouros errantes.

Ela o sujeitou ao seu... eu ia dizer "olhar mais intenso de todos", mas os olhares dela eram quase sempre intensos no mesmo nível.

— Ah, é?

— Sim. Eu gostaria de saber se você pode esclarecer alguns detalhes sobre a relação comportamental dos besouros e as colônias de formigas.

Meu Deus. Era isso que chamavam de prova de amor?

— Seria um prazer. — Eu nunca tinha visto a dra. Fairclough tão perto de estar feliz. O que era uma grande raridade. — Mas esse é um assunto delicado, e há muitas distrações aqui.

Oliver guiou a dra. Fairclough gentilmente em busca de um lugar mais apropriado para uma conversa sobre a interação de besouros errantes e colônias de formigas, me deixando coberto de gratidão e, por sorte, com mais chances de salvar Kimberly Pickles.

— Essa dra. Fairclough — começou ela. — É uma vaca.

Aquele não era o linguajar que eu, pessoalmente, teria usado, mas entendi o que ela quis dizer.

— Acho que acadêmicos costumam ser bem centrados nos próprios interesses.

— Porra nenhuma. Ela acha mesmo que besouros são mais importantes que pessoas.

Ofereci um sorriso conspiratório.

— Eu poderia dizer que você não a conhece direito, mas, sim. Ela acha isso mesmo.

Kimberly Pickles não sorriu de volta.

— E você acha isso certo, não acha? Que as pessoas deem dinheiro para vocês em vez de doar para abrigos de mulheres em Blackheath ou para combater a mortalidade infantil na África subsaariana.

A questão é que ela não estava cem por cento errada. A CACA não era uma organização bacana, e nem chegava perto daquelas listas de doações efetivas que ajudavam filantropos nerds a calcular exatamente como salvar a maior quantidade de vidas por dólar. Mas era a minha causa, e eu ia defendê-la. E, até onde eu conhecia Kimberly Pickles, ela gostava de defensores.

— Bem — respondi. — Se eu trabalhasse para um abrigo de mulheres em Blackheath, haveria pessoas me perguntando por que dar dinheiro para essa causa em vez de apoiar a prevenção da malária ou iniciativas de desparasitação. E, se eu trabalhasse para uma organização de combate à mortalidade infantil na África subsaariana, haveria pessoas perguntando por que deveriam mandar dinheiro para o outro lado do oceano quando já temos problemas de sobra aqui.

Ela relaxou um pouco, mas ainda não estava convencida.

— Mas são só escaravelhos, meu amigo!

— Sim. — Dei de ombros como quem diz *agora você me pegou*. — E, embora eles *sejam* importantes para o meio ambiente, não vou fingir que estamos salvando o mundo aqui. Não estamos nem mesmo salvando um condado. Mas o dinheiro da sua esposa não vai acabar tão cedo, e ela parece gostar de gastar um pouquinho com coisas bobas que a fazem feliz.

— Ela gosta mesmo é de rir de vocês — confessou Kimberly.

— Sim, assim como um número surpreendente dos nossos doadores. É por isso que nunca mudamos nossa sigla. Bem, por isso e também porque a dra. Fairclough nunca deixaria, já que ela acha que essa é a descrição mais precisa e sucinta da nossa organização.

Isso fez com que ela desse uma gargalhada ao estilo da Adele.

— Certo, mas mande sua chefe parar de insultar as esposas das doadoras.

— Perdão, mas quem está insultando minha esposa?

Aquele não era o melhor momento para Charlie Lewis aparecer do nada. Eu a conheci por causa dos James Royce-Royce, porque ela e James Royce-Royce trabalharam juntos por um tempo em um banco de investimentos terrível fazendo contas matemáticas terrivelmente complicadas envolvendo quantias terrivelmente enormes. Ela era larga como uma geladeira, tinha cabelo do Elvis e óculos do Harry Potter. E, no momento, não parecia muito feliz comigo.

— Nada de mais, amor. — Kimberly se virou e beijou a esposa na bochecha. — Só a professora sendo uma esquisita.

Charlie soltou um suspiro pesado.

— De novo, não. Por que ela ainda se dá ao trabalho de conversar com bípedes?

— Eu acho — sugeri — que ela acha que é isso que esperam dela. Mas, se serve de consolo, posso afirmar que ela odeia cada segundo.

— Talvez eu não seja tão horrível quanto você, Luc, mas não serve, não.

— Para mim, serve. — Charlie sorriu. — Gosto de saber que alguém que mexeu com a minha esposa está infeliz.

Kimberly deu um tapa afetuoso no braço da esposa.

— Quando você vai parar de bancar o patriarca dos anos 50? Qual de nós duas fica no escritório o dia inteiro movimentando o dinheiro dos outros com um bando de babacas que estudaram em Oxford? E quem passou os últimos três meses entrevistando coiotes na América Central?

— Sim, e você mal voltou e uma mulher chata está sendo mal-educada contigo numa festa.

— Sim, uma festa à qual *você* me obrigou a vir. Porque ainda quer gastar dinheiro salvando insetos que comem merda.

Torci para que aquilo fosse algum tipo de briga fofinha de casal, e não o começo de uma discussão que colocaria em risco o relacionamento delas ou, o mais relevante para mim, nossa doação.

— Como representante da comunidade do inseto comedor de merda — falei —, fico muito feliz de ter vocês duas conosco esta noite.

Kimberly fez um gesto conciliatório.

— Estou satisfeita, de verdade. Gostei do coral masculino. Tem um em Bangor que faz um trabalho incrível com adolescentes em situação de vulnerabilidade.

Certo, eu tinha quase certeza de que a missão estava completa. E, na verdade, até onde eu a conhecia, Kimberly não era o tipo de pessoa que sabotaria um evento de caridade por causa de um ressentimento bobo. Inclusive, ela era o completo oposto desse tipo de pessoa, e, com o desejo de manter identidades independentes, ela e Charlie costumavam se envolver com causas muito diferentes. Ainda assim, para tudo havia limites. Entre os quais "insultar os ideais da sua esposa bem na cara dela" era um dos mais óbvios. No caso, óbvios para todo mundo exceto a dra. Fairclough.

— Vou deixar vocês duas à vontade — eu disse. — Mas adoraria retomar a conversa depois do jantar.

Charlie me deu um daqueles malditos apertos de mão de gente da cidade grande.

— Seria esplêndido. Caso não consiga hoje, vamos almoçar qualquer dia desses. E mande um beijo para James. Diga que sempre tem um lugar para ele lá no banco.

— Pode deixar.

Deixando as duas discutindo em paz sobre as mais diversas escolhas de vida, desviei de vários doadores importantes e segui até o canto onde a dra. Fairclough tinha conseguido encurralar Oliver. Pelo que percebi, ela ainda estava falando sobre o relacionamento comportamental entre besouros e formigas e, pelo que eu conhecia dela, não deve ter parado nem para respirar durante os últimos dez minutos. Já estive na posição de Oliver várias vezes porque a dra. Fairclough parecia genuinamente incapaz de compreender que, ao contrário dela, outras pessoas poderiam não achar besouros tão fascinantes assim, e eu nunca consegui demonstrar nem metade da pose, graça ou sinceridade de Oliver naquele momento.

Eu estava me sentindo tão... aquele emoji com olhos de coração que precisei de um momento para me recuperar.

Então me dei conta de que, quanto mais eu ficava parado naquele mar de encantamento, mais Oliver teria que conversar sobre insetos. Por isso, fui ao resgate dele.

— ... deixando rastros de feromônio — a dra. Fairclough dizia.

Oliver nem se mexia.

— Nossa, fascinante.

— Se você está tentando ser sarcástico, posso garantir que sou imune a isso.

Ele pensou por um instante.

— Não sei como responder sem parecer que estou tentando ser sarcástico.

Ela também pensou por um instante.

— Sim, parece que você identificou um paradoxo complicado. Caso te ajude, quando eu estava na universidade, meus colegas de quarto achavam que valia fazer esse sinal — ela apoiou um dedo na bochecha — para indicar que não deveriam ser levados a sério.

— Vou me esforçar para lembrar dessa técnica. Mas, por favor, continue.

— *Ou* — eu disse, rapidamente — podemos ir comer porque já estão servindo o jantar.

Mais uma pausa pensativa da dra. Fairclough.

— Não. Prefiro ficar aqui conversando com Oliver.

— Hm...

— Acredito que... — Mais uma vez Oliver escorregou pela conversa como... algo lubrificado. Ou um cisne. Sabe como é, gracioso e suave. — ... Lucien estava tentando nos avisar educadamente que precisamos comer agora.

— Bem, por que ele não disse então?

— Porque não dizer com todas as palavras o que ele precisa dizer é o trabalho dele. Caso contrário, ele passaria a noite inteira de pessoa em pessoa gritando *Nos dê dinheiro* a plenos pulmões.

— Funcionou com Bob Geldof. — Ela franziu o nariz em desdém. — Não vejo por que tudo precisa ser tão complicado.

E, com isso, ela foi para a mesa dos funcionários seguida por mim e Oliver.

A comida era uma das vantagens da Corrida dos Besouros. Os doadores pagavam muito dinheiro para estarem ali, então não dava para economizar no cardápio, e, por mais que Barbara Clench tenha brevemente insistido em preparar pratos separados para a equipe, não querendo desperdiçar comida boa com, bem, *a gente*, aquela ideia acabou ficando ainda mais cara. Eu tinha que comer muito rápido para voltar aos convidados, mas, como quase sempre era aquela besteira de *nouvelle cuisine*, eu só precisava de umas três garfadas para acabar com o prato inteiro.

Todos já estavam acomodados, a maioria com seus convidados. Alex levou Miffy, é claro, que estava avassaladora em um vestido que provavelmente custava mais do que qualquer coisa que eu possuía, e eu tinha quase certeza de que não havia sido ela quem pagou por ele.

— Encantado em te ver novamente, Clara — disse Oliver, pegando seu lugar. — Dior?

Ela piscou.

— Di o quê? Ah, quer dizer, sim. Bem notado.

— Merda. — Me joguei exausto ao lado de Oliver. — Preciso fazer as apresentações de novo.

Barbara Clench me encarou do outro lado da mesa.

— Olha a língua.

— Acho que vou falar em inglês mesmo, obrigado. — Para ser sincero, eu deveria ser mais legal com a Barbara. Sem ela, a CACA já teria ido à falência. Mas odiar um ao outro era meio que o nosso acordo, e não dá pra mudar um sistema que já funciona bem. Apontei para ela. — Oliver, essa é Barbara Clench, nossa gerente. E o marido dela, Gabriel.

Acho que a coisa mais impressionante que vi Oliver fazer naquela noite foi não parecer nem um pouco surpreso com o fato de que o marido de Barbara Clench era um Adônis de um metro e oitenta e cabelos dourados, uns dez anos mais novo do que ela, que parecia ser apaixonado de forma genuína e até meio mítica. Não fazia sentido algum. Ela não era rica e, como eu a conhecia, não dava para justificar com a personalidade. Mas quer saber? Bom pra ela.

— Alex e Miffy você já conhece. Esse é o Rhys Jones Bowen. E... — Rhys sempre levava uma acompanhante diferente. Eu não fazia ideia de onde ele tirava aquelas pessoas. — Perdão, acho que ainda não nos conhecemos.

— Essa é a Tamsin. — Rhys fez sua melhor pose de apresentador de TV. — Ela é da minha turma de zumba.

Tentei processar aquilo.

— Você faz zumba?

— É muito bom pro coração.

— Ahhh. — Alex fez o som de quem está aos poucos entendendo alguma coisa. — Achei que vocês tinham se conhecido no trabalho.

— Alex — eu disse. — Todos nós trabalhamos no mesmo lugar. E nunca vimos essa mulher antes em toda a nossa vida.

— Sim. — Alex emitiu um som de quem estava lentamente assimilando a informação. — Por isso me pareceu um pouco peculiar. Mas eu também não reconheci a do ano passado.

Eu estava prestes a pular no precipício da estupidez de Alex. Mas, por algum motivo, deixei pra lá. E talvez eu só não quisesse ser um babaca com meus colegas de trabalho na frente de Oliver, mas, na verdade, eles me ajudaram muito naquela noite. Eles sempre me ajudavam. Nunca de um jeito que qualquer pessoa pudesse considerar útil, mas mesmo assim.

— Olha — comecei, sem acreditar que aquilo estava saindo da minha boca. — Sei que às vezes eu posso ser...

— Um grande idiota? — Foi Tamsin que disse isso. E ela nem me conhecia. Como Tamsin sabia que eu era um grande idiota?

Encarei Rhys Jones Bowen.

— Rhys, essa é a primeira coisa que você diz aos outros sobre mim?

— Basicamente. — Ele estava coçando a barba como sempre fazia quando... Na verdade eu ainda não tinha entendido o que aquilo significava. — Quer dizer, em minha defesa, eu geralmente digo "Tirando isso, ele é até um camarada bacana" logo em seguida. Mas as pessoas parecem se apegar à parte do idiota. Mas também você não se ajuda muito.

— Tudo bem. Certo. Como eu estava dizendo, apesar de ser um *grande idiota*, estou muito orgulhoso de todo o trabalho que fizemos, e a noite de hoje não teria acontecido sem vocês. Então obrigado e — eu literalmente levantei a porra da taça — um brinde a todos!

Todo mundo se juntou ao brinde em um coro um pouquinho relutante de "a todos!". Exceto Barbara Clench, que estava ocupada demais beijando seu marido perturbador de tão atraente e só depois olhou para mim e disse:

— Desculpa, Luc, você estava querendo me dizer alguma coisa?

Enquanto eu terminava minha pilha artística de vegetais da estação e espuma, me perguntando se eu podia comer o prato de mais alguém, Ben e Sophie se aproximaram durante a costumeira interação pré-sobremesa.

— Bem. — Ela levantou a taça de vinho em um brinde a mim. — Você nos pegou.

Oliver se levantou e deu um beijo na bochecha dela.

— Mentirosa. Você só queria outra noite longe das crianças.

— Isso também. Ultimamente eu iria até num evento de caridade da Sociedade pela Abolição dos Gatinhos se isso me tirasse de casa por cinco minutos.

— Isso quer dizer que você está se divertindo, então? — perguntei.

Sophie gargalhou com alegria.

— Meu amor, eu vou dar todo o meu dinheiro pra vocês. Estou tendo a melhor noite de todas. Um conde de noventa anos tentou me levar para Viena com ele, uma mulher muito estranha me disse que todo mundo vai morrer se não aumentarmos o investimento em etnologia, e, bem como você previu, Luc, quando contei para os meus amiguinhos irritantes de esquerda que eu estava apoiando uma caridade de escaravelhos, eles se cagaram de inveja.

— Você pode também participar do leilão de uma cesta de presentes da Fortnum & Mason — sugeri.

— Que se foda a cesta. Vou tentar arrematar o livro do besouro errante. — Ela abriu um sorriso enorme como o Gato da Alice. — Talvez eu dê para a Bridget de presente de Natal.

— Ah, Soph. — Oliver balançou a cabeça. — Você é um ser humano terrível.

— Você não pode mais dizer isso. Eu apoio escaravelhos.

Como Ben e Sophie estavam se entrosando, aquilo significava que eu deveria estar fazendo o mesmo. Meio a contragosto, me levantei e ofereci minha cadeira para Sophie.

— Vou deixar vocês colocando o papo em dia.

— Fico feliz em te acompanhar — disse Oliver. — Eu já vejo esses dois sempre.

Ben arregalou os olhos, ofendido.

— Não vê mesmo. Sei que nos encontramos duas vezes nas duas últimas semanas, mas o aniversário de Jennifer foi minha primeira noite livre desde que obrigamos os avós a ficarem com os dois merdinhas no Natal.

— E aquela festa de Dia dos Namorados alternativa que Brian ainda insiste em fazer mesmo sendo casado?

— Sophie foi nessa festa. Eu fiquei em casa porque o Gêmeo B estava com catapora e o Gêmeo A estava quase pegando.

Dei um tapinha no ombro de Oliver.

— Pode ficar. Você já foi heroico demais por uma noite.

— Não diz isso. — Sophie se contorceu. — Ele *ama* bancar o herói, e a última coisa que precisa é de um incentivo.

Oliver lançou um olhar feroz para ela.

— Isso não é verdade. Só acho importante ser útil.

— Utilidade, querido, é coisa para cachorros e chaves de fenda. Amigos e parceiros devem se importar contigo mesmo quando você não faz bem a ninguém.

— Certo. — Dei um passo exagerado para fora da linha de fogo cruzado imaginária. — Agora eu vou *mesmo* deixar vocês se resolverem.

Dando à esposa o que ele sem dúvida considerava uma quantidade suficiente de paciência, Ben ocupou minha cadeira.

— Não se preocupe. Eles são assim mesmo. Posso ficar com a sua sobremesa?

— O quê? — Quase cuspi. — Como você ousa? Só está se aproveitando do fato de que meu trabalho é ser legal contigo.

— Sim. Estou mesmo. Eu tive que limpar uma mancha de cocô nessa gravata para estar aqui hoje. Acho que mereço mais uma *panna cotta*.

— Certo. Tudo bem. Acho que você merece mais do que eu.

Ele se preparou segurando minha colher.

— Oliver fez uma boa escolha. Nós seremos amigos.

Dei um beijo de "você ainda é o meu herói" em Oliver e saí para, sabe como é, trabalhar. O resto da noite foi tranquilo — houve arrecadação de fundos e leilão de coisas, ninguém ouviu insultos terríveis, e nós conseguimos encontrar o conde antes que ele pegasse um táxi para Heathrow com uma companheira cujo passado misterioso não investigamos a fundo. Quando já tínhamos limpado tudo, encaixotado tudo e desistido de tudo, já passava das duas da manhã, então Oliver me colocou em um táxi para me levar para casa.

— Obrigado por hoje — eu disse a ele, quase me derretendo enquanto apoiava a cabeça em seu ombro.

— Já pode parar de me agradecer, Lucien.

— Mas você foi *incrível*. Gentil com todo mundo, e todos gostaram de você, conversou com a dra. Fairclough e não socou os Clarke...

— Não dê ouvidos a Sophie. — Ele se mexeu, meio desconfortável. — Eu não preciso que você pense que isso... que isso foi algo especial.

Meu cérebro tropeçou em alguma coisa, mas estava tudo embaçado demais para ver o que era.

— Por que estamos falando da Sophie?

— Não estamos. Só não quero que você pense que eu acho que... Sei lá.

— Eu não estou pensando muito agora. Mas essa noite foi muito boa para mim, e parte disso foi graças a você. — Lembrei de outra coisa importante. — Além do mais, você fica muito gostoso de terno. E assim que chegarmos em casa, eu vou... eu vou...

A próxima coisa que me lembro era de, bem, estar na cama e Oliver tirar minhas roupas de um jeito trágico e nada erótico.

— Vem cá. — Fiz um gesto manhoso. — Vamos transar e tal.

— Sim, Lucien. É exatamente isso que vai acontecer agora.

— Que bom. Porque você está tão maravilhoso... e eu quero muito e... eu já comentei como você fica gostoso com esse...

Então abri os olhos e já estava amanhecendo, e Oliver estava dormindo, todo tranquilo, forte e perfeito. E, por um lado, eu estava chateado por ter ficado cansado demais para transar com ele umas seis vezes até o domingo e depois mais um pouco. Mas lá estava ele, quentinho e aninhado em mim, me abraçando com firmeza de um jeito estranhamente protetor e estranhamente vulnerável.

E, sabe como é, tudo bem também.

— Toc, toc — eu disse para o Alex.

— Ah, essa eu conheço. — Ele parou por um segundo. — Quem é?

— A vaca que interrompe.

— A vaca qu...

— Muuu.

— ... e interrompe quem? — Ele continuou a me olhar com expectativa. — Agora é sua vez.

— Não, não, eu já fiz a minha parte.

— Desculpa, eu perdi? Podemos tentar de novo?

— Eu realmente acho que não vai adiantar. — A sensação de estar afundando começou a aparecer. — E veja bem, agora que vou precisar articular melhor, comecei a perceber que essa talvez tenha sido uma escolha ruim. A piada da vaca que interrompe é meio que uma subversão às piadas de toc-toc.

— Ah. Assim como *Ulysses*?

— Provavelmente? Porém mais sobre uma vaca do que sobre... vou chutar aqui e dizer irlandeses?

Alex pensou naquilo por um bom tempo.

— Então eu sou levado pela estrutura intrínseca das piadas de toc--toc a acreditar que a parte final será entregue depois que eu der a resposta já esperada, "a vaca que interrompe quem", mas, como a vaca que interrompe é uma vaca que interrompe, a entrega acontece *durante* a resposta, o que confunde minhas expectativas e gera consequências hilárias.

— Hm. Acho que é isso?

— É muito boa. — Alex se inclinou para o lado. — Rhys, venha cá.

A cabeça de Rhys Jones Bowen apareceu na porta.

— Em que posso ajudar, companheiros?

— Toc-toc.

— Quem é?

Alex me lançou um olhar conspiratório.

— A vaca que interrompe.

— A vaca que interrompe quem? — perguntou Rhys Jones Bowen.

— Muu!

Uma pausa. Ele coçou a barba.

— Ah, gostei dessa. Bem dadaísta. Veja, eu estava esperando que você me interrompesse durante a frase final porque você é a vaca que interrompe. Mas você não fez isso, então fiquei surpreso, e a graça está nisso. Vou dar risadinhas com isso o dia inteiro, pode acreditar.

Eles estavam fazendo de propósito, não estavam? Eles eram gênios do mal brincando comigo havia anos. Antes que qualquer um de nós pudesse voltar para o que chamávamos risivelmente de trabalho, a dra. Fairclough desceu e, para meu desespero (mas não para minha surpresa), Rhys Jones Bowen foi para o corredor e se virou para ela.

— Tenho uma piada para você, dra. F. — anunciou ele.

A resposta dela foi muda e desencorajadora, mas Rhys Jones Bowen não se sentiu desencorajado.

— Toc-toc.

Para minha surpresa, ela de fato respondeu com um curto e grosso:

— Quem é?

— A vaca que interrompe.

— Obrigada, mas mamíferos não são da minha área de interesse. Excelente trabalho ontem, O'Donnell.

— Muu? — concluiu Rhys, sem força.

— Obrigado? — eu disse, tentando e falhando ao não soar como se aquela tivesse sido a primeira coisa remotamente próxima a um elogio que eu já ouvi dela.

— Muito bom. Espero que essa afirmação positiva te deixe motivado. Se não, posso colocar uma jarra de água com açúcar na copa.

— Hm, não precisa.

A dra. Fairclough literalmente olhou o celular. Me perguntei quantos segundos ela havia reservado para demonstrar algum tipo de interesse.

— Aproveitando para comentar a sua escolha, o sr. Blackwood. Ele foi de longe a parte menos sofrível da noite de sábado. Mantenha esse relacionamento e o traga novamente no ano que vem.

— Só para confirmar. — Eu não gostava do rumo que aquilo estava tomando. — Estou demitido ou não?

— Não. Mas eu posso tirar seu privilégio de água com açúcar. — E, na sequência, um alarme tocou no celular dela. — Espero que vocês se sintam valorizados como funcionários. Agora já chega.

Tranquilizado quanto ao meu valor como funcionário, voltei para a minha mesa e comecei a trabalhar na quantidade razoável de tarefas a cumprir pós-Corrida dos Besouros. Eu tinha fotos do evento para separar e enviar para Rhys Jones Bowen, para que ele incluísse na pilha de coisas que deveria publicar nas redes sociais. Tinha que retomar o contato com doadores e, falando de forma mais mercenária, conferir as doações. Pagamentos para agendar. Pedidos de desculpa e agradecimentos para enviar, dependendo da circunstância. Basicamente, um monte de traços nos t's e pingos nos i's — e, por motivos que eu não conseguia articular, embora estivesse certo de que não tinham nada a ver com o modelo de gerência novo e melhorado da dra. Fairclough, me surpreendi ao ficar feliz resolvendo tudo aquilo.

Também tirei um tempinho para fazer uma reserva no Hotel Quo Vadis para o dia seguinte das bodas dos pais de Oliver. O que, sim, era vergonhosamente sentimental. Mas a outra opção era virar para ele no caminho de volta e dizer "Ei, que tal ser meu namorado de mentira só que de verdade?". E aquilo não me parecia... o suficiente? Claro, reservar um hotel poderia ser *exagero*. Mas, entre fazer Oliver pensar que eu não me importava e fazê-lo pensar que eu era um esquisito obcecado... Na verdade, as duas coisas eram bem ruins. Merda.

Aquilo era difícil. Romance era difícil. Como faz para ser romântico?

Indo direto ao ponto, como Oliver gostaria que eu fosse romântico? Eu pensei em perguntar a Bridge, mas ela iria sugerir que eu o levasse ao rio Sena — sem eufemismo — em um barco à luz de velas, ou ainda que salvasse a irmã dele de ser desonrada por um aristocrata libertino. E eu não tinha condições de fazer nenhuma das duas coisas. Além disso, eu estava quase certo de que ele não tinha irmã.

Espera aí. Oliver tinha irmã? Ele me disse isso, mas era na época em que eu estava pouco me fodendo. Acho que ele comentou sobre um irmão? E foi ali que me dei conta de como sabia pouco a respeito dele. Quer dizer, eu sabia que ele era gostoso e legal e advogado e que gostava quando eu... Certo, aquilo não ia ajudar em nada. Mas ele conheceu minha mãe, meu pai e me viu chorar diversas vezes. Como acabei me tornando a parte do casal que mostra toda a intimidade?

Acima de tudo, eu estava a menos de uma semana de conhecer a família dele, e seria um namorado de merda se não tivesse ideia de quem eles eram. E provavelmente o tio Battenberg chegaria em mim tipo "Ah, você deve ter conhecido Oliver no time de polo aquático", e eu ficaria tipo "polo-a-quê?".

Certo. Novo plano.

Demonstrar o quanto eu me importava com Oliver aprendendo o mínimo de informação sobre a vida dele. Infelizmente, ele tinha um jeito de me distrair. Bem. Muitos jeitos de me distrair.

Então, na quinta-feira, pouco depois da meia-noite, me joguei no peito de Oliver e com, devo admitir, um senso de oportunidade não muito bom, disse:

— Então, me conta sobre a sua família.

— Hm. — Ele ficou tão confuso quanto imaginei que ele fosse ficar. — Agora?

— Não precisa ser agora. Mas talvez antes de domingo? Já que eu vou, sabe, conhecer todo mundo?

Ele ficou intrigado.

— Há quanto tempo você está pensando nisso? Porque estou um pouco preocupado.

— Alguns dias, mais ou menos? E — acrescentei de imediato — a gente andou meio ocupado.

— Entendi.

— Não é que... eu... — Nossa. Como eu era horrível nessa coisa de demonstrar interesse. — Eu achei que seria legal? Conhecer mais sobre você?

Normalmente Oliver ficava feliz quando eu me espalhava o quanto quisesse em cima dele, mas dessa vez ele se afastou um pouco, como se estivesse encurralado em um beco sem saída.

— Não tem muito pra saber que você já não saiba.

— Como assim? Quer dizer que você é só um advogado vegetariano impecável que faz academia e uma excelente rabanada?

— Tem alguma coisa te incomodando, Lucien? Espero que você não se sinta preso a mim agora que seu evento já passou.

Me sentei como se tivesse acabado de levar uma ferroada.

— Não. De jeito nenhum. Você me faz muito feliz, e eu quero ficar com você. Mas, tipo, do que você tem medo? Quando foi a última vez que você chorou? Qual é o seu lugar favorito no mundo? Qual é o seu maior arrependimento? Você joga polo aquático?

Oliver me encarou com cautela, monocromático pela meia-luz.

— Não. Eu não jogo polo aquático. Por que você está perguntando isso agora?

Sinceramente? Porque eu gostava dele mais do que estava acostumado a gostar de qualquer pessoa. Porque eu queria que ele também gostasse de mim do mesmo jeito. Por causa de um monte de sentimentos espalhados que eu não conseguia verbalizar.

— Acho que só estou nervoso. Não quero parecer um babaca na frente dos seus pais.

— Não tem motivo para se preocupar. — Oliver me puxou de volta para os braços dele, e eu não reclamei. — É só uma festa no jardim, não uma entrevista de emprego.

— Dá no mesmo. Envolve logística. Você não quer que eu chegue lá despreparado e deslogisticado.

Achei que a coisa da logística fosse convencê-lo. Mas ele pareceu menos empolgado do que eu esperava.

— Muito bem. Qual informação você considera mais pertinente?

— Não sei. — Obrigado pela pergunta difícil, Oliver. — Quem vai estar lá?

— Bem, meus pais, é claro. David e Miriam. Ele é contador. Minha mãe estudou na Escola de Economia e Ciência Política de Londres, mas abandonou o curso quando engravidou de mim.

Aquilo não estava ajudando.

— Você já disse isso no nosso primeiro encontro.

— Nem todo mundo é filho de lendas infames do rock.

— Não, eu sei. Mas, tipo, quem são eles? Do que eles gostam? Ou, sei lá, quais são os traços de personalidade deles?

— Lucien. — Ótimo. Ele estava quase irritado. — Eles são meus pais. Meu pai joga golfe. E minha mãe faz muito trabalho voluntário.

Meu coração afundou. Eu estava chateando Oliver e aquilo já parecia horrível, mas era tarde demais para desistir do evento ou daquela conversa.

— E o seu irmão? Ele vai também?

— Sim. Christopher estará lá. — Ele suspirou. — Mia também. Eles estão vindo de Moçambique, acredito.

— Você... — Torci para não piorar ainda mais as coisas. — Você não parece muito feliz com isso.

— Meu irmão é muito... realizado. Isso me deixa um pouco tenso.

— Você é realizado também. Você é um advogado do caralho.

— Sim, mas não vou para zonas de guerra salvar vidas.

— Você garante defesa jurídica no tribunal para pessoas que não conseguiriam de outra forma.

— Viu só? Nem você consegue fazer isso parecer glamoroso.

— É porque eu não sou você. Quando você fala sobre isso, seus olhos brilham, como se fosse a coisa mais importante do mundo. E eu fico morrendo de vontade de te comer inteiro ali mesmo.

Ele corou.

— Por favor, promete que não vai dizer nada disso na festa.

— Tá de brincadeira? Isso é *exatamente* o tipo de coisa que estou planejando dizer na festa. Minha primeira frase vai ser "Olá, Miriam, eu sou o Luc, e gosto muito de comer seu filho inteiro". — Revirei os olhos. — Eu sei como ser educado na frente dos outros, Oliver.

— Perdão, só estou cansado. Já está tarde, Lucien, e eu tenho que ir ao tribunal amanhã.

— Não, eu que peço desculpas. Por ser esquisito e não te deixar dormir.

Apesar da bagunça que causamos — ou melhor, que eu causei —, durante a conversa, Oliver me abraçou como sempre fazia. Então acho que estava tudo bem? Só que, ainda assim, eu me sentia meio esquisito, e não sabia ao certo o motivo daquilo tudo. Muito menos o que faria a respeito. E talvez o problema fosse a falta de um problema, e eu estava tão desacostumado com aquilo que meu cérebro ficava tentando inventar algo.

Vai se foder, cérebro.

Me aninhei com meu advogado vegetariano impecável e me obriguei a dormir.

Quando Oliver me disse que seus pais moravam em Milton Keynes, imaginei que, bem, eles morassem em uma casa em Milton Keynes. Não em uma minimansão tão longe nos limites da cidade que ao redor não tinha nada além de campos verdes.

Graças ao medo constante que Oliver tinha de se atrasar, chegamos cedo demais e tivemos que esperar no carro por uns quarenta e cinco minutos para entrar na festa em um horário no mínimo apropriado. E eu fui supermaduro e não contei aquilo para ninguém.

Mas, em determinado momento, enfim estávamos no jardim dos fundos que era pequeno o bastante para não ser chamado de "terreno", porém ainda assim grande a ponto de abrigar uma festa com um número absurdo de convidados. A decoração do local em tons de rubi era de muito bom gosto, e havia uma daquelas tendas chiques, sem falar dos garçons com bandejas de champanhe e canapés (nenhum *vol-au-vent*). A bebida era obviamente cara, mas naquela linha tênue perfeita entre notável e exibida. Minha gravata já parecia apertada demais.

Miriam e David Blackwood eram exatamente como se esperava que um casal chamado Miriam e David Blackwood fossem. O que era mais ou menos como se uma franquia de restaurantes meio sofisticados fabricasse pessoas: todo mundo igual ao resto, mas com um leve ar de superioridade. Não consegui segurar a mão de Oliver enquanto marchávamos pelo gramado onde os pais dele estavam conversando alegremente com um pequeno grupo de pessoas entre cinquenta e sessenta anos.

— Feliz bodas de rubi — disse ele, beijando a mãe na bochecha e cumprimentando o pai com um aperto de mão.

— Oliver. — Miriam ajustou a gravata dele. — Estamos tão felizes por você ter vindo. — Ela se virou para um convidado. — Ele está passando por tanto sufoco no trabalho que nós ficamos com medo de que não fosse conseguir um tempinho.

Oliver se balançou de leve ao meu lado.

— O trabalho vai bem, mãe.

— Ah, querido, tenho certeza de que você está lidando muito bem com tudo. Só fico preocupada. — Novamente, uma olhada para outra pessoa. — Ele não é como o irmão, sabe? Christopher sabe trabalhar bem sob pressão.

— Entendo, mas está tudo certo, de verdade. — Oliver meio que me empurrou para frente tentando parecer que não tinha empurrado. — Esse é o meu namorado, Lucien O'Donnell.

— Oliver é gay — explicou o pai de Oliver para todo o grupo.

Lancei um olhar surpreso para Oliver.

— É? Por que nunca me contou?

Eu diria que ninguém achou graça da minha piada, mas, para isso, alguém precisaria estar prestando atenção em mim.

— E o que você faz, Lucien? — perguntou Miriam depois de um silêncio longo e desconfortável.

— Trabalho para uma organização beneficente que está tentando salvar os escaravelhos.

— Bem. — Pelo tom dolorosamente jovial, suspeitei que aquele comentário estava vindo de algum tio. — Pelo menos não é mais um maldito advogado.

Miriam lançou um olhar frio para quem falou isso.

— Melhor não começar, Jim. Oliver dá duro no trabalho e nem todos podem ser médicos.

— Dá duro tirando criminosos da cadeia. — O sorriso de David dizia que ele estava brincando, ao contrário dos olhos.

Abri a boca para protestar, mas lembrei que eu estava ali para ser agradável e que — como já tinha o visto fazer antes — Oliver era muito melhor em defender o próprio trabalho do que eu jamais seria.

— Christopher já chegou? — perguntou ele. — Acho melhor eu cumprimentá-lo.

— Está lá dentro, se trocando com a esposa. — David apontou com o polegar para a casa. — Passaram o dia todo viajando.

— Estavam trabalhando com contenção de danos — completou Miriam, para ninguém em específico.

David assentiu.

— Em Moçambique.

— Sim, eu sei. — Oliver parecia inseguro de um jeito incomum. — Ele me contou por e-mail.

— Embora ela vá trabalhar bem menos agora que estão começando uma família — continuou David com empolgação.

Miriam se virou para a pequena plateia novamente.

— A verdade é que, antes de Christopher conhecer Mia, nós já tínhamos desistido de ter netos.

Abri a boca e fechei mais uma vez. A julgar pela minha piada de antes, achei que ninguém iria gostar se eu agradecesse a preocupação mas garantisse que gays também podiam ter filhos. Além do mais, se Oliver conseguiu suportar os Clarke, eu conseguiria suportar tudo aquilo.

Sério. Eu conseguiria suportar tudo aquilo.

— Eu... eu vou procurar Christopher. — E, com isso, Oliver deu meia-volta e foi em direção à casa.

Eu literalmente tive que correr atrás dele.

— Você está bem? — perguntei.

Ele me lançou um olhar impaciente.

— Claro que sim. Por que não estaria?

— Hm. Porque aquela conversa foi... horrível?

— Lucien, por favor, não dificulte as coisas. Meus pais são de outra geração. Minha mãe se preocupa muito comigo, e meu pai tem o costume de ser bem direto.

Me peguei meio que puxando a manga dele.

— Desculpa, mas a minha mãe é da mesma geração que eles.

— Sim. Bem. Sua mãe é uma pessoa bem incomum.

— Sim, mas ela... mas ela... — Havia algo que eu precisava desesperadamente dizer a Oliver, algo que eu tinha certeza de que ele precisava entender, mas não conseguia explicar direito o quê. — Ela nunca falaria daquele jeito com ninguém?

Oliver parou abruptamente.

— Meus pais me criaram. Meu pai trabalha de domingo a domingo, e minha mãe abriu mão de sua carreira. Não quero discutir com você, especialmente aqui, especialmente agora, mas eu agradeceria se você não os insultasse na casa deles.

— Desculpa, Oliver. — Abaixei a cabeça. — Não foi minha intenção. Estou aqui para te apoiar.

— Então... — Ele fez um gesto de "a conversa acabou". — Aceite como as coisas são. Essa é a minha vida. E é diferente da sua. Por favor, respeite.

Queria dizer que aquela situação não o respeitava de forma alguma. Mas não ousei.

Chegamos na varanda quando um casal, que pela ideia e contexto presumi que fossem Christopher e Mia, atravessou as portas francesas. Ele definitivamente se parecia com Oliver, embora fosse um pouquinho mais alto e tivesse os olhos mais azuis e o cabelo mais claro. A combinação do cabelo despenteado e uns três dias de barba por fazer dava a impressão de alguém que quer deixar claro que está ocupado demais salvando vidas para se preocupar com detalhes bobos como se barbear. A esposa, em contraste, era mais baixinha e mais bonita, do tipo que não leva desaforo para casa, e usava o cabelo bem curto, implacavelmente prático.

Oliver assentiu de um jeito esquisito.

— Christopher.

— Oi, Ollie. — O irmão sorriu. — Como vai a justiça?

— O mesmo de sempre. Como vai a medicina?

— No momento, intensa pra caralho. Estamos exaustos, e sinceramente — o olhar dele passeou pelo gramado com certo ressentimento — não acredito que eles nos arrastaram até aqui pra isso.

Uma das pálpebras de Oliver tremeu.

— Bem, é claro que eles iriam querer você aqui. Eles têm muito orgulho de você.

— Mas não o bastante para me deixarem onde preciso estar para fazer as coisas que eles têm orgulho que eu faça.

— Sim, sim, estamos todos cientes de como o seu trabalho é especial e importante. Não faz o menor sentido esperar que você tire um tempo para a sua família de vez em quando.

— Ah, não fode, Ollie. Por que você...

— Olá — anunciei. — Me chamo Luc. Sou o namorado do Oliver. Trabalho para uma instituição de caridade para besouros. Prazer em conhecer vocês.

Mia se soltou do marido e apertou minha mão com entusiasmo.

— O prazer é todo nosso. Me desculpa. Passamos treze horas num avião, o que eu sei que pode soar como se eu estivesse me gabando de um estilo de vida superempolgante e sempre nas alturas, mas na verdade só quer dizer que passei muito tempo presa numa caixa de metal.

— Meu Deus. — Christopher passou a mão nos cabelos. — Estou sendo um babaca, não estou?

— Sim — respondeu Oliver. — Está.

Christopher soltou uma risada.

— Posso só comentar que era você quem estava ocupado demais me provocando e esqueceu de apresentar seu namorado?

— Tá tudo bem. — Balancei a mão, num gesto que, esperava eu, fosse uma forma educada de mudar de assunto. — Oliver me contou tudo sobre vocês. Posso me apresentar sozinho.

— Ollie te contou sobre a gente, é? — Os olhos de Christopher brilharam de um jeito perverso. — Manda ver então. O que ele disse?

Ops.

— Hm. Que vocês são médicos? E que estavam em... quero dizer Bombaim, mas acho que não é isso. E que vocês são pessoas muito legais e que ele gosta muito dos dois.

— Sim, acho que, com sorte, ele disse apenas uma dessas coisas.

— Sinto muito, Christopher. — Oliver usou seu tom mais frio. — Sua vida não é um assunto tão interessante assim.

— Eu até poderia ficar arrasado com esse comentário, só que você nunca diz nada sobre ninguém. Nos contou mais sobre Luc do que sobre qualquer um dos seus últimos seis namorados, e tudo o que você disse foi o nome dele.

Coloquei a mão no peito.

— Nossa, me sinto tão especial.

— É pra se sentir mesmo. — Mia abriu um sorriso clandestino em meio àquele clima indefinido entre os dois irmãos. — Ele falou de você sem que a gente precisasse perguntar!

Christopher me analisava de um jeito levemente desconfortável.

— Ele não faz seu tipo de sempre. O que deve ser bom.

— Por mais que possa ser difícil acreditar — zombou Oliver —, eu não escolho meus parceiros românticos para te agradar.

— Verdade. — Christopher sabia fazer pausas como ninguém. — Você escolhe para agradar a mamãe e o papai.

Um silêncio profundo e cruel.

— Papai me contou — disse Oliver, a voz plena — que vocês estão começando uma família.

Outro silêncio, ainda mais profundo e cruel.

Enfim Mia lançou um olhar irritado para o cunhado.

— Vai se foder, Oliver. Vou pegar uma bebida.

Ela deixou Oliver se fodendo e foi pegar uma bebida.

— Que porra deu em você? — Christopher se virou enfurecido para Oliver. — Seu merda hipócrita.

Oliver cruzou os braços.

— Foi uma pergunta perfeitamente comum.

— Não, foi uma provocação, e você sabe disso.

— Não teria nada para provocar se vocês parassem de esfregar na cara dos nossos pais a possibilidade de dar netos para eles.

— Não é isso...

— Ah, com certeza é. Você não consegue suportar a ideia de os dois não te idolatrarem.

Bem, aquilo era divertido. E eu tinha me comprometido a ajudar Oliver, mas acho que aquilo não envolvia ficar parado enquanto ele era um babaca com o irmão, que, pra ser sincero, estava sendo igualmente babaca. No entanto, a brincadeira estava perto de passar do ponto.

— Quer saber? — Me enfiei rapidamente no meio da conversa. — Acho que também preciso de uma bebida.

E, antes que qualquer um pudesse me impedir, fui depressa até a tenda grande.

Encontrei Mia no canto, uma taça de champanhe em cada mão.

— Excelente plano — eu disse a ela, e a copiei de imediato.

Ela me lançou um olhar amargurado.

— Saúde.

Tilintamos as taças e bebemos em silêncio por alguns minutos.

— Eu acho — disse Mia, por fim — que isso está bem pior do que o normal.

Pelo amor de Deus.

— Existe um *normal*?

— Eles geralmente se provocam.

— Eu nunca vi o Oliver se comportar daquele jeito.

— E o Chris só fica assim quando está perto do Oliver. — Ela deu de ombros. — É meio que o combinado deles.

Terminei minha taça reserva num gole só e me perguntei se eu conseguia pegar uma terceira. Sinceramente, eu estava quase irritado com Oliver por não ter me preparado direito para aquela festa. Mas, ao mesmo tempo, eu entendia o motivo — e já era o bastante para que eu ficasse com pena dele.

— Na minha opinião — comecei, com a consciência de que precisava ser muito cuidadoso ali —, deve ser muito difícil para o Oliver porque está na cara que David e Miriam estão mais satisfeitos com as escolhas de vida do Christopher.

— Ha-ha. — Mia virou sua taça também.

— Certo, agora eu senti que estou perdendo alguma coisa.

— Eles realmente dão muito apoio. — Parecia que Mia estava sendo tão cuidadosa quanto eu. — E fazem questão de que Christopher nunca se esqueça disso. Enfim, desculpa se gritei com seu namorado. Não sou sempre assim... Na verdade, provavelmente sou, mas foda-se. Os Blackwood sempre despertam o que há de pior em mim.

— Sim, estou começando a achar que isso é o padrão deles. Embora — acrescentei rapidamente —, só para constar, o David disse mesmo aquele negócio sobre começar uma família.

Ela afundou a ponta dos pés no gramado perfeito.

— É claro que ele disse. Mas, ainda assim, foi bem mesquinho o Oliver ter mencionado isso.

— Ele... ele... parece não estar lidando muito bem com o dia de hoje.

— Dá pra ver como você gosta dele. Mas, ainda assim, não estou muito no clima de fazer as pazes agora.

— Quer dizer então que... Meu Deus, eu nem sei como perguntar.

— Não é um assunto tão delicado assim. Não para mim, pelo menos, já que, até onde eu sei, está óbvio pra caralho. Nós não queremos ter filhos. David e Miriam querem que a gente tenha e ficam achando que a opinião deles é tão importante quanto a nossa.

— Merda. Isso é... uma merda.

— Principalmente porque agora virou uma guerra fria em que eles acham que é só uma questão de tempo, e o Christopher se sente culpado por decepcionar os pais, e eu fico puta porque isso nunca muda.

— Para ser sincero, eles parecem pessoas difíceis de mudar.

Mia deu de ombros.

— Ah, mas sempre foi assim. E, é claro, a última coisa que eu quero é que ele sinta que precisa escolher entre os pais e a esposa.

— Bem. — Arrisquei um sorriso. — Está na cara que você é melhor para ele do que os pais, então talvez isso seja um progresso.

Ela riu.

— É uma boa ideia, mas ele vem tentando se agarrar à aprovação dos pais por quase trinta anos. Não é o tipo de coisa que dá para superar fácil.

— Eu não tenho como saber. Meu pai deu no pé quando eu tinha três.

— Eu fico cada vez mais feliz de saber que meus pais são seres humanos normais e equilibrados.

— Espera. Isso existe?

Antes que Mia pudesse responder, Oliver e Christopher puseram a cabeça para dentro da tenda, e eu fiquei feliz ao notar que eles pareciam devidamente envergonhados.

— Ollie tem algo a dizer — comentou Christopher, com um toque a mais de agressividade do que o anúncio precisava.

Oliver se balançou na ponta dos pés.

— Sinto muito, Mia. Eu estava irritado e descontei em vocês, não deveria ter feito isso.

— Está tudo bem. — Mia balançou a mão. — Eu sei que Chris estava sendo babaca com você.

— Ei! — protestou Christopher. — Achei que você estivesse do meu lado.

— Ah, puta merda. O fato de você achar que existem "lados" é a porra do problema.

Andei até Oliver com um sorriso e deslizei minha mão para junto da dele.

— Você quer... me mostrar a casa, talvez?

— É claro, Lucien. Desculpe por não ter te dado atenção.

— Na verdade, pensei que você fosse achar que eu fugi. Porque aquilo lá estava quase um filme de faroeste, e eu não queria levar bala no meio daquele tiroteio verbal.

— Eu... eu... eu sei. Sei que me comportei mal. — Oliver olhou de volta para a cunhada. — Mia, sinto muito mesmo. Não vai acontecer de novo.

Deixamos a tenda e fomos dar o que seria, em outras circunstâncias, um passeio tranquilo pelo jardim. Era uma tarde ensolarada de verão, eu tinha bebido champanhe, o lugar estava cheio de flores e borboletas, mas Oliver estava vibrando como o meu massageador de rapazes, só que sem a parte divertida.

— Sinto muito — disse ele, pela milésima vez. — Eu não deveria ter te trazido.

— Sem essa, eu nem estou me comportando tão mal assim.

— Não, quer dizer... Não estou no meu melhor momento. E não quero que você me veja quando estou assim.

— Oliver, você já me viu tendo todos os tipos de surtos. Acho que posso superar você sendo um pouquinho debochado durante uma festa num jardim.

Ele vibrou ainda mais.

— Eu sabia que não deveria ter vindo com essa camisa.

O problema era que ele havia dito a mesma coisa sobre todas as camisas, e experimentou doze, o que quase nos impediu de chegar ridiculamente cedo.

— Pela última vez, essa camisa ficou bem em você. — Eu parei e o girei de frente para mim. — Você pode ir pra casa, se quiser, sabia?

Oliver olhou para mim como se eu estivesse sugerindo um pacto de assassinato seguido de suicídio.

— Nós acabamos de chegar. O que meus pais vão achar?

— No momento, eu realmente não me importo. Tudo o que sei é que ficar aqui está te deixando triste.

— Não estou triste. São as bodas dos meus pais. Só não estou... lidando muito bem com as coisas.

Eu não sabia ao certo como dizer "Não está lidando muito bem com as coisas porque seus pais estão sendo uns cuzões com você". Acho que seria intrometimento demais da minha parte. Então, em vez disso, tentei:

— Não acho que seja culpa sua. Quer dizer, Christopher não está no auge dele também.

— Christopher está sempre no auge, pelo menos para os meus pais.

— Nem sempre. Seus pais ficam pressionando seu irmão para ter filhos quando ele claramente não quer.

— Isso é uma indireta para mim, não para ele. Meus pais entendem minha sexualidade, mas dá para perceber que isso acaba trazendo certas decepções.

— Olha. — Eu levantei as mãos. — Isso é cem por cento hipotético, porque ainda é muito cedo para termos esta conversa, mas, se quiser, você pode ter filhos.

— Você quer dizer que eu poderia adotar crianças. Não é a mesma coisa. Pelo menos, não para os meus pais.

Certo, aquilo era uma outra caixa de problemas. E não era o momento para abrir.

— Viu só? É por isso que você precisa de amigos queer. Se conhecesse mais pessoas gays, poderia fazer um acordo com uma lésbica a qualquer momento.

— Se está tentando ser engraçado, Lucien, isso foi de péssimo gosto.

— Desculpa, deixei escapar. Só estou tentando dizer que você pode viver a *sua* vida como *quiser*. E as expectativas dos seus pais não deveriam influenciar isso. E eu aposto qualquer coisa que Chris e Mia estão tendo essa mesmíssima conversa agora.

Ele ficou tenso.

— Duvido.

— Ah, pelo amor de...

Um garfo bateu numa taça e nós marchamos em obediência para o quintal, onde David e Miriam estavam de pé, prestes a começar um discurso. Que alegria!

— Obrigado — começou David. — Obrigado a todos que vieram comemorar nossas bodas de rubi. Me lembro daquela noite, anos atrás, quando entrei no saguão da universidade e vi a mulher mais deslumbrante do mundo sentada na minha frente. No momento, eu disse a mim mesmo *essa é a dama com quem você vai se casar*. — Uma pausa. Tinha uma piada a caminho, não tinha? Chiando em nossa direção como um trem de carga lotado de decepção. — E Miriam estava a dois lugares de distância dela.

Todos rimos por obrigação. Exceto tio Jim, que parecia achar aquilo realmente hilário.

— É claro que não nos demos bem logo de cara, porque qualquer um que conhece Miriam sabe que ela é, digamos, uma mulher de opiniões fortes. Mas ficou caidinha por mim no segundo em que comecei a fingir que concordava com ela em tudo.

Mais uma rodada de risadas educadas. Tio Jim parecia prestes a fazer xixi nas calças.

— Durante nossos quarenta anos de casados, fomos abençoados com dois filhos maravilhosos...

— *E Oliver e Christopher* — murmurei, baixinho.

— ... e Oliver e Christopher. Mas, sério, temos um orgulho tremendo dos nossos garotos, um médico, um advogado, e ainda assim os dois incapazes de ganhar dinheiro.

Risadas novamente. Tio Jim literalmente deu um tapa na perna.

— Ao longo dos anos nossa família continuou a crescer, a adição mais recente sendo a adorável Mia, esposa de Christopher, e também nossa última esperança de sermos avós, levando em conta que Oliver é um morde-fronha.

Segurei um suspiro. Mas, veja bem, não tem problema porque aquilo era homofobia *irônica*.

— Mas chega de falar dos garotos — prosseguiu David —, porque o dia de hoje é sobre mim e Miriam. Eu que, inclusive, não poderia pedir por uma esposa mais linda. Quer dizer, até poderia, mas duvido que conseguiria. — Ele ergueu a taça. — À Miriam.

Brindamos de volta, obedientemente.

— Ao David. — O discurso de Miriam pelo menos tinha a vantagem de ser curto.

— Ao David — ecoamos.

Enquanto eu abraçava Oliver e procurava por um buraco onde pudéssemos nos esconder.

A tarde meio que... aconteceu, se arrastando como um cachorro com vermes. Lidei com tudo ficando quietinho ao lado de Oliver enquanto ele se enfiava em uma série de conversas fiadas com amigos e parentes. Era entediante pra caralho, mas teria sido mais tranquilo se eu não tivesse que observá-lo ficando mais calado e contraído a cada interação social. Talvez fosse todo o champanhe que bebi, mas, sinceramente, era como se eu o estivesse perdendo. E tudo que eu queria era levá-lo de volta para casa onde ele poderia ser certinho ou ranzinza ou engraçado ou secretamente safado. Onde ele poderia ser o meu Oliver de novo.

Por fim, voltamos ao pátio. Miriam e David estavam conversando com os convidados em um conjunto de mobília sofisticada de jardim, enquanto Oliver e Christopher entregavam aos pais o presente que compraram em conjunto — um par de brincos de rubi para ela, um par de abotoaduras de rubi para ele, que pareceram ter sido dados com uma pontada de obrigação constrangedora e recebidos com uma gratidão complacente. Diversão pura.

— Oliver, querido. — Miriam gesticulou para o assento vazio ao seu lado no banco. — É tão bom poder conversar com você. — Ela olhou para o tio Jim que, de alguma forma, conseguia estar sempre por perto. — Ele mal fala com a gente, sabe? No caso de Christopher, eu entendo porque, sabe, ele está salvando bebês em algum pântano infestado de malária.

Oliver se sentou ao lado dela. Não tinha lugar para mim, é claro, então me apoiei no braço do banco, o que causou um olhar imediato de desaprovação. Por um breve momento, pensei em me levantar por respeito, mas eu passei a tarde inteira no caminho para o *foda-se* e tinha acabado de cruzar a fronteira.

— Sinto muito, mãe — disse ele. — Sei que não estou salvando bebês, mas ando muito ocupado também.

Os olhos de Miriam pousaram em mim muito rapidamente antes de se afastarem.

— Percebi. O que aconteceu com o outro rapaz?

— Eu e Andrew terminamos.

— Uma pena. Ele parecia um jovem tão legal.

— Não estava dando certo.

— Imagino que... — Ela fez uma pausa que, sinceramente, foi bem indelicada. — Seja ainda mais difícil para você. Que dizer, você precisa tomar muito cuidado.

— Eu... não sei se é bem isso.

— Você é esperto, querido. — Aparentemente era a hora do tapinha no joelho. — Só me preocupo porque sou sua mãe. E a gente vê tantas notícias horríveis por aí.

— Estou bem. De verdade. Acho que Lucien tem sido muito bom para mim.

— Você parece muito cansado.

Sim, porque ele mal dormiu na noite anterior. Do jeito chato, entediante, se revirando na cama e saindo para correr às três da manhã. Não do jeito divertindo fazendo safadeza e tal.

— Já disse. — Um vinco apareceu entre as sobrancelhas de Oliver. — Estou bem.

Miriam piscou rapidamente como quem diz "Estou tentando não chorar, mas é difícil porque você está sendo horrível comigo".

— Você não entende porque nunca terá filhos, mas é muito difícil para mim ter que ver meus garotos tomando conta de si mesmos sozinhos.

— Pelo amor de Deus, Oliver! — exclamou David. — Pare de chatear sua mãe.

Oliver tombou a cabeça.

— Me desculpe, mãe.

— Ela abriu mão de muita coisa por você. Demonstre o mínimo de gratidão. Aliás, ela tem razão. Quando foi a última vez que você cortou esse cabelo?

Antes que Oliver pudesse responder — e, contra todas as evidências, eu estava esperando que ele mandasse todo mundo se foder —, tio Jim decidiu animar o ambiente. Com um tapa nas costas do irmão, o homem soltou uma gargalhada enfurecida.

— Deve estar muito ocupado com o namoradinho novo, né? Né?

Não sei como, mas Oliver não deu um soco na cara dele.

— Lucien teve um evento importante no trabalho, então, sim, estávamos ocupados.

— Bem, é melhor você tomar cuidado. — Tio Jim acenou para Oliver de um jeito que pensei ter uma intenção carinhosa. — Se engordar mais um pouco ele vai te chutar igual aos outros.

— Não vou chutar ninguém — anunciei, provavelmente mais alto do que precisava. — Ele está ótimo. E nós somos muito felizes.

A mãe alisou a gravata de Oliver, soltando um suspiro suave.

— Talvez seja essa camisa. Você sabe que não fica bem de azul, querido.

— Me desculpe. — Eu não conseguia imaginar Oliver ficando ainda menor, mas ele ficou ainda menor. — Não queria me atrasar então me vesti na pressa.

— Ainda temos algumas das suas roupas antigas lá em cima, se você quiser se trocar.

Oliver se encolheu visivelmente.

— Não moro aqui desde os dezessete anos. Acho que não tem nada lá que vá caber em mim.

Mais uma risada farta do tio Jim.

— Eu não disse? Você já tem quase trinta. Quando menos esperar, vai ter virado um gordo desgraçado.

— Deixa o garoto em paz, James — disse David em defesa do filho. Só para se contradizer logo em seguida. — Enfim, Oliver, quando você vai começar a fazer algo útil na vida?

Tentei fazer contato visual com Oliver, mas ele encarava fixamente as próprias mãos fechadas.

— Bem, estou construindo minha reputação no tribunal e vamos ver no que vai dar.

— Você sabe que nós só queremos a sua felicidade, querido. — Era a vez de Miriam. — Mas é isso mesmo que você quer?

Oliver levantou a cabeça com cautela.

— C-como assim?

— O que ela quer dizer — explicou David — é que, se você quisesse mesmo fazer isso da vida, deveria estar se empenhando um pouco mais. Eu estava falando com o Doug um dia desses no clube, e ele me contou que a essa altura você já deveria ser um advogado sênior do governo.

— Isso é quase sem precedentes.

— Não foi o que Doug me disse. Ele conhece um rapaz da sua idade que foi promovido mês passado.

— Oi? — comentou Christopher do nada. — Esse é o mesmo Doug que disse que não deveríamos trabalhar na Somália porque pegaríamos ebola? Além de especialista em doenças infecciosas, ele também é especialista jurídico agora?

Miriam bufou.

— Eu entendo. Pessoas da idade de vocês acham que nós não sabemos de nada.

— Não foi isso que... Ah, esquece.

— De qualquer forma — murmurou Oliver —, estou procurando vagas melhores, mas isso provavelmente envolveria sair de Londres.

Aquilo era novidade para mim. Mas aquele não era o momento para questionar. Além do mais, era meio absurdo pensar em Oliver em qualquer lugar que não fosse, bem, onde ele já estava. Naquela casa absurdamente linda em Clerkenwell, que parecia sempre ter cheiro de rabanada, mesmo quando ele não fazia.

David cruzou os braços.

— Não te criei para desistir, Oliver.

Quase ao mesmo tempo, a esposa disse:

— O que vou fazer se meus *dois* filhos se mudarem para longe? Você vai para o norte, não vai? Você sempre disse que queria se mudar para o norte.

— Não vou para lugar nenhum — respondeu Oliver em desespero.

Se o suspiro de decepção de David fosse um pouco mais exagerado, ele teria desmaiado por falta de oxigênio.

— Sim, sabemos disso, filho. O problema é exatamente esse.

— Pelo amor de Deus. Chega. — Socorro. Era eu quem estava falando e eu queria muito que não fosse. Mas todo mundo estava me encarando, então eu meio que já estava comprometido. — Não estão vendo que isso só deixa ele mais chateado?

Houve um daqueles silêncios que te faz sentir saudades de gritar.

Então Miriam me encarou com o que, para meu choque, percebi ser puro desprezo.

— Como você ousa nos dizer como devemos falar com nosso próprio filho?

— Não estou ousando nada. Apenas apontando a porra do óbvio. Que, no caso, são vocês magoando Oliver sem motivo algum.

— Muita calma, Lucien. — David se levantou, o que não causou tanto impacto porque ele tinha quase meio metro a menos que eu. — Nós conhecemos Oliver há muito mais tempo que você.

Não dava mais para voltar atrás.

— Sim, e isso não muda o fato de que vocês estão sendo uns cuzões.

Miriam fez aquela cara de você-está-quase-me-fazendo-chorar de novo.

— Oliver, o que se passou pela sua cabeça ao trazer esse homem para a nossa casa?

Oliver não respondeu. O que era compreensível já que, sinceramente, eu estava me perguntando a mesma coisa.

— Deixem ele em paz. — Eu... merda... talvez eu tenha literalmente rosnado. — Vocês não gostam de mim? Ótimo. Mas sabem de uma coisa? Eu não me importo. Me importo com o fato de que vocês convidaram meu namorado para uma festa e parecem ter prazer em torturá-lo. E está na cara que ele é muito bonzinho ou está baqueado demais depois de aguentar essa merda por anos para mandar vocês se foderem, mas não é o meu caso. Então... hm. Vai todo mundo se foder.

Não sei muito bem que tipo de reação eu estava esperando. Quer dizer, claro que teria sido muito legal se eles virassem para mim e dissessem "Meu Deus, você tem razão, vamos dar um tempo e repensar todos os nossos valores", mas acho que aquela chance tinha morrido quando eu mandei todo mundo se foder.

370

— Saia da minha casa — foi a resposta previsível e, dado o contexto, nada irracional de David.

Eu o ignorei e saí do braço do banco para ficar de frente para Oliver. Ele não olhou para mim.

— Desculpa por ter fodido com tudo. E por ter falado "foder" tantas vezes. Especialmente quando você foi tão incrível todas as vezes em que eu precisei. É só que... — Minha respiração estava trêmula. — Você é o melhor homem que já conheci. E não consigo ficar sentado vendo outras pessoas te fazendo duvidar disso. Mesmo se essas pessoas forem seus pais.

Finalmente, Oliver levantou o rosto, pálido, os olhos indecifráveis sob o sol de verão.

— Lucien...

— Está tudo bem. Vou embora. E você não precisa vir comigo. Mas saiba que... você é maravilhoso. E eu não sei como alguém poderia achar que você não é, sabe, maravilhoso. E... tipo... — Aquilo era impossível. Seria impossível mesmo se estivéssemos sozinhos em um quarto escuro. E lá estávamos nós sendo encarados por meia dúzia de pessoas. — ... seu trabalho é... maravilhoso e você faz tudo... maravilhosamente bem. E fica lindo de azul. E... — Eu estava começando a sentir que poderia ter lidado com tudo de um jeito melhor. — ... sei que não sou sua família e sei que sou só um cara qualquer, mas espero que você saiba que eu me importo com você o bastante para... conseguir acreditar em... tudo que estou te falando agora. Porque é... verdade.

Minha intenção era terminar de dizer o que precisava e sair de lá com a cabeça erguida e o que me restava de dignidade. Mas, pois é. Não rolou.

Entrei em pânico.

E saí correndo.

Não cheguei muito longe — não o bastante para ter que pensar em como faria para sair de Milton Keynes — quando ouvi passos. Ao me virar, vi Oliver me alcançando rapidamente. Sério, era humilhante a diferença de condicionamento físico entre nós. Não fazia ideia do que ele estava pensando, em partes porque todo mundo faz a mesma cara enquanto está correndo, mas no geral porque não dava para saber como ele tinha recebido tudo aquilo. O fato de ter vindo atrás de mim era um bom sinal, certo? Bem, a não ser que Oliver quisesse lutar comigo por ter sido grosso com seus pais.

— Oliver, eu... — comecei.

— Vamos para casa.

Aquilo significava "vamos para casa porque você me fez perceber que meus pais são emocionalmente abusivos e eu não aguento mais isso" ou "vamos para casa porque você me envergonhou tanto que agora precisamos literalmente deixar a cidade"? Nem a expressão pós-corrida dele estava ajudando.

Sem saber o que fazer, entrei no carro e mal terminei de afivelar o cinto de segurança quando Oliver deu partida com uma velocidade imprudente que em geral seria associada a *mim*. Chegamos na metade da estrada com Oliver excedendo os limites de velocidade para áreas residenciais, sem se importar com as leis de trânsito de um jeito que até eu fiquei desconfortável.

— Hm. Não seria melhor se...

Ele desviou para evitar um ciclista no meio da rua e eu gritei.

— Tá bom, agora eu estou assustado de verdade.

Com uma guinchada nos motores, Oliver jogou o carro para o meio-fio e pisou no freio. Então cruzou os braços sobre o volante, apoiou a cabeça e caiu em prantos.

Puta merda. Por um segundo ou dois, tentei fazer aquela coisa britânica de fingir que nada ruim está acontecendo na esperança de que tudo se resolva rapidamente de forma amigável, para não ter que falar sobre aquilo nunca mais. Só que Oliver estava *chorando*, e não parava de jeito nenhum, e não havia dúvidas de que aquela era uma função de namorado — ou, no caso, aspirante a namorado — na qual eu já estava falhando.

O fato de estarmos num carro, ambos muito responsáveis com o cinto de segurança, não ajudava muito, então eu nem conseguia abraçá-lo direito. Em vez disso, minha reação foi reduzida a dar um tapinha inadequado nas costas, como se ele tivesse chegado em terceiro lugar na corrida do saco na pré-escola. E eu estava desesperado para dizer algo que ajudasse, mas "não chore" era uma baboseira tóxica, "tudo bem chorar" era condescendente demais e "calma" nunca em toda a história das emoções humanas ajudou ninguém a se acalmar.

Em determinado momento, Oliver balançou o ombro para se livrar da minha mão e se virou para mim. Seus olhos vermelhos e inchados me davam um desejo desesperador de fazer com que tudo ficasse bem.

— Eu queria... — disse ele, se esforçando para soar como o Oliver de sempre. — Queria que você não tivesse visto isso.

— Meu Deus, está tudo bem. Todo mundo chora.

— Não isso. Bem, isso também não. Mas estou falando de... todo o resto. — Oliver deu uma fungada triste. — Meu comportamento hoje foi terrível.

— Não foi você quem mandou todo mundo se foder.

— Não... eu... estou grato por você ter tentado me defender. Mas eu nunca deveria ter te colocado em uma situação dessas.

Me estiquei até ele e tirei as mechas de cabelo que caíam sobre seus olhos molhados.

— O combinado era que você fosse no meu evento do trabalho e que eu viesse no seu evento de família.

— E se eu... se eu tivesse feito tudo melhor, as coisas teriam sido...

373

melhores. — Ele fez uma pausa. — Eu sabia que minha mãe não ia gostar dessa camisa.

— Foda-se a camisa. E, entendo que fora de contexto isso poderia soar muito mal, mas foda-se a sua mãe.

— Por favor, pare de dizer isso. Sei que hoje foi difícil, mas eles querem o melhor para mim, de verdade. E eu continuo os decepcionando.

— Oliver, essa é a coisa mais equivocada que eu já ouvi na vida. — Tentei inutilmente soar calmo e racional. — Tipo, bom, posso estar errado, mas tenho a impressão de que você nunca foi a algum lugar com seus pais sem que sua mãe fizesse um comentário ou outro sobre sua roupa.

— Ela tem parâmetros muito altos.

— Talvez. Ou talvez ela... — Era difícil dizer aquilo sem parecer que eu estava julgando. — Talvez ela tenha o hábito de te criticar e nunca tenha percebido como isso te deixa mal.

Os olhos de Oliver se encheram de lágrimas novamente. Parabéns, Luc.

— Ela não quer me magoar. Só estava tentando ajudar.

— E quer saber? Eu acredito. Mas você não precisa desse tipo de ajuda, e ela ficar tentando te fazer acreditar que precisa é... é... *cruel*. Seu pai, então, nem se fala.

— Qual é o problema do meu pai? Quer dizer, sei que ele é um pouco conservador, mas nunca foi violento, sempre esteve presente, apoiou Christopher na faculdade de medicina, e me ajudou durante o curso de Direito.

— Sim, e nada disso dá a ele o direito de te chamar de morde-fronha na frente dos amigos.

— Ele estava brincando. Sempre aceitou minha sexualidade.

— Ele fez piada com isso em alto e bom som num discurso.

— Lucien, acho que isso já me deixou mal o bastante.

— Mas não é você quem deveria estar mal — insisti. — Você é uma pessoa boa.

— Mas não sou um filho bom.

— Segundo os padrões dos babacas que, infelizmente, são seus pais.

Oliver fez aquela cara, e eu tive a sensação horrível de que ele ia voltar a chorar.

— Não quero mais falar sobre isso.

Nossa. Como eu era péssimo em confortar os outros. Seria ótimo fingir que meu plano era parecer o vilão para que Oliver tivesse outra pessoa para descontar a raiva que não em si mesmo, mas, em princípio, aquela não foi minha intenção. Eu só estraguei tudo. E, de qualquer forma, não ajudou em muita coisa. Dei mais um tapinha nas costas dele porque aquilo tinha sido a coisa mais bem-sucedida que eu fiz a tarde inteira.

— Sinto muito. — Mais tapinhas. — Muito mesmo. E estou aqui para tudo que você quiser. E, sabe, se permita sentir o que tiver que sentir. Do jeito que achar melhor.

Ele se permitiu sentir o que tinha que sentir por... bastante tempo.

Enfim, ergueu a cabeça. E disse:

— Eu queria. Um sanduíche de bacon.

— Isso eu consigo resolver! — Meu entusiasmo provavelmente foi um pouquinho inapropriado, mas eu estava tão feliz por poder ajudar de alguma forma.

— Só que eu sou vegetariano.

Pensei naquilo por um momento.

— Sim, mas de um jeito mais "o agronegócio é ruim e aumenta a emissão de carbono", não é?

— E faz alguma diferença?

— Bem — continuei, torcendo para que meu raciocínio fizesse sentido. Aquilo me parecia algo que Oliver diria, então achei que ele poderia gostar de ouvir. — Se você evita carne porque está tentando reduzir o efeito negativo desse consumo no mundo, o importante não é *você* consumir ou não, e sim o que você consome. Na verdade, o que você consome também não importa, e sim o que você *compra*.

Oliver ergueu os ombros. No fim das contas, apoio emocional não era nem de longe tão eficiente quanto dar a ele um exercício intelectual.

— Eu poderia argumentar que cada um deve assumir a responsabilidade pelo próprio comportamento, mas continue.

— Bem, eu *já tenho* bacon na geladeira. Já paguei por ele, então qualquer contribuição para o, sei lá, complexo de carne industrial processada ou qualquer coisa do tipo já foi feita. Então, tecnicamente, não importa quem vai comer.

— Mas se *eu* comer seu bacon, você vai comprar mais.

— Prometo que não. Juro por Deus.

Oliver me olhou com desaprovação.

— Por Deus? Você virou religioso agora, do nada?

— Tá bem, juro pela minha mãe morta atrás da porta? Mas você precisa admitir que eu meio que ganhei essa. Além do mais, é um bacon muito bom. É, tipo, ético e de animais livres e tal. Do mercado gourmet.

— Tenho certeza de que existe alguma falha na sua argumentação. Não estou conseguindo pensar com clareza agora. Além disso. — Seus lábios se curvaram em um sorriso fraco. — Eu quero muito comer bacon.

— Só para constar, eu sei fazer um sanduíche de bacon incrível. É um dos meus truques.

— Talvez isso revele minha idade, mas na minha época esses truques se chamavam "jeitos de fazer coisas".

Oliver já estava melhorando.

— Sim, e eu sei um jeito excelente de preparar bacon. Cala a boca.

— Eu não deveria...

— Ah, sem essa. Você quer um sanduíche de bacon. *Por favor*, deixa eu fazer para você.

Ele ficou quieto por um tempo, quase um minuto inteiro. Eu não imaginava como aquilo era tão importante para ele.

— Bem — disse ele, por fim. — Combinado. Mas você precisa me prometer que não vai comprar mais bacon por quinze dias.

— Se essa é a sua condição... ótimo.

Oliver secou os olhos e ajustou a gravata, apoiando as mãos no volante novamente com ar de quem perdeu a vontade de nos arremessar pela cerca viva da casa de alguém. E, para o meu alívio, ele nos levou para casa com muita, muita segurança.

Quanto a mim, meu plano era de nunca mais pisar em Milton Keynes. E nenhuma das clássicas esculturas de concreto em formato de vaca da região poderia me convencer do contrário.

Por incrível que parecesse, meu apartamento ainda estava arrumadinho. Claro que não num nível "deixei tudo limpo" de perfeição, mas também não chegava no nível "qual é a porra do seu problema?" de fundo do poço. O fato de Oliver ter passado algumas noites ali e ir arrumando tudo a cada passo que dava como se fosse um robô aspirador humano também ajudava. Embora, parando para pensar, um robô aspirador humano é só uma pessoa segurando um aspirador.

Quando chegamos, Oliver continuava na mesma, calado ou processando o ocorrido ou chorando por dentro. Então eu fui para a cozinha, peguei a frigideira barata e o bacon caro. Algumas pessoas prefeririam a combinação oposta. Mas elas estavam erradas.

Em um ou dois minutos, Oliver — já sem o terno e a gravata, mas ainda vestindo a infame camisa azul que eu continuava achando que caía bem nele — se juntou a mim. Coisa que a minha cozinha minúscula mal conseguia comportar.

— Por que seu bacon está na água? — perguntou ele, se espremendo atrás de mim.

— Eu te disse. É um truque.

— Lucien, eu não como bacon há anos. Por favor, não estrague isso.

Se Oliver não tivesse passado por um dia tão ruim, eu teria me ofendido com todo aquele ceticismo.

— Não vou estragar nada. Vai dar tudo certo. Quer dizer, se você gosta de bacon crocante e delicioso, e não molengo e queimado.

— Isso me parece uma falsa dicotomia.

Torci para que o uso gratuito da palavra *dicotomia* significasse que ele estava se sentindo pelo menos um pouquinho melhor.

— Só quis dizer que esse é um jeito bom de preparar bacon porque ele não fica seco nem vira carvão. — Me virei para olhá-lo nos olhos. — Confia em mim. Se tem uma coisa nessa vida que eu levo a sério, é bacon.

— Sim. — Oliver beijou meu pescoço, me causando um arrepio. — No sentido de "sim, eu confio em você" e não "sim, eu também levo bacon a sério".

— Bem, você veio até a cozinha para avaliar minha estratégia com o bacon.

— Eu vim até aqui para ficar perto de você.

Pensei em um monte de respostas possíveis, mas decidi que não era hora de fazer gracinha.

— Eu gosto de ter você aqui.

Quer dizer, na teoria eu gostava dele ali. Na prática, era um pouquinho esquisito — mas, tudo bem, era só bacon, eu não estava construindo a Capela Sistina. Não precisava me concentrar tanto e poderia cozinhar com os braços de Oliver ao meu redor quase com a mesma eficiência que, bem, sem os braços de Oliver ao meu redor. Em determinado momento, a água evaporou, e o bacon ficou lindo e crocante. Como sempre, porque o truque do bacon era a melhor coisa de todos os tempos.

Oliver pegou os pães que felizmente estavam livres de mofo na cesta que ele insistiu em comprar para mim quando descobriu que eu não tinha um lugar especial só para os pães e os deixava ao lado do armário como uma pessoa normal. Passei muita manteiga porque não faz sentido tentar transformar bacon numa refeição saudável, e deixei que ele escolhesse os condimentos. Bem, as opções eram com ketchup ou sem ketchup, porque eu não estava tão preparado assim para preparar sanduíches de conforto emocional.

Por fim, estávamos no sofá com os pratos no colo, e Oliver encarava o bacon amanteigado com aquele olhar de confusão e desejo que ele geralmente dedicava às sobremesas. E, para ser sincero, a mim também.

— Não tem problema comer um sanduíche de bacon — falei.

— Sou vegetariano.

— Sim, mas também é humano. Não dá para ser perfeito o tempo todo.

— Eu não deveria fazer isso.

Suspirei.

— Então não faça. Eu como. Mas, por favor, não espere que eu te convença a fazer algo que você quer mas acha que não merece. Porque isso é péssimo.

Um breve silêncio. Então, finalmente, Oliver deu uma mordida no sanduíche. Apertou os olhos.

— Meu Deus, está muito bom.

— Sei que isso é meio errado da minha parte. — Limpei um pouquinho de ketchup no canto da boca dele com a ponta do dedo. — Mas, porra, você fica muito sexy quando está traindo seus princípios.

Ele corou.

— Não tem graça, Lucien.

— Não estou rindo.

Comemos bacon por um tempo em silêncio.

— Quer saber? — eu disse, enfim. — Sinto muito por essa tarde não ter sido. Hm. Nem perto de qualquer coisa boa. E desculpa pelo que eu disse no carro. É que... eu nunca tinha te visto daquele jeito.

Oliver encarava o pão com muito mais atenção do que o necessário.

— Vou tentar garantir que você nunca mais tenha que me ver assim de novo.

— Não é isso. — Mexi os braços, ainda me sentindo culpado. — Queria ter agido melhor com você na festa. Só que você não... Eu não sabia o que esperar.

— Ah! — Oliver arqueou as sobrancelhas com malícia. — Então a culpa é minha por você ter xingado os meus pais?

Abri a boca, mas fechei em seguida. Eu precisava des-foder aquela situação de algum jeito.

— Entendo que criticar seus pais não é meu papel. Mas parece que para você acreditar em algo de bom neles tem que acreditar em coisas ruins a seu respeito. E eu não... não concordo com isso.

— Lucien, preciso que você aceite que eu tive uma infância completamente normal. Você está tentando transformar minha mãe e meu pai em dois monstros.

Esticando a mão, ainda hesitante, acariciei o braço de Oliver daquele jeito desengonçado e inútil que consegui fazer perfeitamente no carro.

379

— Não estou dizendo que eles são monstros. Eles são apenas pessoas. Mas às vezes as pessoas, bem, elas podem ser horríveis. E, embora eu tenha certeza de que eles fizeram muitas coisas boas para você, está na cara que também fizeram coisas ruins. E... você não precisa carregar esse fardo.

— Eu nunca disse que meus pais são perfeitos. — Oliver arrancou a casca do pão, meio enfurecido. — Mas eles sempre me motivaram a me esforçar mais, e não faz sentido pararem agora.

— Tudo bem. Mas, se é isso que eles estão tentando fazer, por que você está sentado no meu sofá comendo um sanduíche de bacon e se sentindo triste em vez de, sei lá, valorizado e motivado?

Oliver se virou e nossos olhares se cruzaram por um longo momento cinzento.

— Porque eu não sou tão forte quanto você acha.

— Isso não tem a ver com força — eu disse a ele. — Tem a ver com quem você escolhe fazer feliz.

Um longo silêncio se formou. Eu fiquei apenas cutucando meu sanduíche. Aparentemente, existiam *sim* algumas situações que não davam para ser resolvidas com bacon.

— Eu continuo me perguntando — disse Oliver. — Por que te levei comigo hoje.

— Nossa. Sei que me comportei muito mal, mas isso é grosseiro da sua parte.

Ele estava franzindo a testa, pensativo. Porque era o Oliver.

— Não... não é isso. Ou melhor, você reagiu como eu, de certa forma, já esperava. Não pensei que chegaria no nível de mandar meus pais se foderem na frente do tio Jim e do padre da paróquia. Mas acho que...

— O quê?

— Acho que eu queria fazer algo por mim, e não por eles. Só para ver como é a sensação.

— Hm, e qual *foi* a sensação?

— Eu... ainda não sei.

— Está tudo bem. — Me aproximei para dar meio que uma... bem... fungada nele, eu acho. O tipo de coisa da qual eu deveria me envergonhar. — Estou aqui de qualquer forma.

Em silêncio, Oliver terminou de comer o sanduíche. E depois comeu o resto do meu. Mas acho que ele merecia, depois de tudo o que passou. Tentando manter meu novo estilo de vida adulto, levei os pratos de volta para a cozinha e dei aquela lavada rápida, que consiste em jogar tudo dentro da pia e só molhar para tirar o grosso da sujeira, torcendo para que, enquanto eu estivesse longe, Oliver não caísse em um buraco de culpa e autojulgamento por ter comido carne.

Quando voltei, ele ainda estava no sofá. Ainda meio distraído.

— Você está bem? — perguntei.

— Não sei.

Me sentei no chão, de frente para Oliver, cruzando os braços no colo dele.

— Sem problemas. Você não precisa fazer... hm. Nada, na verdade.

— Pensei que ia me sentir mais culpado. Mas só me sinto... cheio de bacon.

— Sem essa, vai... É um sentimento muito bom.

Ele acariciou meu cabelo suavemente.

— Obrigado por fazer isso por mim.

— Eu até diria que também foi bom pra mim também, só que você comeu a porra do meu sanduíche.

— Sinto muito.

— Estou brincando, Oliver. — Esfreguei a cabeça nas mãos dele. — Daqui a duas semanas vou poder comprar quanto bacon eu quiser. E vou tomar um banho de bacon igual aquela cena de *Beleza Americana*.

— Essa é uma imagem bem perturbadora. E também compromete seu argumento original sobre as consequências de eu ter comido esse sanduíche.

— Tudo bem. Sem banhos de bacon então. Você é tão irracional.

Oliver riu, ainda um pouco vacilante.

— Ah, Lucien. Não sei o que eu teria feito sem você hoje.

— Bem, provavelmente não teria ido embora da festa dos seus pais.

— Pelo que você disse, não teria sido uma coisa boa então.

— Viu só? Você já está progredindo.

Uma pausa.

— Acho que ainda não consigo pensar direito nisso. Não sou tão destemido quanto você.

— Eu sou cheio de medos, como você bem sabe.

— Mas isso nunca parece te impedir de fazer nada.

Segurei o pulso de Oliver e beijei a mão dele.

— Você está me dando muito mais moral do que eu mereço. Minha vida era uma bagunça antes de você.

— Seu apartamento era uma bagunça. Você está confundindo.

— Sabe. — Sorri para ele. — Não vou ficar sentado aqui discutindo se sou um lixo ou não. Pode continuar acreditando que não.

— Para mim, você nunca será nada menos que extraordinário.

Ai, merda. Eu nunca fui bom nesse tipo de coisa.

— Eu também. Quer dizer, sabe, para mim você também. Não é como se eu me achasse extraordinário. Quer dizer, não que eu não tenha autoestima. Só que, tipo, isso seria meio arrogante. Nossa, podemos transar agora?

— Sempre romântico, Lucien.

— É assim que eu me expresso. Faz parte do meu charme.

Oliver riu, mas me deixou levá-lo para o quarto. Eu o despi lentamente e, por algum motivo, não consegui parar de beijá-lo. E ele se entregou para mim, pouco a pouco, e eu me perdi no ritmo do corpo dele e no desejo pelo seu toque. Eu me aproximei de Oliver de um jeito que nunca havia feito com mais ninguém — sem pé atrás e sem conter a necessidade de fazer com que ele se sentisse tão seguro, protegido e especial quanto eu me sentia quando estávamos juntos. Eu o segurei, Oliver me apertou e nós nos movemos em sintonia e, tá bem, eu admirei os olhos dele. E sussurrei para ele, dizendo... coisas. Coisas vergonhosas sobre como eu gostava dele e como ele era maravilhoso para mim. E eu... e nós... e.

Olha só.

Não é o tipo de coisa que se comenta, sabe? Foi um momento só nosso. E foi tudo.

Fui acordado, para ser sincero, cedo demais para um domingo, por um Oliver totalmente vestido, beijando minha testa com delicadeza. Aquilo não era nenhuma novidade, já que Oliver, sendo um humano adulto responsável, não tinha o mesmo comprometimento que eu com a arte de ficar deitado, mas algo parecia estranho.

— Adeus, Lucien — disse ele.

De repente, eu estava muito mais alerta do que gostaria de estar a uma hora daquelas.

— Espera. Como assim? Aonde você vai?

— Para casa.

— Por quê? Se você tem que trabalhar, pode ficar aqui. Ou me dá uns dez minutinhos. — Bem, eu estava sendo muito otimista, mas dane--se. — E eu vou junto.

— Você não entendeu. Eu aproveitei nosso tempo juntos e sou grato por todo o seu esforço, mas já cumprimos o combinado. E agora é hora de seguirmos cada um para o seu lado.

O que estava acontecendo?

— Espera. O que... eu... Ei! E aquele papo de *isso parece real para nós dois*? Não dá para esquecer o papo de *isso parece real para nós dois*.

— Mas — disse Oliver, com a voz fria e vazia. — Também concordamos que esperaríamos até o fim do nosso acordo para qualquer comprometimento formal.

— Tudo bem. Se for assim... eu me comprometo formalmente.

— Não acho que seja uma boa ideia.

De novo: o que estava acontecendo? Minha única certeza era que eu não queria ter aquela conversa pelado. Mas parecia que eu não tinha escolha.

— Por que não?

— Porque nós estávamos errados. Isso não é real.

— Como não é real? — Puxando o edredom para me cobrir, me esforcei para ficar de joelhos. — Nós fomos a restaurantes e conversamos sobre como nos sentimos e conhecemos a porra dos pais um do outro. Como isso não é um relacionamento?

— Eu já tive muito mais do que você. E posso afirmar que nada disso pareceu um relacionamento. Foi tudo uma fantasia. Só isso.

Eu o encarei, nervoso e traído e magoado e confuso.

— Você teve mais relacionamentos do que eu porque, como você mesmo admitiu, acabou desistindo de todos eles. E agora quer mesmo me dizer que não somos um casal porque não somos infelizes nem estamos enjoados um do outro?

— É fácil ser feliz quando é tudo fingimento.

— Porra! Quem aqui está fingindo? Você acha que eu estaria assim se estivesse *fingindo*?

Oliver se sentou na cama, esfregando a testa daquele jeito atormentado de sempre. Só que dessa vez não era apenas uma frustração por causa das minhas brincadeiras.

— Por favor, não dificulte isso mais do que o necessário.

— É claro que vou dificultar pra caralho. Acha que eu vou simplesmente deixar você jogar tudo fora? Sem motivo algum exceto... Porra, é porque eu fiz um sanduíche de bacon pra você? — Apoiei a cabeça nas mãos. — Eu não acredito que estou levando um pé na bunda por causa de um sanduíche de bacon.

— Não tem nada a ver com o sanduíche. Tem a ver com... — Ele suspirou. — Eu e você. Somos pessoas diferentes.

— Mas nós damos certo. — A frase soou mais lamentável do que eu queria. Mas pelo visto eu tinha algumas escolhas a fazer, e, se precisasse escolher entre minha dignidade e Oliver, a dignidade estava ferrada. — E eu não entendo o que fizemos de errado. Quer dizer, tirando a parte em que eu mandei sua família inteira se foder. E, tudo bem, aquilo provavelmente foi um exagero, mas, se o motivo é esse, queria que você tivesse me contado isso antes do papel de trouxa que eu fiz ontem à noite.

— Também não foi isso.

— Então — gritei — o que aconteceu, porra? Porque, até onde eu sei, você passou meses dizendo que eu sou maravilhoso e lindo e incrível e digno e agora é só... *tá bom obrigado beijo tchau*?

— Não é com você, Lucien.

— Como que terminar *comigo* pode não ser *comigo*? — Certo. Tudo bem. Eu aguentaria. Se ficasse nervoso, pelo menos não choraria. — Tipo, alguma dessas coisas que você disse desde que tudo isso começou foi verdade?

— Era tudo verdade, mas ficar com você não é o certo para mim. E ficar comigo não é o certo para você.

— Me pareceu certo pra caralho ontem. Tem sido certo pra caralho há muito tempo já.

Oliver mal conseguia olhar para mim.

— Já te disse: não foi real. Não vai durar porque, como você mesmo observou, nenhum dos meus relacionamentos dura, e eu prefiro lembrar do que tivemos do que assistir a tudo esfriando e desmoronando, como sempre acontece.

— Ah, pelo amor de Deus. Esse é o pior motivo para terminar com alguém que eu já ouvi na vida. — Segurei a mão dele, desesperado. — Não posso te prometer que vamos ficar juntos pra sempre porque... as coisas não funcionam assim. Mas eu não consigo me imaginar não querendo ficar com você. Com isso aqui. Seja lá qual for o nome.

— Isso é porque você mal me conhece. — Com um gesto final deprimente, Oliver soltou meus dedos e se levantou. — Você está sempre dizendo que eu sou perfeito, e a essa altura já deveria saber que não sou nada disso. Em dois meses você vai perceber como eu não sou especial, um mês depois disso vai perceber que não sou nem mesmo interessante. Vamos passar menos tempo juntos, pensar cada vez menos um no outro, e um dia você vai me dizer que as coisas naturalmente chegaram ao fim. Você vai seguir em frente e eu vou continuar como sempre fui: uma pessoa que ninguém poderia querer. — Ele virou a cabeça. — Não sou forte o bastante para passar por isso com você.

Silêncio.

E então, num momento de epifania digno de um maldito coral angelical, ou pelo menos o Coral Masculino de Skenfrith, eu entendi tudo.

— Espera um segundo. — Eu literalmente balancei o dedo na cara de Oliver. — Eu sei como é porque faço isso o tempo todo. Você gosta de mim e está com medo porque já passou por coisas que te abalaram e seu instinto natural é sair correndo. Mas, se eu consegui lidar com isso, você também consegue. Porque você é muito mais esperto e menos perturbado do que eu.

Mais silêncio.

— E se — sugeri, dividido entre esperança e desespero — você entrar no banheiro um pouquinho?

Um terceiro momento de silêncio, com certeza o pior de todos.

Porra. Porra. Pooorra. Aquilo estava longe do ideal. Eu tinha mergulhado de cabeça, dito coisas muito intensas e me exposto demais. E se depois daquilo tudo as coisas dessem errado, eu não saberia o que fazer.

— Não posso ser o que você precisa que eu seja — disse ele. — Adeus, Lucien.

E, quando terminei meu "espera, pare, por favor, não vai embora", Oliver já tinha ido.

O que acabou arruinando meu domingo.

E minha segunda. A terça também. E possivelmente o resto da minha vida.

Quando marquei o Encontro com Papai 2: Bangalô Elétrico, não imaginava que Oliver terminaria comigo três dias antes ou que eu teria que me arrastar para um hotel de luxo na fossa e me sentindo inútil. Lembro que fiquei comovido de um jeito esquisito — quer dizer, o Chiltern Firehouse não era meu tipo de lugar e, para ser sincero, provavelmente também não era o tipo de lugar do meu pai, mas era o lugar de celebridades ou de quem estivesse procurando por celebridades. Então, ao me levar lá, Jon Fleming estava me elevando publicamente de "filho abandonado e desconhecido" para "membro legítimo da família". E, embora eu não tivesse cheirado suco de pozinho o bastante para acreditar que tudo aquilo era em meu benefício — afinal, pegaria muito bem como um capítulo na história da reabilitação de Jon Fleming —, eu ainda poderia me aproveitar um pouquinho da situação. Bem pouquinho. De certa forma. Em termos do grande nada que eu estava aceitando que a minha relação com meu pai era.

Claro que acabei percebendo que ganhar algo que eu jamais imaginei querer e perder algo que jamais imaginei querer na mesma semana era uma ironia do cacete. O que não ajudava muito no campo da estabilidade emocional. Enfim, lá estava eu sentado no canto de um corpo de bombeiros reformado do período vitoriano, a três mesas de distância de alguém que eu tinha quase certeza de que era um dos integrantes do One Direction, mas não era nem o Harry Styles nem o Zayn Malik. E meia hora depois, eu ainda estava lá, os garçons me cercando como tubarões muito educados.

Depois de uma hora, três mensagens ignoradas e uma ligação que caiu direto na caixa postal, uma jovem muito gentil me informou que eu precisava fazer meu pedido em dez minutos ou liberar a mesa. Tentei decidir se seria menos humilhante ser expulso de um restaurante com estrela Michelin às oito da noite ou ficar sozinho, comendo uma refeição cara de três pratos como se aquilo fosse meu plano desde o começo.

Então fui embora, sendo cordialmente flagrado por um fotógrafo na saída, mas, naquele momento, eu estava pouco me fodendo. Até um deles me perguntar se Oliver tinha enjoado de mim, o que logo me deixou *muito* me fodendo. Alguns meses antes, eu teria um daqueles ataques humilhantes que os paparazzi estavam sempre tentando provocar para que possam registrar tudo. Mas, pelo visto, minha nova versão mais madura só ficou triste.

Ser maduro era horrível.

Abaixei a cabeça e continuei andando, mas daquela vez não tinha ninguém para me esconder com o casaco e me proteger dos flashes e das perguntas. No geral, eu estava... Nossa, eu nem sabia como eu estava no geral, especialmente com Oliver me abandonando e meu pai me abandonando, tudo se misturando na minha cabeça como uma vitamina de rejeição. Em termos de Jon Fleming, era aquele clássico "desapontado porém não surpreso". Mas havia um gostinho amargo lembrando que, se eu ficasse puto por ter levado um bolo de Jon Fleming e no fim das contas ele tivesse morrido de câncer naquela tarde, eu me sentiria um merda pelo resto da vida. Porém, tirando os obituários na internet, não tinha como saber o que havia acontecido com ele de verdade, então eu estava preso numa realidade perturbadora em que meu pai era um cuzão e um cadáver ao mesmo tempo. E Oliver... Oliver foi embora, e eu precisava parar de pensar nele.

Então liguei para a mamãe. E ela fez uns barulhos franceses de preocupação e sugeriu que eu fosse para lá. O que eu sabia que significava notícias ruins. A questão era: *qual* notícia ruim? E, pouco mais de uma hora depois, eu estava saindo de um táxi na Antiga Rua dos Correios enquanto minha mãe acenava ansiosamente da porta.

— É melhor que ele não tenha morrido — eu disse assim que botei os pés na sala de estar. — Vou ficar tão irritado se ele tiver morrido.

— Bem, então tenho notícias boas, *mon caneton*. Porque ele não está morto. Na verdade, é capaz de continuar vivo por muitos anos.

Me joguei no sofá excepcionalmente livre de cachorros que ainda assim carregava um cheirinho de cachorro. Só existia uma explicação possível. A *única* explicação possível.

— Ele nunca teve câncer, né?

— Os médicos disseram algumas coisas preocupantes, e você sabe como esses homens velhos são. Sempre ficam muito nervosos por causa da próstata.

Afundei a cabeça nas mãos. Eu até choraria, mas meu estoque de lágrimas estava esgotado.

— Sinto muito, Luc. — Ela se espremeu ao meu lado e deu vários tapinhas nas minhas costas como se eu tivesse engolido uma moeda. — Não acho que ele estivesse de fato mentindo. Acho que as coisas são assim quando se é famoso. Você vive cercado de pessoas que são pagas para concordar contigo, então fica com essas ideias na cabeça e acaba esquecendo que nem todas são verdade. Mas não me entenda mal. Ele é um grande idiota.

— Mas... e aí? Agora que ele não está mais morrendo, não quer mais se aproximar de mim?

— Acho que — ela suspirou — não?

No fim das contas, aquele velho ditado sobre esperar sempre o pior para nunca se decepcionar não servia para nada. Jon Fleming se comportando como Jon Fleming não tinha o direito de me magoar tanto assim.

— Obrigado por não tentar aliviar as coisas para mim.

— Bem, veja o lado positivo. Agora você tem certeza de que ele é um saco de bosta imprestável do qual você não precisa na sua vida de jeito nenhum.

— Pois é. — Levantei a cabeça com os olhos levemente cheios de lágrimas e sem saber como estava a minha expressão. — Acho que eu já sabia que isso ia acontecer.

— Não, você sentia. É diferente. Agora, você nunca mais vai perder tempo pensando nisso. E seu pai não vai poder armar essa palhaçada de novo.

— Mãe, se esse for seu conceito de lição de vida, é horrível.

— *Bof.* A vida é horrível, às vezes. — Ela fez uma pausa. — Acredita que ele ainda quer gravar o álbum comigo?

Eu a encarei.

— Sério?

— Por incrível que pareça, ele é muito dependente quando se trata de fama e dinheiro.

Obviamente, aquilo era a última coisa que eu queria ouvir. Já tinha sido ruim o bastante quando ele *nos* abandonou. Mas agora ele estava só *me* abandonando. E eu sei que era idiota e egoísta, mas não queria dividir minha mãe com a porra do Jon Fleming. Ele não merecia.

— Isso... pode ser uma grande oportunidade para você.

— Talvez, mas acho que vou acabar mandando ele se foder.

— Mas isso seria uma boa ideia? — perguntei.

Ela fez mais um barulho francês.

— Eu ia dizer "não, mas vai ser extremamente satisfatório". Mas, na verdade, sim. É uma boa ideia, sim. Não preciso do dinheiro, você também não. Se nem agora você aceita meu dinheiro, tenho certeza de que não aceitaria se ele estivesse cheio de rastros do pinto do seu pai.

— Obrigado por essa imagem.

— Se eu quisesse fazer música, estaria fazendo. Não preciso da permissão de ninguém, muito menos de Jon Fleming.

— Sei que não é da minha conta, e é por isso que nunca perguntei, mas por que você nunca mais gravou outro álbum?

Ela deu de ombros da forma mais expressiva possível.

— Por muitos motivos. Eu ainda sou muito rica, eu já disse tudo o que tinha para dizer. E depois veio você, e a Judy.

— Hm. — Abri e fechei a boca algumas vezes. — Judy? Mãe, você está saindo do armário para mim? Você também era Uma Gay esse tempo todo?

— Ai, Luc! — Ela me encarou, desapontada. — Sua mente é tão fechada. Judy é minha melhor amiga. E, quando se teve o tipo de vida que eu tive, se dá conta de que o amor sexual não é o que realmente importa. Além do mais, sou uma grande dama francesa. Se quiser transar, eu vou lá e transo.

— Por favor, pare. Chega.

— Mas foi você que queria saber se tinha crescido em um palácio secreto do sexo lésbico.

— Tá bom. *Nunca mais* repita essa frase.

— A questão é: eu amo fazer música. E amei o seu pai. E amo a Judy. E amo você. De formas diferentes. Nunca quis transar com meu violão ou ver *Drag Race* com Jon Fleming. — Ela se inclinou como se fosse fazer uma fofoca. — Sinceramente, acho que isso acabaria pondo a masculinidade dele em xeque. Uma vez seu pai disse que ia chamar a polícia porque o David Bowie estava olhando para ele de um jeito esquisito. Fiquei muito envergonhada. Eu disse que David não era gay. Só era bonito.

Cobri a boca e dei uma risada meio chorosa.

— Ai, mãe, eu te amo. E sei que isso não tem nada a ver comigo, mas, caso você mude de ideia sobre o negócio do álbum. Eu... eu... você sabe... aceitaria numa boa.

— Mesmo se eu quisesse trabalhar de novo com seu pai, o que eu não quero, ele tratou meu filho muito mal, e estou muito irritada por causa disso. Além do mais, eu e Judy começamos a assistir *Terrace House*, então ficaremos extremamente ocupadas.

Ficamos em silêncio, coisa que minha mãe guardava para ocasiões especiais, então ela provavelmente estava mais preocupada comigo do que deixava transparecer. O problema é que eu não sabia ao certo o que dizer. Ou, no caso, como me sentia.

Em determinado momento, ela apoiou o ombro de leve no meu.

— E você, *mon caneton*? Sinto muito que tenha passado por isso tudo.

— Vou ficar bem.

— Tem certeza? Não precisa falar isso se não for verdade.

Fiz uma coisa que, num dia melhor, me deixaria muito pensativo.

— Não sei... pode ser. Talvez seja porque eu já estava meio que esperando tudo isso acontecer. A coisa de ser deixado de lado, não o "ah, eu não estou doente coisa nenhuma, vai se foder". É uma dor dos infernos, mas não como eu imaginei que seria. Não de um jeito que muda as coisas.

— Isso é bom. Sei que é clichê, mas ele não merece seu sofrimento. É só um velho careca com problemas na próstata que aparece na tv de vez em quando.

Sorri.

— Eles deveriam usar isso como a frase de apresentação dele no programa.

— Ainda assim, por algum motivo, a produção nunca me pediu um depoimento. Embora eu ainda ganhe direitos autorais toda vez que usam um dos nossos videoclipes.

Ficamos quietos de novo por um momento.

— Acho — eu disse, enfim — que a parte mais esquisita é que eu passei a vida inteira me perguntando por que Jon Fleming não me queria. E agora estou irritado por ter gastado um tempão tentando entender esse grande babaca enquanto tem um monte de gente na minha vida que... não é um grande babaca.

— Sim, é engraçado como os babacas fazem isso com a gente.

— E como a gente faz para impedir, então?

— Não tem como. Você só segue com a vida e uma hora fica tudo... bem. E você fica bem. E um pouquinho amargurado por ter passado tanto tempo não estando bem. Mas aí fica bem.

— Eu... eu acho que estou no estágio da amargura.

— *Eh*. Isso é bom. É melhor do que o estágio do "Ai, não, onde foi que eu errei, sou uma pessoa horrível". E você vai perceber que passou para a etapa seguinte quando estiver bem e tiver um filho adorável e uma melhor amiga e os cachorros dela para assistir *Drag Race* com você. Quer dizer, essa sou eu, claro, não você. Mas você pode criar sua própria versão.

Recostei no sofá.

— Acho que sim. Mas com, você sabe, tudo o que aconteceu, nunca tive a chance de entender qual é a *minha versão*.

— Talvez seja o que você está vivendo agora.

Ótimo na teoria. Mas, infelizmente, o que eu estava vivendo era a perda de alguém importante de verdade para mim, não apenas o lixo humano do meu pai.

— Oliver terminou comigo.

— Ah, Luc. — Ela me olhou com empatia sincera. — Sinto muito. O que aconteceu?

— Não sei. Acho que nos aproximamos demais e isso acabou nos assustando.

— Sério? Isso me parece muito mais uma coisa que *você* faria.

— Eu disse isso — resmunguei. — Mas, ainda assim, ele foi embora.

— Bem, então. — Ela deu de ombros novamente. — Foda-se ele.

Em termos de conselhos, aquele era muito flexível e funcionava com meu pai, porque foda-se ele. Mas... com Oliver era diferente.

— Eu normalmente concordaria, mas Oliver foi bom para mim, e eu não quero jogar tudo fora.

— Então não jogue.

Pisquei para espantar umas lágrimas chatas e insistentes.

— Certo, agora você foi de desapegada a inútil.

— Não foi minha intenção. Mas você tinha um namorado, e ele te fez feliz por um tempo, e agora acabou. Se nós deixarmos as coisas felizes nos entristecerem só porque acabaram, não faz sentido viver coisas felizes.

— Isso exige um nível de compreensão que não sou capaz de ter agora. — Não fazia sentido ficar nervoso com a minha mãe, mas era mais fácil do que ficar triste por causa do meu ex. — Oliver era basicamente a melhor parte da minha vida, e eu estraguei tudo, e não há nada que eu possa fazer, e isso é horrível pra caralho.

Minha mãe me deu o ineficaz tapinha no ombro que, de certa forma, era bem menos ineficaz quando ela fazia.

— Sinto muito que você esteja se sentindo assim, *mon caneton*. Não estou dizendo que não vai doer e que vai ser fácil. Mas você não estragou tudo. Estava na cara que esse Oliver tinha muitos, como os jovens dizem, probleminhas.

— Sim, e eu queria ajudar, assim como ele me ajudou com os meus.

— Mas isso é uma escolha dele. Algumas pessoas não querem ajuda.

Eu estava prestes a discordar, mas me lembrei de como eu havia passado cinco anos sem querer ajuda de ninguém. E precisei quase perder o emprego, namorar um cara que eu jamais me imaginei namorando, reunir meus amigos em uma festa de faxina de dois dias e um babaca em uma boate sentindo pena de mim no jornal para que eu entendesse que não estava assim tão seguro como imaginava.

— E o que eu faço agora? Ele ainda é... tudo que eu quero e não posso ter.

— Como Mick costumava dizer, "Nem sempre você vai ter o que quer". E você sabe, filho, Oliver foi um rapaz legal e eu tenho certeza de que gostou muito de você e eu estava errada a respeito do noivado dele com um duque. Mas acho que, talvez, ele só tenha aparecido no momento conveniente. Ele é como... — Ela balançou a mão como a fada madrinha mais cansada do mundo. — A pena naquele filme do elefante.

— Você está tentando me dizer que o segredo para não ser totalmente perturbado da cabeça estava dentro de mim esse tempo todo?

— Quer dizer, eu já fui uma compositora profissional, então não diria de um jeito tão sem graça, mas... sim? Não acho que Oliver mudou a sua vida, *mon cher*. Ele só te ajudou a enxergar tudo de um jeito diferente. E agora ele se foi, mas você ainda tem o emprego de que finge não gostar, e os amigos que ficaram ao seu lado e aguentam todas as suas palhaçadas, e você tem a mim e a Judy, e nós te amamos muito, e vamos sempre estar aqui para apoiar você até morrermos.

Me encolhi e minha mãe passou o braço ao meu redor.

— Obrigado, mãe. Isso foi lindo, tirando o lembrete esmagador da nossa finitude.

— Já que seu pai não está mais morrendo, pensei que seria um bom momento para te lembrar de aproveitar minha companhia enquanto pode.

— Te amo, mãe. — Aquilo era meio vergonhoso, mas, bem, às vezes é necessário. — Tudo bem se eu dormir aqui esta noite?

— Claro.

Meia hora depois, eu estava deitado na cama da minha infância, encarando o teto com rachaduras que eu já conhecia de cor. Era esquisito como, em um mês, Jon Fleming passou de uma ideia que eu tinha quando criança para uma pessoa de verdade, até se tornar uma ideia de novo — e, embora ainda doesse, no que dizia respeito a ele, minha vida já estava se curando como pele fechando um corte aos poucos. Oliver, entretanto, eram outros terríveis quinhentos. Mas minha mãe tinha razão, não tinha? Eu poderia levar comigo dali em diante tudo o que ele me mostrou, me deu e compartilhou comigo, e deixar pra trás toda a... merda que restou. Oliver me ajudou a ver como minha vida era melhor do que eu imaginava — como *eu* era melhor do que imaginava. E eu poderia ficar com aquilo. Mesmo se não pudesse ficar com ele.

50

— Vamos lá — eu disse para Alex.

Ele levantou a cabeça com alegria.

— Ah, é hora da piada? Que belezinha. Já tem um tempão desde a última vez.

— Certo. Qual é o algarismo favorito do pirata?

— Bem, acredito que um marujo padrão do século XVIII não entenderia muito de números, então é bem capaz que ele não tenha nenhum.

— Bem pensado. Mas, deixando isso de lado, se você pensar em um filme genérico de piratas, qual seria o algarismo favorito dele?

Ele torceu o nariz.

— Devo dizer que não estou certo da resposta.

Algumas pessoas chutariam uma resposta. Outras, não.

— É o número *rum*.

Um longo silêncio.

— Como assim o "número rum"? — perguntou Alex. — Rum não é um número.

— Rum. A bebida. Um. O número.

— Mas nem todos os piratas bebem rum.

Meu celular tocou. Graças a Deus. Atendi no caminho de volta à minha sala.

— Luc! — gritou Bridge. — Temos uma crise.

O que foi dessa vez? Será que venderam os direitos de adaptação de um livro por cinco feijões mágicos?

— O que houve?

— O Oliver!

Aí sim comecei a prestar atenção.

— Ele está bem? Aconteceu alguma coisa?

— Ele está se mudando para Durham. Está lá nesse momento. Tem uma entrevista de emprego amanhã de manhã.

Nós tínhamos terminado. E eu já havia aceitado o término — tá, isso era mentira, mas eu com certeza já estava no caminho da aceitação. Ainda assim, senti que meu coração estava prestes a vomitar.

— O quê? Como assim?

— Ele disse que queria começar de novo. Em algum lugar distante.

Eu estava propenso a entrar em pânico. Mas aquilo não parecia algo que Oliver faria.

— Brigde, você tem certeza disso? Ele ama o trabalho. E, se eu tivesse que escolher uma palavra para descrever o Oliver, não seria "impulsivo".

— Ele anda meio esquisito faz tempo. Sei que, como amiga dos dois, não deveria falar de um para o outro, mas é uma emergência.

— Realmente, que esquisito. Mas o que eu deveria fazer?

— Você precisa impedi-lo, é claro. Quer dizer, a culpa já é sua por tê-lo deixado ir embora.

Calma lá, Bridge.

— Eu *não* o deixei ir embora. Eu implorei para que ele ficasse. Até falei sobre os meus sentimentos e ele terminou comigo mesmo assim.

Ela soltou um suspiro pesado.

— Ai, vocês dois são impossíveis.

— Isso não é justo. Eu tentei de verdade.

— Então tente de novo.

— De novo? Quantas vezes você quer que eu me jogue para um cara que não me quer?

— Mais de uma. E você sabe que ele quer. Ele sempre te quis, Luc.

Me joguei na cadeira do escritório, ativando a reclinação sem querer de modo que eu quase caí debaixo da mesa.

— Talvez. Mas ele já se convenceu de que não vai dar certo, e eu não quero ter que desconvencer ninguém.

— Nem eu. Mas ficar sentado enquanto ele foge para o norte do país não é um bom começo.

— O que você quer que eu faça, então? Pegue um trem para Durham e fique parado no centro da cidade gritando "Oliver, Oliver, eu te amo" até ele me ouvir?

— Ou você pode ir até Durham e encontrá-lo no hotel onde ele está hospedado, que eu sei qual é porque ele me contou, e dizer "Oliver, Oliver, eu te amo" pessoalmente. Além do mais, meu Deus do céu, você ama ele horrores. Eu te disse. Essa é a melhor ideia de todas.

— Não, é uma péssima ideia. E Oliver vai me achar esquisito.

Ela pensou naquilo por um momento.

— E se eu for com você?

— Acho que vai ser mais esquisito ainda.

— Eu vou com você.

Meu celular começou a vibrar loucamente. E o grupo de WhatsApp — que no momento se chamava *Bridge Faz Tudo!* — mostrou a notificação de mensagem da Bridge em questão.

PRECISAMOS LEVAR O LUC PARA DYRHAM

DURHAM

CASO DE AMOR VERDADEIRO!!!

Você só quer a minha caminhonete, não é?

Não, digitei rapidamente.

SIM ISSO É UMA EMERGENCIA DE CAMINHONETE

Eu só queria, James Royce-Royce chegou, que alguém ensinasse a Bridge a desligar a caixa-alta.

Apenas sete mensagens e aquilo já estava saindo do controle.

Gente está tudo bem. Ninguém precisa me levar a lugar nenhum. Por favor podem seguir com suas vidas. Obrigado e tchau

E, é claro, uma hora depois — e tirando um dia de folga que eu realmente esperava que ninguém notasse e me cobrasse depois —, eu estava sentado no banco de trás da caminhonete da Priya, com Bridget, Tom e os James Royce-Royces.

— O que vocês estão fazendo? — perguntei. — Vocês têm empregos, alguns até importantes. Não é possível que queiram mesmo dirigir por cinco horas até Durham só para me ver sendo rejeitado por um advogado.

— É isso mesmo. — Priya me encarou pelo espelho retrovisor. — Todos nós topamos. Porque amamos-barra-odiamos você.

— Essa é a coisa mais romântica que você já fez, Luc, meu bem — disse James Royce-Royce. — Não perderíamos por nada nesse mundo.

Fiquei boquiaberto.

— Vocês vão ficar... parados em volta enquanto eu... enquanto eu...

— Diz que *aaaaaaaama* o Oliver — sugeriu Bridge.

— Enquanto eu tento perguntar a um cara que já terminou comigo se ele quer voltar?

— Você tem razão. — Graças a Deus Tom estava do meu lado. — Ficar parado em volta só observando seria ridículo. Vamos parar no posto de gasolina para comprar pipoca.

Priya abriu um sorriso.

— Eu te aplaudiria agora, Tom, mas gosto muito da minha caminhonete para tirar as mãos do volante.

— Eu não faço ideia do que vou dizer a ele — murmurei. — E, Bridge, se você me mandar dizer que aaaaaaamo o Oliver mais uma vez, vou te empurrar pra fora daqui.

Aquilo me rendeu uma Cara Feia Nível Sete da Bridget.

— Não precisa ser cruel. Só estou te ajudando. E, além do mais, "eu te amo" é tudo o que você precisa dizer.

— Tenho certeza de que não é assim que funciona.

— Foi tudo o que Tom precisou me dizer.

— Só para deixar registrado — Tom interveio —, eu disse muitas outras coisas. Sobre como eu me arrependi de ter ficado com o seu melhor amigo. Sem ofensas, Luc.

Revirei os olhos.

— Tudo bem. Pode dizer na minha cara que fui um erro na sua vida.

— A questão é — interrompeu Bridget —, isso não importa porque eu não estava prestando atenção em mais nada depois do "eu te amo".

Tom riu e a puxou para mais perto.

— E amo *mesmo*.

— Ei! — Priya socou o volante. — A única pessoa que tem permissão para trepar na minha caminhonete sou eu. Quer dizer, eu e quem quer que esteja trepando comigo.

— Sim, nós entendemos essa parte, meu bem — disse James-Royce-Royce. — Caso contrário você só ficaria deitada no banco de trás tocando uma grande siririca.

Priya franziu a testa e olhou no retrovisor.

— Obrigada pela especulação a respeito dos meus hábitos mastur-batórios.

— Seria melhor se eu dissesse minissiririca? Microssiririca? Uma siririquinha?

Cobri o rosto com as mãos.

— Mudei de ideia. Vou para Durham a pé.

— Calma. — Bridget me deu um tapinha para me consolar. — Vai dar tudo certo. Oliver gosta muito de você. E você gosta muito dele. Vocês só são muito ruins em convencer o outro disso.

— Na verdade ele me convenceu direitinho. Momentos antes de terminar tudo e ir embora.

— Ele estava assustado, Luc.

— Sim, eu entendi essa parte. Não sou tão emocionalmente burro assim.

— Mas você também precisa entender que ele passou a vida inteira tentando ser o filho perfeito e o namorado perfeito, e o esforço nunca valia de nada.

Bufei de raiva.

— Sim, eu entendi essa parte *também*. Eu prestei atenção no nosso namoro. A diferença é que os pais dele são idiotas. E os namorados, penso eu, eram igualmente idiotas.

— Alguns até que eram legais. Os namorados, quer dizer. Os pais dele são horríveis e me odeiam.

— Como alguém seria capaz de te odiar, Bridget? — perguntou James Royce-Royce com uma falta de sarcasmo quase desumana.

Ela pensou naquilo por um momento.

— Eles parecem ficar muito nervosos quando alguém se atrasa. E não é como se eu me atrasasse de propósito. Imprevistos acontecem. E uma vez eu pedi um Sex on the Beach numa festa e eles olharam para mim como se eu tivesse pedido uma taça de sangue de bebê.

— Sim — assenti. — Isso parece algo que eles fariam.

— Agora você entende — pressionou Bridget. — Por que ele não é tão bom com relacionamentos?

Mesmo que Oliver não estivesse ali, e que aquilo fosse uma crítica leve e bem razoável, eu ainda senti uma necessidade estranha de defendê-lo.

399

— No nosso caso, ele foi incrível. Foi o melhor namorado que eu já tive.

— Só porque você é um desastre no romance com parâmetros superbaixos — comentou Priya.

Olhei para ela com desdém.

— Você sabe que a gente só anda com você por causa da sua caminhonete, né?

— Parem de palhaçada! — Bridget socou o objeto sólido mais próximo, que infelizmente era eu. — Isso é importante. Estamos resolvendo a vida amorosa do Luc, e os parâmetros baixos dele não são o problema.

Eu estava prestes a protestar que não tinha parâmetros baixos. Mas eu só tinha me metido naquela bagunça por ter dito aos meus amigos que precisava de literalmente qualquer um que topasse sair comigo.

— Então *qual* é o problema?

— Você não consegue se aproximar de alguém — Bridge continuou — quando passa o tempo todo tentando ser o que acha que o outro quer.

— Mas ele *é* o que eu quero. — Mas aí me lembrei de Oliver me dizendo que ele não era quem eu imaginava. — Ai, merda. Será que não?

As sobrancelhas de Priya fizeram um movimento muito agressivo.

— Já passamos da metade do caminho para Durham, meu camarada. Então é melhor que ele seja.

Eu estava muito confuso. Ou talvez não. Talvez toda aquela coisa de expectativas e fingimentos e quem as pessoas eram de verdade não passasse de conversa fiada. E talvez eu só tivesse feito um péssimo trabalho em mostrar a Oliver que o que me fazia feliz não era o V no abdômen ou a rabanada ou a carreira socialmente aceita: era... ele. Talvez fosse *mesmo* simples assim.

— Sim — respondi. — Ele é.

Apesar de estar no meio de uma crise existencial, Oliver ainda tinha algum senso de humor ao escolher se hospedar num lugar chamado Hotel Advogado Honesto. Levando em conta minha completa falta de conhecimento histórico ou interesse, o hotel parecia uma antiga estalagem reformada, com janelas de guilhotina, telhas soltas no teto e chaminés. Na frente, uma cerejeira toda florida, o que, em teoria, criava o ambiente perfeito para ser romântico e tentar trazer alguém de volta para sua vida. E para sua cidade, aliás.

Deixamos a caminhonete no estacionamento e entramos todos ao mesmo tempo, nem um pouco suspeitos.

— Hm, olá — eu disse ao homem uniformizado atrás do balcão que, francamente, e com razão, já parecia estar cansado de mim.

— Como posso ajudá-lo? — Uma pausa. — Ou a qualquer um de vocês?

— Estou procurando por Oliver Blackwood. Acho que ele está hospedado aqui.

O homem tinha aquela expressão exausta que prestadores de serviço fazem quando se pede que eles façam coisas que, definitivamente, não são obrigados.

— Sinto muito, mas não posso passar informações sobre quem está hospedado.

— Mas — rebati. — Ele *é* um hóspede.

— Não posso informar se alguém é um hóspede ou não.

— Ele não é um ator famoso nem nada disso. É meu ex-namorado.

— Isso não muda nada. Não tenho permissão legal para dizer quem está hospedado aqui.

— Ai. Então. Por favor?

— Não.

— Eu vim de muito longe.

— E trouxe essa gente toda com você? — Em defesa do recepcionista, ele estava sendo muito mais paciente do que eu jamais seria.

— Viemos dar apoio moral — explicou Bridget.

— Se você conhece mesmo este homem — disse o recepcionista lentamente. — Não teria o celular dele?

— Eu fiquei com medo de ele acabar não me atendendo.

— Mas ainda achou que tudo bem aparecer no hotel dele com uma caravana e sem nenhum aviso prévio?

Dei as costas para o balcão.

— Bridge, por que você achou que esse plano ia funcionar?

— Porque mostra que você está disposto a ir além. — Ela veio até mim, tropeçando. — Mostra o quanto você se importa.

— Sim — comentou Priya. — Estou chegando à conclusão de que isso só mostra o quanto vocês não pensaram direito nesse plano.

— Sou obrigado a concordar — disse o recepcionista.

Ainda envergonhado, peguei o celular e liguei para Oliver. Foi direto para a caixa postal. Como eu não tinha nenhuma mensagem decente para deixar, desliguei o telefone na mesma hora.

— Ele deve estar me evitando.

O cara da recepção cruzou os braços de um jeito presunçoso e vingativo.

— Viu só? É por isso que não damos informações sobre os hóspedes.

— Mas isso é, tipo, um caso de amor e tal — tentei.

— E isso é, tipo — respondeu o recepcionista, ainda zero comovido. — Meu trabalho e tal.

— Não se preocupe! — exclamou Bridge. — Deixa que eu tento falar com ele. Ninguém me ignora quando eu ligo.

James Royce-Royce fez uma pose de derrota.

— Eu até tento, amore. Mas você não sabe ouvir "não".

— Uma vez ela me deixou trinta e sete mensagens consecutivas na caixa postal — concordou James Royce-Royce. — Para falar sobre uma loja que ainda vendia sanduíches de sorvete a quinze centavos.

— Sério? Onde? — perguntou o recepcionista.

Bridget o encarou com arrogância.

— Desculpa, não tenho permissão para liberar essa informação.

— Você poderia, por gentileza — falei, me esforçando para soar calmo e equilibrado — ligar para o quarto do Oliver para mim?

— Fica tranquilo. — Bridget já estava revirando a bolsa. — Eu resolvo. Vou falar com muita sutileza.

— Bem — disse Priya —, estamos fodidos.

Houve uma pequena pausa enquanto Bridge desbloqueava o celular. E ela estava certa — Oliver não a estava evitando. O que, dadas as circunstâncias, era algo bom, mas também fez com que eu me sentisse um merda.

— Oi! — Ela vibrou de um jeito que, sendo sincero, não foi nem um pouco convincente. — Só estou te ligando para dar oi, sem motivo nenhum... Não, está tudo bem... Não, nenhuma crise... Como estão as coisas em Durham... Como assim você não está em Durham? Ah. Que legal... Adorei a conversa. Tchau-tchau.

— Certo. — Encarei Bridget, lembrando que ela era minha melhor amiga, e não é certo desejar que sua melhor amiga caia num bueiro e morra. — Que história é essa de ele não estar em Durham?

— Ao que tudo indica — Bridget se encolheu —, ele mudou de ideia. Sobre o emprego. E, obviamente, deve ter cancelado a reserva no hotel também.

— Não posso confirmar nem negar — explicou o recepcionista —, mas, por favor, vão embora.

Priya jogou as mãos para o alto.

— Cara, vocês são foda! Estão me devendo um jantar. Ou eu vou voltar para Londres sozinha.

— Você poderia pelo menos parar de dizer "foda" no saguão? — pediu o recepcionista no tom lamentoso de um homem que, àquela altura, aceitaria qualquer coisa.

— O restaurante daqui me parece aceitável — comentou James Royce-Royce. — Parece que todos os ingredientes são comprados na região, e eu adoro um bom bife local.

— Perguntinha rápida — eu disse para o recepcionista. — Se nós jantarmos no restaurante do hotel, você ficaria menos irritado com a gente ou mais irritado com a gente?

O recepcionista deu de ombros.

— No momento, eu só quero vocês longe da recepção.

— Eba! — Bridge de fato fez uma dancinha. — Aventuras culinárias!

Eu e ela acabamos pagando a conta de todo mundo, já que aquilo tinha sido ideia dela e, teoricamente, a intenção era me ajudar.

Depois da entrada, pratos principais, sobremesas e o café que Priya fez questão de pedir, voltamos para a caminhonete e começamos a jornada de volta para casa — sempre a pior parte de uma viagem de carro, especialmente com gostinho de torta de climão.

— Na verdade, até que foi um bom sinal. — Como sempre, Bridge foi a primeira a quebrar o silêncio perfeito, satisfatório e infeliz.

James Royce-Royce levantou a cabeça que estava apoiada no ombro de James Royce-Royce.

— Vai em frente, meu bem. Explica pra gente.

— Vocês não perceberam? Ele estava tão triste quando terminou com Luc que precisou fugir para o outro lado do país. Mas, quando parou para pensar sobre como seria mesmo virar a página da história de vocês, não conseguiu.

— Olhando por outro lado — eu disse —, ele estava mal por ter acabado de sair de um relacionamento esquisito não-tão-falso-assim, teve que lidar com os pais sendo uns babacas e pensou em fazer algo dramático. Então se deu conta de que seria estupidez, porque tem casa, emprego e amigos em Londres. Onde é perfeitamente feliz sem mim.

Tom estava meio sonolento no canto, mas se levantou de repente.

— Não dá para encontrar um meio-termo? Talvez Oliver querer se mudar para Durham não tenha nada a ver com querer ou não voltar com Luc?

— Então você está dizendo — olhei para Tom por cima dos ombros de Bridge. — que Oliver não está nem feliz nem infeliz sem mim porque eu sou completamente irrelevante?

— Não. Estou dizendo que você pode ser irrelevante para uma decisão específica.

— Isso é mentira — protestou Bridge, sempre leal. — Tenho certeza de que Oliver não teria procurado um emprego do outro lado do país se não tivesse terminado com Luc.

Fiz um gesto de "foda-se tudo".

— De qualquer forma, não importa. Tentei fazer algo grandioso aqui. E tudo o que consegui foi desperdiçar dez horas da vida de todo mundo.

— Tempo com os amigos nunca é tempo perdido — opinou James Royce-Royce. — E o bife estava excelente, só um pouco malpassado para o meu gosto.

Os olhos de Priya surgiram no espelho.

— Bem, eu perdi tempo. E gasolina também.

— Vou reembolsar o combustível.

— E o sexo que eu poderia estar fazendo agora?

— Bem... — pisquei. — Eu reembolsaria isso também, mas acho que não cumpro os requisitos. A ideia foi sua, Bridge. Vocês que se resolvam.

Ela guinchou.

— Acho que também não cumpro os requisitos.

— Sim — interveio Priya. — Podemos parar de falar da minha sexualidade como se fosse uma vaga de emprego?

Pedimos desculpas. Depois disso, Bridget voltou imediatamente a falar sobre a minha vida amorosa.

— É melhor você não desistir, Luc.

— Ele não quis nem atender minha ligação.

— Sim. Isso é outro sinal bom. Se ele não se importasse, falaria numa boa com você.

— Já passamos por isso. Eu não sabia o que ia dizer no hotel em Durham. Não sei o que diria se Oliver tivesse atendido o telefone. E não vou saber o que dizer se, de repente, eu aparecer na porta da casa dele às dez da noite.

— Ah! — Bridget suspirou. — Que ideia maravilhosa. Priya, vamos para a casa do Oliver.

Priya ficou emburrada novamente.

— Claro. Deixa só eu digitar "casa do Oliver" aqui no meu GPS, tá bem?

— Tudo bem, eu tenho o endereço.

— Isso é aqui não é Uber, não.

— Oliver não gostava de andar de Uber — me peguei dizendo. — Ele achava o modelo de negócios antiético.

— Sabe o que mais é antiético? — retrucou Priya. — Obrigar sua única amiga sul-asiática a te levar de carro de um lado pro outro.

— Aah! — James Royce-Royce começou. — Eu não tinha pensado nisso por esse ponto de vista. Posso revezar na direção se você quiser.

Priya balançou a camisa.

— Só eu transo na minha caminhonete. Só eu dirijo a minha caminhonete.

— Então pare de reclamar por ter que levar a gente nos lugares — resmunguei.

— Vocês poderiam, por exemplo, ter o próprio carro.

— Com esses preços de pedágio? — James Royce-Royce parecia genuinamente em choque. — E estacionar é sempre um pesadelo. Além do mais, meu bem, foi você que escolheu uma carreira que envolve recolher metal por aí.

— Sou uma escultora, não uma catadora de lixo.

Fechei os olhos. Eles poderiam continuar aquela briga para sempre. E eu tive um dia, no mínimo, longo — e que ficou ainda mais longo por tudo ter sido em vão. Quer dizer, provavelmente era bom que Oliver não estivesse mudando o rumo de sua vida do nada em um momento de... sei lá que tipo de momento ele estava vivendo. E, na verdade, eu tinha aqueles momentos também, e nunca eram um bom sinal. Mas, no que diz respeito ao meu relacionamento — de verdade, de mentira ou inexistente —, acabei não chegando a lugar nenhum. Se tivéssemos ao menos encontrado Oliver em Durham, eu poderia ter ficado tipo "Por favor, não vai embora, volte comigo". Mas, se eu tentasse falar com ele agora, teria que ser tipo "oiê". E eu não conseguia enxergar aquilo como uma história de amor arrebatadora.

Nossa. Que bosta.

Encostando a cabeça na janela, caí num cochilo embalado pelo ruído do motor e o barulho reconfortante dos meus amigos discutindo.

— Chegamos! — Bridget me cutucou, empolgada.

Esfreguei os olhos, feliz por estar em casa.

— Obrigado. Porra. Estou exausto.

— Me descuuuuulpa — zombou Priya. — Não deve ter sido fácil ter que dormir no banco de trás enquanto eu carregava você até Durham numa busca sem sentido.

— Foi mal. Foi mal. Da próxima vez que você precisar carregar coisas pesadas, vou inventar menos desculpas para não te ajudar. — Me joguei para fora da caminhonete, revirando o bolso à procura das chaves. E só então percebi que eu estava em Clerkenwell.

— Ei, espera. Eu não moro aqui.

Bridget fechou a porta do carro num puxão e trancou por dentro, abrindo a janela só um pouco para que eu pudesse escutá-la.

— Não, mas o Oliver mora. Esqueceu? A gente disse que ia te deixar aqui.

Sim. Sim, eles disseram.

— Mas eu *não concordei* com isso.

— Que pena. É para seu próprio bem. Você vai nos agradecer quando tiver oitenta anos e um milhão de netos.

Soquei a porta do carro.

— Deixa eu entrar, seus fodidos desgraçados. Isso não tem graça.

Priya abriu a janela da frente.

— Tem razão. Não tem graça. Agora tira a mão da minha caminhonete.

— Pelo amor de Deus! — Balancei os braços, sem ousar provocar nem mais um pouco a fúria de Priya. — Tenho quase certeza de que isso é considerado sequestro pela lei.

— Aaaah! — gritou Bridget. — Oliver é advogado. Bate na porta dele e pergunta.

— Não vou acordar o cara no meio da noite para perguntar se meus amigos cometeram um crime contra mim.

— Só estava tentando te dar um argumento convincente para você usar como desculpa e chamá-lo para sair.

Eu continuava gesticulando.

— Eu tenho muitas... muitas coisas pra dizer. Primeiro, esse não é um argumento convincente. Segundo, isso não anula o fato de que vocês me jogaram numa rua de Londres que não é a minha. E terceiro, e mais importante, ele não quer ficar comigo.

— Você estava disposto a fazer isso em Durham. Por que não quer fazer aqui?

— Porque — gritei. — Eu tive tempo para perceber como essa ideia é péssima. Agora abre a porra da porta dessa van, antes que os vizinhos do Oliver chamem a polícia.

Priya começou a fechar a janela novamente.

— Não se atreva a chamar minha caminhonete de van.

— Desculpa. É claro que o nome correto do seu carro é o que mais importa no momento.

— Lucien — disse Oliver atrás de mim. — O que você está fazendo?

Merda. Merda. Merda. Merda. Merda.

Me virei, tentando parecer normal e casual.

— Só dando uma passadinha? Voltando de uma... viagem?

— Se está só dando uma passadinha, por que está na frente da minha porta, gritando a plenos pulmões? E por que tem uma caminhonete cheia de pessoas te assistindo fazer isso?

Olhei para ele em desespero pelo que me pareceu tempo demais. Oliver vestia uma calça de pijama listrada e uma de suas camisetas lisas e deliciosamente justas, e estava com o olhar meio rígido assim como no dia em que nos conhecemos. Ele quase parecia um desconhecido.

— Estou tentando pensar numa desculpa decente — eu disse a ele. — Mas não consigo.

— Se é assim. — Ele cruzou os braços. — Por que não me conta a verdade?

Bem, nada poderia ser pior do que "passei aqui com todos os meus amigos para fazer uma pergunta sobre crimes".

— Bridge me disse que você estava se mudando para Durham. Então eu fui até Durham. Para te pedir que não se mudasse para Durham. Mas no fim das contas você não estava em Durham. Você estava em casa.

Oliver parecia ter dificuldade em processar tudo aquilo. Eu também.

— Foi por isso que você me ligou mais cedo.

— Hm. Sim.

Um longo silêncio.

— Eu... eu não vou me mudar para Durham.

— Sim. Percebi isso quando não te achei em Durham.

Mais um longo silêncio.

— Mas por que — Oliver perguntou lentamente — você se importa?

— Não sei. Eu só... não queria que você ficasse em Durham. Quer dizer, a não ser que você quisesse muito ficar. Mas, eu acho... não que eu tenha alguma coisa a ver com isso, mas... você provavelmente não... quer. É isso. Morar em Durham.

Ele estava olhando daquele jeito meio "que porra deu em você?".

— Sim, Lucien. É por isso que eu não fui.

— Sim, mas você se candidatou a uma vaga de emprego lá. E fez uma reserva num hotel. O que significa que, por um momento, deve ter sido algo sério.

— E foi. Ou melhor — disse ele, corando um pouquinho —, por um momento eu quis estar em outro lugar. Longe de todas as pessoas que eu decepcionei.

— Ah, pelo amor de Deus — protestei. — Você não decepcionou ninguém.

— Você não parecia achar isso na última vez que nos falamos.

Balancei a mão, irritado.

— Eu não acredito que você vai me fazer defender seu direito de terminar comigo. Mas você não me decepcionou. Só fez uma escolha que eu não gostei. Não é a mesma coisa. Acho que você tomou a decisão errada, mas não é sua obrigação agradar a mim, aos seus pais ou a qualquer um.

Um coral de "Beija! Beija! Beija!" veio da caminhonete. Tenho certeza de que foi Bridge quem começou.

Dei meia-volta e os encarei do jeito mais bravo possível.

— Momento errado. Momento erradíssimo.

— Desculpe, Luc, meu bem. — James Royce-Royce se inclinou do banco de passageiro e pôs a cabeça para fora da janela. — É difícil escutar daqui, e acho que erramos a leitura da linguagem corporal.

— Erraram *feio*.

— Se essa não for uma pergunta muito invasiva — disse Oliver. — Por que você trouxe seus amigos até a minha casa?

— Eu não trouxe ninguém, eles que me trouxeram. Tiveram essa ideia de que, se eu aparecesse aqui e te dissesse o quanto ainda gosto de você, você se jogaria nos meus braços e nós seríamos felizes para sempre. Mas, pra ser sincero, eles subestimaram o quão perturbado da cabeça você é.

A expressão de Oliver mudou como uma roleta entre mágoa, alívio e raiva, antes de finalmente parar em tranquilidade.

— Bem, fico feliz de saber que eles finalmente conseguiram me entender. Acredito então que você concordou e decidiu que está muito melhor sem mim. Certo?

— Não fode, Oliver. Claro que não. Sei que nem sempre eu te entendi, e que várias vezes acabei sendo um babaca com você sem querer... e em outras eu só fui um babaca mesmo... mas nunca quis o cara que você acha que precisa ser. Eu quero o cara que você é.

— Agora é o momento? — perguntou Bridget da caminhonete.

— Não — gritei de volta. — Não mesmo.

— Beleza. Desculpa. Quando for, você avisa?

— Não vai dar. Estou meio ocupado sendo rejeitado.

— Eu não estou te rejeitando — interrompeu Oliver, fazendo um esforço visível para ignorar que, contra minha vontade, eu tinha levado uma plateia. — Mas você precisa entender que não sou o tipo de pessoa que os outros escolhem ter por perto. Eu tento o tempo todo ser uma boa pessoa, um bom parceiro, mas nunca é o bastante. E nunca será o bastante pra você.

— Diz a ele que seus parâmetros são superbaixos — sugeriu Priya.

— Eu *não tenho* parâmetros superbaixos. Bem, tenho. Mas isso não é relevante agora. — Dei as costas para a caminhonete com firmeza e encarei Oliver. — Olha, você entendeu tudo errado. Não posso dizer sobre seus relacionamentos antigos, mas... o que você acha que afasta as pessoas é justamente o que as aproxima. E, meu Deus, estou parecendo uma postagem motivacional de Instagram, mas não deixar as pessoas se aproximarem é o que as afasta.

— O que afasta os outros — Oliver tinha uma expressão apertada e carrancuda — é que eu deixo tudo escapar. Meus pais percebem isso. Você percebeu também. Quando eu estava com você, deixei de cuidar de mim. Estava comendo demais, me exercitando pouco, me apoiando em você muito mais do que deveria. E, por Deus, aquela cena com a minha família que te obriguei a presenciar. Não quero ser essa pessoa para você.

— Ai, Oliver. Você não escutou uma palavra do que eu disse, né? Eu não estava com você porque você é imune a problemas e tem um V no abdômen. — Enquanto eu dizia aquilo, percebi que não estava certo. — Tudo bem, no começo, sim. Mas eu continuei porque você é... Merda, eu ia dizer perfeito. Mas você não é perfeito, ninguém é, e você não precisa *ser*.

— É claro que ninguém é perfeito, mas eu posso ser melhor.

— Não precisa ser melhor. Você já é tudo o que eu mais quero agora.

— Posso só te lembrar que essa conversa começou com você me dizendo como eu sou perturbado da cabeça? É impossível que você queira uma coisa dessas.

— Eu quero muito.

— Você só me viu tendo um dia ruim, Lucien. Isso não significa que você me conhece.

Eu ri.

— Ah, mas você não faz a menor ideia. Quando nos conhecemos, eu estava ocupado demais me afundando na minha própria merda para prestar atenção na sua, mas você esconde muito menos do que acha que consegue.

— Não sei se gosto de onde você está querendo chegar.

— Uma pena. Você literalmente pediu por isso. Você é fresco, inseguro e nervoso, e usa umas palavras pretensiosas porque tem medo de errar. Você é tão controlador que guarda suas bananas num lugar separado e gosta de agradar os outros num nível que chega a ser autodestrutivo. O que é esquisito, porque você também tem certeza de que sabe o que é melhor para todo mundo, e nem passa pela sua cabeça *perguntar* o que os outros querem. Você é metido, condescendente e fiel a uma série de escolhas éticas nas quais eu duvido que tenha pensado tanto quanto tenta demonstrar. E, sinceramente, eu acho que você tem um distúrbio alimentar. E, aliás, acho que você deveria procurar ajuda profissional quanto a isso, independente de me querer de volta ou não.

— Eu pensei que você tinha vindo até aqui para tentar me reconquistar. Não para deixar claro por que eu sou a última coisa de que você precisa.

— Luc, você está fazendo tudo errado — gritou Bridge. — Era pra dizer que ele é maravilhoso, não que ele é um lixo.

Mantive meu olhar fixo em Oliver.

— Você *é* maravilhoso. Só precisa entender que isso tudo não é um empecilho para que eu goste de você. Eu gosto de você pelo que você é, e tudo isso faz parte do pacote. — Não dava mais para voltar atrás. — E, inclusive, eu não gosto de você. Quer dizer, gosto, mas provavelmente é melhor que você saiba que eu também te amo.

Pelo canto do olho, vi Bridget dando um soquinho no ar.

— Sim! Muito melhor!

Oliver, entretanto, ficou quieto. O que não me parecia um bom sinal.

Então eu continuei falando — o que também era um péssimo sinal.

— E eu sei que você está passando por um momento meio estranho. E eu estava na mesma quando começamos isso tudo. Mas estou num momento muito melhor agora, em parte por sua causa, e em parte por causa desses idiotas ali atrás. — Apontei para os meus amigos, que ainda estavam com o nariz grudado no vidro feito filhotinhos à venda. — A questão é que, mesmo no começo, quando eu continuava errando, e, sejamos sinceros, errei pra caramba, eu sabia que de um jeito ou de outro nós estávamos acertando. E eu sempre voltava correndo para você, e você sempre me aceitava. Porque você também sabia. E, dessa vez, odeio ter que dizer isso, mas quem errou foi você. E eu voltei mesmo assim porque ainda acho que somos certos um para o outro. Então, sabe como é, está na hora de você fazer a sua parte.

Até meus amigos ficaram quietos. E meu estômago parecia prestes a despencar até o centro da Terra.

Me senti daquele jeito por muito, muito tempo.

Estava feito. Aquele era o momento em que ele entenderia o que eu estava dizendo, me abraçaria e me diria que...

— Sinto muito, Lucien — disse Oliver. — Mas não é a mesma coisa.

Então ele se virou, voltou para casa e fechou a porta.

— Ai, sabe — disse Bridget enquanto Priya dirigia de volta para a minha casa. — Eu achei mesmo que daria certo.

Suspirei e sequei os olhos.

— Sei disso, Bridge. E é por isso que nós te amamos.

— Eu não entendo. Vocês são perfeitos um para o outro.

— Sim. Somos *perfeitamente* perturbados.

— De um jeito complementar.

— Se fosse assim, ele não teria terminado comigo e me abandonado na porta da casa dele enquanto eu implorava para que ele voltasse atrás.

Naquele ponto, James Royce-Royce entrou na conversa.

— Eu não queria levantar isso. Mas não sei se você lidou com a situação da melhor maneira possível. Quer dizer, começar com "Aqui estão todos os seus defeitos e, inclusive, acho que você tem um distúrbio alimentar" não é a forma mais romântica de se declarar.

— Não. — Bridge espremeu o rosto entre os assentos. — Eu pensei isso na hora, mas foi a coisa certa a fazer. Oliver precisa saber que é amado independente de qualquer coisa.

— Entendo o que você quer dizer. — James Royce-Royce assentiu com sabedoria. — Mas acho que, se Luc quisesse deixar claro que o amava independente de qualquer coisa, deveria ter dito "Oliver, eu te amo independente de qualquer coisa".

Me encolhi ainda mais no cantinho do carro.

— Não estou gostando muito desse funeral do meu fracasso amoroso.

— Nem vem, James! — Priya tinha, é claro, escolhido me ignorar. Mas parecia estar do meu lado. — As pessoas não acreditam nas coisas só porque alguém diz na cara delas. Se acreditassem, as artes visuais seriam completamente inúteis. Se fosse assim, eu sairia por aí escrevendo "O capitalismo tem muitos problemas" ou "Eu gosto de garotas" nas paredes.

— Pare de mudar de assunto. — Sem surpresas, essa era Bridge. — A questão é: precisamos de um novo plano.

Fechei os olhos.

— Chega. De. Planos.

— Mas, Luc, você melhorou tanto desde que o Oliver apareceu. E eu não quero te ver todo triste e aparecendo nos tabloides de novo.

Em defesa dela, aquela era uma preocupação real. Afinal, aquilo foi exatamente o que aconteceu na última vez que terminei com alguém de quem eu gostava. Quer dizer, tirando o pequeno detalhe de que Oliver não tinha vendido uma pauta sobre mim para um jornal de fofocas de quinta categoria por uma mixaria que chegava a ser ofensiva.

— Obrigado por se preocupar, Bridge. Mas, e aqui corro o risco de soar como uma protagonista de comédia romântica dos anos 90, eu não preciso de um homem para me sentir completo.

— Você *me* completa, meu amor — disse James Royce-Royce para James Royce-Royce.

Olhei enfurecido para a nuca dos dois.

— Obrigado por esfregar na minha cara.

— Desculpa, não quis perder o momento.

— O momento do *meu* relacionamento desmoronando?

James Royce-Royce deu de ombros.

— Ah, meu bem, isso foi bem egoísta da minha parte, não foi?

— Olha — eu disse. — Ficar com o Oliver foi bom demais para mim. Me ajudou a refletir sobre muita coisa. E eu tenho certeza de que, no futuro, vou conseguir ter um relacionamento saudável e funcional com alguém bacana. Mas, neste exato momento, estou muito triste. Então, por favor, parem de ser felizes na minha frente.

A mensagem pareceu ter sido devidamente recebida, e todos ficaram infelizes em solidariedade até chegarmos ao meu apartamento. Em seguida, expliquei minha intenção de passar as próximas horas bebendo e sentindo pena de mim mesmo.

— Vocês podem ficar, se quiserem, mas já passei o dia todo com vocês e, de verdade, não vou ligar se vocês preferirem ir embora.

Priya deu de ombros.

— Eu topo. Vai ser como nos velhos tempos.

— Desculpe, meu bem — James Royce-Royce já estava chamando um Uber. — Eu e meu marido precisamos ser felizes em outro lugar.

— E eu tenho um voo amanhã cedo — comentou Tom. — Para fazer uma coisa que não posso contar em um lugar que não posso contar.

— Eu fico. Vou acabar me atrasando pro trabalho amanhã, mas meu horário é flexível e eu tenho certeza de que eles conseguem sobreviver sem mim por... — Ela checou o celular. — Puta merda, estão me dispensando.

Por um momento, eu de fato parei de pensar nos meus problemas.

— Que merda. Bridge, eu sinto muito. O que...

— Alarme falso. Na verdade é um problema na *despensa*. Parece que houve um incêndio. E metade da primeira tiragem de *Estou fora do escritório no momento, favor encaminhar qualquer coisa sobre a tradução para o meu e-mail pessoal* foi perdida no fogo. Preciso resolver isso agora.

Todos se despediram, exceto Priya, que me seguiu até o apartamento, fez um comentário apropriadamente grosseiro sobre como estava surpresa por eu ter conseguido manter o lugar limpo e foi direto para a cozinha pegar bebida. Não posso dizer que aquela era a melhor companhia de todas, mas era legal ter Priya comigo — e ela me deixou chorar enquanto eu bebia, tudo isso sem ficar me julgando ou tentando me confortar, o que era bem o que eu precisava no momento.

Nos jogamos na cama às três da manhã, porque ela não tinha condições de dirigir e eu não tinha condições de ficar sozinho. E nós dois fomos acordados pela campainha algumas horas depois.

— Quem é a uma hora dessas? — grunhiu Priya.

A campainha continuou tocando.

— Bem. — Rolei na cama, ainda tonto. — Eu normalmente diria você, mas você está aqui. Ou a Bridge, mas ela ainda deve estar cuidando de um estoque cheio de livros queimados.

A campainha continuou tocando.

Ela roubou meu travesseiro e cobriu a cabeça.

— É o maldito Oliver, não é?

Não poderia ser mais ninguém. Mas eu não consegui chegar a uma conclusão do que sentir em relação àquilo. Deveria ficar feliz, né? Mas também estava quase mijando na cama de nervoso e morrendo de dor de cabeça.

A campainha continuou tocando.

— Você tem oito segundos para resolver isso — disse Priya. — Antes que eu enfie uma furadeira nessa campainha.

— Eu nem tenho furadeira.

— Então eu encontro qualquer coisa pesada e pontuda e faço o melhor que conseguir.

— É, acho que a imobiliária não vai gostar muito disso.

— Então — ela urrou —, atende a porra da porta.

Saí da cama aos tropeços e fui até a sala.

— Alô — eu disse, segurando o interfone como se estivesse com medo de levar uma mordida.

— Sou eu. — A voz de Oliver estava um pouco rouca, mas bem menos destruída que a minha.

— E...?

— E eu... vim te ver. Posso subir?

— Hm, tem uma lésbica pequenininha e nervosa na minha cama. Então acho que não é um bom momento.

Silêncio.

— Não sei se quero ter essa conversa pelo interfone.

— Oliver. — Lágrimas, álcool, uma viagem de carro de dez horas e dias sem dormir haviam transformado meu cérebro num suflê de couve-flor. — Não sei se quero ter essa conversa de qualquer jeito. Levando em conta, você sabe, tudo.

— Eu entendo. Mas... — Uma pausa breve, ansiosa e desesperada. — Por favor?

Puta merda.

— Tudo bem. Vou descer.

Eu desci. Oliver estava no portão, vestido para o trabalho, com olheiras fortes.

— E aí? — eu disse. — O que foi?

Ele me observou por um longo momento.

— Você está ciente de que está usando apenas uma cueca boxer com desenhos de porco-espinho?

Bem, agora eu estava.

— Tive uma noite complicada.

— Somos dois. — Oliver tirou seu casaco grande de advogado e me cobriu com ele.

Obviamente, meu orgulho me dizia para não aceitar, mas — tendo finalmente recuperado minha reputação — a última coisa que eu precisava era ser fotografado só de cuecas ou receber uma denúncia de atentado ao pudor. Considerando minha sorte, eu acabaria no tribunal do juiz Mayhew.

A respiração de Oliver estava entrecortada.

— Desculpa por te acordar. Mas eu... eu queria te dizer que estava errado.

Adoraria poder dizer algo encorajador e emocionalmente generoso, mas eu tinha acabado de ser arrancado da cama depois de uma noite de duas horas de sono.

— Sobre qual parte?

— Todas. Especialmente quando eu disse que não era a mesma coisa. Porque é. — Oliver encarou a calçada ou, talvez, meus pés descalços. — Eu estava balançado e triste e acabei fugindo, então fiquei envergonhado demais para voltar.

Aquilo me era bastante familiar para que eu pudesse condená-lo, embora quisesse muito.

— Eu entendo. Estou magoado e puto pra caralho, mas entendo.

— Queria não ter te magoado.

— Eu também. — Dei de ombros. — Mas cá estamos nós.

Um longo silêncio se formou. Oliver parecia meio hesitante e atormentado, mas ainda assim eu não estava disposto a ajudar.

— Você estava falando sério?

— Sobre o quê?

— Sobre tudo.

Eu estava começando a me dar conta de que ele sempre fazia aquilo: pedir para que o outro repetisse demonstrações de afeto como se não tivesse escutado direito da primeira vez.

— Sim, Oliver. Era sério. Foi por isso que eu disse.

— Você acha mesmo que eu tenho um distúrbio alimentar?

Era melhor que ele não tivesse ido até a minha casa, me acordado e me exposto à possibilidade bastante real de que Priya não me deixasse entrar de volta só para pedir minha opinião sobre a saúde mental dele.

— Não sei. Talvez. Não sou médico. Mas você é tão empenhado em ser saudável que às vezes parece meio doentio.

— Você também mencionou que eu sou muito controlador. Talvez isso seja um dos sintomas desse meu jeito sempre meio rígido.

— É sobre isso mesmo que você quer conversar?

— Não — admitiu ele, franzindo a testa. — Estou sendo covarde de novo. O que eu realmente quero perguntar é... você falou sério quando disse que... você sabe.

— Quando eu disse... — Para alguém que não gostava de falar sobre sentimentos e tal, as palavras até que saíram com facilidade pela primeira vez. — Que te amo?

Ele assentiu, meio envergonhado.

— É claro que eu te amo, porra. É por isso que fui até a sua porta e fiz papel de idiota. *De novo.*

— Hm. — Oliver balançou de um lado para o outro. — Espero que tenha ficado óbvio, mas por via das dúvidas... Sou eu que estou na sua porta agora. E também me sinto bem idiota.

— Não é você quem está só de cueca. — Ele parecia totalmente perdido, e eu... eu era tão bobo que não conseguia aguentar. — Oliver. Tem alguma coisa que você quer me falar?

— Muitas coisas, mal sei por onde começar.

— Que tal começar com a coisa que eu mais preciso ouvir?

— Se é assim. — Então ele me lançou o olhar mais incrível, com um misto de dignidade e vulnerabilidade. — Eu te amo, Lucien. Mas isso não me parece adequado o bastante.

Sempre achei que, tipo, aquelas três palavras fossem a parte importante. Só que qualquer cafajeste poderia dizer aquilo, como muitos haviam feito. Somente Oliver completaria com "mas isso não me parece adequado o bastante". Contra a minha vontade, eu sorri.

— Você se esqueceu dos meus parâmetros superbaixos.

— Ainda tenho muito a pensar quanto a isso — murmurou ele. — Mas você me ajudou a entender que, na maioria das vezes, parâmetros não servem para nada.

Tá bom. Aquilo foi ainda melhor do que "mas isso não me parece adequado o bastante".

Eu o beijei. Ou ele me beijou. Não dava para saber quem começou. Mas não importava. O importante é que nós estávamos nos beijando. Beijos de *senti saudades*. E beijos de *eu quero você*. E beijos de *somos muito melhores juntos*. E beijos que pareciam um pedido de desculpas. E beijos que pareciam promessas. E beijos que poderiam acontecer amanhã e depois e depois.

Momentos depois o céu estava brilhante com a luz do sol, limpo, azul e infinito. Nos sentamos na frente da porta, joelhos e ombros se tocando, enquanto o bairro despertava ao nosso redor.

— Acho que eu deveria te contar que pensei muito sobre o que você disse — começou Oliver. — Sobre meus pais e sobre... como eu levo a minha vida.

Olhei para ele um pouco preocupado.

— Relaxa. Não sei se eu lidei com tudo aquilo da melhor forma.

— Acho que não tem um jeito bom de lidar com isso. Mas confio em você, e você me deu um novo jeito de enxergar as coisas. É claro, ainda não sei o que *fazer* com isso, mas já ajuda.

— Bem, se você conseguir resolver em menos de vinte e oito anos, já está melhor do que eu.

— Não é uma competição. Na verdade. — Ele soltou uma risada leve, um pouquinho amarga. — Parece que vinte e oito anos é um bom tempo.

— Família é uma coisa complicada. Mas você sabe que pode contar comigo, não sabe? Hm, não como um substituto. Mas, tipo, como um complemento.

— Você é muito mais do que um complemento, Lucien. Você é completo.

Ai, vai com calma, coraçãozinho!

Oliver se mexeu ao meu lado, parecendo nervoso.

— Entendo que isso pode parecer um fardo, mas você continua sendo a minha melhor escolha. A coisa mais exclusivamente minha. Aquele que me traz a maior das felicidades.

— Afff... — O Luc do passado teria corrido uns cem quilômetros. — Não sinto que isso seja um fardo. Me sinto... surpreso por ser isso tudo para você. Mas aceito o desafio.

— Eu já me sentia atraído por você havia muito tempo. Desde que te vi naquela festa horrível, e você parecia tão livre, de um jeito quase impossível. Mas acho que foi muito patético da minha parte ter aceitado ser seu namorado de mentira.

— Ei! Eu *pedi* pra você ser meu namorado de mentira. Isso é muito mais patético.

— De qualquer forma, eu não estava preparado para a sua verdade.

Me encolhi, meio encantado, mas muito envergonhado. Porque eu ainda não era bom com sentimentos e, aparentemente, Oliver tinha muitos. E acho que eu também.

— *Pff*, grande verdade.

— Não diminua isso, Lucien. Você fez coisas por mim que ninguém nunca tinha feito.

— Tipo o quê? Viajar até Durham a troco de nada?

— Me enxergar. Me defender. Lutar por mim.

Através do olhar de Oliver, eu estava começando a parecer uma pessoa bem legal.

— Que inferno. Você não faz nada de qualquer jeito, não é?

A boca dele se curvou num sorriso.

— Caso não tenha notado, você também não.

Apoiei a cabeça no ombro dele, e Oliver me abraçou.

— Olha, eu não sei muito bem como namorar de verdade.

— Acho que é só fazer como fazíamos quando éramos namorados de mentira. Parecia funcionar pra gente.

— Tudo bem. — Aquilo foi mais simples do que eu esperava. — Vamos fazer assim, então.

— Eu sempre pensei. — Oliver me puxou mais. — Que meus outros relacionamentos tinham dado errado porque eu não me esforcei o bastante. Mas acho que você tem razão, e eu me esforçava até demais. Me senti seguro ao baixar a guarda com você porque eu podia dizer a mim mesmo que não era real. Mas agora é, e... bem... acho que estou com muito medo.

— Eu também — respondi. — Mas vamos ter medo juntos.

Segurei a mão de Oliver e nós ficamos sentados em silêncio por um tempo. E eu tive certeza de que o amor era daquele jeito: bagunçado e assustador e confuso e leve o bastante para te fazer flutuar como uma sacola plástica ao vento.

TIPOGRAFIA Adriane por Marconi Lima
DIAGRAMAÇÃO acomte
PAPEL Pólen Natural, Suzano S.A.
IMPRESSÃO Gráfica Bartira, março de 2023

A marca FSC® é a garantia de que a madeira utilizada na fabricação do papel deste livro provém de florestas que foram gerenciadas de maneira ambientalmente correta, socialmente justa e economicamente viável, além de outras fontes de origem controlada.